Zu diesem Buch

«Auch ‹Masken der Illuminaten› wirbelt disziplinlos zwischen Magie, Zahlensymbolik, literarischer Fiktion, Wissenschaftsgeschichte und geklauten Lexikontexten hin und her. Die Emulsion, die alles miteinander verbindet, ist jener unerschrockene Humor, der offensichtlich angeturnte amerikanische Querköpfigkeit zur Voraussetzung hat. Gerechterweise wird der Leser von vornherein gewarnt. ‹Personen und Ereignisse in diesem Buch› seien ‹teils real, teils Produkt einer gestörten Phantasie›. Ergo lauert hinter jeder Zeile, die Robert Anton Wilson schreibt, geheimes Treiben, Verrat, Doppelmoral, Plagiat, giftige Ironie, platte Lüge, kurz: eine höchst gefährliche verbale Rückhand» (tip).

«Im Gegensatz zu früheren Romanen Wilsons ist das Geschehen zeitlich und örtlich genau fixiert, sozusagen historisch angesiedelt – der Leser erhält einen Orientierungsrahmen ... Er sieht sich einem Feuerwerk von Ereignissen, Ideen und Visionen ausgesetzt, selbst die Sprache scheint zu explodieren – bis der Roman nach der Auflösung von Raum, Zeit, Bewußtsein und Wirklichkeit wieder mit der präzisen Lokalisierung in Raum und Zeit endet» (Hessischer Rundfunk).

Robert Anton Wilson, geboren am 18. Januar 1932 in New York, studierte Mathematik, Elektrotechnik, Englisch, Pädagogik und graduierte schließlich in Psychologie. Er ist stellvertretender Direktor des «Institute for the Human Future» in der kalifornischen Universitätsstadt Berkeley. Gemeinsam mit dem ehemaligen Harvard-Dozenten und Drogen-Guru der 60er Jahre, Timothy Leary, veröffentlichte er den Band «Neuropolitics», dem dann sein Meisterwerk «Cosmic Trigger» (rororo Nr. 5649) folgte. Zusammen mit Robert Shea schrieb Wilson außerdem die inzwischen legendäre Pop-Trilogie «Illuminatus! – Das Auge in der Pyramide» (rororo Nr. 4577), «Illuminatus! – Der goldene Apfel» (rororo Nr. 4696) und «Illuminatus! – Leviathan» (rororo Nr. 4772) sowie seine ergänzenden «Illuminati-Papiere» (rororo Nr. 5191). Zu seiner Trilogie «Schrödingers Katze», deren Bände mit den Untertiteln «Das Universum nebenan» (Nr. 5287), «Der Zauberhut» (Nr. 5382) und «Die Brieftauben» (Nr. 5476) ebenfalls als rororo-Taschenbücher vorliegen, schrieb «Playboy»: «Eine Mischung aus Krimi, Polit-Ulk, Science-fiction und wissenschaftlichen Tatsachen.»

Robert Anton Wilson

MASKEN DER ILLUMINATEN

Roman

Aus dem Amerikanischen
von Pociao

rororo

Rowohlt

Titel der Originalausgabe «Masks of the Illuminati»
Umschlagentwurf Harriet Höppner

Veröffentlicht im Rowohlt Taschenbuch Verlag GmbH,
Reinbek bei Hamburg, Juni 1986
«Masks of the Illuminati»

Satz Times (Linotron 202)
Gesamtherstellung: Clausen & Bosse, Leck
Printed in Germany
980-ISBN 3 499 15764 0

Für Graham, Jyoti und Karuna

Zur Beachtung

Genau wie im normalen Leben sind die Personen und Ereignisse in diesem Buch teils real und teils das Produkt einer gestörten Phantasie.

Der *Hermetic Order of the Golden Dawn* und der Ordo Templi Orientis waren (und sind) ziemlich real, und die hier beschriebenen magischen Übungen können durchaus ähnliche Resultate zeitigen wie die in unserer Story. *The Great God Pan, The King in Yellow* und *Clouds Without Water* sind wirkliche Bücher und die ihnen entnommenen Zitate nachprüfbar. Alle Einzelheiten über politische Anschläge oder andere Ereignisse des gesellschaftlichen Lebens stammen aus gängigen Nachschlagewerken wie der *Britannica* und sind so verläßlich, wie Informationen aus derartigen Quellen im allgemeinen zu sein pflegen.

Der Autor garantiert hiermit feierlich, daß es in den vorangegangenen zwei Absätzen keine platten Lügen und nur einen versteckten Witz gibt.

Teil 1

Das Schachbrett ist die Welt, die Figuren sind die Phänomene des Universums, die Spielregeln sind das, was wir normalerweise die Gesetze der Natur nennen. Der Spieler auf der anderen Seite ist vor unsern Blicken verborgen.

Thomas Henry Huxley, *Gesammelte Essays*

Ein großer Unterschied zwischen dem chemischen und dem alchimistischen Prozeß besteht darin, daß die Alchimie mit mäßiger Wärme arbeitet, die sich ständig, aber nur langsam steigert und nicht mit heftiger Hitze beginnt.

Israel Regardie, *The Golden Dawn*

Mein Gott, bedenke, was du sagst. Es ist einfach zu unglaublich, zu unheimlich, solche Dinge kann es nicht geben ... Es muß eine Erklärung dafür geben, irgendeinen Ausweg aus dem Schrecken. Stell dir das doch nur mal vor, Mann, wenn so etwas möglich wäre, unsere Erde wäre ein Alptraum.

Arthur Machen, *Der Große Gott Pan*

Der Fall der anhaltenden Selbstmorde

Neue Schrecken am Loch Ness
(Sonderbeilage des EXPRESS-JOURNALS)

Inverness, 23. April 1914 – Inspektor James McIntosh von der Kriminalpolizei in Inverness steht vor einem Geheimnis, das grausiger ist als alles, was Poe oder Conan Doyle je zu Papier gebracht haben. Drei unerklärliche Selbstmorde, die sich innerhalb der letzten vierzehn Tage in der Nähe des Loch Ness ereignet haben, beschäftigen ihn. Die Landbevölkerung behauptet hartnäckig, daß die Gegend nicht nur von «Nessie», unserem berühmten Lokalmonster, sondern auch von anderen, noch seltsameren und furchteinflößenderen Kreaturen heimgesucht wird.

Der erste der unerklärlichen Selbstmorde ereignete sich am letzten Donnerstag, als Bertran Alexander Verey, 68, sich auf tragische Weise eine Kugel in den Kopf jagte. Laut Angaben seiner Nachbarn befand Mr. Verey sich bei bester Gesundheit, und auch die Nachforschungen des Untersuchungsrichters ergaben kein rationales Motiv für einen solchen Akt melancholischer Verzweiflung.

Das zweite Opfer der unheimlichen, selbstzerstörerischen Seuche war Vereys Schwägerin, Mrs. Annie (McPherson) Verey, 59, die sich das Leben nahm, indem sie am Morgen des vergangenen Montags eine Flasche Jodtinktur trank. Sie hinterläßt einen Ehemann, Hochwürden Charles Verey, den bekannten Pastor der hübschen alten Old Kirk am Loch und Präsident der Gesellschaft zur Verbreitung der Religiösen Wahrheit.

Heute nun trug sich die dritte entsetzliche und unergründliche Tragödie zu. Durch einen merkwürdigen Zufall steht sie mit den andern beiden Fällen manischer Melancholie in Zusammenhang. Hochwürden Duncan McPherson, der Bruder von Mrs. Verey und Vizepräsident der Gesellschaft zur Verbreitung der Religiösen Wahrheit, schlitzte sich heute morgen mit einer Rasierklinge die Kehle auf.

Es ist schwer verständlich, wie eine derart ansteckende Welle von Geistesgestörtheit ausgerechnet eine Familie treffen konnte, die stets frommen christlichen Grundsätzen folgte. Auf entsprechende Fragen unseres Reporters erklärte Inspektor McIntosh dazu: «Wenn man dreißig Jahre lang bei der Polizei ist, erlebt man eine Menge bizarrer Fälle und lernt, daß buchstäblich jedermann zu buchstäblich allem fähig ist.»

Die Landbevölkerung bleibt steif und fest bei ihrer Überzeugung, daß es in der Gegend, wo der Fluß Ness ins Loch Ness mündet und wo sich auch die Häuser von Verey und McPherson befinden, spukt. Sie verweisen auf die vielen Erscheinungen «Nessies», des mysteriösen Schlangenmonsters im Loch Ness und auf Geschichten von einem anderen fledermausgeflügelten Monstrum, unheimlichen Geräuschen und Lichtern in der Nacht, summenden Stimmen an einsamen Orten und vielen anderen Variationen übernatürlicher Phänomene.

«Es gibt viel Aberglauben unter der Bevölkerung», erklärte Inspektor McIntosh zu diesen schrecklichen Gerüchten.

Andere sehen den Skeptizismus des Inspektors nur mit der strengen Regel keine Frau, kein Pferd, kein Schnurrbart, Ärger und Spott.

Malcolm McGlaglen, 61, Besitzer einer Farm in der Nähe der angeblich von Gespenstern heimgesuchten Gegend, meinte im Beisein unseres Reporters: «Die Polizisten sind doch alles – Dummköpfe. Jeder Mann, jede Frau und jedes Kind hier nennt das Gebiet ‹Teufelsakker›, und keiner würde sich trauen, es nach Einbruch der Dunkelheit zu betreten. Nessie macht uns wirklich noch die wenigsten Sorgen. Die gottlosen Geräusche, die man hier nachts zu Ohren bekommt, die Lichter am Himmel und auf der Erde und die schrecklichen Bestien, die man gesehen hat, sind dagegen so schauerlich, daß man davon über Nacht weiße Haare bekommen kann.»

Ein anderer Farmer, der nicht genannt werden möchte, fügte weitere grausige Einzelheiten zu McGlaglens makabrem Bericht hinzu. Er berichtete, daß sein eigener Sohn einem dieser «entsetzlichen Monster» begegnet sei und sich seitdem in ärztlicher Behandlung befinde. Er lehnte es jedoch ab, das Wesen zu beschreiben: «Die Leute aus der Stadt würden uns ja doch nur auslachen.»

Robert McMasters, ebenfalls Farmer, faßt die Meinung der Landbevölkerung zusammen: «Wir brauchen hier keine Polizei – wir brauchen einen Hexenriecher.» McMasters behauptet, erst vor kurzem eine Frau ohne Kopf auf dem Anwesen des Laird von Glen Carig gesehen zu haben.

«Aberglaube», schimpft Inspektor McIntosh, unser Reporter jedoch räumt ein, daß er heilfroh war, wieder in der Stadt zu sein, ehe auf dem «Teufelsacker» die Nacht einbrach.

Aus dem Tagebuch von Sir John Babcock, 25. Juni 1914:

Was für ein Mensch ist er bloß oder was für eine Kreatur in Gestalt eines Menschen? Es stimmt, ich habe ihn nur zweimal von Angesicht zu Angesicht gesehen, aber in diesen letzten beiden Jahren ist er zu einer Art ständigem Begleiter in meinem Leben geworden – genauer gesagt, seit ich dieses verfluchte *Clouds Without Water* gekauft habe und in die Affären der Vereys und die Schrecken von Loch Ness verwickelt wurde. Schon vor der Blasphemie des umgekehrten Kreuzes, das mich aus Arles vertrieben hat, hat er meinen Schlaf heimgesucht und ist mir in den groteskesten Erscheinungsformen in meinen Alpträumen erschienen, die an schieres Delirium grenzten. Besonders diese eine gräßliche Vision läßt mich nicht mehr los – er trug einen Turban und sah aus wie ein widerwärtig fetter Dämonensultan, während eine Truppe von insektoiden Gefolgsleuten, die nur ein Doré oder Goya hätte erfinden können, pfeifend um ihn herumtanzte. Wie King Lear hätte ich um ein Haar ausgerufen: «Apotheker, gib mir etwas, um meine Phantasie zu beruhigen!» Aber dies ist keine Phantasie, sondern grausige Wirklichkeit. Ich erinnere mich noch an seine letzten Worte in London: «Dein Gott und Jesus sind tot. Jetzt ist unsere Magie stärker, denn die Alten sind zurückgekehrt.» Manchmal scheint mir der Glaube zu schwinden, und ich denke, er hat recht. Das ist der größte Horror: passiv, ohne weiteren Widerstand und ohne jede Hoffnung dorthin gezogen zu werden, wovor ich mich am meisten fürchte; wie der, der am Rand eines Abgrundes steht, und da flüstert ihm eine verführerische Stimme zu: «Spring, spring, spring ...» und er kann ihr einfach nicht widerstehen.

ACTION	**SOUND**
AUSSENAUFNAHME. BAHNHOF SBB, BASEL, SCHWEIZ. 1914. FÜHRER ABEND. SCHWENK.	
Bahnsteig. Kamera schwenkt über mehrere Gesichter. Drei normale, durchschnittliche Männer und Frauen, ein schrecklich häßlicher Mann, ein Zwerg und weitere normale Gesichter.	*Eisenbahngeräusche. Vorbereitung auf die Abfahrt.* *1. Stimme in der Menge:* «... nicht der Allmächtige ...» *2. Stimme:* «Ich sagte zu ihm:

‹Du kannst mich am Arsch . . .› Er war ganz schön sauer.»
3. Stimme: «Ich nahe zur Rettung Israels.»
Schrille Lokomotivpfeife.
Volles Orchester: Der Walzer aus der Fröhlichen Witwe.

Als der Schnellzug nach Zürich am Abend des 26. Juni 1914 in Basel abfuhr, fand sich im Abteil 23 ein ziemlich merkwürdiges Trio zusammen. Zwei seiner Mitglieder waren innerhalb kürzester Zeit sicher, daß der dritte eine Schraube locker hatte.

«Der Regen scheint nachzulassen», hatte der Schweizer Doktor bemerkt, kaum daß der Zug sich in Bewegung gesetzt hatte. Das war eine Feststellung, die offensichtlich war; er hatte nur die Absicht, eine lockere Unterhaltung in Gang zu bringen.

«Ja», sagte der Russe kalt und schroff, er hatte eindeutig kein Interesse an müßigem Geschwätz.

«Kein Regen mehr», stimmte der Engländer liebenswürdig zu, aber sein höfliches Lächeln kam nicht über die Mundwinkel hinaus. Und die Augen waren so bar jeder menschlichen Regung wie die einer Mumie.

Der Doktor betrachtete einen Moment lang dieses leere Lächeln und schlug dann ein anderes Thema an. «Anscheinend hat man den Erzherzog Ferdinand äußerst herzlich empfangen», sagte er. «Vielleicht beruhigt sich dadurch die Situation auf dem Balkan.»

Der Russe schnaubte verächtlich, diesmal kam kein Wort über seine Lippen.

«Politik ist doch nichts anderes als eine Maskerade», sagte der Engländer mit dem gleichen höflichen Lächeln, das seine ausweichenden Augen ausdruckslos ließ.

Jetzt riskierte der Russe doch einen Satz: «Es gibt zu jeder Maskerade einen Schlüssel», bemerkte er mit der teuflischen Freude eines Mannes, der insgeheim schon Pläne für die Apokalypse schmiedet, «und schon die alten Römer kannten ihn: *cui bono?*»

«‹Wem nützt es?›» übersetzte der Engländer. Alle drei sprachen Deutsch miteinander. «Wem sonst, wenn nicht dem Teufel?» antwortete er sich selbst und brach dann in ein derart irres Gelächter aus, daß es einem unbehaglich werden konnte.

Der Russe starrte den Engländer einen Moment lang an und registrierte dabei die gleichen nervösen Symptome, die dem Doktor schon vorher aufgefallen waren. Dann meinte er nachdrücklich: «Der Teufel ist ein bequemer Mythos, den die wirklichen Übeltäter der Welt nur erfunden haben.» Und damit schlug er seine Zeitung auf und zog sich dahinter zurück, wie um zu zeigen, daß er jedes weitere Wort an seine Adresse als Einbruch in seine Privatsphäre empfinden würde.

Der Doktor blieb freundlich. «Heutzutage glauben wirklich nur noch wenige an den Teufel», sagte er und dachte bei sich: *Neun von zehn Schizophrenen sind vom Teufel besessen, und acht von zehn bringen irgendeine Variante der alten Maskeraden-Metapher aufs Tapet.*

Mit einem Grinsen, das mittlerweile schon fast mechanisch und gespenstisch wirkte, erwiderte der Engländer: «Heutzutage können auch nur wenige weiter als bis zu ihrer eigenen Nasenspitze sehen.»

«Sie haben wohl Grund, es besser zu wissen, was?» bohrte der Doktor.

«Sind Sie Psychiater?» fragte der Engländer plötzlich abrupt.

Da, schon haben wir's, dachte der Doktor, *die erstaunliche Intuition, oder besser gesagt, außersinnliche Wahrnehmung, die solche Typen oft an den Tag legen.* «Ich bin Arzt», antwortete er bedächtig. «Ich behandle geistige und körperliche Störungen – aber nicht vom Standpunkt der traditionellen Psychiatrie aus.»

«Ich brauche keinen Psychiater», sagte der Engländer verbittert, so als hätte er nicht gehört, daß der Doktor sich gegen ein solches Etikett verwahrte.

«Wer hat denn gesagt, daß Sie einen brauchen?» fragte der Doktor. «Mein Vater war Geistlicher. Im Grunde interessiert mich nur, wieso Sie so fest von der Existenz des Teufels überzeugt sind, und das in einem Zeitalter, in dem die meisten einigermaßen gebildeten Leute die gleiche Meinung vertreten würden wie unser zynischer Gefährte hier hinter seiner Zeitung.»

Ein verächtliches Schnauben aus Richtung der Zeitung war die Antwort.

«Haben Sie je gesehen, wie ein Mensch sich vor Ihren Augen in Luft aufgelöst hat?» fragte der Engländer.

«Nun, also, nein ...» sagte der Doktor.

«Dann erzählen Sie mir auch nicht, daß ich einen Psychiater brauche», sagte der Engländer. «Vielleicht braucht die ganze Welt einen

Psychiater ... vielleicht braucht Gott selbst einen ... aber ich weiß schließlich, was ich gesehen habe.»

«Sie haben gesehen, wie ein Mensch sich in Luft aufgelöst hat wie bei einem Zaubertrick auf der Bühne?» fragte der Doktor freundlich. «Das ist aber wirklich höchst ungewöhnlich. Ich kann gut verstehen, warum Sie befürchten, daß Ihnen niemand glaubt.»

«Sie machen sich wohl über mich lustig», fauchte der Engländer. «Ich habe es mit meinen eigenen Augen gesehen ... und ich weiß ... eine Verschwörung hinter den Kulissen ... die alles kontrolliert. Ich hatte sämtliche Beweise, und dann sind sie plötzlich verschwunden. Menschen, Postfächer, alles ... über Nacht wie vom Erdboden verschluckt ...»

Über Nacht, über Nacht, über Nacht, sangen die Eisenbahnräder, gerade so, als hätten sie den Rhythmus der Worte aufgeschnappt.

«Sicher haben Sie eine schreckliche Erfahrung gemacht», meinte der Doktor, so sanft er konnte. «Aber wäre es nicht möglich, daß sie ein paar von den Einzelheiten durcheinanderbringen, auf Grund eines Schocks vielleicht?»

Über Nacht, über Nacht, über Nacht, summten die Räder.

«Ich weiß, was ich gesehen habe», sagte der Engländer matt und erhob sich. «Entschuldigung», meinte er und verließ das Abteil.

Der Doktor warf einen Blick auf den Russen, der sich immer noch hinter seiner schützenden Zeitung verkrochen hatte.

«Haben Sie das Beethoven-Konzert gehört, als Sie in Basel waren?» fragte er munter.

«Ich habe Wichtigeres zu tun», antwortete der Russe auf seine kalte und schroffe Art und schlug mit übertriebenem Interesse eine Seite um.

Der Doktor gab auf. Ein Passagier verrückt und der andere ein Barbar, das kann ja heiter werden, dachte er.

Nach ein paar Minuten kam der Engländer erschöpft zurück, rollte sich in seiner Ecke zusammen und war von einer auf die andere Sekunde eingeschlafen. Laudanum oder irgendein anderes Opiat, diagnostizierte der Doktor. Mindestens eine akute Angstneurose.

Über Nacht, über Nacht, über Nacht, stampften die Räder.

Der Doktor beschloß, selbst ein kleines Nickerchen zu machen. Plötzlich wachte er abrupt auf, da der Russe unwillig seinen Arm gepackt hatte. Und dann hörte er den Engländer stöhnen:

«Nein ... nein ... ich will nicht in den Garten ... nicht schon wieder ... o Gott im Himmel, dieses *Ding* ... diese flatternden Fledermausflügel ... diese riesigen roten Augen ... Gott steh uns bei, Jones ...»

«Er ist völlig durchgedreht», meinte der Russe.

«Ein Angstanfall», korrigierte der Doktor. «Er hat einen Alptraum ...»

«Gar gar gar *gar*», keuchte der Engländer, es schien, als würde er jeden Moment in Tränen ausbrechen.

Verlegen lockerte der Russe seinen Griff. «Ich nehme an, Sie sehen jede Woche Dutzende von solchen Fällen», meinte er. «Aber ich bin so was einfach nicht gewohnt.»

«Ich kenne sogar welche, die erleben solche Visionen im hellwachen Zustand. Trotzdem sind es immer noch Menschen, und ich finde, sie verdienen unser Mitgefühl.»

«Aus seiner Klasse verdient *niemand* Mitgefühl», antwortete der Russe. Er sprach jetzt wieder genauso barsch wie vorher und zog sich in seine Ecke zurück.

«Das *Invisible College*», summte der Engländer in einem absurden schizophrenen Singsang. «Mal sieht man es, mal wieder nicht ... in Luft, einfach in Luft aufgelöst ...»

«Er redet von einer Geheimgesellschaft aus dem 17. Jahrhundert», sagte der Doktor überrascht.

«Selbst Jones», fuhr der Engländer leise fort. «Er existierte und existierte doch nicht ... o Gott nein ... nicht wieder zurück in den Garten ...»

Draußen vor den Zugfenstern tauchten jetzt die Vororte von Zürich auf.

Der Doktor beugte sich vor und berührte vorsichtig und leise die Schultern des Engländers. «Es ist nur ein Traum», flüsterte er sanft in der Sprache des Engländers. «Sie können jetzt aufwachen und alles wird vorbei sein.»

Vor Entsetzen geweitet, öffneten sich mit einem Schlag die Augen des Engländers.

«Sie hatten einen bösen Traum», fuhr der Doktor sacht fort, «nur einen bösen Traum ...»

«Alles Unsinn», sagte der Russe plötzlich, nicht mehr ganz so unbeteiligt und kalt wie vorher. «Sie wären besser beraten, all diese eingebildeten Dämonen zu vergessen und statt dessen den drohenden Zorn der Arbeiterklasse zu fürchten.»

«Es war kein Traum», sagte der Engländer. «Sie sind hinter mir her ...»

«Junger Mann, was immer Sie auch fürchten, es ist nur in Ihrem Kopf. Es ist keinesfalls außerhalb ihrer selbst. Bitte versuchen Sie das zu verstehen», sagte der Doktor eindringlich.

«Sie Narr», gab der Engländer zur Antwort, «für sie ist doch *drinnen* und *draußen* genau dasselbe. Sie können in unsere Hirne eindringen, wann immer sie wollen. Und sie können die ganze Welt auf den Kopf stellen, wenn sie wollen.»

«Sie?» fragte der Doktor listig. «Meinen Sie das *Invisible College*?»

«Das *Invisible College* ist tot», sagte der Engländer. «Jetzt sitzt die Schwarze Bruderschaft am Hebel.»

«Zürich!» rief der Zugführer. «Endstation, alles aussteigen. Zürich!»

«Hören Sie», sagte der Doktor. «Wenn Sie eine Weile in Zürich bleiben, dann besuchen Sie mich doch bitte. Ich bin fest davon überzeugt, daß ich Ihnen helfen kann.» Er reichte dem Engländer seine Karte.

Der Russe erhob sich mit skeptischem Räuspern und verließ das Abteil ohne Gruß.

«Das ist meine Karte», drängte der Doktor. «Werden Sie kommen?»

«Ja», antwortete der Engländer mit seinem mechanischen, falschen Lächeln. Aber nachdem auch der Doktor gegangen war, blieb er allein sitzen, starrte abwesend ins Leere und ließ die Karte, ohne es zu merken, zu Boden fallen. Er hatte nur einen kurzen Blick darauf geworfen: Dr. Carl Gustav Jung.

«Ich brauche keinen Psychiater», sagte er teilnahmslos vor sich hin. «Ich brauche einen Teufelsaustreiber.»

Im Herzen der Schweizer Metropole

Als der imposante, ein wenig füllige Albert Einstein aus dem finsteren Gewölbe der Lorelei-Bar heraustrat, trug er ein schwachgelbes Tablett in der Hand, auf dem er vorsichtig zwei Krüge balancierte. Ausgebeulte Hosen und ein abgewetzter grüner Pullover, dessen Farbe im kerzenerleuchteten Ratskeller verdunkelt wurde, schlotterten achtlos um seine kleine, gnomenhafte Gestalt, doch trug er sein schwarzes Haar sauber gekämmt, beinahe stutzerhaft und einen feschen schwarzen Schnurrbart dazu.

«Olf», sagte Professor Einstein, als er in der Dunkelheit um ein

Haar mit einer anderen Bier balancierenden Figur zusammengestoßen wäre.

James Joyce, hager und blaß, mit betrunkenen blauen Augen, schaute auf, um einen angestrengt scharfen Blick durch den schattenhaft dunklen Raum zu werfen. In weiter Ferne bemerkte er die winzige, sich nähernde Gestalt Einsteins. «Ah», sagte er nachdenklich. Er war zu benebelt, um sich präziser auszudrücken.

Einstein stellte das gelbliche Tablett vorsichtig auf Joyces schlichten, ungestrichenen Tisch. Und ehe er sich dann auch hinsetzte, machte er zum Klang des Akkordeons, das ein einäugiger Fabrikarbeiter in der Ecke spielte, zwei, drei dyonisische Tanzschritte. Dabei fiel Joyce etwas beinah mädchenhaft Anmutiges in seinen Bewegungen auf, und wieder sagte er: «Ah.»

«Jeem», meinte Einstein. «Warum denn plötzlich so still?» Er ließ sich behutsam nieder, schaute und tastete im schummrigen Kerzenlicht unsicher nach seinem Stuhl. Als er dann sicher saß, nahm er ein paar kräftige Züge von dem mahagonifarbenen Bier, man sah förmlich, wie es ihm schmeckte. Joyce fuhr fort, ihn mit einer angenehmen, amöbenhaften Teilnahmslosigkeit zu beobachten: ein erledigter Telemachus. «Sind Sie betrunken?» fragte Einstein.

«Ein Ire ist so lange nicht betrunken», erklärte Joyce dogmatisch, «wie er noch drei Treppen und die Kohlenrutsche runterkullern kann, ohne sich dabei weh zu tun. Ich dachte gerade an die Seeschlange von Loch Ness. Heute stand was in der Zeitung über einen Schotten namens Laird von Boleskine. Er will hier in der Gegend Bergsteigen. Die Reporter fragten ihn auch nach dem Monster, und er sagte: ‹O ja, Nessie gibt es wirklich. Ich habe sie schon oft gesehen. Sie ist praktisch so was wie ein Haustier.›»

ACTION	**SOUND**
AUSSENAUFNAHME. INNENSTADT. NACHT. HALBTOTALE.	
SATAN und SIR JOHN BABCOCK stehen sich gegenüber; BABCOCK schlotternd vor Angst. (Diese Aufnahme wird nur ganz kurz eingeblendet; sie soll nicht als	*Schnelle Schritte*

deutliches Bild registriert werden. Das Publikum soll nicht sicher sein, daß es sie wirklich gesehen hat.)

F.: Was hat Joyce an Einstein am meisten bewundert?

A.: Kirchenlosigkeit, Gottlosigkeit, Staatenlosigkeit, Königslosigkeit, Glaubenslosigkeit.

F.: Und was hat Joyce bei Einstein am wenigsten bewundert?

A.: Jüdische Sentimentalität und seine beharrliche Weigerung, genug zu saufen, um die amüsanteren und instruktiveren alternativen Bewußtseinszustände zu erfahren.

F.: Was hat Einstein bei Joyce am meisten bewundert?

A.: Kirchenlosigkeit, Gottlosigkeit, Staatenlosigkeit, Königslosigkeit, Glaubenslosigkeit.

F.: Und was hat Einstein bei Joyce am wenigsten bewundert?

A.: Irischen Jähzorn und die geistlose Bereitschaft, solange zu saufen, bis er die jämmerlichsten und bizarrsten alternativen Bewußtseinszustände erreichte.

F.: Welche auffälligen Unterschiede zwischen Mr. Joyce und Professor Einstein wurden entweder von einem der beiden oder beiden weder bemerkt noch erwähnt?

A.: Joyce war den üblichen Beschränkungen des Ego entflohen, indem er sich in die Frage vertiefte, wie es wäre, eine Frau zu sein; Einstein war den üblichen Beschränkungen des Ego entflohen, indem er sich in die Frage vertiefte, wie es wäre, ein Photon zu sein. Joyce betrachtete die Kunst mit der Methodologie eines Wissenschaftlers; Einstein praktizierte die Wissenschaft mit der Intuition eines Künstlers. Joyce führte eine glückliche wilde Ehe mit seiner Geliebten Nora Barnacle; Einstein führte eine unglückliche Ehe mit seiner Frau Mileva.

ACTION	SOUND
AUSSENAUFNAHME. SCHOTTISCHES FARMLAND. DÄMMERUNG. HALBTOTALE.	
Der kleine zehnjährige MURDOCH FERGUSON schlendert durch ein Kornfeld.	*Stimme von* HOCHWÜRDEN CHARLES VEREY (*over*): «Dann, im Jahre 1912, passierte etwas Entsetzliches. Der kleine Murdoch Ferguson, zehn Jahre alt, war buchstäblich zu Tode erschreckt, als er nach Einbruch der Dämmerung zu Hause ankam.»
AUSSENAUFNAHME. WIE OBEN. NAHAUFNAHME.	
MURDOCH bleibt wie angewurzelt stehen und starrt gebannt auf etwas, das sich außerhalb der Kamera-Reichweite befindet.	VEREYS *Stimme* (*over*): «Ich fürchte, Sie werden mir nicht glauben, wenn ich Ihnen sage, was der Junge gesehen zu haben behauptete ...»

«Und wie steht es mit dem freien Willen?» fragte Joyce. «Unumgänglich, zugegeben, aber deshalb auch doppelt verdächtig.»

Einstein lächelte. «Das Nachdenken über das Denken bringt uns in eine merkwürdige Klemme», sagte er. «Passen Sie auf, ich zeige Ihnen, wie merkwürdig diese Klemme ist.» Mit raschen Strichen zeichnete er ein sauberes kleines Viereck auf eine Serviette und kritzelte hastig etwas hinein. «Hier», sagte er und schob Joyce seine Talmud-Falle hinüber:

Wir müssen an den freien Willen glauben: in dieser Angelegenheit haben wir keine Wahl.

Joyce lachte. «Genau», sagte er. «Aber warten Sie, jetzt zeige ich Ihnen, wie man da wieder raus kommt.» Und schrieb folgendes auf die Rückseite der Serviette:

Was im Viereck ist, wissen wir: Was außerhalb des Vierecks ist, wissen wir nicht: Wer hat das Viereck gemacht?

«Als ich zur Bar ging, sprachen wir noch über den Sozialismus», bemerkte Einstein. «Und jetzt bewegen wir uns gefährlich nahe auf den Abgrund des Solipsismus zu. Also, Jeem, jetzt ohne zu zögern und ohne Tricks: was ist eigentlich real, was glauben Sie?»

«Hundescheiße auf der Straße», antwortete Joyce wie aus der Pistole geschossen. «Sie ist saftig, gelbbraun und klebt einem an den Fersen wie ein Vermieter, der hinter seinem Geld her ist. Kein Mensch ist Solipsist, wenn er auf dem Bürgersteig steht und versucht, sich die Scheiße von den Schuhen zu kratzen.» *Le bon mot de* Canbronne.

«Wieder ein Quantensprung», sagte Einstein und fing an zu lachen. «Na ja, Freud und Jung widmen sich ganz der wissenschaftlichen Erforschung solcher Diskontinuitäten des Bewußtseins.»

Nora, Stanislaus: ob sie wohl ...? Denk nicht darüber nach, Judas, Schutzheiliger der Brüder und Liebenden. Bestimmt haben sie. Ich weiß es, ganz bestimmt.

Die Krypta von St. Giles: wie ging das doch noch gleich?

Der Akkordeonspieler intonierte eine neue Melodie: *Die Lorelei.* Joyce schaute zu, wie sich schwache Schatten vieldeutig bewegten, steif über die Wände huschten, während an einem der benachbarten Tische plötzlich ein närrisches Gelächter ausbrach. «Wahrscheinlich hätte ich Ihnen nirgendwo anders als hier begegnen können», sagte er leise. «Die distinguierten Professoren der Zürcher Universität bewegen sich nicht in denselben Kreisen wie Teilzeit-Sprachlehrer von Signore Berlitz: Kindergarten für Erwachsene in Triest. Jedenfalls nicht, wenn sie nicht die bürgerliche Gesellschaft verachten und gleichzeitig eine Schwäche für anrüchige Kneipen haben. Dabei stammt ein Großteil meiner Bildung aus Kneipen und billigen Absteigen.»

Jetzt fingen die Freunde des Akkordeonspielers an, betrunken zu grölen.

Ich weiß nicht, was soll es bedeuten ...

«Meine Mutter liebte dieses Lied», sagte Einstein sanft, während die Sänger Bilder aus seiner Kindheit heraufbeschworen, Bilder von der Lorelei, von Schönheit und Tod in ihrer magischen Umarmung.

Über Nacht, über Nacht, über Nacht.

Joyce hing seinen eigenen Gedanken nach. «Das letzte Mal war ich vor acht oder neun Jahren in Zürich. Ich stieg mit Nora im *Gasthof*

Zur Hoffnung ab – irgendwie munterte der Name mich damals auf. In diesem Jahr brauchte ich nichts mehr als einen *Gasthof Zur Hoffnung*. Jetzt wohnen wir wieder dort, diesmal ferienhalber, aber aus irgendwelchen unerfindlichen Gründen hat der Wirt den Namen in *Gasthof Doeblin* geändert – meine Heimatstadt, sehen Sie, Dublin ... ist das nicht ein Omen, was meinen Sie?»

Aus der Tiefe der Krypta von St. Giles. Und etwas und noch was meilenweit. Sie haben ganz bestimmt. Meines Bruders Hüter.

«Ist Nora Ihre Frau?» fragte Einstein.

«In jedem Sinn», bestätigte Joyce mit Nachdruck, «abgesehen vom eingeschränkt-legalen und archaisch-kirchlichen.» Ganz bestimmt. Ich weiß, daß sie's gemacht haben. Gefickt wie eine läufige Hündin. Ich weiß es. Ich glaube, ich weiß es.

F.: Lokalisieren Sie die Bahnhofstraße exakt in Zeit und Raum.

A.: Die Bahnhofstraße gehörte zur Stadt Zürich: Zürich gehörte zum Kanton Zürich: der Kanton gehörte zur Schweiz: die Schweiz gehörte zu Europa: Europa war Teil des viereinhalb Milliarden alten Planeten Terra: der sich in Relation zur Sonne einmal pro 24-Stunden-Zirkel von Tag und Nacht um seine Polarachse und in dreihundertfünfundsechzig Tagen, fünf Stunden und sechsundvierzig Sekunden um einen Typ-G-Stern namens Sonne dreht: Terra ist Teil eines Sonnensystems von neun Planeten und Myriaden von Asteroiden: nähert sich mit circa zwanzigtausend Stundenkilometern zusammen mit der Sonne der Konstellation Herkules: Teil der Galaxie, die im Volksmund Milchstraße genannt wurde: die sich alle acht Milliarden Jahre um ihre eigene Achse dreht und damit zur Familie von vielen Milliarden Galaxen gehört, die das bekannte Universum bilden; von dem Professor Einstein vermutet, daß es gleichzeitig endlich und unendlich ist und sich vierdimensional um seine eigene Achse krümmt: so daß hypothetisch jemand mit unendlicher Energie, der ewig weiterreisen könnte, in einer immensen Raum-Zeit-Umlaufbahn durch eine Galaxie nach der andern und schließlich zum Ursprung seiner Expedition zurückkehren müßte: er würde also durch die Milchstraßengalaxie, den Typ-G-Stern namens Sonne, den Planeten Terra, den Kontinent Europa, die Nation Schweiz, den Kanton Zürich, die Stadt Zürich, die Bahnhofstraße dringen und wieder im Lorelei-Ratskeller landen: wo sich derartige Gedanken im Gehirn Albert Einsteins formten.

F.: Wie lange waren James Joyce und Nora Barnacle schon liiert?
A.: Zehn Jahre und zehn Tage.
F.: Wie oft hatte James Joyce befürchtet, daß sie ihn betrog?
A.: Dreitausendsechshundertsechzigmal.
F.: Mit welcher Regelmäßigkeit stellten sich solche Befürchtungen ein?
A.: Gewöhnlich um Mitternacht; gelegentlich auch früher, dann nämlich, wenn Mister Joyce schon am Nachmittag zu trinken angefangen hatte.
F.: Welche Folgen hatten diese Befürchtungen?
A.: Keine.
F.: Gab es irgendwelche Ausnahmen?
A.: Ja. 1909 hatte Joyce seine Befürchtungen mit der Eloquenz und Heftigkeit eines Großmeisters der englischen Prosa in Worte gefaßt. Als man ihn überzeugt hatte, daß er in diesem Fall unrecht hatte, zog er sich wieder in seinen Winkel mißtrauischen Schweigens zurück.
F.: Erklären Sie das Motiv für diese Passivität.
A.: Der Wunsch nach Ruhe und Frieden, in der er seinen literarischen Ambitionen nachgehen konnte; die morbide Erkenntnis von der vermutlich halluzinatorischen Ursache besagter Befürchtungen; eine inbrünstige und verzweifelte Liebe zum Objekt seiner Begierde und Paranoia; demokratische Einsicht in die Tatsache, daß er dem größten männlichen Verein von ganz Europa angehörte – dem der Hahnreis.

Die Debatte, die Albert Einstein (Prof. Physik) und James Joyce (Div. Scep.) an diesem denkwürdigen Abend, als der Föhn durch Zürich wehte, in der heimeligen alten Lorelei-Bar führten, drehte sich um unterschiedliche und höchst ungewöhnliche Themen aus der Epistomologie, Ontologie, Eschatologie, Semiotik, Neurologie, Psychologie, Physiologie, Relativität, Quantentheorie, politische Wissenschaften, Soziologie, Antropologie, Epidemiologie und (auf Grund Mister Joyces unglücklicher Schwäche für das «Ungesunde») mehr als nur liberaler Skatologie. Im Bereich der Epistomologie stand Joyce voll hinter Aristoteles, dem Meister Aller Die Wissen, während Einstein größere Geistesverwandtschaft mit David Hume bewies, dem Meister Aller Die Nicht Wissen; in der Ontologie bewegte Einstein sich gefährlich nahe auf den Ultra-Skeptizismus zu, dem er später widersprechen sollte, als er – schärfer formuliert – von Dr. Niels Bohr in seiner

Kopenhagener Interpretation vorgelegt wurde (*viz:* das uns bekannte Universum ist ein Produkt unseres Denkens und unserer Instrumente und damit ein Universum, das mit dem tatsächlichen Universum nichts zu tun hat), während Joyce in seiner anmaßenden Mißachtung von Zusammenhalt und gesundem Menschenverstand sogar noch über die Kopenhagener Interpretation hinausging, äußersten Agnostizismus an den Tag legte und versuchte, den aristotelischen Standpunkt: A ist A mit der nichtaristotelischen Kritik zu verbinden, die besagt: A ist nur so lange A, wie man nicht genau hinschaut und sieht, wie A sich in B verwandelt. In der Eschatologie bestand Einstein dickköpfig auf seinem humanistischen Standpunkt, daß nämlich Wissenschaft und Vernunft die Welt entscheidend verbessern würden, jedenfalls für den größten Teil der Spezies *Homo sap.*, während Joyce sarkastisch behauptete, daß jeder Schritt nach vorne stets von einem Schritt zurück begleitet werde. Die großen Ideen von Bruno und Huxley, Zeno und Bacon, Plato und Spinoza, Machiavelli und Mach flogen über den Tisch wie ideologische Pingpongbälle. Beide waren mehr und mehr von der verbalen Rückhand des Gegners beeindruckt, erkannten in ihrem Gegner einen klar überlegenen Geist und sahen schließlich ein, daß bei zwei so unterschiedlichen Temperamenten eine endgültige Übereinstimmung etwa so unwahrscheinlich war wie die Immanentisierung des Gnostischen Eschaton nächsten Dienstagnachmittag. Die anwesenden Arbeiter, die Fetzen des ontologischen Guerillakrieges aufschnappten, hielten die beiden schrecklich klug, aber der russische Gentleman aus dem Zug hätte sie, wenn er dabeigewesen wäre, garantiert zu verabscheuenswerten Beispielen von kleinbürgerlichem Subjektivismus, dekadentem imperialistischen Idealismus und prädialektischem empirischen Kritizismus erklärt.

ACTION	**SOUND**
AUSSENAUFNAHME. LANGE EINSTELLUNG: BAHNHOFSTRASSE	
BABCOCK rennt.	*Heftiges Keuchen.*
INNENAUFNAHME. HERRENTOILETTE. NAHAUFNAHME.	

EINSTEIN steht vor dem Pissoir und betrachtet eine Graffiti in deutscher Sprache: NUR DER WAHNSINNIGE IST SICH ABSOLUT SICHER. FNORD.

Heftiges Keuchen, Schritte.

Das kommt mir nicht aus dem Sinn ...

Die Arbeiterstimmen beschworen in Joyce seine eigene Vorstellung von der Lorelei: elfenbeinerne Augen, ein Fischschwanz, von Kopf bis Fuß mit Rankenfußkrebsen bedeckt. Wie die Sirenen des alten Homer. Sie kämmt sich das aschblonde Haar, oberhalb der Taille spröde und unnahbar: darunter der höllische Abgrund. Von den Liedern verführt, segeln sie genau auf den Felsen zu, musikberauscht. Krachen, schäumendes Glucksen, Schreie: dann alles still. Ein Strudel, der sich dreht und dreht: Leere. Eine Möwe flattert über den erbarmungslosen Himmel.

Und der Kopf der Schlange erhebt sich aus dem Loch: Eßt und ihr werdet sein wie die Götter.

Schritt für Schritt, die schlechten Augen mit dem Spazierstock absichernd, näherte sich Joyce würdevoll der Bar und bestellte noch ein Bier. Feierlich betrachtete er sich im Spiegel, über dem sich ein bronzener Adler erhob.

Es liegt mir auf der Zunge. Tief unter der Krypta von St. Giles – ein Schrei und ein Echo – zuviel. Und etwas und noch was mit Bruder Ignatius. Ach, Scheiße. Stop.

Die Fenster klappern: draußen bläst der Föhn.

Wann kommt Einstein endlich vom Klosett zurück? Blase: ein komplizierter Trichter. Wenn es den Medizinstudenten in mir noch gibt, dann auch den Priester. Und den Musiker. St. James von Dublin, Schutzheiliger der Kelche, Katheter und Kantaten. Komisch, meine Prosa wirkt immer musikalisch, liturgisch und klinisch zugleich.

Ah, Einsteins grüner Pullover.

«So, Jeem», sagte Einstein, ohne sich zu setzen. «Ich glaube, ich habe genug für heute.»

«Ach, nicht noch ein kleines Bierchen?» drängte Joyce guten Mutes. «Noch ein Stein, Einstein?»

Einstein schüttelte traurig den Kopf. «Muß morgen früh Stunden geben», murmelte er.

«Ich hoffe, wir sehen uns wieder», sagte Joyce und erhob sich förmlich, aber ganz schön wackelig auf den Beinen. «Ich werde Sie nie vergessen, Einstein, Sie haben mir das Konzept der Quantensprache vermittelt. Könnte sein, daß das der Schlüssel zu dem unmöglichen Roman ist, den ich im Kopf habe ...»

«Ich verstehe zwar nicht, was die Quantenmechanik mit der Sprache zu tun hat», entgegnete Einstein, «aber es freut mich, daß ich Ihnen helfen konnte. Es war auch für mich ein äußerst inspirierendes Gespräch.»

Eine Explosion reiner Energie stob durch die langsam schwingende Tür, und Joyce trat wie betäubt zurück, um dem Zusammenstoß zu entgehen. Sllt.

Die Gestalt, die jetzt in den schattenhaft-dunklen Ratskeller taumelte, war die eines hübschen, aber heruntergekommenen Jugendlichen, dessen bleiche Haut und eingefallene Augen von einem kosmischen und schrecklichen Grauen zeugten, das der ermattete Geist des Jünglings kaum noch zu ertragen schien. Jeder im Raum hielt wie erstarrt in der Bewegung inne, und so manchem rann ein kalter Schauer über den Rücken. Viele bezeugten später, daß ihnen die Haare zu Berge standen, sie eine Gänsehaut bekamen und vor Angst schlotterten. Obgleich der Fremde die feinste Kleidung der englischen Oberschicht trug, hätte der ärmliche Strohkoffer, den er unter dem Arm hatte, ohne weiteres tödliches Gift, gefährliche Kobras oder menschliche Köpfe enthalten können – dem gespenstischen Lachen nach zu urteilen, in das er jetzt ausbrach, während er gleichzeitig offensichtlich darum kämpfte, seine Hysterie zu unterdrücken. Eine Aura beinahe sichtbaren Grauens hatte unbemerkt das vorher so fröhliche Trinkerimperium erfüllt. Der einäugige Akkordeonspieler brach mitten im Takt ab, das Instrument lag wie tot in seinen Händen. *Was mag ein solches Eindringen zu bedeuten haben?* fragte sich ein jeder, bis sich ihm ungebeten die schreckliche Wahrheit offenbarte: Nur der Wahnsinnige ist sich absolut sicher. In jedem dunklen Schatten schienen sich verstohlen die entweihten und zeitlosen Mysterien verbotener Äonen, der finstere abgründige Schlund blasphemischer Nekromantik zu bewegen, bis sie den feuchten alten Ratskeller ganz mit ihrer Anwesenheit erfüllt hatten. Und noch immer schlug die Tür im Wind hin und her wie eine gepeinigte Seele: sllt sllt sllt. Ein neues Geräusch, ein kaum wahrnehmbares Rascheln.

Bond Street: sieht aus wie ein Engländer.

Joyce beobachtete mit weitaufgerissenen blauen Augen, wie die verhärmte Gestalt mit dem mädchenhaften Gesicht auf die Bar zutorkelte. Dorian Gray am Ende seiner Kräfte. Echte Angst.

«Whiskey», lallte der junge Engländer, und schickte abwesend ein «bitte ...» hinterher.

Plötzlich verloren sich die Augen im Leeren, amöbisch, und fast schien es, als schwebte er, als er jetzt mit lautem Krach ohnmächtig zu Boden stürzte, wobei der ganze Saal erzitterte.

Der Abend, an dem ich betrunken auf der Tyrone Street stürzte und Hunter mir aufhalf: immer das gleiche.

Joyce lehnte seinen Spazierstock an die Bar, kniete sich hin und legte das Ohr auf die Brust des Engländers. Medizinstudium: also doch nicht ganz umsonst. Zählen, horchen: das Herz nicht überdurchschnittlich schnell. Puls: schnell, aber nicht anormal. Mordsangst.

Halt: er kommt zu sich.

Der Engländer schaute mit wirrem Blick und gequältem Gesichtsausdruck zu Joyce auf.

«Mein Herr», keuchte er. «Ich, äh ...»

«Beruhigen Sie sich», sagte Joyce. «Ich spreche Englisch.»

Einsteins Stiefel polterten schwer wie Ochsenhufe über den Holzfußboden. Joyce wandte sich um. «Was ist los mit ihm?» fragte Einstein. «Ist es ernst?»

«Nur ein böser Schreck», sagte Joyce.

Der Engländer zitterte am ganzen Körper. «Vom Loch Ness bis hierhin», stöhnte er heiser. «Durch ganz Europa bis vor diese Tür.»

«Beruhigen Sie sich doch», drängte Joyce. Loch Ness. Zufall?

«Es hat mich bis vor diese Tür verfolgt», fuhr Sir John fort. «Es ist draußen ... und wartet ...»

«Der Schreck sitzt ihnen noch in den Gliedern», sagte Joyce verständnisvoll. «Sie sind ein wenig durcheinander. Am besten ruhen Sie sich erst einmal aus, Sir.»

«Sie verstehen nicht», fuhr ihn der Engländer heftig an. «Gleich um die Ecke ... bei den Eisenbahngleisen ...»

«Was ist gleich vor dem Ratskeller?» fragte Joyce und erinnerte sich an Gogartys Art, mit Kranken umzugehen: beruhigend, vernünftig, furchtlos.

Der Engländer zitterte. «Sie sind Ire», sagte er. «Jeder Engländer würde mich für verrückt halten. Aber Sie haben vielleicht Phantasie genug, um es besser zu wissen.»

Keltische Dämmerung: *merde*.

«Ja», sagte Joyce geduldig. «Erzählen Sie.»

«Gleich hinter dieser Tür lauert ein Dämon aus der Hölle ...»

Der einäugige Akkordeonspieler kniete sich neben sie. «Kann ich etwas tun?» fragte er auf deutsch.

«Ja», sagte Joyce. «Helfen Sie ihm auf einen Stuhl. Er kann sich hinsetzen. Ich muß mal eben raus, was nachsehen.»

«Ist er überfallen worden?» fragte der Arbeiter. «Zwei oder drei von uns könnten Sie begleiten ...»

«Nein», sagte Joyce. «Ich glaube, es war seine eigene Phantasie, die ihm diesen Streich gespielt hat. Aber mein Freund und ich gehen mal raus und schauen uns ein wenig um.»

Beinahe verlassen lag die Bahnhofstraße um diese Zeit im schwachgelben Schein der Gaslaternen. Einen halben Block entfernt: eine pferdelose Droschke: *automobile* nennen die Italiener sie. Ist sogar ein italienisches Modell, FIAT: *Fabrica Italiana Automobile Torino*. Die lateinische Liebe zu Kodes und Acronymen. MAFIA: *Morte Alle Franconia Italia Anela* und INRI: Mysterium aller Mysterien.

Der Föhn hatte sich verstärkt, blies: ein heißer, trockener widerlicher Wind wie der Kuß eines Geistes. Joyce suchte die Bahnhofstraße mit seinen schlechten Augen angestrengt ab.

Auf der einen Seite die großen gotisch wirkenden Banken: Herrscher eines Papiers, das Kontinente regiert. Weltzentrum des Wuchers, würde Tucker sagen. Auf der andern Seite die Eisenbahngleise, die der Straße ihren Namen gaben: parallele Linien, die durch den Trick mit der Perspektive irgendwo in der theoretischen Unendlichkeit aufeinandertrafen. Blinzelnd spähte Joyce in beide Richtungen und machte unwillkürlich einen Satz, als es plötzlich donnerte. Eine sauber gekehrte leere Straße. So sauber wie das Schweizer Temperament und bar aller Antworten. Der Dämon des Engländers bestand nur in seinem Kopf.

Aber halt, dort im Schein der Laterne. Joyce ging hinüber, kniete nieder und hob den leicht fluoreszierenden Gegenstand vom Boden auf. Es war eine Plastikmaske, offenbar für eine Theateraufführung oder eine Maskerade bestimmt: das Gesicht des Satans, rote Hörner und Ziegenbart.

«Ein böser Streich ...?» meinte Einstein.

Der Engländer stand noch immer bleich, aber um Haltung ringend in der Tür des Ratskellers.

«Nun, meine Herren», sagte er. «Ich nehme an, Sie haben nichts gefunden und halten mich für verrückt.»

Joyce lächelte. «Ganz im Gegenteil. Wir haben etwas gefunden, und ich halte Sie ganz und gar nicht für verrückt», antwortete er.

Er streckte ihm die Maske entgegen. «Ich fürchte eher, Sie sind das Opfer eines grausamen Scherzes geworden.»

Der Engländer kam einen Schritt näher und betrachtete die grinsende unmenschliche Maske ohne das geringste Anzeichen von Erleichterung.

«Das ist ein böserer Streich, als Sie sich vorstellen können», sagte er mit zitternder Stimme. «Drei Menschen sind schon eines schrecklichen Todes gestorben. Finden Sie das etwa witzig, Sir?»

Ewiger Versucher: sich aus dem Loch herauswindend, Schlangenkraft, die ganz Europa durchquert, nur um mich hier aufzustöbern.

Im düster sinkenden Schattenland
Halten die Kobolde heute Parade
Vernunft ist ein zerbroch'ner Halt
Auf des Teufels Maskerade.

Wo hab ich das bloß noch gelesen? Ganz sicher nicht bei Blake. Eine alte Ballade? Aber horch: er spricht.

«Bisher schon drei Tote», wiederholte der Engländer. «Und jetzt bin ich überzeugt, daß ich der vierte sein soll.»

Die Selbstbestimmung für Irland vom Oberhaus wieder niedergestimmt, nachdem das Unterhaus sie erst im Januar durchgebracht hatte. Jetzt bleibt nur noch eine Möglichkeit: Revolution: Gewehrsalven auf der Straße: schreiende Frauen: tote Kinder. Blutiger Krieg. Der Alptraum, aus dem ich endlich erwachen will. Ja: und Vaters Worte vor langer Zeit: «Drei Dingen solltest du nie im Leben vertrauen, Sunny Jim, mein Kleiner: dem Huf eines Pferdes, dem Horn eines Bullen und dem Lächeln eines Angelsachsen.» Noch ein Netz, das ich überfliegen muß. Dieser Mann hier braucht Hilfe. Dere gewizzede biz: Mitleid.

Der Föhn, der Hexenwind, blies ihnen stinkende, ungesund laue Luft ins Gesicht, als sie so dastanden. «Kommen Sie», sagte Joyce. «Lassen Sie mich Ihnen behilflich sein.»

Ging hinunter von Jerusalem nach Jericho: und fiel Räubern in die Hände. Bring ihn zum Gasthof. Vielleicht hab ich sogar die zwei Pence.

«Ja», sagte Einstein, «lassen Sie uns Ihnen helfen.»

DER RADIOSPRECHER: Und nun eine dramatische Meldung aus Zürich, Schweiz, die uns soeben erreichte. Wie aus verläßlichen Quellen verlautete, meldet Reuters Nachrichtenagentur soeben, daß Mister

James Augustine Aloyisius Joyce tatsächlich bei einem Akt christlicher Nächstenliebe beobachtet werden konnte. Genauere Einzelheiten liegen zwar noch nicht vor, doch wird behauptet, daß Joyce den freundlichen Dienst seinem Nächsten völlig unentgeltlich erwies, ohne den Versuch zu unternehmen, Publizität oder öffentliches Ansehen zu gewinnen, ja sogar ohne jede Erwartung auf einen späteren Dank des Himmels. Mister Joyce, angeblicher Schriftsteller und berüchtigster Hahnrei von ganz Europa, wurde vor fast zehn Jahren aus seiner Heimatstadt Dublin ausgewiesen, vor allem, weil er mehr fleischliche Sünden begangen haben soll, als in den dekadenten Werken von de Sade und Masoch zusammen beschrieben sind, aber auch wegen seines Hochmuts, der Trunksucht und seiner zahlreichen Sünden wider den Heiligen Geist. Außerdem machte er sich einen Spaß daraus, von hinten und schielend auf Kirchen zu gucken. Seitdem ist er den übertrieben geschmacklosen Ruf nicht mehr losgeworden, der arroganteste und egoistischste Lump unseres Jahrhunderts zu sein. Mit seiner Bauernhure hat er schon zwei uneheliche Kinder gezeugt. Die Nachricht von Joyces plötzlicher Anwandlung von Mitleid soll den Vatikan außer Rand und Band gebracht haben. Angeblich hat seine Heiligkeit der Papst ausgerufen: «Vielleicht gibt es doch noch Hoffnung für die Welt!» als er von der wunderbaren Tat erfuhr. Gottvater selbst hat im Himmel jeden Kommentar abgelehnt, dafür erklärte jedoch der Heilige Geist unserem himmlischen Korrespondenten: «Dieses Beispiel zeigt aufs neue, daß in jedem Sünder ein Heiliger schlummert, der darum kämpft herauszukommen.» Und nun eine Meldung unseres göttlichen Gönners:

Der Vater, der Sohn und der Heilige Geist
Das sind die Burschen die bringen es dreist,
Der Geist, der Vater, der Himmlische Sohn
Das ist die Crew mit dem göttlichen Lohn!

Glor-i-a in ex-cel-sus D-e-o!

ACTION	**SOUND**
AUSSENAUFNAHME. BABCOCK MANOR 1886. LANGE EINSTELLUNG.	
Ein prächtiger alter englischer Landsitz. Ein Hochrad auf dem Rasen vor dem Eingangsportal.	*Ein schreiendes Baby*
INNENAUFNAHME. EINGANGSHALLE. HALBTOTALE.	
SIR JAMES FENWICK BABCOCK geht auf und ab, bleibt beim Schrei des Kindes plötzlich stehen.	*Schreiendes Baby*
Der Doktor (mit dem Gesicht von ALBERT EINSTEIN, 1914) kommt die Treppe hinunter in die Halle.	*Doktor:* «Sie können jetzt hereinkommen, Sir James. Es ist ein prächtiger, gesunder Junge.»

Sir John Babcock wurde am 23. November 1886 als einziges Kind von Sir James Fenwick Babcock geboren, einem ehedem hoch angesehenen Biologen, der sich jedoch selbst ins Abseits geschossen hatte, indem er der Lamarckschen Evolutionstheorie den Vorrang vor der Darwinistischen einräumte. Die Mutter des Jungen war Lady Catherine (Greystoke) Babcock, die sich in ihren bis heute erhaltenen Briefen und Tagebüchern als außergewöhnlich lebhafte Gastgeberin mit großem Verstand und als intelligente Advokatin der wissenschaftlichen Ketzereien ihres Mannes erwies.

Tragischerweise wurde der junge Sir John 1897 im zarten Alter von elf Jahren zum Vollwaisen, als nämlich Sir James und Lady Catherine auf einer Afrikareise mit Lady Catherines angeblich verrücktem Cousin, Lord Greystoke, ums Leben kamen. Das Sorgerecht für den Jungen fiel einem Onkel zu, Dr. Bostik Bentley Babcock. Er gehörte zu den ersten Ärzten, die in der Anästhesie den Gebrauch von Äther propagiert hatten. Es ist auch überliefert, daß Dr. B. B. Babcock, anders als sein Bruder, ein strenger Darwinist war, außerdem Atheist und vehementer *laissez faire*-Vertreter der Philosophie von Herbert Spencer. Es wird sogar behauptet, daß es Leute gab, die davon überzeugt waren, daß Dr. Babcock als eingefleischter Junggeselle und Rationalist am wenigsten auf der Welt dazu geeignet war, ein Waisenkind erfolgreich aufzuziehen. Augenscheinlich teilte der gute Doktor insgeheim diese Ansicht, denn er heuerte auf der Stelle eine kleine Armee von Kindermädchen, Erziehern, Dienern und anderen Faktoten an, mit deren Hilfe er sich strategisch vor den Problemen seines heranwachsenden Neffen schützte.

Als Dr. Babcock am 16. Juni 1904 plötzlich selbst einem Herzanfall erlag, war der junge Sir John gerade erst achtzehn Jahre alt und stand sein klägliches letztes Schuljahr in Eton durch. Der Familienanwalt klärte ihn darüber auf, daß er jetzt nicht nur der stolze Besitzer von 20000 Morgen Land um Babcock Manor herum war, sondern auch der Alleinerbe zweier Erbteile. Wenn er sie so angelegt ließ, wie sie es im Moment waren, garantierten sie ihm ein lebenslängliches Einkommen von 4000 Pfund im Jahr, ohne daß er auch nur einmal die unenglische Sünde begehen müßte, das Kapital selbst anzutasten.

Sir John war ein schlanker, nervöser Bursche, die Zielscheibe sämtlicher Studentenwitze seines Jahrgangs, den seine Klassenkameraden stets als «schüchtern», «verstaubt» oder gar «wunderlich» beschrieben. Er selbst fühlte sich nur dann einigermaßen wohl, wenn er allein durch die am dichtesten bewaldeten Gegenden seiner 20000 Morgen wanderte und sich «grüne Gedanken im grünen Schattenreich» machte, wie der Poet sagte. Dort kam es ihm manchmal so vor, besonders wenn das Zwielicht den smaragdgrünen Zweigen zimtfarbene und goldene Lichter aufsteckte, daß sich fast eine Tür zu einer anderen Welt vor ihm auftat. Dann lauschte er den hastigen ängstlichen Bewegungen der Dryaden und machte den schwachschwefeligen Sandelholzduft unter der Erde aus, wo sich die riesigen Höhlenlabyrinthe der Trolle befanden. In solch magischen Augenblicken schien sich der Schleier ein wenig zu lüften, ein undeutliches Schloß erhob sich im Dunst und eine Trompete erinnerte ihn an das Reich der Romantik und Gefahr, des Glanzes und des Triumphes.

F.: Mit welchen *dramatis personae*, Möbeln und Accessoires war dieses magische Reich ausgestattet?

A.: Dunklen und mondlosen Nächten, windzerfurchten Mooren, finsteren Sümpfen, feuchten und trostlosen Morasten, geheimnisvollen Pfaden, kopflosen Erscheinungen, bösen Hexen, weisen und unerforschlichen Zauberern, königlichen Elfen (den allerzartesten), dunkelhäutigen Zwergen, alchimistischen Schmelzöfen, Elixieren, Tränken, Drogen, Kräutern, wertvollen Steinen, heiligen Grals, diversen, mannigfaltigen, feuerspeienden Drachen, unterirdischen Kerkern, Malteserfalken, verborgenen Schätzen, Rittern und Paladinen in schwarzen und weißen Rüstungen, geheimnisumwitterten Sarazenern, keuschen Heldinnen (blonden), bösen Verführerinnen (brünetten), langen Schwertern, Streitäxten, Floretten, Degen, verwitterten Pergamenten, die man kaum noch entziffern konnte, hebräischen Anrufungen, Räucherwerk, Düften, Rauchschwaden, Pentagrammen, Geheimgängen, die zu verborgenen Zimmern führten, aus der Kirche ausgestoßenen, heimtückischen Mönchen, hundsgesichtigen Dämonen, allen Arten von Prinzessinnen königlicher Abstammung, Alraunamuletten, ägyptischen Liebeselixieren, Talismanen mit seltenen Edelsteinen, apotropaischen Zaubersprüchen, Werwölfen, Vampiren, stinkenden Dienern der Hecate, barbarischem Gebräu, gespenstischen Salben, Hexensabbats, Elementargeistern, Schutzgeistern, Edelfräulein in Not (blonden jungfräulichen, die dazu neigten, in Ohnmacht zu fallen), Wahrsagern, Astrologen, Geomanten, kühnen, tapferen, blauäugigen, starken Helden, dunklen, dumpfen, schnauzbärtigen Schurken, Gnomen, Trollen, Männern in schwarz und unsichtbaren, infernalischen Unterwelten.

F.: Welche Arten von Abenteuern und Herausforderungen hatte Sir John bis dahin tatsächlich bestanden?

A.: Zweihundertsiebzehn Versuche älterer Studenten, ihn zur Teilnahme an unaussprechlichen Verbrechen wider die Natur zu verführen, einzuschüchtern oder zu zwingen, obgleich dies in der Heiligen Schrift und auch im Paragraph 270 des Revidierten Strafgesetzbuches von 1888 verboten war.

F.: Aus welchen Motiven heraus weigerte sich der junge Sir John, an den oben erwähnten unaussprechlichen Verbrechen teilzunehmen?

A.: Aus christlicher Überzeugung, Angst vor Entdeckung, Angst vor Bakterien oder heimtückischen Krankheiten, die auf diese Weise übertragen werden, düsteren, aber eindringlichen Warnungen von Onkel Bentley und dem Schuldirektor vor Idiotie, Geisteskrankheiten und Verweichlichung, Empörung darüber, daß ihm immer nur die passive (Rezeptoren-)Seite aufgedrängt wurde, Angst vor Brechreiz.

Einmal fing er eine Feldmaus und hielt sie in den Händen, starrte in ihre schreckerfüllten Augen und war sich plötzlich mit Grauen der Tatsache bewußt, daß er ihr Leben mit Hilfe eines Steines genauso abrupt und sinnlos auslöschen konnte wie das Leben aller Erwachsenen, die er je geliebt hatte, ausgelöscht worden war. Er hatte Angst, nackte metaphysische Angst, nicht weil ihm derartige grausame Phantasien in den Kopf kamen, auch nicht, weil irgendeine primitive und ursprüngliche Macht in ihm ihn dazu trieb, es zu tun, die Tat auszuführen, die gräßliche Freude einer bewußten Sünde zu schmecken. Nichts von alldem, so schlimm es auch war. Vielmehr war er bis ins Mark erschreckt über das Wissen seiner Macht, der Tatsache, daß die Tat überhaupt möglich und das Leben selbst so zerbrechlich und leicht zu beenden war. Der Duft der Rosen und des Klees in seiner Nase, das pastellfarbene Smaragdgrün und Türkis der Bäume, die ursprüngliche Schönheit der ungezähmten Natur erschienen ihm plötzlich widerlich, wie Masken, hinter denen nichts als Tod und Mordlust lauerten. Er ließ das Tierchen frei – «Du kleines glattes banges Tier» – und schaute zu, wie es davonhuschte. Er kannte den gleichen Schrecken, wie diese Maus, sah den Milliarden Jahre alten Kampf zwischen Angreifer und Opfer durch Onkel Bentleys darwinistisches Prisma und vergoß endlich in aller Stille die Tränen, die ihm bei Onkel Bentleys Beerdigung nicht hatten kommen wollen, weil er viel zu benommen und voller Selbstmitleid gewesen war. Er fühlte sich dreifach verwaist; jetzt blieb ihm nur noch die Blasphemie von Hiobs Frau: Gott verfluchen und sterben.

Diesen Augenblick vergaß er sein ganzes Leben nicht mehr. Viele Monate später, als ein Lehrer, der sich seines intellektuellen Potentials und auch seines Leidens an der Einsamkeit bewußt war, ihn nach seiner Lieblingsstelle bei Shakespeare fragte, zitierte Sir John wie aus der Pistole geschossen, nicht etwa «Sein oder nicht sein» oder die berühmten Monologe, sondern den düsteren Zweizeiler aus *Lear*:

Was Fliegen sind für tückevolle Knaben
Sind wir den Göttern: sie töten uns zum Spaß.

Den Lehrer nahm die Verzweiflung in Sir Johns Stimme so mit, daß er den Jungen zum «hoffnungslosen Fall» erklärte und sich in Zukunft mit seinen onkelhaften Anbiederungen zurückhielt.

Nichtsdestotrotz war Sir John natürlich auch klar, daß die Götter bzw. die blinden unpersönlichen Mächte aus Onkel Bentleys darwinistischem Universum, ihn genauso ungerührt, wie sie ihm seine Mutter, seinen Vater und Onkel Bentley entrissen hatten, mit einer ökonomischen Sicherheit ausgestattet hatten, die im allgemeinen als große Gnade angesehen wurde in einer Welt, in der drei Viertel der Bevölkerung verzweifelt darum kämpften, jeden Tag genug zu essen zu bekommen und die meisten Arbeiter zahnlos und krank starben, noch ehe sie vierzig Jahre alt wurden, zerschlagen und überfordert von jenen dunklen satanischen Mühlen, die Blake beklagte. Dabei war allgemein bekannt, daß diese Mühlen für den Fortschritt notwendig waren und viele Männer und Frauen vor der Erfindung der Elektrizität noch schlimmer dran gewesen waren. All das verwirrte Sir John, noch mehr aber die Absichten des Universums, was ihn selbst betraf, vorausgesetzt, es hatte überhaupt irgendwelche Absichten. Und während er sich in solchen tiefgründigen philosophischen Grübeleien verlor, zuckte auf einmal die ganze Welt zusammen, als Plehve, der russische Innenminister, ermordet wurde. Er war das letzte Opfer einer ganzen Reihe von sinnlosen und unvorstellbaren Attentaten. Der Junge hörte, daß viele ältere Leute sich über die wachsende Brutalität und Gesetzeslosigkeit in der Welt beklagten, und wurde Zeuge, wenn andere sich hinter vorgehaltener Hand Spekulationen über eine weltweite Verschwörung zuflüsterten, die hinter den heimtückischen Anschlägen auf Regierungsmitglieder stecken sollten.

Fünf Jahre später, im Jahre 1909, machte Sir John seinen Abschluß auf dem Trinity College von Cambridge mit Auszeichnung. Und wieder zuckte die Welt zusammen, diesmal war es Prinz Ho aus Japan, der das Opfer eines Attentats geworden war, und wieder machten Gerüchte von weltweiten Verschwörungen und Geheimgesellschaften (zionistische, sagten die einen – jesuitische, die anderen) die Runde. Für Sir John war das alles nur ein diffuser Lärm um nichts im Hintergrund. Sein Verstand und Gefühl waren nicht von dieser Welt. Er lebte in den beiden gelehrten Reichen, die man Geschichte und Mythologie nennt. Sir John weigerte sich, eine solche Trennung zu akzeptieren; er ging auf in einer Welt, die schon so lange tot war, daß sie nicht mehr die Macht hatte, ihn so zu verletzen wie die gegenwärtige, und strahlte doch einen geheimnisvollen Glanz aus.

Zu dieser Zeit stieß Sir John zufällig auf *Vril: Das Geschlecht der Zukunft* von Lord Edward Bulwer-Lytton und verfiel auf der Stelle seiner Verflechtung von Abenteuer, Utopismus, Romantik, tiefgründigen okkulten Weisheiten und gründlicher Kenntnis politischer Psychologie. Am meisten war Sir John von der Tatsache fasziniert, daß die okkulten Einzelheiten im Buch offensichtlich nicht reine Phantasiegebilde oder verfälschte Folklore waren, wie in den Gruselgeschichten von Bram Stoker, sondern auf eine gründliche Kenntnis der mittelalterlichen Kabbala und der Rosenkreuzer hinzudeuten schienen. Innerhalb der nächsten drei Monate erwarb Sir John alle Werke von Lord Bulwer-Lytton und las sie mit wachsender Begeisterung – *Reinzi, Die letzten Tage von Pompeji*, kurz sämtliche Romane, Gedichte, Theaterstücke, Aufsätze und sogar die Märchen. Wenn man bedachte, daß der Autor dieses umfassenden literarischen Werkes gleichzeitig ein monatlich erscheinendes Magazin herausgab, Mitglied des Parlaments war und einer von Disraelis wichtigsten Beratern wurde, kam man aus dem Staunen gar nicht mehr heraus.

Mehr als die Hunderte und Tausende von Lesern, die Bulwer-Lytton zu einem der beliebtesten Romanschriftsteller des 19. Jahrhunderts erkoren, fesselte Sir John die Frage, die immer wieder aufs neue in diesen Werken auftauchte: wenn man davon ausging, daß ein Großteil des okkulten Wissens auf wissenschaftlicher Forschung basierte, konnte man dann nicht wirklich an die so oft vorgebrachte Behauptung glauben, daß der Orden der Rosenkreuzer im verborgenen weiterexistierte und über die Vril-Energie verfügte, die für die Mutation der Menschheit zur Übermenschheit sorgen würde?

F.: Unter welchen anderen Namen ist Vril vor und nach Bulwer-Lytton noch beschrieben worden?

A.: Vorher: Ch'i (China, ca. 3000 v. Chr.); prana (indische Philosophen, ca. 1500 v. Chr.); Telesma (H. Trismegistus, ca. 350 v. Chr.); Vis Medicatrix Naturae (Hippokrates, ca. 350 v. Chr.); Facultas Formatrix (Galen, ca. 170 n. Chr.); baraka (Sufis, ca. 600 n. Chr.); mumia (Paracelsus, ca. 1530 n. Chr.); tierischer Magnetismus (Mesmer, ca. 1775 n. Chr.); Lebenskraft (Galvani, 1790 n. Chr.); Gestaltung (Goehte, 1800 n. Chr.); OD-Kraft (Reichenbach, 1845 n. Chr.). Nachher: ätherische Gestaltungskraft (Steiner, 1900 n. Chr.); Elan Vital (Bergson, 1920 n. Chr.); Mitogenetische Strahlung (Gurwitsch, 1937 n. Chr.); Orgon (Reich, 1940 n. Chr.); Bioplasma (Grischenko, 1944 n. Chr.); Good Vibes (anonymer *hippie domesticus*, ca. 1968 n. Chr.); Inergie (Puharich, 1973 n. Chr.); die Kraft (Lucas, 1977 n. Chr.)

Sir John war vierundzwanzig Jahre alt und auf romantische und schmerzliche Art von einem riesigen konstitutionellen Abgrund zwischen sich und seinen Zeitgenossen überzeugt. Die gierigen, geldorientierten Geschäftskonzerne langweilten ihn (er hatte schließlich alles, was er sich je hätte wünschen können), und die Schlaffheit des anglikanischen Klerus stieß ihn ab. Sie bot ihm zwar die einzige Kirchenkarriere an, die die Familientradition hätte akzeptieren können, war jedoch derart verweichlicht, daß sie mit den Worten Trollopes, weder der politischen Überzeugung noch der Religion eines Mannes in die Quere kam. So schien es also, als bliebe ihm keine andere Zukunft als die Wortklauberei. Aber auch diese Aussicht war nicht besonders attraktiv, denn insgeheim betrachtete sich Sir John als rebellisch und entfremdet (– wenn auch selbstverständlich im Rahmen des guten Geschmacks, gesunder Moral und britischer Vernunft: er war trotz seines Alters noch immer Jungfrau, denn Huren waren die ersten Opfer sozialer Ausbeutung, und die konnte er keinesfalls gutheißen, und andererseits entsprach es nicht den Gepflogenheiten seines Standes, sich an eine Dame heranzumachen, selbst wenn er gewußt hätte wie.) Schlimmer noch: er war fest entschlossen, sich von seiner unverschämt großen Freiheit (ein Ausdruck, den er dem Wort «Erbschaft» vorzog) nicht korrumpieren zu lassen, und wollte es nicht zulassen, als sozialer Schmetterling oder Nichtsnutz durchs Leben zu gehen. Also würde er Bücher schreiben und wenn sein Publikum auch nicht viel größer wäre, als Platz in einem Wasserklosett hätte. Ihm sollte das egal sein. Er hatte wenigstens eine Aufgabe, wenn schon keine verwandte Seele sich um ihn kümmerte – er wäre der «Gelehrte Babcock».

Sir John hatte mittelalterliche Geschichte und die Sprachen des Nahen Ostens studiert. Aus seiner Examensarbeit über den Einfluß der jüdischen Kabbala auf mittelalterliche okkulte Gesellschaften entstand sein erstes Buch: *Die Geheimchefs*, das ihm von seiten der wenigen Kritiker, die es überhaupt bemerkten, durchaus wohlwollende Besprechungen einbrachte. Die abwertendsten Zeilen, die er überhaupt in einer Rezension entdecken konnte, tauchten im *Historical*

Journal der Universität von Edinburgh auf und stammten von Professor Angus McNaughton. Er tadelte Babcocks «gewisse romantische Neigung, die den jugendlichen Autor voreilig zu der Vorstellung verleitet, daß einige der von ihm besprochenen Geheimgesellschaften bis in unsere eigene Zeit überlebt haben könnten – eine Theorie, die eher in einen von Bulwer-Lyttons Romanen paßt, im Bereich angeblicher Geschichte jedoch ganz und gar nichts verloren hat».

Wie jeder junge Autor empfand Babcock die Kritik als einen Todesstoß, und überdies war es beschämend, die schriftstellerischen Quellen für seine Ideen so schnell entdeckt zu sehen. Er verfaßte drei ausführliche Versionen eines Briefes an Professor McNaughton, um seinen makellosen Ruf zu verteidigen, und schickte die dritte inklusive fünf Seiten unbarmherzig pedantischer Fußnoten an das *Historical Journal* der Universität von Edinburgh, wo es zusammen mit McNaughtons beißender Reaktion erschien. Sie begann folgendermaßen: «Die Quellen des jungen Babcock sind alles in allem genauso schwammig und unreif wie Babcock selbst...» McNaughton argumentierte weiter, daß keine zeitgenössischen Gruppierungen, die sich als Freimaurer oder Rosenkreuzer ausgaben, irgendwelche dokumentarisch belegten Verbindungen zu mittelalterlichen Gesellschaften gleichen Namens hätten. Die einzige Gruppe, die sich ohne weiteres zurückverfolgen ließe, meinte McNaughton, sei die des Schottischen Ritus der Alten und Angenommenen Freimaurerei, und die könne ihre Entwicklung nicht weiter als bis zum Jahre 1733 zurückdatieren. McNaughton schloß mit der maliziösen Bemerkung, daß Sir Johns Überzeugung von echten okkulten Geheimnissen unter der Oberfläche der Freimaurerei «läppisch, lächerlich und lasziv» sei.

Dies verschlang der junge Sir John mit deutlicher Erregung, unterbrochen von Johnsonschen Ausrufen wie «Schottischer Hund» oder «Gottverdammich!». Vollends in Wut geriet er jedoch erst, als die Universitätsredaktion seine Gegendarstellung, diesmal mit siebzehn Seiten abstruser Fußnoten (und einem scharf formulierten Gegenschlag gegen jene, «die grelle Alliteration mit zwingenden Argumenten verwechseln») mit der knappen Erklärung ablehnte, das *Journal* habe einfach nicht den Platz, Themen von solch mikroskopischem Interesse endlos zu diskutieren.

Hier hätte die ganze Sache in einem lahmen Anticlimax enden können, wenn nicht eine mysteriöse dritte Hand eingegriffen hätte.

Ein gewisser Mr. George Cecil Jones aus London wandte sich an Sir John, pries seinen Beitrag im *Historical Journal* und versicherte ihm, daß seine Theorien der Wahrheit entsprächen, wenn auch die überlieferten Dokumente aus vergangenen Jahrhunderten nicht komplett genug wären, um ihm öffentlich Recht zu geben. «Die authentische Tradition der kabbalistischen Freimaurerei», schrieb Jones, «ist bis heute lebendig, speziell in gewissen Logen von Bayern und Paris. Selbst hier in London, in diesem Jahrzehnt, hat es eine Loge von wahren Adepten gegeben, die das verborgene Erbe weitergeführt hat.»

Sir John reagierte sofort und schrieb einen höchst zurückhaltenden Brief an Mr. (George Cecil) Jones, indem er diskret nachfragte, wieviel Mr. Jones denn tatsächlich über die erhaltene Loge der Kabbalistischen Freimaurer in London wußte, die angeblich vom Invisible College der Rosenkreuzer abstammten (gegründet vom Sufi-Weisen Abra Melin von Arabien, weitergegeben durch den Juden Abraham an Christian Rosenkreuz, der in der Gruft der Illuminaten begraben liegt, laut Sir Johns Nachforschungen irgendwo in den Alpen, was auch immer dieser schottische Hund McNaughton sagen mochte.)

Innerhalb von einer Woche kam die Antwort in Form eines vorsichtigen Briefes, in dem Jones Sir John einlud, mit ihm essen zu gehen, wenn er das nächste Mal in London sein sollte, damit sie die Angelegenheit in angemessener Vertraulichkeit und ohne Zeitdruck diskutieren konnten.

Sir John zögerte nicht lange und teilte Jones mit, daß er am folgenden Donnerstag in London sein würde.

In der kommenden Woche war es regnerisch und feucht auf Babcock Manor. Sir John ging nicht aus dem Haus, sondern verbrachte fast den ganzen Tag in der Bibliothek, wo er über den Erstausgaben von Hermetischen Schriften und Rosenkreuzer-Pamphleten brütete. Er zerbrach sich den Kopf über die geheimnisvollen Andeutungen und die Untergrund-Tradition der kabbalistischen Magie.

Er las noch einmal das Werk *Die Chymische Hochzeit des Christian Rosenkreuz* mit seiner seltsamen Mischung von christlichen und ägyptischen allegorischen Figuren und vertiefte sich wieder einmal in die Enochischen Fragmente, die Dr. John Dee zur Zeit Elisabeths I. von einem angeblich übermenschlichen Wesen diktiert worden waren. Er las das raffinierte und kryptische Werk *Die Vertreibung der triumphierenden Bestie* von Giordano Bruno, die Schriften Bacons und Ludwig Prinns und Paracelsus'. Immer wieder stieß er auf mehr oder weniger versteckte Hinweise auf dieses verfluchte mysteriöse Invisible College, das ausschließlich aus Erleuchteten Männern und Frauen zusammengesetzt war – sogenannten Geheimchefs – und angeblich hinter den Kulissen die ganze Welt regiert, und immer wieder stellte er sich die Frage, ob er wohl daran zu glauben wagte.

Nicht weniger als dreimal träumte Sir John in lebhaften Farben von seiner bevorstehenden Verabredung mit Jones, noch ehe die Woche verstrichen war. In jedem Traum erschien ihm Jones, aufgemacht wie ein mittelalterlicher Zauberer, mit Zauberhut und langer Robe, deren aufgedruckte geheimnisvolle astrologische Glyphen auf den Orden des heiligen Georg verwiesen. Er führte Sir John einen finsteren Hügel hinauf zur Ruine eines gotischen Gebäudes unbestimmten Charakters, ein Mittelding zwischen Schloß und Kloster. Dieses gespenstische Gemäuer war natürlich (wie Sir John auch im Traum noch wußte) eine Mischung von verschiedenen Illustrationen der Kapelle der Gefahren, die er aus der Grals-Legende oder dem Dunklen Turm kannte, zu dem der junge Roland kam. In ihrem Innern, so behaupteten die okkulten Lehren, befand sich all das, was er am meisten fürchtete, doch konnte man die Ziele der Rosenkreuzer – den Stein der Weisen, das Elixir des Lebens, die Heilkraft der Metalle, Wahre Weisheit und Vollkommenes Glück – nur dann erreichen, wenn man sich dieser Prüfung unterzog und sie bestand. Er wachte immer dann schreckerfüllt auf, wenn sich vor ihm die Pforte der Kapelle auftat und er aus dem Innern ein Summen wie von Hunderten riesiger Bienen hörte.

Einmal träumte er auch von Dr. John Dee selbst, dem Astrologen an Elisabeths Hof, dem größten Mathematiker seiner Zeit, eigenem Bekunden nach ständiger Begleiter von allen möglichen Engeln und Geistern. Dee offerierte ihm die «erquickende Beere», eine magische Frucht, die Unsterblichkeit verhieß. «Nimm und iß vom Baum, an dem Thais Pentagramm aushacht», sagte Dee, aber die Frucht stank nach Exkrementen, sah und fühlte sich widerlich an, und als Sir John höflich ablehnen wollte, tauchte neben Dee eine zweite Gestalt auf. Es war die einer splitternackten Frau mit dem Kopf einer Kuh, die jetzt feierlich sagte: «Ignatz verletzt nicht wirklich», und plötzlich standen sie alle wieder vor dem Portal einer riesigen insektoiden Kapelle der Gefahren. Diesmal erwachte Sir John schweißgebadet.

Alle Legenden schärften ihm ein, daß nur die Tapferen und die, die reinen Herzens sind, die Reise durch die Kapelle der Gefahren überleben würden. Das war nicht besonders ermutigend, da Sir John wie die meisten introspektiven jungen Männer zwar viel über seine eigenen Ängste wußte, dafür aber erbärmlich wenig Erkenntnisse über die Ängste der anderen besaß. Aus diesem Grund hielt er sich fälschlicherweise für anomal ängstlich, ja feige. Und in der Abteilung «reinen Herzens» wußte er ziemlich genau, daß er da allerhand zu wünschen übrig ließ: es gab Phantasien, die zweifellos unanständig waren, obwohl er solche Bilder fast immer noch rechtzeitig abbrechen konnte, ehe die schlimmsten und unaussprechlichsten Einzelheiten zum Vorschein kamen. Selbst wenn er sich im bestialischen Griff dieser animalischen Begierden gefangen fühlte und sich die Vorstellung gewisser unbeschreiblicher Vorgänge mit absoluter, zwingender Deutlichkeit in seinem Kopf formten, erlaubte er sich nicht, der Phantasie genüßlich nachzugeben, indem er diese bestimmten Dinge berührte oder etwa auf intimste Weise manipulierte, so begehrenswert und verführerisch sie ihm auch erscheinen mochten. Wenn er ehrlicherweise auch gelegentlich versagte, so widerstand er doch fast jedesmal, wenn ihn solche Phantasien plagten, erfolgreich, und doch lastete die Schuld der wenigen, kaum typisch zu nennenden Entgleisungen schwer auf seinem Gewissen. Jetzt erschienen sie ihm wie eine klare Schranke vor der Möglichkeit, eine derart bikamerale Kreatur wie ihn die Umgebung der Kapelle der Gefahren betreten zu lassen.

Aber das war ja sowieso alles nur Mythologie. Es war zwar ganz nett, nett genug, um davon zu träumen, aber in Wahrheit müßte man ja verrückt sein, sich mit Figuren einzulassen, die glaubten (oder es jedenfalls behaupteten), so problemlos zur Kapelle der Gefahren und zurück flitzen zu können wie zum nächsten Tabakladen.

Am Mittwoch konnte Sir John die Einsamkeit des angespannten Wartens nicht länger ertragen. Er ließ Dorn, den Wildhüter von Babcock Manor, rufen und schickte nach einem Wagen, der ihn die drei Meilen zum Greystoke-Landsitz brachte, wo er seinem Onkel, Viscount Greystoke, einen Besuch abstattete. Greystoke war ein Mann mit grauen Schläfen, Muskeln wie Drahtseilen und einem offenbar unerschöpflichen Vorrat an praktischer Weisheit – der reichste und letzte Exzentriker der Babcock-Greystoke-Tradition, wie man allgemein vermutete. Nach der üblichen Konversation brachte Sir John seine Frage:

«Glauben Sie, Sir, daß es geheime Orden, Logen oder Bruderschaften gibt, die alle Jahrhunderte überdauert und bestimmte Arten von okkultem oder mystischem Wissen weitergegeben haben, das für den menschlichen Geist normalerweise nicht ohne weiteres einsichtig ist?»

Der alte Greystoke dachte etwa dreißig Sekunden lang nach. «Nein», meinte er schließlich. «Wenn es sie gäbe, hätte ich mit ziemlicher Sicherheit davon erfahren.»

Tief in Gedanken versunken ließ sich Sir John die drei Meilen nach

Hause zurück kutschieren. Alter und Weisheit hatten gesprochen, aber was war schon der Sinn der Jugend, wenn nicht, sich über Alter und Weisheit hinwegzusetzen? Am nächsten Morgen stand er in aller Frühe auf und nahm den Morgenzug nach London. Sir John vertraute seinem eigenen Wissen. Solche Logen *existierten*, und die einzige Möglichkeit, ihren Anspruch auf höhere Erkenntnisse zu überprüfen, war die, sich mit ihnen einzulassen und selbst herauszufinden, was sie anzubieten hatten, abgesehen von entstellten hebräischen Losungsworten und dem absurden Händegriff anderer freimaurerischer Orden.

Zufällig fand er in seinem Eisenbahnabteil eine amerikanische Zeitung, eine Seltenheit für sich, aber sie war auch noch auf einer Seite mit lauter Comic strips aufgeschlagen, einer Kunstform, der Sir John noch nie etwas hatte abgewinnen können. Er warf einen müßigen Blick darauf und entdeckte eine Serie, die von einer heimtückischen Maus namens Ignatz handelte, die offenbar nichts Besseres zu tun hatte, als eine Katze namens Krazy mit Ziegelsteinen zu bewerfen. Es war schon verrückt genug, aber was noch schlimmer war, die Katze genoß es offensichtlich, mit Ziegelsteinen beworfen zu werden und seufzte, jedesmal wenn ein Geschoß von ihrem Kopf abprallte, zufrieden: «Kleine Libbling, stets zudinge.» Das sollte wohl ein jiddischer Dialekt sein und bedeutete soviel wie: «Kleiner Liebling, stets zu Diensten.» Sir John lief ein Schauer über den Rücken. Er fand das alles ganz und gar nicht witzig, es war schließlich eine offene Darstellung sadistischer Perversion. Oder war es Masochismus? Oder beides? Ein gespenstisches Omen jedenfalls ...

Das war typisch für den larvalen Geisteszustand der domestizierten Hominiden von Terra in dieser primitiven Ära. Grobe Schallsignale, die von Kehlkopfmuskeln gesteuert wurden, machten ihre Kommunikationseinheiten aus, die alles kortikale Denken in ein Netz einfügten, das von der lokalen Grammatik, die sie blauäugig Logik oder Verstand nannten, erst geschaffen worden war. Bei dieser für Primaten offenbar typischen Verwechslung von Signalen mit Quellen und Karten mit Territorien war ein großer Teil des hominiden Nervensystems genetisch vorprogrammiert, so wie auch das verwandte Nervensystem der Schimpansen und das nicht so verwandte Nervensystem der Kühe. Es war deshalb auf Auto-Pilot umgestellt. Die Programme Stammeszugehörigkeit, Hackordnung, Rudelverhalten etc. funktionierten mechanisch als relative evolutionäre Erfolge, denn sie arbeiteten für gewöhnliche Säugetiere mit ihren gewöhnlichen Säugetier-Problemen allemal gut genug. Status, Macht, erotische Signale und rudimentäres

(Subjekt-Prädikat) kausales «Denken» wurde genauso automatisch geprägt wie die territorialen Reflexe der Paviane oder die Brunsttänze der Pfauen. Da sich bekanntlich *Primatenverhalten nur unter dem Einfluß neuer Technologien ändert* (Gilhooleys Erstes Gesetz), hatte die schon eingesetzte primitive «industrielle Revolution» genug Schock und Verwirrung gestiftet, um wenigstens einige aus der automatischen Wiederholung dieses einmal geprägten Schaltkreises zu befreien (*Schock und Verwirrung sind die einzigen Techniken, um die Prägungen von Primaten zu lockern* – Gilhooleys Zweites Gesetz). Daraufhin war der Genpool durch eine gewisse sehnsüchtige oder spekulative Dimension bereichert worden, die in weniger als siebzig Jahren zu den Mutationen führten, die mit Auswanderung ins All und Lebensverlängerung experimentierten. Aber von alldem hatte der junge Babcock keinen Schimmer. Er konnte sich noch nicht mal vorstellen, daß innerhalb seiner eigenen Lebenszeit ein Mensch den Atlantik überfliegen würde.

Wenige Stunden später kam Sir John in London an und beschloß, sich auf das Treffen mit Jones vorzubereiten, indem er den Nachmittag im Britischen Museum verbrachte und alte Freimaurerschriften durchstöberte.

In einem alchimistischen Pamphlet aus dem Elisabethanischen Zeitalter fand er durch puren Zufall ein langes allegorisches Gedicht. Wenn man in Betracht zog, daß er auf Kontakt mit angeblichen Manipulatoren okkulter Mächte aus war, stiftete es eine höchst seltsame Verwirrung in ihm. Besonders eine Strophe ging ihm einfach nicht mehr aus dem Kopf, als er gegen Abend eine Droschke nahm und quer durch die Stadt zu Simpson's *Café Divan* fuhr, wo er sich mit Jones verabredet hatte. Selbst die klappernden Hufe des Pferdes schienen den Refrain zu wiederholen:

Folge nicht dem Auge in
Sonnen- oder Schattenpfade
Das Spiel von Anblick und von Sinn
Ist nur des Teufels Maskerade

Als er am Savoy-Theater vorbeikam, sah Sir John, daß die D'Oyly Carte-Truppe wieder einmal *Patience* gab. Mit beträchtlichem Vergnügen erinnerte er sich an Bunthornes Lied:

If this young man expresses himself in terms too deep
for me,
Why what a singularly deep young man this deep young man
must be!

Dieses Spottliedchen war eine erfrischende Atempause von Skeptizismus und gesundem britischem Menschenverstand, dachte Sir John. Als er durch die Tür von Simpson's trat, war er bereit, dem mysteriösen Mr. Jones ohne Angst gegenüberzutreten.

Mr. Jones war ein untersetzter, liebenswürdiger Zeitgenosse. Bald stellte sich heraus, daß er einen unfehlbaren Geschmack für gute Weine hatte. Außerdem wirkte er beruhigend normal, trug keinen Zauberhut und erzählte mit großer Anhänglichkeit von seinen Kindern. Von Beruf war er Industriechemiker, und im übrigen gehörte er ganz und gar nicht zu jenem Typ von Fanatikern mit getrübtem Blick, die Sir John den Gartenpfad ins Wolkenkuckucksheim weisen würden. Man konnte gar nicht anders als ihn auf Anhieb zu mögen und ihm Vertrauen entgegenzubringen.

Jones schien Anfang Vierzig zu sein, aber er gab sich weder herablassend, was Sir Johns Jugend anbetraf, noch schien Sir Johns Titel besonderen Eindruck auf ihn zu machen. Ein echter ungezwungener Engländer, durch und durch vernünftig und ehrbar, entschied Sir John – und doch brauchte er einige Zeit, um auch nur ein wenig über das Invisible College aus ihm herauszubekommen.

«Sie werden verstehen, Sir John, daß solche Angelegenheiten mit dem Hauch grausamer Schwüre und schrecklicher Schweigegelöbnisse umgeben sind», vertraute Jones ihm schließlich an. «Das mag in unserem freien und aufgeklärten Zeitalter sinnlos erscheinen – verzeihen Sie die Ironie –, aber es gehört nun mal zur Tradition und stammt noch aus der Zeit der Inquisition, wo es freilich auch notwendiger war als heute.»

Sir John, kaum gebremst im Feuereifer seiner Jugend, antwortete vorsichtig-forschend: «Darf ich daraus schließen, Sir, daß Sie selbst durch einen solchen Eid gebunden sind?»

«Verflixt und zugenäht», sagte Jones, eher amüsiert als gekränkt, «*so was fragt man einfach nicht*, wenn man sich zum erstenmal gegenübersitzt. Halten Sie sich lieber an die Geduld eines Fischers als an die Sensationslust eines Reporters, wenn Sie die Tür zum Geheimnis der Geheimnisse aufstoßen wollen.»

Und mit schamloser Energie stürzte er sich auf sein Filet Mignon, als wäre eine solche offenkundige Flucht nicht gleichbedeutend mit einem Eingeständnis. Sir John verstand: er wurde getestet, man wollte seinen Status auf der Evolutionsleiter ausmachen.

«Haben Sie mein Buch über die Kabbala gelesen?» fragte er als nächstes, diesmal einen umständlicheren Weg wählend. «Oder nur die Diskussion im *Historical Journal*?»

«Oh, ich habe Ihr Buch gelesen. Hätte um mein Leben nicht drauf verzichten wollen. Es gibt nichts Pikanteres und Mutigeres auf diesem Planeten als einen jungen Mann, der leidenschaftlich über die Kabbala schreibt, ohne je persönliche Erfahrungen mit ihren Mysterien gehabt zu haben.»

Der Stachel in Jones Worten war nicht zu überhören, aber Sir John antwortete bloß: «Zu der Zeit war ich gar nicht auf persönliche Erfahrungen erpicht – ich wollte einfach die geschichtliche Überlieferung korrigieren.»

«Und mittlerweile interessieren Sie sich für persönliche Erfahrungen?» fragte Jones.

«Vielleicht», sagte Sir John beiläufig und fühlte sich dabei sehr byronisch und tapfer. «Am meisten liegt mir der Beweis meiner Theorie am Herzen, daß sich solche Gruppierungen über Jahrhunderte hinweg erhalten haben – und ich will das so eindeutig belegen können, daß auch dieser dickschädelige alte Esel in Edinburgh zugeben muß, daß ich recht hatte.»

Jones nickte. «Der Wunsch, sich selbst zu bestätigen, ist das übliche Motiv für Spezialisierung», sagte er freundlich. «Aber die Gruppe, die ich eben erwähnte, hat absolut kein Interesse daran, die historische Überlieferung zu korrigieren oder Werbung für sich zu machen. Sehen Sie, Sir John, ihr ist es ziemlich egal, was die Welt im allgemeinen denkt oder irgendwelche aufgeplusterten Narren in irgendwelchen verstaubten Universitäten im besonderen. Sie hat völlig andere Ziele.»

Sir John merkte, daß er schon halbwegs überzeugt war, mit einem Mitglied des gleichen Invisible College zu speisen, das in den Jahren 1619 und 1623 die ersten Rosenkreuzer-Schriften veröffentlicht hatte. Mit größter Zurückhaltung fuhr er fort.

«In Ihrem Brief sprachen Sie von dieser Gruppierung sehr vorsichtig stets in der Vergangenheit. Wenn ich mich recht erinnere, waren Ihre Worte: selbst hier in London, in diesem Jahrzehnt, hat es eine Loge von wahren Adepten gegeben, die das verborgene Erbe weitergeführt hat.»

«Sie brach vor genau zehn Jahren auseinander, 1910.»

«Und wie nannte sie sich?»

«Hermetic Order of the Golden Dawn.»

Sir John holte tief Luft und nahm noch einen Schluck Wein. «Jetzt werden Ihre Antworten aber schon direkter», seufzte er glücklich. «Ich werte das als gutes Zeichen. Lassen Sie mich also gleich zur Hauptsache kommen. Ist es möglich, daß sich der Orden vor zehn Jahren nicht *ganz* auflöste?»

«Viele Dinge sind möglich», sagte Jones, zündete sich bedächtig eine Zigarre an und machte dem Kellner ein Zeichen, eine neue Flasche Wein zu bringen. «Doch ehe wir fortfahren, will ich Ihnen ein einfaches Dokument zeigen, das jedes Mitglied dieses Ordens unterzeichnen und auf das er die grausigsten Gelübde ablegen mußte. Schauen Sie es sich nur mal kurz an, Sir John.» Und damit zog er ein schlichtes Blatt normales Schreibmaschinenpapier aus der Brusttasche, das mit einer gewöhnlichen Büroschreibmaschine beschriftet worden war.

Sir John studierte das merkwürdige Dokument mit höchster Aufmerksamkeit.

Ich (Name, Vorname) beschwöre feierlich Den Den die Winde fürchten, den Obersten Herrn des Universums, durch das Freimaurerwort (dem Kandidaten vor dem Ritual bekanntgegeben), und ich gelobe, daß ich als Mitglied des Körpers Christi von diesem Tage an die Weisheit und die Kommunikation mit Meinem Heiligen Schutzengel suchen will, um das Geheime Wissen zu erlangen, mit dessen Hilfe ich die reine Menschheit transzendieren und Eins mit der Höchsten Intelligenz werden kann; und sollte ich dieses heilige Wissen je aus Geldgier in irgendeiner Weise mißbrauchen oder irgendeinem menschlichen Wesen Leid antun, so soll ich verflucht und verdammt sein; meine Kehle soll aufgeschlitzt, meine Augen geblendet und mein Körper ins Meer geworfen werden; alle intellektuellen Wesen sollen mich hassen und verachten, Menschen wie auch Engel, in Ewigkeit und Ewigkeit. Ich schwöre. Ich schwöre. Ich schwöre.

«Sehr seltsam formuliert», bemerkte Sir John unbehaglich. *Du kleines glattes banges Tier ... stets zu Diensten ...*

«Das ist das Gelübde des ersten Grades, bei der Einweihung des Schülers», sagte Jones. «Die höheren Gelübde sind stärkerer Tobak, ich sollte Sie lieber warnen.»

Sir John beschloß, alle Angst abzustreifen.

«Ich würde einen solchen Schwur mit glühendem Eifer unterzeichnen», beteuerte er kühn und hatte damit seine spirituelle Jungfräulichkeit aufgegeben, noch ehe er den Mut hatte, die körperliche Jungfräulichkeit abzulegen.

«Das ist höchst interessant», sagte Jones freundlich, nahm das Papier wieder an sich, faltete es zusammen und steckte es in die Tasche zurück. «Ich werde mit gewissen Leuten sprechen. Sie erhalten in etwa zwei Wochen Nachricht.»

Für den (kurzen) Rest des Abends sprach Jones nur noch über seine geliebten Kinder und seinen ebenso geliebten Beruf in der chemischen Industrie. Es war ihm nicht das Mindeste an Okkultismus oder Exzentrik anzumerken. In gewissem Maße wirkte er sogar ein wenig bieder, und doch verabschiedete sich Sir John mit dem vagen Gefühl, als sei er einem von H. G. Wells Mondmenschen begegnet, der sich als menschliches Wesen verkleidet hatte – was natürlich dummes Zeug war. Aber irgendwas hinterließ diesen späteren Eindruck an Jones, was war es denn bloß?

Im Zug nach Hause bescherte ihm ein höchst unwahrscheinlicher Zufall – er war sich nicht einmal sicher, daß er im selben Abteil saß wie vormittags – wieder eine amerikanische Zeitung, und siehe da, auch die sadistische Maus und die masochistische Katze waren wieder vertreten: «Kleiner Libbling, stets zudinge.»

Nach vier Jahren Ausbildung im Golden Dawn fühlte Sir John sich ungefähr so wie diese bizarre Katze, und als Joyce und Einstein ihm auf der Bahnhofstraße ihre Hilfe anboten, kicherte er närrisch und sagte: «Kleiner Libbling, stets zudinge.»

Als erstes klopfte Einstein den größten Teil des feuchten Sägemehls vom Fußboden des Ratskellers von Sir Johns teurem, aber verschmutzten Anzug und reichte ihm seinen Bond Street-Hut. Nach guter alter Samaritersitte tat er sein Bestes, um ihn wieder einigermaßen auf die Beine zu bringen, und genau das hatte Sir John auch bitter nötig. Zwar war er mit seinen Gedanken nicht unbedingt woanders (abgesehen von irgendwelchen obskuren jiddischen Wortfetzen), aber doch ein wenig wackelig auf den Füßen. Nach seinem eindringlichen Wunsch nach Kaffee und irgendeinem Hirnstamm-Stimulans, das den Kopf möglichst nicht so stark benebelte wie purer Whiskey, schlug Joyce prompt vor, daß er, Babcock, ihn, Joyce, zu seinem (Joyces) Hotel begleiten solle, das nur einen Steinwurf von der Stelle entfernt war, an der sie sich gegenwärtig befanden (gelegentlich leicht schwankend). Nachdem dieser Vorschlag bereitwillig und mit vielen wortreichen Dankesbezeugungen akzeptiert worden war, machten die drei sich zu Fuß durch die heiße, windige Nacht auf den Weg. Um diese Zeit einem Wagen zu begegnen, den man hätte mieten können, war so unwahrscheinlich wie an ein Märchen der Brüder Grimm zu glauben, und Joyce bemerkte deshalb auch bedeutsam: «Wir haben die Glocke Mitternacht schlagen hören.»

Und Babcock, der nicht ungebildet scheinen wollte, erwiderte: «Falstaff, nicht wahr?»

«Ja», sagte Joyce. «Henry, IV.; erster Teil.» Und als sie sich anschauten, entdeckten sie eine geheimnisvolle und wenigstens emotional befriedigende Verbindung in der gemeinsamen Kenntnis des unsterblichen Barden. Nur Joyce dachte weiter: für Falstaff in seiner idyllischen Sonnenaufgang-Sonnenuntergangslandschaft kam Mitternacht viel später als für ihn selber und Babcock in diesem sogenannten industriellen Zeitalter.

Und Babcock war mit der eher prosaischen Frage beschäftigt, wie spät es wohl in Wirklichkeit sein mochte und ob Mitternacht denn wirklich schon vorbei war – wie lange könnte das her sein? Doch äußerte keiner der beiden etwas von seinen Gedankengängen, und die drei Männer schritten eine Weile schweigsam nebeneinander her, keiner von ihnen sprühte gerade Funken, wie man so schön sagt. Einstein zerbrach sich den Kopf über Falstaff, Mitternachtsglocken und kleine Libblinge, Joyce war vom Bier so benebelt, daß er die lokale Marine gerammt hätte, wenn die übertrieben sauberen Schweizer überhaupt eine hypothetische Marine gehabt hätten, und Babcock zitterte immer noch vor Angst. Schließlich brachten sie doch ein liebenswürdiges oder doch wenigstens zivilisiertes Gespräch in Gang, zuerst ohne großen Erfolg, denn nicht nur Babcock, sondern auch Joyce war so nervös wie ein überzüchteter Araberhengst, und beide waren sich des historischen und natürlichen Abgrunds zwischen der angelsächsischen und der irischen Mentalität bewußt. Und so war es doppelt ärgerlich, daß Babcocks erster Versuch, die Tür zwischen den beiden Welten aufzustoßen, von fast pavianartiger Unbeholfenheit war.

«Als Ire sind Sie doch sicher mystisch veranlagt», sagte Babcock und traf damit sozusagen Joyces wundesten Punkt. Das war das zweite Mal, daß er ins Fettnäpfchen getreten war. «Sie wissen doch sicher, daß es immense unsichtbare Kräfte gibt oder höhere Intelligenzen hinter der Scharade der materiellen Realität. Haben Sie vielleicht schon einmal von Yeats gehört?»

«Ja», meinte Joyce ausweichend und manövrierte sie beide an einem Haufen Hundescheiße vorbei, die er ziemlich sicher nicht vergessen würde, wenn er diese Szene je beschreiben würde, die Yeats dagegen mit ziemlicher Sicherheit auslassen würde. «Ist das nicht der Bursche, der sich bald in die Hosen macht, weil er Angst hat, daß die Zukunft anders wird als die Vergangenheit?»

«So würde ich es nicht nennen», erwiderte Babcock und runzelte die Stirn über Joyces herablassende und respektlose Art. «Mister Yeats ist ein Mensch, der eine kalte wissenschaftliche, materialistische Zukunft auf uns zukommen sieht, die mit der Romantik und dem Geheimnis der Vergangenheit nichts mehr zu tun hat.»

Einstein sagte gar nichts. Sie befanden sich jetzt auf gleicher Höhe mit dem FIAT-«Automobil». Joyce studierte seine Einzelteile mit einer derart übertriebenen Neugier, daß er Babcock beinahe besessen erschien. «Jedes Jahr werden es mehr», sagte Joyce. «Und vor kurzem hab ich in der Zeitung gelesen, daß ein Mann in Amerika namens Olds sie herstellt und weiterverkauft, und zwar in einer Größenordnung von 600 und mehr *per annum*. Wie zum Teufel die Dinger funktionieren, ist für mich genauso romantisch und geheimnisvoll wie alles andere in dieser fabulösen Vergangenheit, die Mister Yeats autobiographischer Held so glühend verehrt. Sie haben einen magischen Zauberstab, den nennen sie Kupplung, und der beschleunigt dieses mystische Gefährt auf Geschwindigkeiten bis zu 40 km/st. Manchmal wünschte ich wirklich, ich wüßte mehr über mechanische Physik.»

«Es ist ein einfaches natürliches Phänomen», meinte Einstein hilfreich. «Aber ich nehme kaum an, daß Sie zu dieser Stunde wirklich auf einer Lektion über innere Verbrennung bestehen!» In Wirklichkeit interessierte es ihn viel mehr, seine beiden komischen Gefährten zu beobachten, in der Hoffnung, daß sich weitere Hinweise darauf ergeben würden, warum Babcock eine derartige Angst vor Teufelsmasken und welcher kleine Libbling die Mitternachtsglocken gehört hatte. «Sie funktionieren auf der Basis kontrollierter innerer Explosionen», setzte er noch hinzu. Hoffentlich würden sie jetzt endlich Ruhe geben.

«Soso, ja sicher», sagte Babcock zweifelnd. «Ich persönlich würde mich nicht für eine Million Pfund in so ein Ding setzen. Man hört ja die gräßlichsten Geschichten über angebliche Unfälle. Gott hat uns schließlich das Pferd gegeben, damit wir solche gefährlichen Fallen nicht erst erfinden brauchten. Mir läuft ein Schauer über den Rücken, wenn ich mir vorstelle, wie die Welt in zehn Jahren aussieht, wenn alle Straßen voll davon sind.»

«Selbstverständlich», sagte Joyce. Babcock blieb die logische Folgerung an diesem Punkt allerdings ein Rätsel. «Wenn wir natürlich wie Mr. Yeats ein wirkliches, ein tiefes, unbegreifliches, anfang- und endloses Geheimnis erstreben, können wir immer noch versuchen, unsere Frauen zu verstehen. Oder den Mann auf der Straße, den der neben uns geht. *N'est-ce pas?*»

Babcock meditierte eine Weile über diese zynisch wirkende Bemerkung, bis er plötzlich merkte, daß ihnen auf der anderen Straßenseite tatsächlich ein Mann entgegenkam. Es handelte sich um eine höchst auffallende Gestalt mit hoher Shakespeare-Stirn, Ibis-Augen von affenähnlicher mongolischer Grausamkeit und einem spatenförmigen schwarzen Bart. Sie war in der Tat so auffällig, daß Babcock, noch unter dem Eindruck von Joyces letzter Bemerkung, sich umdrehte und hinter dem slawischen Fremden herspähte, der jetzt in Richtung Limmatufer abbog. Dann sagte er laut: «Mit dem hab ich im Zug im gleichen Abteil gesessen. In einem solchen Individuum stößt man auf die absonderlichsten Geheimnisse, wissen Sie.»

«Er scheint wichtige Geschäfte zu haben», warf Einstein ein.

«Verfluchter Föhn», sagte Joyce und hieb seinen Spazierstock in die Luft wie einen Merkurstab. «Die Einwohner nennen ihn Hexenwind. Immer wenn er weht, spielt halb Zürich verrückt. Wir Leute aus dem Norden spüren ihn doppelt, denn wir erwarten natürlich, daß Wind kalt und beißend ist. Ein heißer Wind, der einen langsam erstickt, ist wie eine unerwünschte, schlampige, schmutzige Person im Bett.»

Plötzlich heulte in der Ferne ein Hund auf, gespenstisch wie ein Wolf oder ein Koyote. «Sehen Sie?» fragte Joyce. «Selbst die Tiere drehen durch, wenn Föhn herrscht.»

«Ja, es ist wie Räucherstäbchen aus weißem Sandelholz», stimmte Einstein zu. «Zu dick und zu schwer, um noch angenehm zu sein.»

Und nun erzählte Joyce mit alabastergläserner, mystischer Stimme: «Die Zürcher Polizei verfügt über Protokolle, die beweisen, daß die Mordrate bei Föhn regelmäßig steigt, und die ortsansässigen Neurologen behaupten, daß die Zahl der Nervenzusammenbrüche definitiv zunimmt. Ziemlich finster, merkwürdig, nicht wahr? Mister Yeats würde wahrscheinlich sagen, daß Nixen und Wassergeister versuchen, die Luftgeister auf der Astralebene zu überwinden, und deshalb ist die materielle Ebene so verdammt dreckig, wenn man sich in ihr bewegen muß.» Wie Thoth wechselte er den Ausdruck und setzte zynisch hinzu: «Dabei ist es im Grunde nur eine Veränderung in der

Ionisierung der Luft und kann durchaus mit den unzivilisierten, wissenschaftlichen Instrumenten gemessen werden, die Mister Yeats so sehr fürchtet.»

Und das machte das Mißverständnis zwischen ihnen perfekt, sie diskutierten es den ganzen Weg über, bis sie vor Joyces Hotel ankamen, und in seinem Verlauf lernte Joyce, daß Babcock ein glühender Anhänger nicht nur der kindischen (wenn auch eleganten) Poesie von Mister William Butler Yeats, sondern auch des widerwärtigen (wenn auch freundlichen) Mister Yeats selber, ja sogar ein Mitglied des Hermetic Order of the Golden Dawn (wie Yeats) war, einer Gruppe von Londoner Okkultisten, über die Joyce selbst sich schon vor Jahren eine entschiedene und höchst ungünstige Meinung gebildet hatte. Um die Wahrheit zu sagen, er hielt ihre Anhänger samt und sonders für ein bißchen wirr im Kopf. Babcock dagegen merkte an diversen beißenden und geradezu sarkastischen Bemerkungen, die Joyce *en passant* fallenließ, daß er, Joyce, Yeats (und den Golden Dawn, Blavatsky, sowie den gesamten modernen Mystizismus) mit einer Geringschätzung betrachtete, die ihm, Babcock, unglaublich gehässig erschien. Doch hellte sich die Sache ein wenig auf, zumindest in Babcocks wirrem Kopf, als sich allmählich herausstellte, daß Mr. Joyce ebenfalls Schriftsteller war, allerdings beträchtlich weniger Erfolg hatte als Yeats, man könnte sogar sagen, völlig unbekannt war. Um ein Haar hätte Babcock an dieser Stelle von den sprichwörtlichen sauren Trauben und dem bekannten grünäugigen Monster gesprochen, doch dann hielt er sich lieber doch zurück, denn nur der Wahnsinnige ist sich absolut sicher.

Als sie schließlich vor dem *Gasthof Doeblin* standen, sagte Babcock: «Ich nehme an, daß Sie Sozialist oder Anarchist, wenn nicht gar beides sind.»

Zuvorkommend erwiderte Joyce: «Sie sehen in mir ein schreckliches Beispiel für ungezügelten, anarchistischen Individualismus. Ich hasse alle Nationen gleichermaßen. Der Staat ist konzentrisch, aber das Individuum ist exzentrisch. Willkommen im geistlichsten Haus diesseits von Dublin», setzte er hinzu und deutete auf das Schild GASTHOF DOEBLIN. (Eine Laune, nichts weiter, perverse und absichtliche Irreführung).

«Gott sei Dank, daß wir aus dem gräßlichen Wind raus sind», seufzte Einstein erleichtert, als sie die mit gelben Läufern ausgelegte Halle durchquerten. Die Tapeten wimmelten von Palmen und grinsenden Affen. («Der Wirt hat eine etwas merkwürdige Auffassung von Dekor», kommentierte Joyce *sotto voce.*) Das Gebäude schien achteckig zu sein, Joyce führte Babcock und Einstein um sieben Ekken, bis sie das Zimmer 23 erreichten, das, wie er ihnen erklärte, «sogar über einen Frühstückserker verfügt, wo ich den besten italienischen Espresso diesseits von Triest bekomme – ich hab ihn nämlich selber aus Triest mitgebracht!»

Jetzt schlichen sie auf Zehenspitzen, Babcock und Einstein folgten Joyces Beispiel, und alle blieben kurz stehen, als Joyce leise und vorsichtig eine Tür öffnete, um einen kurzen Blick in das unaufgeräumte Schlafzimmer zu werfen, in dem eine leicht pummelige, hübsche Frau schlafend zwischen zerknüllten Bettlaken lag.

«Das wäre also Mrs. Joyce», meinte Babcock.

«Ohne Zweifel», gab Joyce zurück, «aber in Wirklichkeit ist es Miss Barnacle.»

Mehr als nur leicht verblüfft von diesem freien Bekenntnis einer barbarischen Verachtung für zivilisierte Moral und den Kanon des elementaren Anstands, mußte Babcock sich daran erinnern, daß der arrogante Ire schließlich sein Gastgeber war und ihm gegenüber schon etwas mehr als das übliche Maß an Nächstenliebe gezeigt hatte, ein völlig Fremder zum ersten, und einer, der sich vielleicht ein bißchen verrückt gab zum zweiten und abgesehen davon Mitglied der herrschenden und daher wahrscheinlich verhaßten englischen Rasse. Aber mittlerweile hatte Joyce sie zum Frühstückserker geführt und machte Kaffee, nachdem er die Teufelsmaske in verwegenem Winkel über die Kuckucksuhr gestülpt hatte.

«So», meinte Joyce, «dieser ziegenköpfige Bursche hat Sie also von Loch Ness bis hierhin verfolgt, sagen Sie.»

«Bei Ihrer Anschauung», erwiderte Babcock, «werden Sie das alles sowieso nur für Phantasiegespinste halten, und ich wage sogar zu behaupten, es macht Ihnen Spaß, sich über einen Verrückten lustig zu machen. Ich darf Sie daran erinnern, Sir, daß bereits drei Menschen wegen dieser verfluchten Sache unter den widerwärtigsten Umständen ihr Leben lassen mußten.»

Sanft mischte Einstein sich jetzt ein. «Verfolgt von den gleichen Dämonen, die Sie jetzt verfolgen?» Mit einem Finger kitzelte er die Teufelsmaske unter dem Kinn, haienhaft spielerisch. «Eine Maskerade mit nichts dahinter?»

«Eine teuflische Maskerade», antwortete Babcock verbittert.

Das machte Joyce stutzig, der sich plötzlich wieder an das Gedicht erinnerte, das ihm auf der Bahnhofstraße eingefallen war. Trotzdem hätte er sich wohl nicht auf den Namen des Autors besinnen können, wenn es nicht zufällig sein alter Lieblingsdichter Anon von Ibid gewesen wäre. Eine weitere Strophe trieb ungebeten an die Oberfläche seines Bewußtseins:

Schemen nippen an Menschenschädeln
Seelenverkäufer mit Fassade
Wein und Drogen, Tanz und Säbel
Auf des Teufels Maskerade

Diese verdammt merkwürdigen Zufälle scheinen sich ja heute nacht zu häufen, dachte Joyce (und fragte sich, ob Dr. C. G. Jung hätte hier sein und sich Notizen machen sollen.) Der irische Freidenker grübelte ein paar Minuten darüber nach, ohne ein Wort zu sagen, brühte dabei den Kaffee auf und drehte sich geistesabwesend eine Zigarette. Dann schaute er nachdenklich zu dem englischen Mystiker hinüber und sagte schließlich nüchtern: «Der heilige Thomas hat gepredigt, daß der Teufel nicht wirklich die Macht hat, jenen etwas anzutun, die auf Gott vertrauen. Er kann sie allerhöchstens erschrecken oder aus der Fassung bringen, um ihren Glauben zu prüfen. Tatsächlich ist es die reinste Ketzerei, Sir, zu behaupten, daß in solchen Fällen wirklicher Schaden entstehen kann, denn dies bedeutet ein Mangel an Vertrauen in Gottes unendliche Güte. Ah», unterbrach er sich, «ich sehe, Sie sind erstaunt, daß ich auch diese Sprache spreche. Nun, Sir, wenn ich überhaupt an Mystizismus glauben würde, dann an den des heiligen Thomas, denn er ist logisch, in sich geschlossen und vernünftig, ganz im Gegensatz zu Ihren modernen Okkultisten, die nichts als unlogisches oder absurdes Geschwafel und warme Luft hervorbringen. Aber lassen wir das für den Moment.» Er zündete sich seine Zigarette an und deutete auf die Maske. «Was für ein zweitrangiger Sonderangebots-Mephisto ist denn das, der Theaterfirlefanz braucht, um seine Geschäfte durchzuführen?»

Babcock, der von Minute zu Minute selbstsicherer geworden war, bedachte diese geistreiche und scharfsinnige Ausführung mit einem schiefen Lächeln. «Sie mißverstehen mich», sagte er. «Ich bin mir sehr wohl darüber im klaren, daß menschliche Wesen hinter dieser schrecklichen Affäre stecken, aber sie verfügen offensichtlich über Kräfte, die normalen Menschen nicht zu Gebote stehen, und sie dienen einem unmenschlichen Wesen. Offenbar glauben Sie, daß ich mich von irgendwelchem Firlefanz, wie Sie es nennen, zu Tode erschrecken lasse, aber ich habe ein Grauen kennengelernt, das Sie sich nicht einmal hätten träumen lassen können. Ich wäre mit Sicherheit nicht aus der Fassung geraten, wenn ich nur das gesehen hätte, was heute nacht direkt auf mich zukam – eine Gestalt mit satanischem Gesicht, die aus dem Dunkel nach mir greift. Das Diabolische an der Sache ist, daß sie mich hier gefunden haben, obwohl ich umfangreiche Vorsichtsmaßnahmen getroffen habe, um meine Spuren zu verwischen und sie abzuschütteln.»

Joyce goß schweigend Kaffee ein, die brennende, nicht einmal angesehene Zigarette in der linken Hand unbeachtet. Von Loch Ness nach Zürich: zu mir. Die Schrecken, die ich als Kind durchmachte: das Heulen der verdammten, mit Mistgabeln bewaffneten, paviansköpfigen Dämonen, flammenlodernde schreiende Gestalten. Jede Menge bürgerliche Monster. Uralter zarathustrischer Alptraum, aus dem der Westen zu erwachen sucht.

«Und wie starben diese drei Personen?» fragte Joyce. «Haben ihnen die Krallen irgendeiner widerlichen Bestie die Kehle aufgeschlitzt? Wie in einem Schauerroman von, na, sagen wir Walpole?»

Sir John gehörte zu den Menschen, die über einen unendlichen Vorrat an Taktgefühl zu verfügen scheinen. Er war immer überzeugt gewesen, man müsse, allein aus Höflichkeit, seinem Gastgeber zustimmen, egal wie unberechenbar oder jähzornig dieser sein mochte. So unterdrückte er einige scharfe Antworten, die ihm auf der Zunge lagen, und meinte nur: «Man hat sie zum Selbstmord getrieben.»

«Masken und Mummenschanz», rief Joyce aus, ohne sich die Mühe zu machen, seinen Sarkasmus zu verbergen. Er griff nach der Maske, hielt sie sich vor sein eigenes rotangelaufenes Gesicht und lehnte sich drohend über den Tisch. «Mit so einem Popanz?» fragte er mit irischem Dialekt zynisch hinter der Maske hervor.

«Man hat sie mit einem Buch zum Selbstmord getrieben», antwortete Sir John. «Mit einem Buch, das so grauenhaft ist, daß es gar nicht existieren sollte. Allein dadurch, daß sie dieses abscheuliche Geschreibsel in die Finger bekamen, wurden die drei Opfer verrückt und stürzten sich in den Tod. Es war, als hätten sie etwas erfahren, das das Leben auf unserem Planeten so unbeschreiblich veränderte, daß sie es keinen bewußten Augenblick länger ertragen konnten.»

Einstein starrte den jungen Engländer an. Es kam ihm vor, als könnte nur der ihn verstehen, der wußte, was Sehnsucht ist. «Ist dies etwas, mit dem Sie direkt zu tun hatten?» fragte er ruhig. «Nicht vielleicht etwas, daß Sie nur vom Hörensagen kennen, ein Gerücht?»

«Es ist so unbestreitbar wie dieser Kaffee, dieser Teller, dieser

Tisch», antwortete Babcock schlicht und deutete auf die drei Objekte. Und seine wirren Augen erzählten eine stumme Geschichte von dem gottlosen und unaussprechlich grausigen Affentheater, das jeden der hier Anwesenden plötzlich von hinten packen könnte, jederzeit und überall, wie die sprichwörtliche Schlange im Gras, wenn nicht kluge und weitsichtige Männer sie tapfer im Keim erstickten, Männer, die im psychologisch richtigen Moment ohne zu zögern und besonnen handelten und zuschlugen, solange das Eisen noch heiß war.

Joyce und Einstein schauten sich schweigend und bedeutsam an.

«Ich werde Ihnen erzählen, auf welche Weise diese Sache mein Leben verändert hat», sagte Babcock und griff in seine Reisetasche aus Stroh. «Das ist aus dem Inverness *Express Journal*», sagte er und reichte ihnen einen Zeitungsausschnitt. Joyce und Einstein beugten sich darüber und lasen gemeinsam.

Der Fall der anhaltenden Selbstmorde

Terror am Loch Ness
Polizei vor einem Rätsel

F.: Wodurch war Professor Einstein am meisten verwirrt?

A.: Andere Einwohner sehen den Skeptizismus des Inspektors nur mit der strengen Regel keine Frau, kein Pferd, kein Schnurrbart, Ärger und Spott.

F.: Hat sich Einstein dazu geäußert?

A.: Mit Verlegenheit, mit Unbeholfenheit, mit der Vermutung, daß das Problem einen Grund in seinen mangelnden englischen Sprachkenntnissen haben könnte, tat er es auf seine eigene schüchterne Art.

F.: Wurde die Angelegenheit wenigstens sofort geklärt?

A.: Ja, und zwar durch Mister Joyces knappe Bemerkung: «Typisches Beispiel für einen versauten Satz. Muß wohl aus einer andern Spalte reingerutscht sein.»

ACTION	SOUND
AUSSENAUFNAHME. BABCOCK MANOR. LANGE EINSTELLUNG.	
Das Hochrad steht auf einem Pfad in der Nähe des Hauses.	*Babcocks Stimme:* «... schwöre niemals zu enthüllen, stets zu wahren, die Kunst oder Künste, Teil oder Teile ...»
Das Fahrrad fällt um. Es gibt keinen Windstoß oder andere Ursachen – es fällt einfach um.	Der Walzer aus der *Lustigen Witwe* wird lauter und lauter, bis er Babcocks Worte übertönt.

F.: Welche Spezies von tierischem oder pflanzlichem Leben waren auf Babcock Manor am zahlreichsten vertreten?

A.: Scharen von Krähen, Schwärme von Lerchen, Bündel von Katzen, Paare von Pfauen, Rudel von Füchsen, eine Pracht von Nachtigallen, eine Plage von Maulwürfen, Massen von Gänsen, ein Gehege von Küken, ein Parlament von Eulen, ein Watscheln von Enten, ein Knäuel von Fröschen, Stürme von Reihern, ein Trippeln von Ziegen, eine Meute von Schweinen, ein Gezwitscher von Finken, ein Chor von Staren, ein Gegurre von Tauben, Schatten von Rosen, Schweben von Forellen, ein Keifen von Elstern, eine Pracht von Veilchen, ein Rausch von Hecken, ein Wurf von Kätzchen, ein Traum von Purpurwinden, ein Sonnenuntergang von Fuchsien, die Würde von Eichen, eine Mitternacht von Raben, ein Glühen von Farnen, ein Trupp von Wasserhühnern, eine Trauer von Weiden, das Lachen des Kosmos, die Ausgelassenheit von Gardenien, das Seufzen von Hunden, das Plappern von Grillen und unendlich viel Moos.

F.: Welche Bücher bewahrte Sir John in der Bibliothek von Babcock Manor auf?

A.: Eine Flut von Politik, eine Chronologie der Geschichte, Gnomen der Mythologie, Spalten von Theologie (einschließlich der Heiterkeit der Buddhisten, der Kosmologie der Hindus, der Unverständlichkeit der Taoisten und des Krieges der Christen), den Geist von Alhazred, den Dunst der Alchimisten, den Baum der Kabbalisten, Brunos Ketzerforschung, die Lust von Lulls, die Ova von Bacon, die Mystifizierung der Rosenkreuzer, das Schweigen der Sufis, den Enoch von Dee, die Weisheit der Gnostiker und das leise Schniefen der Liebesromane.

In der Nacht, nachdem er George Cecil Jones getroffen hatte, träumte Sir John wieder von der Kapelle der Gefahren. Diesmal war sie ein bis an die Zähne bewaffnetes, von scharlachroten Mauern umgebenes Schloß, in dem ein menschenfressendes Monster namens Sir Talis herrschte. «Du mußt eintreten, ohne gesät worden zu sein», sagte Richter Everyman, «denn blökende Runen sind rot.»

King Edward III., der George Cecil Jones konservativen Geschäftsanzug trug, irrte nicht redend immer umher und murmelte etwas über die Impotenz der Aufrichtigkeit in seinen Bart.

«Der Mäher kräht er», setzte He He Commons hilfreich hinzu. «Die Tür öffnet sich in Vastibul, los geht's, vorbei an den Eierköpfen, zu Altfresser Pups im Wasserklosett.»

«Das Unheitbare und Unausschrückliche», kreischte eine riesige Eule.

«Dort drinnen liegt Sol begraben», grunzte Onkel Bentley. «Sag ex und hopp!»

Plötzlich ging Sir John auf, daß er sich im Tempel des Königs Solomon befand, so wie er in den Freimaurer-Schriften beschrieben ist.

«Wie-Knie hat Thor gewonnen, Sir Talis Krieg begonnen», röhrte ein Löwe.

«Flüchtig wie Tau, zu schwer für die Luft», knarrte ein Adler.

«Glut des Bluugs», heulte Sir Knott, der Allmächtige. «Was 'n Schiet – der Eremit!» Sir John ein Einzelgänger unter Sektualismus, stolperte in eine eulte Heule voller Skelette, ein Tripentocton, wo der Morgen nicht scheint. Ein Schild mahnte:

MISCHEN SIE SICH NICHT IN DIE ANGELEGENHEITEN
DER ZAUBERER: SIE WERDEN SONST FEUCHT
UND VERLIEREN IHR LICHT

«Sagte der alte Diener des Neids», dozierte der Engel, «zerfetzte ihn zu Weizensporen und planetisierte ihn, wo der wohnt der nicht scheint, aber sa nagen nacht mat dam Ta. Preschten flackernd vorbei, Jenny Peg und Bruder Rot und Hamster, prinzipdungmark und pardautz! eine Maus mit sieben Wüstenmäusen.»

«Das hier», sagte Jones und deutete auf die Knochen, «sind jene, die den Pfad ohne das Pentagramm der Furchtlosigkeit beschreiten wollten. Was trinken Sie, Sir John: sollen wir die verfluchten Knochen rausschmeißen?»

Aber noch ehe Sir John darüber nachdenken konnte, wie er das wohl gemeint hatte, befanden sie sich schon in den düsteren Hinterzimmern des tyronischen Seitenflügels vom Brutus-Museum, wo im flüchtigen Schatten Thais das Penta aushachte, der Thai-Zweig des Baums wie ausladenden Scheren. Da saß Karl Marx in den Iden des März und las aus einem Werk, das wie eine Geheimgeschichte der Freimaurer aussah: ‹Und Solomon war ein kunterbunter Kink, hoppe hoppe Reiter, wenn er kommt, dann schreit er, und das alles nur für sein bißchen Honig und der HERR sprach zu ihm und sagte: Solomon, nimm und Silvamoon nahm. Doch aus der kühlen Gruft des Grabes schlug Solomon zurück und buhlte. Und Sol'O'Morn zeugte Nightrex und Nightticks zeugte Mars Harem und Moose Hiram begann Finnegan und Fannycohen gewann Heroman und Hairy Moon vernahm Sir Talis und Surd Alice ersann ersunn Roy O'Range Yellagroin und Rory O'Range Yallagroin zeugte den kleinen Blauindianviolettendjin Der Konnt.› Das waren ja beinah russische Idiome.

«Ist es nicht eine ziemlich große Sache für den Anfang?» fragte sich

Sir John, aber da wachte er im hellen Schein der Morgensonne vom Klang seiner eigenen Stimme auf.

Als er sich mühsam hinsetzte, merkte er, daß er immer noch halb träumte und mit sich selber redete: «Wir sind der Stoff, aus dem die Träume sind», sagte irgendeine Stimme – war das vielleicht seine eigene? Shakespeare, natürlich: *Der Sturm*. Eine großartige Zeile, die immer wieder zitiert wird. Aber was bedeutet sie, wenn man aufhört, darüber nachzudenken? Und was bedeutet *der Sturm*, wenn wir schon mal dabei sind? Wenn Prospero Shakespeare selber ist, wie all die Literaturwissenschaftler immer behaupten, warum ist Prospero dann ein Magier und kein Poet? Warum tut er sich mit Feen, Elfen, dem Monster Caliban und der ganzen übrigen okkulten Mischpoke zusammen?

«Und der junge Roland kam zu einem finsteren Turm.» Was hat diese Zeile im *Lear* zu suchen, wo sie nichts mit der Handlung zu tun hat? Ob Shakespeare auch ein Mitglied des Invisible College war?

An diesem Morgen frühstückte Sir John ausgiebiger als gewöhnlich und machte anschließend einen langen Spaziergang, auf dem er sich der Stabilität von Masse und der Realität von Erde, Himmel und Bäumen aufs neue versicherte. Er hatte keine Angst, als Romantiker zu gelten, aber auch keine Lust, sich zu einem verdammten Narren machen zu lassen.

Als er nach Hause kam und sich gerade hinsetzen wollte, um in aller Ruhe die Londoner *Times* zu lesen, entdeckte er als erstes die Schlagzeile von der Ermordung des russischen Premierministers Stolypin. Wieder eines von den heimtückischen Attentaten, die die letzte Dekade des 19. Jahrhunderts und das erste Jahrzehnt des 20. Jahrhunderts wie ein Vorspiel für den anwachsenden weltweiten Anarchismus hatten erscheinen lassen. Er versuchte, sich an seine Eltern zu erinnern und was für Gefühle er bei ihrem Tod empfunden hatte, aber da, wo die Erinnerung hätte sein sollen, fand er nur einen stumpfen Schmerz. Wenn es wirklich so etwas wie höheres Wissen oder Weisheit gab, dann hätte die menschliche Rasse sie momentan verdammt nötig, dachte Sir John. Wenn man von durchschnittlicher Weisheit und Wissen ausging, konnte das Leben als nicht viel mehr als einzigartig sinnloser und brutaler Scherz gelten. «Kopf ab! Kopf ab! Kopf ab!» Und Gott schien die meiste Zeit einfach nur dummes Zeug zu schwatzen, so wie die Rote Königin in *Alice im Wunderland*. Ob er uns wirklich nur zum Spaß tötet?

Die nächsten beiden Wochen verbrachte Sir John damit, noch einmal die klassischen Rosenkreuzer-Schriften aus dem 17. Jahrhundert zu lesen und über sie zu meditieren. Alles, was Jones so prosaisch skizziert hatte, war da: der Bruder des Invisible College der Rosenkreuzer kleidet sich «dem Brauch des Landes gemäß», in dem er lebt «und richtet sich nach seinen Sitten». Wenn er sich dem Invisible College auch auf ewig verschrieben hat, so läßt er sich davon äußerlich doch nichts anmerken, abgesehen davon, daß er Kranke heilen kann, ohne jedoch Geld dafür zu nehmen.

Auf den Tag genau zwei Wochen nach seinem Treffen mit Jones erhielt Sir John durch die Post ein kleines Päckchen mit dem Absender, Postfach 718, Hauptpost, London. Es enthielt eine kurze Abhandlung mit dem Titel: «Lektion in Geschichte.» Der Verfasser:

Hermetic Order of the G ∴ D ∴

Sir John schlug das Herz höher; er wußte, daß die pyramidenförmig angeordneten Punkte okkulte Symbole für einen Orden waren, der das ursprüngliche Freimaurerwort besaß, das angeblich alle anderen freimaurerischen Orden verloren hatten. Plötzlich fielen ihm ein paar Zeilen aus der anonymen *Musen-Trauer* von 1648 ein:

Denn wir Brüder vom Rosenkreuz
Haben das Wort und das zweite Gesicht
Dinge der Zukunft entfliehen uns nicht

Mit zitternden Händen schlug Sir John das Büchlein auf und fing an, die geheime Geschichte des Hermetic Order of the Golden Dawn zu lesen. Im Jahre 1875, so begann sie, zerstörte ein großes Feuer die Freimaurerhalle von London. Robert Wentworth Little, ein Schriftsteller, mit dessen Büchern über die Freimaurer Sir John durchaus vertraut war, stieß dort auf einige längst vergessene Dokumente, als er versuchte, die wichtigsten Urkunden und andere wertvolle Gegenstände aus den Flammen zu retten. Diese mysteriösen Papiere waren in einem Kode verfaßt, den weder Little noch irgendwelche anderen Freimaurer entschlüsseln konnten. Durch beharrliche Anstrengung kam Little schließlich hinter den Kode, entschlüsselte die Dokumente und war plötzlich im Besitz der Geheimnisse des Invisible College, die die orthodoxen Freimaurer seit langem verloren hatten. Die Dokumente verschafften ihm auch eine Verbindung zum Orden auf dem Kontinent, der noch wertvollere Geheimnisse zu besitzen schien, und vermittelte ihm die Adresse einer hohen Eingeweihten namens Fräulein Anna Sprengel in Ingolstadt, Bayern.

Unter der Leitung Fräulein Sprengels gründeten dann Robert Wentworth Little und andere Londoner Freimaurer den Hermetic Order of the Golden Dawn, in den sie ursprünglich nur solche Mitglieder aufnahmen, die bereits hochgradige Freimaurer waren. Dort benutzten sie Techniken, die sie von Miss Sprengel und den chiffrierten Dokumenten gelernt hatten, und frischten damit nach und nach das komplette Arbeitsrepertoire des kabbalistischen Okkultismus, auf dem der freimaurerische Rosenkreuzer-Orden basierte, wieder auf. Sie versuchten auch allen Ernstes, astralen Kontakt mit Höheren Intelligenzen auf anderen Ebenen herzustellen, damit diese sie allmählich ausbilden und während der riskanten Transformation vom domestizierten Affentum der historischen Menschheit zu einer höheren Stufe auf der evolutionären Leiter leiten konnten.

Die «Lektion in Geschichte» behauptete weiter, daß ein solcher Kontakt tatsächlich zustande gekommen war und der Golden Dawn jetzt unter astraler Führung arbeitete. Dann fügte sie noch hinzu, daß der Schüler sich vor diversen Betrügern in acht nehmen sollte, die den Namen des Ordens benutzten, um falsche Zweige des Golden Dawn aufzumachen und sie für ihre eigenen diabolischen Zwecke und schwarze Magie zu mißbrauchen. Unter diesen Ketzern, die anscheinend zu Dutzenden existierten (als der ursprüngliche Golden Dawn in lauter Fraktionen zersplitterte, war offenbar gründliche Arbeit geleistet worden, schloß Sir John), fielen besonders zwei Namen auf, hauptsächlich wegen ihres volltönenden Klanges: MacGregor Mathers und Aleister Crowley.

F.: War der Klang dieser Namen ein Zufall?

A.: Nein, durchaus nicht. Der eine war als Samuel Liddell Mathers zur Welt gekommen. Als er den Pfad der Magie betrat, fand er, daß weder Samuel Mathers, Sam Mathers, S. L. Mathers noch S. Liddell Mathers sich besonders eigneten – das alles waren nicht gerade glanzvolle Namen für einen Magier, deshalb entschied er sich für den klangvolleren Beinamen MacGregor Mathers. Der andere war ganz ähnlich als Edward Alexander Crowley zur Welt gekommen und kam ebenfalls zu dem Schluß, daß diverse Versionen seines Namens viel zu prosaisch für die Karriere waren, die er beabsichtigte. Nach einigem Nachdenken kam er darauf, daß ein englischer Name wie «Jeremy Taylor» wegen seines

Rhythmus am leichtesten zu behalten war. Mit dem Wunsch, sich diesen Rhythmus zunutze zu machen, taufte er sich daraufhin Aleister Crowley.

F.: Geben Sie ein Beispiel für einen typischen Hinweis auf die Geschichte des Golden Dawn, die einerseits ein Maximum an Information verspricht, ohne jedoch andererseits die legalen Grenzen fairen Gebrauchs zu überschreiten und wenn möglich, ohne Vorurteile der einen oder anderen Fraktion gegenüber.

A.: «Der Golden Dawn war die einflußreichste von vielen okkulten Geheimgesellschaften, die im 19. Jahrhundert entstanden. Zuerst tauchte er um 1887/88 auf. Er entstand auf der Grundlage gewisser kodierter Manuskripte, die angeblich in London entdeckt worden waren und fünf Riten der Initiation beschrieben ... Anfang der neunziger Jahre jedoch wurde der Charakter des Golden Dawn durch einen ihrer Leiter, S. L. MacGregor Mathers, verfälscht, der behauptete, Kontakt zu den ‹Geheimchefs› aufgenommen zu haben. Darunter verstand er unsichtbare und weit entwickelte Übermenschen, die, wie auch die übrigen Okkultisten behaupten, die geheime Regierung unseres Planeten bildeten.» Francis King, Einleitung zu *Crowley on Christ*, C. W. Daniel Co., London 1974.

F.: Geben Sie weitere Informationen über die Ursprünge der Tradition mystischer Freimaurerei.

A.: «Die ägyptischen Freimaurer sind eng mit der Großorient-Loge von Frankreich verbunden ... die ursprünglich von Weishaupts Illuminaten gegründet wurde und enge Kontakte zur Gesellschaft der Jakobiner pflegte ... ein geheimer Illuminat und Jakobiner war zum Beispiel Giuseppe Balsamo, alias Cagliostro, der ... gewisse Manuskripte an seine Anhänger in der ägyptischen Sekte vermachte, einschließlich Auszügen aus dem ursprünglichen *Necronomicon* ... Der Text des *Necronomicon* ... erreichte sie über die Araber von Spanien ... geht zurück auf die Perser ... und knüpft eine Verbindung nicht nur zur babylonischen Magie, sondern auch zur hermetischen Tradition der ägyptischen Priesterschaft von Thoth.» Brief von Dr. Stanislaus Hinterstoisser an Colin Wilson, in: *The Necronomicon*, kommentierte Ausgabe, Neville Spearman, Co., Suffolk 1978.

Sir John grübelte erst einmal zwei Tage über die «Lektion in Geschichte» nach, um zu entscheiden, wie weit er weitergehen wollte. Dann schrieb er Jones und bat um Aufnahme in den Hermetic Order of the Golden Dawn.

Und so vollzog er mit dem Schritt durch die dreifach versiegelte Tür auch den vom Lehrling der okkulten Geschichte zu einem unentschlossenen, nervösen Praktiker der okkulten Künste, wobei er bald dahinterkommen sollte, daß wir tatsächlich der Stoff sind, aus dem die Träume sind und Sir Talis unausweichlich ist.

In der Nacht vom 23. Juli 1910 wurde Sir John in den Orden aufgenommen, auf den Tag dreihundertundsieben Jahre, nachdem Sir Francis Bacon, der angebliche Großmeister des Invisible College, zum Großritter geschlagen worden war. (Das ging aus Dokumenten des Golden Dawn hervor, die außerdem behaupteten, illustre Mitglieder wie Sir Richard Francis Burton, Paul Gauguin, Richard Wagner, König Ludwig von Bayern, Wolfgang von Goethe, Adam Weishaupt, Dr. John Dee, Papst Alexander VI., Jakob Boehme, Paracelsus, Christian Rosenkreuz, Giordano Bruno, Jacques de Molay, Newton, Beethoven, Merlin, Rabelais, Vergil, Jesus, Buddha, Lao Tse, Solomon, Osiris und Krishna gehabt zu haben.) Gemäß seinem Eid verriet Sir John niemals irgendwelche Einzelheiten von der Initiation selbst, nicht mal in der Nacht in Zürich, in der er Albert Einstein und James Joyce seine außergewöhnlichen Abenteuer erzählte und der Föhn, der Hexenwind, an den Fenstern rüttelte. Einige Schleier sollen nie gelüftet werden, und Babcock hütete sich, es bei diesem speziellen zu versuchen.

Drei Nächte nach der Initiation machte Sir John das Ganze noch einmal durch, und zwar in Form eines hermetischen Traums. Er wurde mit verbundenen Augen zum Thron des Südens geführt, wo sich das Fenster des silbernen Sterns ins romanische Indigo öffnete.

«Wer kommt da?» fragte der Gorcier Sir Francis Bacon.

«Einer, der auf der Suche nach dem Licht ist», antwortete Sir John, wie es die traditionelle Freimaurer-Formel vorschrieb und man es ihm vor der Zeremonie erklärt hatte.

«Die Menschheit kann nicht viel Licht ertragen», sagte Nightrix mit wässeriger Stimme. «Schau dir doch nur an, wie wenig ihr domestizierten Säugetiere gegenwärtig zu empfangen bereit seid.»

Und wie ein Spanner imm Neitz fand Sir John sich im vom Blitz geschlagenen Turm wieder. Sir Talis, ein gespurter Haarspecht, sortierte seine honis aus. Sir John schlich sich an Überpasser Peep vorbei, als Somnaträumer maskiert und fand irrsich in einem großen summenden Bienenkorb wieder (fliegende Senkung, Mythra Ovid: was einen Mann nicht schämet), wo Verrückte wie wild damit zugange waren, sich gegenseitig umzuhauen, zu fluchen und zu kreischen: «Du wirst, Alter, du willst.» Und Degen, Revolver, Säbel, gehörnte Fratzen und Scherben kaputter Flaschen schwangen, Thilben murmelten und schmissige Fleuche, und dabei im feuchten, dunkelblutroten stinkenden Mondschleim versanken. «Kinderfratzen!» heulten sie. «Daß Vril stark sein möge!» Eine mittelalterliche Schriftrolle wurde entrollt, in indischer, altnordischer, russischer, irischer Sprache, sehrsehr lang, aber auch sehrsehr pflichtschuldigst, die folgendes verkündete:

WERFEN SIE KEINE KIPPEN INS PISSOIR
WIR PINKELN IHNEN SCHLIESSLICH
AUCH NICHT IN DEN ASCHENBECHER

Set, die lange Schlange vor dem Eingang, ein schmuddelig finsterer sabbernder Bursche, warf sich mit Lederstrapsen auf ihn und schrie: «Fürchte das, was vergessen ist.»

«Diese», sagte Nud, die Allmäusige (Eutaenius Microstemmus) in Atlas Klause, «sind die, die diesen Weg gekommen sind, ohne den Kelch des Mitgefühls. Jeder hält die anderen für schreckliche Dämonen und glaubt, er verteidige nur sich selbst. Tragisch und ironisch zugleich, nicht wahr?»

Abrupt wachte Sir John auf.

«Jessas, Maria und Josef!» sagte er abwesend. War dieser Traum etwa eine Vision davon, wie die Menschheit vom Standpunkt eines erleuchteten Geistes aussah?

«Eine echte Initiation ist nie abgeschlossen», hatte Jones vor der Initiation auf der physikalischen Ebene gesagt. Damals war ihm das rätselhaft erschienen. Jetzt verstand er: der Traum war, in seiner eigenen Sprache, tatsächlich eine Fortsetzung der Initiation, wenn auch auf einer anderen Ebene. Selbst die Masken, die in der echten Initiation gebraucht wurden, waren nun, im Licht der klaren Traumbotschaft, eine Allegorie, nicht nur ein Stück theatralischen Mummenschanzes. Die Masken, die man im normalen Leben trägt, sind psychologisch, nicht aus Gips, und trotzdem haben sie die Aufgabe, einen vor seinen Mitmenschen zu verstecken: Gesellschaft ist des Teufels Maskerade.

Als Sir John sich das nächste Mal mit Jones in dessen Wohnung in Soho traf, diskutierten sie in aller Ausführlichkeit über den düsteren Turm, und Sir John präsentierte stolz seine Erklärung, die er sich zu diesen Träumen und ihrem Symbolismus, besonders zur Allegorie der Masken gemacht hatte.

«Nicht übel», sagte Jones. «Aber es gehört auch zu den Regeln unseres Ordens, daß kein Mitglied mehr als ein anderes Mitglied persönlich kennt. Deshalb die Masken, die wir bei der Initiation gebrauchen, sie dienen dieser Regel.»

«Und was bitte ist der Sinn dieser Regel?»

«Der Schutzgott aller Bünde oder Gesellschaften ist der Mars», sagte Jones zynisch. «Konkurrenzdenken zerstörte die erste Loge des Golden Dawn in London. Jeder kannte jeden, und deshalb erlagen wir einem transzendentalen Egoismus – meine Erleuchtung ist größer als deine Erleuchtung und so weiter – und so trieb der Teufel des Streits uns auseinander. Aber wir wiederholen unsere Fehler nicht, Sir John. Von jetzt an werden Sie nie jemand anderen aus der Loge treffen als mich, von unvorhergesehenen Notfällen abgesehen, so lange, bis mich jemand anderes in der Rolle Ihres Lehrers ablöst. Wenn wir uns nicht kennen, können wir auch keine persönlichen Rivalitäten aufbauen.»

Diese radikale Dezentralisation war ein zweischneidiges Schwert, wie Sir John bald merkte. Er verschwendete keine Zeit und Energie mit unnötigem Kopfzerbrechen darüber, ob er größere Fortschritte machte als ein anderer Schüler oder ob er etwa im Stoff hinterherhinkte, sondern schärfte durch das Geheimnis, das durch diesen Mangel an Geselligkeit entstanden war, in subtilster Weise auch seine Wahrnehmungen in bezug auf andere menschliche Wesen.

Wenn jemand eine Bemerkung machte, die auf irgendeine Art aus dem Rahmen des Üblichen herausfiel, fragte er sich zunächst nur, ob es sein könnte ... ob das vielleicht auch einer war? Ob Shakespeare im Invisible College gewesen war? Der Oberkellner im Claridge? *Wieviel Mitglieder gab es überhaupt?* Jones brauchte er gar nicht erst zu fragen, von ihm würde er darüber sowieso nichts erfahren. «Die Frage allein zeugt von der Unkenntnis des Novizen über die wahre Natur von Raum und Zeit», pflegte Jones zu diesem Thema beizusteuern. Jedesmal wenn er in der Zeitung von jemand las, den ein geheimnisvoller Fremder aus höchster Gefahr gerettet hatte, ohne dafür Dank anzunehmen oder seinen Namen zu nennen und einfach verschwand, wunderte sich Sir John. «Einer von uns?» spekulierte er romantisch und entdeckte plötzlich überall die schützende Hand der großen weißen Bruderschaft. Als Schüler von Cambridge hatte er natürlich, zumindest durch Osmose, soviel von der modernen skeptischen Weltanschauung aufgesaugt, daß er aber auch genau wußte, all das konnte genausogut bloße Vernarrtheit in einen wundervollen Mythos sein.

Auf der anderen Seite konnte man schließlich nicht erwarten, eine Spezialbrille verpaßt zu kriegen, mit der die Mitglieder des Invisible College sich gegenseitig erkennen konnten, oder?

Im übrigen war das Rätsel der hermetischen Gesellschaften subtiler als das, wie Sir John bald entdecken sollte. Angeblich setzte der Golden Dawn die ungebrochene Tradition des ursprünglichen Invisible College der Rosenkreuzer fort, deren Mitglieder sich der «Kleidung des Landes, in dem sie lebten» anpassen sollten. Sir John fand schnell heraus, daß auch die albernsten Bemerkungen und im allgemeinen auch provokantes Verhalten immer sofort die gleiche Frage auslösten: «Einer von uns?» Wie viele Adepten konnte es denn geben, die in der Maske der durchschnittlichen Menschheit durchs Leben gingen und sorgfältig versuchten, ihren fortgeschrittenen Bewußtseinszustand hinter einer Verkleidung von sozial normaler Dummheit oder Konformität zu verbergen? Jesus ließ zu, daß man ihn anspuckte, auspeitschte, verspottete und kreuzigte, und die Literatur des Golden Dawn ließ keinen Zweifel daran, daß ein wahrer Adept jede Rolle spielen und jede Demütigung ertragen müsse, nur um seine oder ihre besondere Aufgabe zu erfüllen: der Narr kann auch der verkleidete Magier sein.

In dieser Zeit verschlang Sir John unzählige Werke aus der mystischen Literatur aller Nationen und Jahrhunderte, von denen Jones ihm bei jedem Treffen bis zu zehn Bände auf einmal mitbrachte. Schriftliche Prüfungen einmal im Monat sollten Aufschluß darüber geben, ob er das, was er gelesen hatte, wenigstens verbal auch verstanden hatte.

«Aber ich bin doch Christ», protestierte Sir John eines Tages.

«Daran wollen wir ja auch gar nichts ändern», erwiderte Jones. «Aber wenn Sie bei der Großen Aufgabe Fortschritte machen wollen, müssen Sie sich ein Bild von der unsichtbaren Wahrheit hinter dem Drum und Dran aller Religionen machen. In unserem Orden kann jeder Christ Christ bleiben, jeder Jude Jude und jeder Moslem Moslem, je nachdem. Aber was auch immer sie glauben, sie dürfen keine engstirnigen Sektierer bleiben.»

Sir John bekam einen ersten Hauch von Verständnis für diesen zweideutigen Ökumenizismus, als er einen Text über den Buddhismus studierte. Der Refrain «Jeder der dir begegnet ist ein Buddha» trieb ihn fast zu Verzweiflung. Er war so unsinnig und wurde so oft und auf so verschiedene Weise wiederholt; es war offensichtlich, daß er diesen Spruch verstehen mußte, ehe er überhaupt anfangen konnte zu begreifen, um was es beim Buddhismus eigentlich ging. Auf Jones' Rat versuchte er es damit, tatsächlich in jedem, mit dem er zu tun hatte, einen Buddha zu entdecken – und dann verstand er ganz schnell.

Die Wirkung war die gleiche wie die der bewußten Mystifizierung innerhalb des Ordens. Indem er in jedermann einen Buddha entdekken wollte, beobachtete Sir John genau wie auf seiner Suche nach anderen Mitgliedern des Golden Dawn seine Mitmenschen plötzlich ganz anders, schenkte ihnen mehr Aufmerksamkeit als früher und entdeckte deshalb auch mehr von ihrer geheimnisvollen und diamantartig starren Individualität, statt sich in Kategorien von Alter, Geschlecht, Rasse, Kaste oder anderen Oberflächlichkeiten zu verlieren. Plötzlich sah er jeden Mitmenschen als unglaublich reiches, zauberhaftes Wesen, und plötzlich verstand er auch dieses rätselhafte Paradox von Goethe, der einmal gesagt hatte: «Was ist am schwersten auf der Welt? Das was am einfachsten scheint: mit eigenen Augen zu sehen, was vor einem liegt.»

Und plötzlich verstand er auch, warum der heilige Paulus so darauf bestanden hatte, «daß wir alle Glieder des Korpus Christi sind». Jeder Mann und jede Frau sind eine winzige Facette des Diamant-Spiegels, geschaffen nach Gottes Ebenbild, so wie die ganze Menschheit. Der Buddhismus hatte also, genau wie Jones es versprochen hatte, seinen christlichen Glauben nicht geschwächt, sondern eher noch vertieft.

«Sehr gut», sagte Jones überheblich. «Sie sind ein wenig aus einem der Träume erwacht, die die Schlafwandler auf der Straße davon abhalten, sich gegenseitig zu *sehen*. Das ist ein Anfang, aber nicht mehr als ein Anfang. Lassen Sie sich von Ihren Fortschritten nicht so hinreißen, um Gottes willen, oder Sie werden sich keinen Schritt weiter bewegen. Versuchen Sie, das göttliche Licht in jedem schönen Gegenstand zu entdecken, der Ihnen über den Weg läuft – scharlachrote dunkle Rubine, Tigerlilien auf einem Feld oder die rote Zeichnung auf dem Rücken einer Krabbe. Und dann fragen Sie sich einmal, wo Bewußtsein und göttliches Wesen *nicht* sind.»

Mit diesen niederschmetternden, aber auch wiederum ermutigenden Worten, die er fast raubtierhaft erregt hervorstieß, erwies sich der mild lächelnde Jones für Sir John ein für allemal und jenseits allen Zweifels als wahrer Adept. Anschließend lud Jones ihm gnadenlos zehn weitere Bände über die Kabbala auf und empfahl ihm, sie gründlichst zu studieren. Ein Schuß vor den Bug, der ihn um ein Haar versenkt hätte.

Bisher hatte Sir John sich nur als Historiker mit der Kabbala beschäftigt, doch wußte er so viel über ihre Terminologie und Theorie, daß er ihren Einfluß von den frühen Hermetikern wie Pico della Mirandola und Giordano Bruno über Dr. Dee und Sir Francis Bacon bis zur Freimaurerei und dem Illuminismus nachvollziehen konnte. Doch nun sollte er plötzlich die gesamte kabbalistische Theorie des Universums erarbeiten, und das war etwa tausendmal so kompliziert wie die periodische Tafel der chemischen Elemente, die Onkel Bentley in seinem Arbeitszimmer hängen hatte.

Laut der Kabbala wird der Kosmos von symbolischen Übereinstimmungen zwischen vielen sichtbaren und unsichtbaren Ebenen des Seins regiert. Das *wirkte* auf den ersten Blick gar nicht so schwer, aber die Übereinstimmungen selbst hatten untereinander keinerlei logische Verbindungen – «die Kabbala transzendiert die Logik», meinte Jones. Es blieb einem also gar nichts anderes übrig, als diese Entsprechungen mit roher Gewalt und sturer Wiederholung zu pauken, bis sie sich unwiderruflich ins Gedächtnis eingeprägt hatten. Jones bemerkte freundlicherweise, daß selbst, wenn der Student sie auswendig gelernt hatte, das noch lange nicht bedeutete, daß er sie auch *verstand* – wahres Verständnis konnte nur durch Intuition oder direkte Erfahrung der unsichtbaren Ebenen erlangt werden, und die Techniken dafür würde Sir John lernen, wenn er vom Lehrling zum Gesellen aufgestiegen war.

F.: Geben Sie drei knappe Beispiele kabbalistischer Logik.

A.: (1) Alle hebräischen Worte, die den gleichen numerischen Wert haben, müssen auch äquivalente Bedeutungen haben; ist ACHD (Einheit) gleich A (1) + CH (8) + D (4) = 13 dasselbe wie AHBH (Liebe), denn A (1) + H (5) + B (2) + H (5) ist ebenfalls 13; *ergo*, Liebe *ist* Einheit und Einheit *ist* Liebe.
(2) Da der heilige unaussprechliche Name Gottes (YHVH) = Y (10) + H (5) + V (6) + H (5) = 26, also zweimal 13 ergibt, *ist* Gott Liebe plus Einheit.

(3) Da sieben der zweiundzwanzig hebräischen Buchstaben auch mit Planeten korrespondieren, ist die Proportion 22/7 sehr wichtig und in der Tat ist 22/7 = 3.1415 ... usw., der Wert von π oder das Verhältnis des Radius eines Kreises zu seiner Oberfläche.

F.: Geben Sie ein Beispiel kabbalistischer Logik, bei der es schwieriger wird.

A.: Da Gott Einheit ist und der erste hebräische Buchstabe A (Aleph) = 1, symbolisiert A Gott. Aber A (Aleph), wenn man es in vollem Hebräisch ausschreibt, ist ALP = 111 und zeigt, daß Gott eine Dreieinigkeit ist. Schön und gut für christliche Kabbalisten, aber was machen die jüdischen und moslemischen Kabbalisten daraus? Andererseits ist 111 auch APL (Dunkelheit) und ASN (plötzlicher Tod). Ist Gott dann auch gleichbedeutend mit Finsternis und plötzlichem Tod?

Sir John verbrachte Tage, Wochen, ja Monate damit, die Reihen immer wieder aufs neue herunterzuleiern. Natürlich mußte er auch immer wieder mal ins Buch spinksen, weil er soviel auf einmal einfach nicht behalten konnte: «*Aleph* ist der erste hebräische Buchstabe und bedeutet *Ochse*. Die wichtigsten Entsprechungen sind der Narr im Tarot, die Farbe Gelb, das Element Luft, der Heilige Geist im Neuen Testament, der Atem Gottes – was ist das denn? – *Ruach Elohim*, der Atem Gottes, im Alten Testament, der Pfad von Kether nach Chokmah im Baum des Lebens und äh, o Gott, ähem ...» Noch mal von vorn.

«*Beth* ist der zweite hebräische Buchstabe und bedeutet *Haus*. Die wichtigsten Entsprechungen sind der Gaukler im Tarot, die Farbe Scharlachrot, der Planet Merkur, Thoth in Ägypten, Hermes bei den Griechen, Odin im Norden, der Pfad von Kether nach Binah, der Affengott in Indien ... o Jessas, wie hieß denn noch der Affengott ...?» Noch mal von vorn!

Gelegentlich schaute Jones auf Babcock Manor vorbei, um Sir John zu prüfen.

«Welche Tarot-Karte ist das?»

«Der Tod.»

«Die hebräische Bedeutung?»

«Fisch.»

«Sehr gut. Welches ist das mittelalterliche Äquivalent für den Wagen im Tarot?»

«Der heilige Gral!»

«Ausgezeichnet. Der hebräische Buchstabe dafür?»

«Äh ... äh ... *daleth* ...»

«Falsch. Kommt nicht hin, mein Junge. Keine Unachtsamkeit, bitte. Pauken, pauken, *pauken*!»

Sir John paukte.

«Beschäftigen Sie sich mit den ersten beiden Worten in der Bibel», schlug Jones anschließend vor, und Sir John stürzte sich in die verborgene Bedeutung von BRASHITH ALHIM. «Am Anfang, die Götter.»

Natürlich wußte er von Pico della Mirandola, daß BRASHITH («Am Anfang») den numerischen Wert 3910 hat, nach der okkulten Überlieferung die Anzahl der Jahre vom «Fall» der Menschheit (auf Grund des unglücklichen Traumes von einem ersten Kontakt mit einer Höheren Intelligenz im Schlangenmythos der Genesis verschlüsselt) bis zur Geburt Christi. Er selbst entdeckte, daß ALHIM (Die Götter; Gott-im-Singular, also YHVH oder Jehovah erschien erst im zweiten Kapitel) durch die Umstellungen nach Temura, 3.1415 oder Pi bis auf vier Stellen genau enthält. Dann kam er dahinter, daß BRA, die drei ersten Buchstaben mit Hilfe des Notarikon die Initialen von *Ben*, der Sohn, *Ruach*, der Heilige Geist, und *Abba*, der Vater, bilden.

«Sehr gut», lobte Jones, als Sir John Bericht erstattete. «Aber da ist noch viel viel mehr rauszuholen. Zum Beispiel *Agape*, das Wort für Liebe im Neuen Testament. Es hat den kabbalistischen Wert von 93. Fügen Sie das zu den 3.1415 von ALHIM hinzu und Sie haben 3.141593, Pi akkurat bis auf sechs Stellen. Bleiben Sie dran, bis Sie auf die Goldenen Proportionen der freimaurerischen Loge stoßen.»

Eines Tages nahm Sir John sich ein Herz und fragte Jones nach dem mysteriösen heiligen Schutzengel, den man angeblich mit Hilfe des Golden Dawn-Trainings beschwören konnte.

«Normalerweise», erklärte Jones, «wird das auf drei verschiedene Weisen erläutert, für Lehrlinge, Gesellen und solche mit höheren Rängen. In Ihrem Fall und wenn man die Mischung von Bildung und Romantik berücksichtigt, die ich in Ihrem Temperament zu entdecken glaube, werde ich eine Ausnahme machen und Ihnen alle drei Erklärungen auf einmal geben. Erstens: es ist eine Metapher, die grob gesagt bedeutet: Sie sollten lernen, ohne die üblichen Verzerrungen Botschaften aus Ihrem Unbewußten zu empfangen und zu verstehen. Zweitens: so einfach ist es ganz und gar nicht; der heilige Schutzengel spricht zwar durch Ihr Unbewußtes zu Ihnen, ist aber gleichzeitig ein individuelles Wesen auf einem evolutionären Stand, der von uns so weit entfernt ist wie wir von den ersten wirbellosen Tieren. Drittens: ja, es ist eine Metapher letztlich, aber für etwas, das so weit außerhalb unseres normalen Bewußtseins liegt, daß es überhaupt keine Rolle spielt, ob Sie es mit den wissenschaftlichen Termini der ersten oder den mystischen der zweiten Antwort definieren wollen – es transzendiert beide. Wenn Sie die Erfahrung selbst gemacht haben, werden Sie Ihre eigene Metapher dafür finden. Vielleicht führt das zu einer wissenschaftlichen Theorie, die die Welt bisher noch nicht kannte, oder zu einem Kunstwerk oder auch nur zu einer Veränderung in Ihrem Leben. Vielleicht werden Sie frömmer oder barmherziger oder einfach traditionell ‹religiöser›. Tun Sie lieber Ihre Arbeit und stellen Sie weniger Fragen, wenn Sie schneller weiterkommen wollen.»

Und dann endlich, neun Monate nach seiner Initiation, war Sir John mit seinem Lehrgang in Weltmystizismus fertig und in der Lage, alle von Jones gestellten Quizfragen aus der Kabbala mit Leichtigkeit zu beantworten. Mittlerweile war er aber auch ziemlich durcheinander und stellte sich insgeheim die Frage, ob er oder Jones oder vielleicht beide noch alle Tassen im Schrank hatten. Was hatte bitte schön ein Ochse mit einem Mann in Narrenkleidung zu tun oder eins von beiden mit der Farbe Gelb oder dem Heiligen Geist? Wenn Thoth und Hermes derselbe Gott mit verschiedenen Namen war, gut und schön, das machte historisch gesehen ja noch Sinn. Aber warum stimmten sie mit dem hebräischen Buchstaben für «Haus» überein? Und was zum Teufel hatte der Planet Venus mit dem Buchstaben *daleth* und der Göttin Demeter zu tun? War die Kabbala im Grunde vielleicht nur ein komplizierter jüdischer Witz auf Kosten derer, die versuchen, das Irrationale mit rationalen Mitteln zu verstehen?

Erst als Jones angefangen hatte, diesen Gedanken ernsthaft zu erwägen, feuerte der ruhige, väterliche Mr. Jones seinen ersten richtigen Treffer ab.

«Sie kennen doch die Buchstaben, die auf jedem katholischen und östlich-orthodoxen Kruzifix erscheinen, I.N.R.I., nicht wahr?»

«Yod Nun Resh Yod», erwiderte Sir John wie aus der Pistole geschossen mit den hebräischen Äquivalenten.

(«Ich nahe zur Rettung Israels.»)

«Sehr gut. Die katholische und die orthodoxen Kirchen erklären das natürlich mit kindischen Bezeichnungen, für die simplen Gemüter der Masse gedacht. Sind Sie zufällig mit der Erklärung vertraut?»

«Es soll lateinisch sein», sagte Sir John glücklich; das war leicht. «Jesus Nazarinus Rex Iudorum – Jesus von Nazareth, König der Juden.»

«Ausgezeichnet», sagte Jones. «Jetzt muß ich Ihnen sagen, daß es eine esoterische gnostische Bedeutung für diese Initialen gab, lange vor der Schöpfung der exoterischen, die Sie gerade gegeben haben. Man braucht nicht nur kabbalistisches Wissen, sondern auch wahres Intuitionsvermögen, um es zu dechiffrieren. Das soll Ihre Aufgabe sein, die Sie zum Gesellen machen wird. Rufen Sie mich an, sobald Sie die Antwort zu haben glauben.»

Sir John verbrachte eine Woche über dem Problem und wurde beinahe verrückt dabei. Am siebten Tag zeichnete er sich ein Schema, in das er bewußt nur die abwegigsten und unlogischsten Analogien eintrug, um sich zu zwingen, in der metalogischen Art echter Kabbalisten zu denken. Es sah folgendermaßen aus:

Hebräischer Buchstabe	Tarot Entsprechung	Astrologische Entsprechung	Griechische Entsprechung
Yod (Hand)	Eremit	Jungfrau	Chronos
Nun (Fisch)	Tod	Skorpion	Hades
Resh (Kopf)	Sonne	Sonne	Apollo
Yod (Hand)	Eremit	Jungfrau	Chronos

Er versuchte, sich auf die Bilder zu konzentrieren, ohne dabei Worte oder Definitionen zu assoziieren. Hand, Fisch, Kopf, Hand; Hand, Fisch, Kopf, Hand; Hand, Fisch, Kopf, Hand ... Es kamen ihm Dutzende von Ideen, die nicht nur originell, sondern auch verblüffend waren (einmal sah er die Evolution sogar als vorbestimmtes Szenario ...), aber nichts tauchte auf, das nicht später, wenn er noch einmal darüber nachdachte, wie absurder und blanker Unsinn wirkte.

Anschließend versuchte er es mit den astrologischen Entsprechungen: Jungfrau, Skorpion, Sonne, Jungfrau. Eine Jungfrau, ein Insekt, die Sonne und wieder die Jungfrau. Das war noch dümmer als Hand –

Fisch – Kopf – Hand. Er probierte es mit Jungfrau – Hand, Insekt – Tod, Kopf – Sonne, Jungfrau – Hand. Das brachte ihn auf Gedanken, die ihm peinlich waren und ihn wieder daran zweifeln ließen, ob er wirklich die Reinheit des Herzens besaß, die er brauchte, um die Kapelle der Gefahren bestehen zu können.

Die griechischen Entsprechungen hallten gespenstisch in seinem Kopf wider. Chronos, den Gott der Zeit, konnte man sich grausig vor Augen halten, indem man an Goyas schreckliches Gemälde «Chronos der seine Kinder frißt» dachte. Hades und die Welt der Toten beschwor Sir John, indem er sich an das Hinabsteigen des Odysseus in die Unterwelt erinnerte. Apollo erinnerte ihn an Oscar Wilde und Lord Alfred Douglas und war schon etwas schwieriger. Aber wie stand es um die Bedeutung der Anordnung: Chronos, Hades, Apollo, Chronos?

Schließlich versuchte er, über die Bilder auf den Tarot-Karten zu meditieren:

Der Eremit: ein alter Mann, der im Dunkeln stand und eine Laterne in der Hand hielt. Aber was hatte das mit *yod* (der Hand) zu tun, mal abgesehen davon natürlich, daß man eine Hand braucht, um eine Laterne zu halten? Und warum die Entsprechung zu Skorpion und Jungfräulichkeit?

Der Tod: ein Skelett auf einem großen weißen Pferd, das König, Bischof, Mutter und Kind aus dem Weg mähte. Aber was hatte das mit *nun* (dem Fisch) zu tun? Andererseits paßte es gut zu Hades, dem Gott der Unterwelt.

Die Sonne: ein nacktes Kind auf dem gleichen weißen Pferd mit der aufgehenden Sonne im Hintergrund. Wie paßte hier *resh* (der Kopf) dazu? Jedenfalls stimmte es mit der astrologischen Entsprechung überein.

Und dann wieder der alte *Eremit* mit seiner Laterne ...

War es vielleicht eine psychologische Parabel über den Pfad der Initiation selbst? Das Gehirn des Schülers beginnt als *alter Mann* (soziale Tradition), der in der *Finsternis* umhergeht, also der Unwissenheit. Er wird geleitet vom *Licht der Intuition*, dann durch den *Tod* seiner konditionellen Aspekte transformiert – die Verbindungen zu *König* (Staat), *Bischof* (Kirche), *Mutter und Kind* (Familie), wird wiedergeboren als *Sonnenkind* («Ehe ihr nicht werdet wie die Kinder, sollt ihr das Königreich des Himmels nicht betreten») und dann – und dann – warum dann wieder der alte Mann, der mit seiner Laterne durch die Finsternis irrt? Wenn er endlich glaubte, auf der richtigen Spur zu sein, kam nur noch mehr Unsinn heraus.

Hand, Fisch, Kopf, Hand ...

Alter Mann, Tod, neugeborenes Kind, alter Mann ...

I.N.R.I.; Jesus von Nazareth, König der Juden.

Chronos, Gott der Zeit (und der Zerstörung), Hades, Herrscher der Unterwelt; Apollo, Gott der aufgehenden Sonne; Chronos, verdammt noch mal, schon wieder dasselbe ...

Die zermürbende Suche ging weiter. Und weiter und weiter.

Sir John versuchte es mit Gematrie, der kabbalistischen Methode, den numerischen Wert eines Geheimnis-Wortes zu ermitteln und auf alle anderen hebräischen Worte mit dem gleichen Wert zu beziehen. *Yod* war zehn, *nun* war fünfzig, *resh* zweihundert und *yod* wieder zehn. Insgesamt also 270. Er vergrub sich tagelang in sein hebräisches Wörterbuch und fand nur eine einzige Entsprechung: Hebel oder Stange.

Wieder eine Sackgasse.

Am nächsten Morgen erwachte er aus einem Traum mit summenden Kobolden in Honigsaft mit einem Satz, der ihm klar und deutlich im Gedächtnis geblieben war: *In Nachforschung ruht Irrtum*. In der sicheren Überzeugung, daß das eine höchst bedeutsame Offenbarung war, kritzelte er sie hastig auf den Notizblock neben seinem Bett und schlief noch einmal ein. Aber als er ihn nach dem Aufstehen wieder las, konnte er nur lachen.

Eine Stunde später ereignete sich etwas höchst Merkwürdiges in der Bibliothek. Gerade, als er wieder einmal nach seinem hebräischen Wörterbuch griff, um wenigstens noch ein zweites Wort mit dem Wert

270 zu finden, rutschte ein anderes Buch darunter weg und fiel ihm auf die Füße. Er bückte sich, um es aufzuheben, und stellte fest, daß es eine alchimistische Abhandlung aus dem 17. Jahrhundert war, die zufällig auf Seite 270 aufgeschlagen war. Zufällig? Der erste Absatz lautete:

> *Das Geheimnis der Großen Aufgabe wird den Christen durch die Formel I.N.R.I. vermittelt, die, richtig interpretiert,* Igni Natura Renovatur Integra *bedeutet.*

Wie ein blendender Funke sprang Sir John die Übersetzung ins Auge: *Alle Natur wird durch Feuer geläutert.*

Ein alter Mann, Tod und Wiedergeburt – Zeit, Tod und Auferstehung – Kreuzigung und Erlösung – der Herr der Zeit, der Herr der Unterwelt und der goldenen Dämmerung. *Alle Natur wird durch Feuer geläutert.* Die griechischen und christlichen Symbole flossen zusammen und verschmolzen mit den Tarot-Karten. Sir Johns tastende Suche nach einer neuen Theorie der Evolution, inmitten der Lamarckschen Ketzereien seines Vaters und Onkel Bentleys darwinistischer Orthodoxie, wurde zur quälenden Gewißheit, als er den Kampf hinaus aus den Höhlen, die plündernden Nomaden, die aus den Wüsten herbeifegten, den Schnee und die Stürme, die Seuchen und das Leid und die ständige Anwesenheit des Todes des Todes des Todes erlebte. Und auch das anschließende Ringen: die Geburt eines neuen Bewußtseins, das überall schwach aufflackerte und doch nur selten in feuriger Erleuchtung aufflammte. Wieder und wieder durchlebte er die kosmische Geburtserfahrung, bis Agonie und Freude eins wurden und nicht mehr voneinander zu unterscheiden waren. Er verwandelte sich in eine einzelne Zelle, die im Ozean des Fruchtwassers schwamm und sich an die glühende Ekstase seiner Zeugung erinnerte: die Zärtlichkeit des ersten Moments an der Titte: die Höhlen der Trolle, die er für wirklich gehalten hatte, als überall um ihn herum dunkle archische Kräfte am Werk waren: friedlich schwamm er in der heißen Sonne: doch dann von neuem das Grauen, der Schrecken des Lebens: die Opfer der Inquisition, die jahrhundertelang auf den Folterbänken eines verrückten Glaubens schrien: der Hunger, die Gewalt und das Irresein: entfesselte Teufel und Dämonen aus der Phantasie zu Tode erschreckter Menschen, die in die Erfahrung von Millionen übergingen: Soldaten mit ausgebrannten Armen, Beinen und Genitalien: Bürger in Einzelhaft: Kinder, die man schlug und auspeitschte und dann verhungern ließ: Tod auf dem Operationstisch unter dem Skalpell von betrunkenen oder sadistischen Ärzten: und alle Feste und Karnevals gehen weiter, nehmen ihren Lauf, blinde Fröhliche, die die Agonie ihrer Brüder und Schwestern in der Hölle der menschlichen Grausamkeit dem Leben gegenüber nicht bemerken: Mütter, die ihre totgeborenen Kinder beweinen: der Schrecken in den Augen der Maus, als sie merkte, daß sie in der Falle saß: gigantische Säle mit riesigen göttlichen Statuen voller Ruhe und Weisheit: die Ewigkeit von Gebirgen und Ozeanen: die niemals sterbenden Bäume, die in alle Ewigkeiten flüstern: das Kreuz den Berg hinauftragen, die Last annehmen, willens, den Schmerz und das Leid auf sich zu nehmen, um den blinden Kampf endlich zu rechtfertigen und die planetarische Geburt zu vollenden. Ja: Vril regte sich in seinem Innern, die alchimistische Hitze nahm zu: er sah weit, weit über die unbedeutende kleine Zelle namens John Babcock hinaus und verschmolz mit dem Millionen Jahre alten Organismus, der Terra war.

Hatte es eine Minute gedauert oder tausend Jahre? Sir John wußte es nicht; er wußte nur, daß er mit der ganzen Welt seiner Wahrnehmung vom Feuer geläutert worden war.

ACTION	SOUND
AUSSENAUFNAHME. TAL DER PYRAMIDEN, ÄGYPTEN. TAG. LANGE EINSTELLUNG.	
Nur die Pyramiden in der heißen weißen Wüste.	*Stimme:* «Ich bete dich an, Evoe! Ich bete dich an, IAO!»
AUSSENAUFNAHME. WIE OBEN. NAHAUFNAHME.	
Statue, die Horus als Falken darstellt.	*Gleiche Stimme im Hintergrund:* «Oh, du Lachen, das aus den Grabmalen der Toten widerhallt. Ich bete dich an, Evoe! Ich bete dich an, IAO!»
INNENAUFNAHME. WIE OBEN. HALBTOTALE.	
LENIN öffnet die Kiste mit dem Geld und zählt es. Ihm gegenüber eine zwielichtige Gestalt, die ihm das Geld anbietet.	*Der Walzer aus der Lustigen Witwe.* LENIN: «Das wird für ein paar äußerst wichtige Geschäfte reichen.»

«Hier ist meine Antwort», sagte Sir John gelassen.

Jones nahm das magische Tagebuch, das Babcock ihm reichte, und studierte sorgfältig die letzte Seite:

> *Igni natura renovatur integra:* alle Formen des Lebens sind vorübergehend und illusorisch, reine Gebilde der Phantasie. Der alte Eremit wird vom Tod niedergestreckt werden, doch die Form hinter der Form, die Lebensenergie wird als neues Kind wiedergeboren, dem nun das gleiche Schicksal beschieden ist: es wird altern und zum alten Eremiten werden. Chronos, der Herr der Zeit, führt uns unausweichlich dem Tod entgegen, oder auch Hades, dem Herrn der Unterwelt, wir aber erheben uns von neuem wie Apollo, der Herrscher der goldenen Dämmerung jeden Morgen neu erstrahlt. In der Tat ist der gekreuzigte Christus eine Nacherzählung dieser griechischen Tod- und Auferstehungsmythen, wie

es uns die rationalistischen Historiker immer wieder eingehämmert haben, aber die Rationalisten haben nicht verstanden, daß der Mythos wiederkehrt, weil er ein Symbol für die große kosmische Wahrheit ist: Bewußtsein wird wie Materie und Energie weder geschaffen noch vernichtet. Die Zyklen wiederholen sich immer wieder, aber es kehrt auch immer wieder das gleiche zurück, denn die platonischen Archetypen bleiben, unverändert und unberührt von Zeit.

«Eine richtige Antwort gibt es hier nicht», sagte Jones. Diesmal saßen sie bei *Claridge's* zum Essen, und Jones hatte nur ein kleines Büchlein mitgebracht statt des üblichen Stapels von dicken alten Wälzern. «Oder, wie man auch sagen könnte: es gibt mehrere richtige Antworten. Irgendwann werden wir einmal eine ausführliche philosophische Diskussion darüber führen, aber nicht in allzu naher Zukunft. Für den Augenblick lassen wir es darauf beruhen, daß Ihre Antwort, gemessen am derzeitigen Stand ihrer Ausbildung, richtig ist.»

Sir John kam sich vor, als hätte man ihm die Luft aus den Segeln genommen. «Aber ich habe es gespürt, noch ehe ich es überhaupt verstanden hatte. Die Vril-Energie ... wie sie mich durchströmte, so wie sie alles andere auch erfüllt. Der unendliche Prozeß von Werden und Vergehen – die Welt, wie sie durch die Glut des Heiligen Geistes erneuert wird. Ich habe es *gespürt*», wiederholte er, ein wenig hilflos.

George Cecil Jones seufzte tief. «Sie haben den ersten Schritt getan», antwortete er traurig. «Aber Sie wissen noch nicht einmal, in welche Richtung Sie gehen. Bitte, behalten Sie doch Ihre Selbstbeweihräucherung für sich und widmen Sie sich von jetzt an voll und ganz den Übungen in diesem kleinen Buch. Wir haben Ihre Initiation zum Gesellen für nächsten Monat angesetzt, aber wenn Sie die Übungen nicht strengstens befolgen, und zwar mindestens viermal am Tag, dann wird es eine Farce – eine leere Schale, bloßes Theaterspiel. Lassen Sie sich um Gottes willen nicht dazu verleiten zu glauben, daß Sie angekommen sind, ehe Sie wissen, wie man überhaupt reist.»

Sir John betrachtete das Büchlein, das Jones ihm reichte:

ASTRALPROJEKTION
PUBLIKATION KLASSE B
HERMETIC ORDER OF THE G ∴ D ∴

Sein Herz sank noch tiefer. «Ich soll also üben, meinen Körper zu verlassen», meinte er unbehaglich.

Jones nahm genüßlich einen Schluck Claret. «Genau», erwiderte er gelassen. «Und dabei werden Sie sich die meiste Zeit vorkommen wie ein gottverdammter Narr. Und sie werden wieder mißtrauisch und uns für eine Bande von potentiellen Verrückten halten, die Sie zu einem metaphysischen Bedlam führen wollen. Aber machen Sie die Übungen trotzdem, notieren Sie nach jedem Experiment die Ergebnisse, zeigen Sie mir weiterhin einmal im Monat Ihr magisches Tagebuch, damit ich Ihnen mit Kritik oder guten Ratschlägen zur Seite stehen kann – und haben Sie Geduld, mein Junge, Geduld! Ich fürchte, Sie werden für die nächsten zwei Jahre ein Keuschheitsgelübde ablegen müssen. Werden Sie diese Bedingungen akzeptieren oder die Große Aufgabe lieber abbrechen? Wenn das Gelübde einmal geleistet wird, das verstehen Sie sicher, dann ist es bindend und führt zu schrecklichen Konsequenzen, wenn es gebrochen wird.»

Sir John nahm sich mühsam zusammen. «Ich bleibe der Großen Aufgabe treu», sagte er fest. «Ich werde mich jeder Probe unterziehen, die notwendig ist.»

«Ich muß Sie dreimal fragen. Sind Sie sich in dieser Sache wirklich hundertprozentig sicher?»

«Ja.» Sir John zögerte nicht eine Sekunde.

«Und ich frage Sie ein drittes Mal. Werden Sie sich zwei volle Jahre Ihrem Eid verpflichtet fühlen, ohne irgendwelche geistigen Vorbehalte oder Spitzfindigkeiten, mit denen Sie ihn vereiteln oder umgehen könnten, wenn er Ihnen zuviel werden sollte?»

«Ich werde zu meinem Schwur stehen», antwortete Sir John fest.

Jones ließ seinen Blick mit scheinbar riesigem Interesse auf seinem leeren Teller ruhen, fast als ob er nach archäologischen Hinweisen für die Altersbestimmung suchte. «Wenn das Zölibat spirituelle Erfolge haben soll», sagte er milde und ruhig, «dann muß es vollkommen sein. Auch die, äh ... einsamen Laster, die für die Abwesenheit des weiblichen Elements entschädigen könnten, sind strengstens untersagt.»

Sir John spürte, wie sich seine Gesichtsmuskeln verkrampften. Zuerst dachte er noch: *Das Blut steigt mir in die Wangen, und ich werde rot wie ein dummer Schuljunge,* aber dann: *Nein, das Blut weicht mir aus dem Gesicht und ich sehe aus wie ein bleicher Verbrecher auf der Anklagebank.* Er wagte nicht, den Kopf zu heben, aus lauter Angst, daß Jones im gleichen Augenblick von der scheinbar besessenen Erforschung seines Tellers abließ und aufschaute. Außerdem könnte es sein, daß Jones ein so erfahrener Adept war, daß er Gedanken lesen konnte, als wären es die Etiketten von Champagnerflaschen. Gleichzeitig war er sich wieder hyper-bewußt, wie beim ersten Ansteigen der alchimistischen Hitze, dem ersten vagen Ertasten des Sinns auf dem Rosenkreuz, das im Kryptogramm I.N.R.I. enthalten sein konnte – er war sich seines eigenen Bewußtseins bewußt und hatte im gleichen Augenblick Angst vor seiner eigenen Angst: aufs neue konfrontiert mit den ersten Anzeichen von Wahnsinn, die ihn seit den ersten schüchternen Sünden der Pubertät geplagt hatten. Er war wie gelähmt vor hysterischem Schreck, und so kam es ihm vor, als ob die Zeit selber sich verlangsamt hätte, und gleichzeitig fragte er sich, ob er eigentlich völlig paranoid war. Gedankenfetzen jagten sich in seinem Kopf: *ich habe es gehört* und *nein, ich habe es nur geglaubt* – denn es kam ihm in diesem Moment so vor, als habe jemand am Nebentisch fast spöttisch die Bezeichnung dafür ausgesprochen, was auf intimste Weise mit seinem beschämenden Geheimnis verflochten war. Aber vielleicht hatte diese Stimme auch nur *Rapse's*, den Namen eines anderen Restaurants, erwähnt.

«Ich ... ich ...» Sir John merkte, wie es ihm die Sprache verschlagen hatte.

Jones nahm noch einen Schluck Wein. «Zwei Jahre», sagte er so ruhig, als wäre ihm Sir Johns Nervosität gar nicht aufgefallen, «sind nicht so schrecklich lang. Sie werden es bald selber merken. Und Sie werden merken, daß Sie mit den Astralprojektionen weit schneller vorankommen, wenn Sie alle fleischlichen Gelüste von sich fernhalten. Ich habe Vertrauen in Sie, Sir John», schloß er mit abrupter Wärme und klopfte dem jungen Mann aufmunternd auf die Schulter.

Sir John kehrte nach Hause zurück und übte sich zwei Wochen lang in astraler Projektion, wobei er sich tatsächlich, wie Jones ihn gewarnt hatte, die meiste Zeit wie ein gottverdammter Narr vorkam.

Während es beim I.N.R.I.-Kode um die Transzendenz der Zeit gegangen war, schien die Praxis der Astralprojektion auf die Abschaffung des Raums zu zielen. Der Trick, Sir John kam schnell dahinter, bestand darin, an zwei Orten gleichzeitig zu sein. Da dies mit der Vernunft offensichtlich unmöglich war, bestand die einzige Möglichkeit darin, über die Vernunft hinauszugehen und ganz bewußt eine Art von Glauben zu kultivieren, der fast an religiöse Manie grenzte. Sir Johns erste Versuche waren groteske Mißerfolge.

Auch nachdem er die Experimente drei Wochen lang regelmäßig viermal am Tag durchgeführt hatte, war das Äußerste, was er erreichte, ein Blick ins Innere irgendeiner unglaublich komplizierten Maschine mit einer Million von beweglichen Teilchen, von denen jedes einzelne von einer blauen Marionette und einem sich ruckartig bewegenden, fast mechanisch wirkenden Zwerg bedient wurde, die mit sich selber redeten, während sie ihre undurchsichtigen Aufgaben erledigten. «Mulligan Milligan Hooligan Halligan», murmelten sie. «Magisch tragisch musisch mystisch!» kreischten sie. «Simple Simon Semper Semen!» gackerten sie. «Bartab karrtab dartab fahrtab!» heulten sie. «Sir Lion, Sir Loin, Sir Talis, Sir Qualis!» plapperten sie. Mit Schaudern kehrte Sir John in seinen Körper auf dem Sofa in der Bibliothek im euklidischen Raum zurück und merkte, daß er eingenickt war statt, wie er meinte, den ersten Schritt in die Astralprojektion getan zu haben.

«Kümmern Sie sich nicht um solchen Unsinn», meinte Jones, als Sir John ihm den Tagebucheintrag dieses Experiments zeigte. «Das gleiche Geschwätz hört man auf jeder Erweckungsversammlung oder spiritistischen Séance. Sie haben nur die Tür zu einer der Fallen in der Kapelle der Gefahren aufgestoßen. Das ist das Reich derer, die den Pfad ohne das Schwert der Vernunft betreten. Wenn Sie zurückdenken, werden Sie sich erinnern, daß Sie solches Geplapper oft kurz vor dem Einschlafen gehört haben.»

«Ja», sagte Sir John. «Geht das jedem so?»

«Selbstverständlich. Das Gehirn hat nicht nur eine rationale, sondern auch eine irrationale Seite», erklärte Jones freundlich. «Völlig rational zu bleiben heißt, nur ein halber Mensch zu sein. Wenn aber das Irrationale in Ihnen Übermacht gewinnt, ergeben Sie sich entweder religiöser Besessenheit oder einem Leiden, das die Psychiatrie Hysterie nennt. Die Große Aufgabe besteht darin, das Rationale und das Irrationale gemeinsam in einer Harmonie zu verschmelzen, die beide transzendiert. Bis das erreicht ist, können Sie mit noch mehr Unsinn rechnen, der aus den irrationalen Regionen ans Tageslicht emporsteigt. Ignorieren Sie das einfach, fürchten Sie sich nicht und konzentrieren Sie sich auf ihre Aufgabe.»

In den folgenden Wochen kam es Sir John immer stärker so vor, als seien der astrale Bereich und die Traumwelt so unentrinnbar miteinander verknüpft, daß es ihm von Tag zu Tag schwererfiel, sie von der Realität des Wachzustands zu trennen. Er hörte Botschaften wie: «Hickory Dickory tanz, wir haben dich am Schwanz», «Alle Entchen sind schon da, tricki ti und tricki ta», «Die Leere des Nichts das Ende der Allmächtige», «Ohne Pferd, ohne Frau, ohne Schnurrbart», «Im Märzen der Bauer seine Schäfchen ins Trockene bringt», «Denn Blut ist rot und Wein ist Brot», «Yoni diesen schwermütigen Burschen», und oft auch «Babcock wird verrückt; Babcock wird verrückt; Babcock wird verrückt ...»

Zur Entspannung stöberte Sir John in zeitgenössischer Poesie herum, eingedenk der Golden Dawn-Regel, daß während des Trainings jede nicht direkt zum Gebiet gehörende Lektüre auf spirituell erhebende Bereiche beschränkt werden sollte. Also fing er an, die Schriften des mystischen irischen Dichters William Butler Yeats zu studieren.

Immer wieder mußte er sich dabei die Frage stellen: «Einer von uns?» Er las ein Gedicht nach dem anderen und war diesmal so überzeugt, daß er mit einem definitiven «Ja» antworten konnte. Es gab keinen Zweifel, die Dichtung Yeats' triefte nur so von verschleierten Anspielungen auf die Lehren des Golden Dawn und die Initiationszeremonien.

Und dann wurde er aus einem unbegreiflichen Zufall – Sir John war mittlerweile immer weniger geneigt, an Zufälle zu glauben – zu einer privaten Lesung in privatem Kreis eingeladen, auf der Yeats und noch ein paar andere Dichter ihre neuesten Werke vortragen sollten. Als Sir John die Einladung annahm, fühlte er sich irgendwie schuldig, er hatte ein schlechtes Gewissen. Aber dann fiel ihm ein, daß es ihm schließlich nur untersagt war, sich mit *bekannten* Mitgliedern des Ordens zu treffen. Er konnte aber nicht mit Bestimmtheit sagen, ob Yeats ein Mitglied war, im Grunde war es ja nur eine Folgerung seinerseits, nicht mehr als eine bloße Annahme.

Eine teuflische kleine Stimme sagte ihm: «Es ist keine Annahme; du weißt es.» Aber er hörte nicht darauf. Die Chance, ein anderes Mitglied des Ordens kennenzulernen, ein berühmtes noch dazu, das – seiner Dichtung nach zu urteilen – dem Orden seit mindestens zehn Jahren angehörte, bekam man schließlich nicht alle Tage, sie war unwiderstehlich. Also fuhr Sir John zu der Lesung, obgleich sie in dem gottverlassenen Vorort Kensington stattfand, der angeblich von mehr Indern, Juden, Amerikanern und anderem unerwünschten Pack verpestet war als Soho.

Tatsächlich stellte sich heraus, daß der Gastgeber Amerikaner war, noch dazu einer von der unerträglichsten Sorte. Sein Akzent war hanebüchen, und Sir John mußte unwillkürlich an einen wirklich gelungenen Aphorismus des degenerierten Oscar Wilde denken: «Die Engländer und die Amerikaner haben alles gemeinsam – bis auf die Sprache.» Dieser ungewöhnliche Gastgeber war wie alle Amerikaner ungeheuer selbstsicher, ganz besonders, was Kunst und Literatur betraf. Mit Familiennamen hieß er Pound, und sein Vorname war einer von diesen abstrusen hebräischen Titeln, zu denen viele Yankees zu neigen schienen – Ezekiel oder Ezrah oder Jeremias oder irgend etwas ähnlich Alttestamentarisches. Er hatte strubbeliges rotes Haar, einen wildwuchernden roten Bart, war weit über einsachtzig groß und sprach mit dröhnender Stimme, wie alle Amerikaner. Kein Teil seiner Kleidung schien mit irgendeinem Accessoire seines Äußeren zusammenzupassen; ob das auf Armut oder Überspanntheit oder gar auf beides zurückzuführen war, konnte Babcock nicht entscheiden.

Auch der gutaussehende Yeats selbst war, wenn auch nicht ungekämmt wie sein Gastgeber, so doch weit ab vom Ideal äußerer Eleganz, wie Sir John bemerkte, doch Yeats war heiter und gelassen, wo Pound rasend wirkte, tolerant, wo Pound dogmatisch und sanft, wo Pound ungehobelt schien.

Die Lesungen waren extrem unterschiedlich. Pound las ein paar ungewöhnlich kurze, ungereimte Gedichte, die sich von allem, was Sir John je zu Ohren gekommen war, erheblich unterschieden, und danach eine höchst schrullige Übersetzung von *The Seafarer*, bei der er in modernem Englisch genauso viele alliterative Konsonanten und gutturale Assonanzen eingebaut hatte wie im angelsächsischen Original. Anschließend rezitierte eine schüchterne junge Dame namens Hilda Soundso einige gleichermaßen kurze Stücke, die sich anhörten wie wörtliche Übersetzungen aus dem Altgriechischen. Und dann kam endlich Yeats dran. Als er in seiner typischen Art anfing zu deklamieren, kam es Sir John zum erstenmal an diesem Abend vor, als hörte er echte Poesie. Bei den Zeilen:

Das romantische Irland ist untergegangen
Und liegt mit O'Leary in seiner Gruft

hätte er vor lauter Rührung um ein Haar zu weinen angefangen.

Danach ließ der arrogante Pound den stärksten Kaffee servieren, den Sir John je probiert hatte, und verwickelte die Anwesenden in lebhafte Diskussionen über das soeben Gehörte. Englische Poesie, argumentierte Pound heftig, sei «in Miltonscher Trance befangen», die er zynisch mit «Wakti-wakti-wakti-wakti-bum-bum! Wakti-wakti-wakti-bum-bum!» karikierte. Was fehlte, waren Experimente wie Hildas Imitation der alten Griechen. Yeats Wiederbelebung von bardischen Formen des alten Irland und seine eigenen Adaptionen aus dem Chinesischen, denn sie vergrößerten und bereicherten das Gebiet der Poesie, behauptete dieser überhebliche Emporkömmling. Daraufhin fingen mehrere Anwesende an zu protestieren, offensichtlich war ihnen der Miltonsche Wohlklang wichtiger als einem Konservativen die Monarchie.

Eine junge Dame, deren Akzent australisch klang, mischte sich ein: «Für mich ist Poesie Beschwörung. Wenn sie nicht *beschwören* kann, dann ist es auch keine Dichtung, ganz egal, welchen Stil sie vertritt.»

«Beschwörung», rief Pound, «gehört in die Kirche. Die Poesie sollte ein präzises Bild verschaffen, und zwar mit so wenig Worten wie möglich, so daß man sich beim Lesen so fühlt, als pfiffe einem ein frischer Aprilwind um die Ohren. Nur das hinterläßt einen bleibenden Eindruck. Beschwörungen und Wiederholungen sind nur Papperlapapp, die von der glühenden Intensität des dichterischen Funkens ablenken.»

«Ach komm, Ezra», protestierte Yeats heiter, «wiederholender Rhythmus ist die Essenz des Liebesaktes, den die Poesie immer, ob bewußt oder nicht, zu imitieren versucht.»

Noch ehe Pound antworten konnte, erwiderte die junge Dame namens Lola, ohne rot zu werden, kühn: «Genau das ist der Punkt, Mr. Yeats. Wollen Sie wissen, welches ich für das bedeutendste moderne Gedicht halte? Captain Fullers *Treasure House*. Kennen Sie es?» Und schon zitierte sie:

«Oh, du tapferer Soldat des Lebens, der im Treibsand des Todes versinkt! Ich bete dich an, Evoe! Ich bete dich an IAO!
Oh, du Lachen, das aus den Grüften widerhallt! Ich bete dich an, Evoe! Ich bete dich an, IAO!
Oh, du Ziegentänzer aus den Bergen! Ich bete dich an, Evoe! Ich bete dich an, IAO!
Oh, du rote Kobra der Lust, von zarten Mädchenhänden liebkost! Ich bete dich an, Evoe! Ich bete dich an, IAO!»

Sir John zuckte heftig zusammen, beinah wäre ihm die Kaffeetasse aus der Hand gefallen. Wieder eine eindeutig positive Antwort auf die

Frage: «Einer von uns?» *Evoe* und IAO waren, laut Lehrbuch des Golden Dawn, zwei der geheimsten gnostischen Anrufungen, mit denen man die Gottheit beschwören konnte. Voller Überraschung betrachtete er Lola, einmal wegen der esoterischen Anspielungen, die sie so beiläufig gebraucht hatte, zum anderen aber auch, weil es sich einfach nicht *gehörte*, daß anständige junge Damen sich so offen über den Rhythmus im Liebesakt ausließen. Aber sie schaute gerade zu Yeats hinüber und erwartete Antwort. Ihr Gesicht war vollkommen offen und unschuldig, und Sir John konnte ihren Blick nicht auffangen.

«Sicherlich hat auch Captain Fuller seine Glanzzeiten», antwortete Yeats ebenso unschuldig. Es schien ihm absolut nichts auszumachen, daß hier in aller Öffentlichkeit soeben zwei der geheimsten Worte der Macht im Okkultismus so beiläufig zitiert worden waren. «Ein paar Strophen hintereinander mögen ja ganz hübsch sein, aber das gesamte Gedicht wirkt mit seinen über dreihundert Strophen auf die Dauer doch etwas ermüdend, finden Sie nicht? Hier muß ich doch unserem Freund Ezra zustimmen: in der Kürze liegt die Würze.»

«Wer ... wer ist denn dieser Captain Fuller?» fragte Sir John und gab sich Mühe, genauso lässig zu wirken wie sie.

«Eine große Autorität auf dem Gebiet der militärischen Strategie, soviel ich weiß», meinte Pound. «Neuerdings verfaßt er jede Menge mystischer Verse, alle ziemlich umständlich und verdammt rhetorisch, wenn Sie mich fragen!»

Aber mit klopfendem Herzen erinnerte sich Sir John: «Oh, du rote Kobra der Lust, von zarten Mädchenhänden liebkost! Ich bete dich an, Evoe! Ich bete dich an, IAO!» Die phallische Anspielung war zu offensichtlich, als daß man sie hätte übersehen können, besonders in Zusammenhang mit Yeats' Bemerkung über die Verwandtschaft zwischen erotischem und poetischem Rhythmus. Hatte Lola etwa mit einer der verbotenen linken Logen («Kulte des Schattens», nannte Jones sie) zu tun, die sich vom Golden Dawn losgesagt und in Richtung Diabolismus weiterentwickelt hatten? Er schaute wieder zu ihr hinüber, und diesmal schaute sie zurück, aber was er dort fand, war ein höchst befremdlicher Humor, der in ihren Augen aufblitzte. War er freundlich, spöttisch, heimtückisch oder gefährlich? Oder ging einfach nur seine Phantasie mit ihm durch, jetzt wo er unter einem zweijährigen Keuschheitsgelübde stand und zum erstenmal eine sinnliche Sehnsucht empfand, die stark genug war, um nicht nur seine Schüchternheit dem weiblichen Geschlecht gegenüber, sondern auch die strenge viktorianische Moral zu sprengen, die seine Familie ihm eingeimpft hatte? War diese Anziehungskraft etwa so stark, fragte er sich ängstlich, daß er in die Versuchung kam, sein Gelübde zu brechen? Er schaute in die andere Richtung, spürte, wie er errötete und von allen möglichen mißtrauischen Gedanken überwältigt wurde. Offensichtlich war Yeats ein Mitglied des Golden Dawn. Wie viele von den übrigen Anwesenden bei dieser Dichterlesung noch? Könnte dieser ganze Abend als Prüfung für ihn arrangiert worden sein? Er brachte es nicht über sich, noch einmal in Lolas Richtung zu schauen, und verließ die Gesellschaft, sobald die Höflichkeit es erlaubte.

Aber in dieser Nacht träumte er, wie Lola ihren Rock hob, um ihren Strumpfgürtel zu richten, und sie ihn beim Zuschauen erwischte, die Sähme ächzte, und er, zu Tode erschrocken, posierte als Zombiefisch, von einem schnelleren Buug, Sid, Theol Bardot von Schleicherei verfolgt. Da schwirrten Achtnatze und Federpelzgolems um ihn herum, Liebestränke auf Volldampf; Sir John, unerschrocken, schlapp, aber gierig, stolperte idiotisch ebenfant am Bienenkorb vorbei. Und die Sonne mäht auf und oh, auf mähte sie, bis sie ganz aufgemäht war, lendenherzlich da oben, so mächtig pulsierend und feucht perlend, Baba Gock des Morgens, zwischen den beiden Rowdies da drüben, denn die Römer zertrampelten ihn, Vapse vergib ihnen, die Achtnatze schmissen mit Ziegelsteinen. «Eßt und werdet wie die Götter», sagte Shut, und er sah, er war, er sah er war, der Gräßliche Gott Baphomet, dessen Zitzen schlaff herunterbaumelten, doch sein/ihr Großschwanz stand achtern unter dem umgekehrten Fünfeck der Versucher.

Als das ganze Zimmer von einem donnernden Krach erzitterte, saß Sir John aufschreiend kerzengerade im Bett.

«Ist etwas nicht in Ordnung, Sir?» Die Stimme seines Butlers Wildeblood, draußen vor der Tür.

«Haben Sie das auch gehört?» fragte Sir John. «Ich hielt es für einen Traum ...»

«Es muß ein Erdstoß gewesen sein, Sir. Kann ich etwas für Sie tun, Sir?»

«Nein, danke, Wildeblood», antwortete Sir John. «Es ist alles in Ordnung.»

Als er sich im Zimmer umsah, entdeckte er den zersprungenen Spiegel. Poltergeist-Effekt: typisch für den Beginn einer astralen Invasion. Er rief sich die oberste Regel des Golden Dawn ins Gedächtnis zurück: sich nicht ins Bockshorn jagen lassen, egal was passiert und –

keine voreiligen Schlüsse ziehen. Wildeblood hatte wahrscheinlich recht, es war nichts als ein Erdstoß.

Aber er konnte nicht mehr einschlafen, bis es anfing zu dämmern, denn er hatte das Gesicht Baphomets gesehen, des Gräßlichen Gottes, und er wußte, daß seine Reise zur Kapelle der Gefahren nicht länger auf Träume beschränkt war. Die Erde hatte buchstäblich unter ihm gebebt, die astrale und die physikalische Ebene wirkten aufeinander ein. «Vermutlich nichts weiter als ein Erdstoß», aber psychisch untrennbar mit dem Aufstoßen der Tür verbunden, die die sichtbare von der unsichtbaren Welt trennt.

Nächtliches Poltern

ACTION	**SOUND**
Nahaufnahme: Dr. C. G. Jung, zirka 1909 (Standfoto).	*TV-Sprecher:* «Einer dieser rätselhaften Fälle betrifft den Begründer der analytischen Psychologie, Dr. C. G. Jung, und seinen gleichermaßen berühmten Lehrer, Dr. Sigmund Freud.»
Schnitt zu: Lange Aufnahme (Standfoto) von Freuds Arbeitszimmer. Kamera fährt während der Rede langsam auf Nahaufnahme des Bücherregals.	*Sprecher (voice-over):* «Im Verlauf eines Streitgesprächs über die Parapsychologie im Jahre 1909 verloren sowohl Freud wie auch Jung ihre Beherrschung. Genau in diesem Augenblick ertönte in Freuds Bücherregal plötzlich eine Explosion.»
	Explosion
Schnitt zu: *Nahaufnahme:* Freud, zirka 1909 (Standfoto).	*Sprecher:* «Beide Männer waren wie vom Donner gerührt.»
Schnitt zu: *Nahaufnahme:* Gleiches Foto von Jung.	*Sprecher:* «Jung brach das Schweigen zuerst.»

(Schauspielerstimme mit Schweizer Akzent): «Da haben wir's. Das ist ein Beispiel für ein sogenanntes katalytisches Phänomen.»

Schnitt zu:
Nahaufnahme: Gleiches Foto von Freud.

Zweite Schauspielerstimme mit Wiener Akzent: «Ach, gehn's! Das ist doch blanker Unsinn!»

Schnitt zu:
Nahaufnahme: Jung.

Erster Schauspieler, Schweizer Akzent: «Das ist es nicht. Sie liegen falsch, Herr Professor. Und um das zu beweisen, sage ich hiermit voraus, daß es in wenigen Augenblicken noch einmal knallen wird.»

Schnitt zu:
Lange Einstellung von Freuds Arbeitszimmer, Kamera fährt langsam auf das Bücherregal.

Bedeutungsvolle Stille.

Dann: zweite laute Explosion.

Schnitt zu:
Halb-Totale: TV-Sprecher spaziert am Strand entlang. Im Hintergrund: hohe Wellen.

Sprecher (in die Kamera): «Freud war von der zweiten Explosion so verwirrt, daß Jung sich hütete, in seiner Gegenwart je wieder von dieser Erfahrung zu sprechen. Noch merkwürdiger allerdings sind zwei Nachspiele. Im Jahre 1972 las Dr. Robert Harvie, Psychologe an der Londoner Universität einem Freund einen Bericht dieser Episode vor . . .»

Schnitt zu:
Nahaufnahme: Dr. Harvie (Standfoto).

Sprecher (voice-over):
«. . . und bei Freuds Worten . . .»
Wiener Stimme: «Ach, gehn's! Das ist doch blanker Unsinn!»

Schnitt zu: *Halbtotale:* Stehlampe in der Ecke fällt mit lautem Krachen um.	*Sprecher:* «... fiel eine Lampe in Harvies Arbeitszimmer krachend zu Boden.»
Schnitt zu: *Halbtotale:* Schauspielerin im Zugabteil, lesend.	*Sprecher:* «Und 1973 berichtete Margaret Green, wie sie im Zug die gleiche Passage über Freud und Jung las und plötzlich die Fensterscheibe des Abteils wie von einer Bombe getroffen in tausend Stücke zersplitterte.»
Das Fenster explodiert. Die Schauspielerin springt auf. Die Kamera fährt langsam zurück bis zur Tür mit der Aufschrift: Abteil 23.	
Schnitt zu: *Halbtotale:* Sprecher geht am Strand entlang.	*Sprecher:* «Was machen wir mit solchen Geheimnissen? Einige Wissenschaftler haben sich für psionische Kräfte oder Bioplasma ausgesprochen ...»

De modo quo operet lex magica

Sir John setzte seine Bemühungen um eine Astralprojektion erbittert fort. Jones wandte sich noch bizarreren Lehrmethoden zu. Bei einem ihrer vierzehntäglichen Treffen brachte er Sir John eine Karikatur aus dem *Punch* mit, die einen sehr verstimmten Gentleman und einen übertrieben eifrigen Zollbeamten darstellte, die sich gegenseitig anstarrten. Der Zollbeamte sagte: «Diese Katzen ist Hunde und diese Kaninchen ist auch Hunde, aber diese verdammte Schildkröte ist ein *Hinsekt*!»

Sir John lächelte unsicher. «Amüsant», riskierte er versuchsweise.

«Darin steckt das ganze Geheimnis der Erleuchtung», sagte Jones feierlich. «Man muß sich nur ausgiebig genug damit beschäftigen.»

Er bestand darauf, daß Sir John die Karikatur behielt, der sie gehorsam nach Hause trug, sie im Schlafzimmer aufhängte und ein- bis zweimal am Tag betrachtete. Doch die Erleuchtung wollte nicht kommen. Vielleicht war es richtig, daß die unterschiedlichen Epistemologien vernünftiger Reisender und den Verfassern der Zollvorschriften für die allumfassende ontologische Verwirrung auf der Welt symptomatisch war, aber was hatte das mit spiritueller Erleuchtung zu tun?

Beim nächsten Treffen präsentierte Jones Sir John die *Gesammelten Werke* von Lewis Carroll. «Hier haben Sie die kondensierte Essenz der Heiligen Kabbala», sagte er mit ernstem Gesicht.

Sir John errötete ärgerlich. «Sie wollen mich wohl auf den Arm nehmen, Jones? Das ist Ihrer einfach nicht würdig!»

«So», meinte Jones einfach, «dann wissen Sie also schon mehr als Ihr Lehrer?»

«Ich durchschaue einen Schwindel, wenn ich ihn genau vor der Nase habe.»

Jones blieb gelassen. «Wie oft sind Sie dem Sprichwort begegnet: ‹Wenn der Schüler bereit ist, spricht der Meister›? Wissen Sie, warum das stimmt? Weil die Tür sich nach *innen* öffnet. Der Meister ist überall, aber der Schüler muß erst mal seinen Geist öffnen, um die Stimme seines Herrn zu hören. Lesen Sie sorgfältig, Sir John, denken Sie über die versteckten Bedeutungen nach und überlegen Sie, ob nicht durch dieses Buch ein Meister zu Ihnen spricht.»

Sir John, der sich mehr als je zuvor wie ein Idiot vorkam, nahm Lewis Carroll mit nach Hause und las ihn von vorne bis hinten durch. Danach war er einigermaßen verblüfft zu sehen, wieviel davon mit seinem eigenen beschränkten Erfolg in der Astralprojektion zusammenfiel. Gab es vielleicht doch noch tieferere Bedeutungen, die erst dann klar würden, wenn er in seiner Aufgabe weiter fortgeschritten war?

Ein paar Nächte später schreckte er mit der festen Überzeugung aus dem Schlaf hoch, daß er das Geheimnis der Geheimnisse verstanden hatte. Es war einer von Carrolls Doppelzeilern:

> Ihn deucht er säh den Bankier sitzen in 'nem Bus
> Er sah genauer hin und merkt es war ein Hippopotamus

Die Hochstimmung dauerte mehrere Minuten an. Dann schaute er in den zersplitterten Spiegel und sah sein eigenes Spiegelbild zweigeteilt. Die ganze Welt zersprang in Scherben, zerbrochenes Glas und Juwelen. Und diesmal, das wußte er, spielte die Explosion sich auf der psychischen Ebene ab: weder Wildeblood noch sonst jemand von den Dienstboten würde den Krach hören.

Er kletterte vorsichtig aus dem Bett und zündete eine Kerze an. Er setzte sich auf die Fensterbank, lauschte dem Pochen seines Herzens und versuchte, normal zu atmen. Plötzlich überwältigte ihn die Vorstellung des Risses, der sich rhythmisch pulsierend von einem spitzen zu einem stumpfen Winkel verschob, während Visionen von Welten mit sieben Monden, Welten mit neunzehn Sonnen, Somastaub, dreihundertachtundfünfzig und fnord magischen Schlössern im Dunst, Paladinen in weißen und schwarzen Rüstungen hindurchflossen, Äonen von rhythmisch pulsierenden Verschiebungen von spitzen zu stumpfen Winkeln, unermeßlich insektoide Intelligenzen, fernere und immer fernere Ansichten von Planeten, Galaxien, ganze Universen, die unendlich fremd waren, und der Dämonensultan heulte schauerlich da, wo der Mond nicht scheint. «Diese Hunde ist Katzen und diese Mäuse ist 3.141593, aber diese verdammten Strapse ist Inzest. Illigan, Nillagain, Rilligan, Illagain. Essen Sie eine lebendige Kröte zum Frühstück und es wird ihnen den ganzen Tag *nichts Schlimmeres* passieren.» Sir John tat genau das Richtige. Er konzentrierte sich, ignorierte die Samenduette und stumpfen Rondeaus und schrieb aus dem Gedächtnis die fünf Axiome und dreiundzwanzig Definitionen von Euklids Geometrie auf. Innerhalb einer halben Stunde befand er sich wieder in der normalen Raum/Zeit, und der Herrscher über den Abgrund der Halluzinationen war verschwunden.

Weitere Betrachtungen von James Joyce

(Elterliche Diskretion wird empfohlen)

Unausweichliches Netz von Zufällen, mindestens, wenn nicht mehr. Myriaden von Weltlinien, würde Professor Einstein sagen, aber hinter ihnen, unsichtbar, unfaßbar, die rätselhaften Verbindungen eines finsteren Designs; ungerührt sich die Fingernägel schneidend. Dialektik: Yeats, der einzige in ganz Irland, der versucht hat, mir zu helfen, meine Karriere zu fördern, aber auch der einzige, gegen den ich bis zum bitteren Ende kämpfen muß, denn entweder wird seine Vision die Zukunft unserer Literatur bestimmen oder meine. Joyce sah Weltlinien und Schlangen, die sich zu ihrem Anfang einrollten. Karma, oder die Ursache aller Ursachen. Unerklärlich und unentwirrbar. Strapse, bei allem, was heilig ist. Netz von Zufällen. Ezra, Sohn Homers, verflixt noch mal.

Und das Merkwürdigste an allem: in Babcocks Leben ist die Episode von Yeats und Pound nur eine Nebenhandlung, ein eher zufälliges Ereignis. War Hamlet vielleicht eine ähnliche Nebenhandlung in der Karriere Fortinbras'?

I.N.R.I. Im Namen Roten Irrsinns. Die Vermutung eines protestantischen Jungen aus Dublin vor vielen Jahren?

Einsteins intelligente Spaniel-Augen: noch viel weniger auf das hier vorbereitet als ich, der wenigstens einmal halb und halb überzeugt dem Dubliner Zweig dieses Golden Dawn zugehört hat. Was kann er schon von Yeats, Babcock und ihren Freunden halten, wo er doch selber gerade dabei ist, aus Raum und Zeit herauszuspringen?

Aber die Serie: Babse, Katze, Tatze, Fratze? Und was kommt als nächstes? Strapse.

Genus eutaenia, natürlich. Uralte Versuchung. Sie fressen Mäuse und häuten sich im Frühjahr: in einem Garten, Mann und Frau nackt und schamlos. Ein Biß in den Apfel und PLAFF!

Vielleicht hätten sie zweimal beißen sollen.

Beiß noch mal. Noch mal, beiß.

Hinter einem Großteil davon nichts als homosexueller Terror. Die Karte, die der alte Queensborough in seinem Club an Wilde schrieb, nur um die Verleumdungsklage zu provozieren: «An Mr. Oscar Wilde, der als Somdomist posiert.» Muß das in diesen Träumen fünf- oder sechsmal bemerkt haben.

Frage mich nur, ob Babcock weiß, es besser weiß als Queensborough, daß es «Sodomist» heißen müßte.

Und die erquickende Beere? Irgendeine Verbindung zu Salisbury? Komme noch nicht ganz dahinter. Ziemlich ödipale Untertöne jedenfalls.

Hab es, bei Gott. «Ach du lieber Himmel», sagte Bruder Schimmel.

Tief unter der Krypta von St. Giles
Ein Schrei, ein Schreck – ein Spiel?
Ach du lieber Himmel
Sagte Bruder Schimmel
Und lächelte äußerst subtil.

Ach, überhaupt nicht. Noch mal von vorn.

Hunter: Odysseus in Dublin. Hahnrei der Zeit. Eine zu lange vernachlässigte Ehefrau. *Honi soit qui mal y...*

Nora, Stanislaus: haben sie? Einmal nur? Oder öfter? Spielt keine Rolle. Wenn ich Monogamie einmal abgelehnt habe, darf ich sie dann jetzt verteidigen? Niemand ist jemandes anderen Eigentum. Nicht-Invasion des nichtangreifbaren Individuums. *Non serviam.* Zurück zu meiner Byronschen Haltung. Aber haben sie nun, oder nicht? Werd ich je dahinterkommen? Sicher nicht in dieser Welt.

Weltlinien, sich kreuzend, schneidend, trennend: Minkowskis geometrisches Bild von der Theorie des Professors.

Aber hat sie ...? Nora, keuchend, die Augen verdreht, so daß man nur noch das Weiße sieht, wieder und wieder und wieder. In ihr. Tiefer, tiefer. Sie ficken. Tiefer zustoßen. In ihr. Heiße Pussy, dann seiner, nicht meiner. Heißer feuchter Pussymund.

Masochismus. Hör bloß auf damit.

Ein gehörnter Mann ist ein Monster, Iago.

Weltlinien: Nora und Jim und Stanislaus, die sich kreuzen, schneiden, trennen: Giorgio und Lucia, die sich trennen und als neue Vektoren in verschiedene Richtungen verschwinden. Zeitfluß: sich ununterbrochen verzweigend.

Mutter, Nora, die Lorelei: saugen uns aus, rufen uns nach Hause. Menschlicher Körper zu achtzig, neunzig Prozent salzhaltig: die topasblaue See, der salzige Geschmack in den Höhlen ihres Körpers. Odysseus stopft sich Wachs in die Ohren, gegen den dunkel lockenden Ruf der Gebärmutter, das Lied des versunkenen Königreiches. Davy Jones' Spind. Muß ein kalter nasser klammer Tod sein zu ertrinken.

Nicht Wagner: ertrinken, versinken, unbewußt, höchste Lust. Das ganz und gar nicht. Aber das Ding im Loch?

Vermutlich nur irgendein größerer Verwandter von *Natrix*.

Aber wenn alle Zeit eine Zeit ist: ich im Jahre 1904 und jetzt hier. Beide wirklich, unnachgiebig, ewig. Der Frühling wird nicht zum Sommer. Weltlinien. So daß, sagen wir in zwanzig Jahren, die Namen Joyce und Einstein in ganz Europa bekannt sind? Dann wäre auch das auf ewig geprägt, der nächste Knick in der Weltlinie.

Und die, die uns in der linearen Zeit voraus sind und zurückschauen: unsere Zukunft ist ihre Vergangenheit. Sie werden sehen, was wir halb blind vorwärts stolpernd wirklich sind. Die Tragik und die Freude von morgen. Wer sterben wird und wer leben.

ACTION	**SOUND**
INNENAUFNAHME. NAHAUFNAHME.	
Karte des österreichisch-ungarischen Reiches, 1914. Schneller Fokus auf Sarajewo.	*Der Walzer aus der Lustigen Witwe.*
AUSSENAUFNAHME. SCHWENK. STRASSE IN SARAJEWO.	
Kameraschwenk von der Straße zum Fenster.	*Der Walzer aus der Lustigen Witwe.*
Kamera schaut durchs Fenster: ein Mann lädt eine Pistole.	*Nicht identifizierte Stimme:* «Der übliche, geistesgestörte Attentäter natürlich . . . passenderweise auch noch hypnotisiert . . .»
INNENAUFNAHME. NAHAUFNAHME.	
Hände, die die Pistole laden. Unter ihnen ein Tisch, auf dem ein Buch mit dem Titel *Nicht der Allmächtige* und dem Symbol vom Auge im Dreieck liegt.	*Der Walzer aus der Lustigen Witwe.*

DER RADIOSPRECHER: Und nun noch eine Meldung, die uns soeben von unserem Korrespondenten in Linz erreicht. Wie es scheint, war Sir John Babcock nicht der einzige empfindsame Junge, der von Bulwer-Lyttons romantischen Romanen über die Vril-Kultur beeinflußt war. Wir haben August Kubizek im Studio, einen alten Freund Adolf Hitlers. Herr Kubizek, würden Sie nun vor unseren Hörern wiederholen, was Sie uns über das Linzer Opernhaus im Jahre 1906 berichtet haben?

KUBIZEKS STIMME (alt und schwach): Nun, Sir, es war im Juni 1906, glaube ich. Adolf und ich gingen in die Oper, um Wagners *Rienzi* zu hören, wissen Sie ...

SPRECHER: Und was war die ursprüngliche Quelle für diese Oper, Herr Kubizek?

KUBIZEK: Es war eine Bearbeitung des gleichnamigen Romans von Lord Bulwer-Lytton.

SPRECHER: Und hatte sie etwas mit der Vril-Kultur zu tun?

KUBIZEK: O ja, natürlich. Alles, was Bulwer-Lytton schrieb, handelte von der Vril-Kultur und der Mutation der Menschheit in eine Superrasse.

SPRECHER: Und welche Wirkung hatte die Oper auf den jungen Adolf Hitler?

KUBIZEK: Es war erstaunlich. Ich hatte Adolf noch nie so gesehen. Er schien sich buchstäblich in Trance zu befinden. Als wir aus der Oper kamen, ging er sogar zuerst in die falsche Richtung ... nicht zu uns nach Hause, sondern in die entgegengesetzte Richtung ... wenn Sie mir folgen können. Ich mußte ihm nachlaufen und ihn schütteln, um ihn überhaupt auf mich aufmerksam zu machen.

SPRECHER: Und was passierte dann, Herr Kubizek?

KUBIZEK: Es war einfach unglaublich. Wie ich schon sagte – so hatte ich Adolf noch nie erlebt. Später schon, oft sogar, aber vorher nie. Er war wie besessen, sprach mit großer Erregung, wie ein Kranker mit hohem Fieber, verstehen Sie? Er sagte, er habe einen Auftrag von höheren Mächten erhalten, und zwar durch Wagners Musik, und daß er sein ganzes Leben einer Mission weihen würde, die normale Sterbliche niemals verstehen würden.

SPRECHER: Eine Mission, die normale Sterbliche niemals verstehen würden? Hat er das wirklich so gesagt?

KUBIZEK: Wie könnte ich es je vergessen? Damals war er ja noch ein so unscheinbares Bürschchen – ich wußte gar nicht, daß er eine so hochfliegende Sprache im Mund führen konnte.

SPRECHER: Und haben Sie später weitere Informationen erhalten, die die Bedeutung von *Rienzi* in Hitlers Leben bestätigten?
KUBIZEK: Ohne Zweifel. Es war 1938. Adolf besuchte das Heim von Wagners Witwe, und ich begleitete ihn. Er erzählte ihr von seinem Erlebnis im Jahre 1906. Es war sehr eindrucksvoll. Er wollte sichergehen, daß Frau Wagner verstand, wie wichtig das für ihn gewesen war. Er ging sogar soweit, ihr zu sagen – ich erinnere mich genau an die Worte, denn er hatte Tränen in den Augen – «In dieser Stunde begann der Nationalsozialismus.»

ACTION	**SOUND**
AUSSENAUFNAHME. ARCHIVFOTO. REICHSPARTEITAG VON NÜRNBERG, 1938.	
Hitler nimmt eine endlos lange Parade von hintereinander hermarschierenden Soldaten ab.	Das *Horst-Wessel-Lied*, das immer lauter wird.
	Marschierende Stiefel, die immer lauter werden, bis sie die Musik übertönen.
Dunkelheit.	Immer lauter werdende marschierende Stiefel.

Teil 2

Nicht mal in der modernen Ausflucht, dem Meer der Psychopathie, können wir irgendeine Hoffnung finden. Nichts ist klarer, als daß diese bedauernswerten Opfer Satans bis zum letzten Moment im vollen Besitz ihrer Kräfte waren.

Rev. Charles Verey, *Clouds without Water*

Die Alten waren, die Alten sind und die Alten werden sein. Nach dem Sommer kommt der Winter und nach dem Winter der Sommer. Früher regierten sie dort, wo heute der Mensch herrscht, wo heute der Mensch herrscht, werden sie wieder regieren. Nicht in den Sphären, die wir kennen, sondern *dazwischen* warten sie, friedlich und unerschütterlich, für uns unsichtbar und ohne Dimension.

Das Necronomicon

Ich fordere dich auf, Jesus, ich, die Priesterin dieses Ritus, deren Körper nun Opfer und Altar zugleich ist: der Blitzschlag soll mich treffen, wenn deine Macht größer ist als die meines Herrn und Meisters.

Leon Katz, *Dracula's Sabbath*

In der Tat, das ist eine große Mauer.

Richard Nixon vor der Großen Mauer von China

Besser, man sagt es gleich zu Beginn, hier und jetzt, daß das außergewöhnliche und unwissenschaftliche Denken, das auf unterschiedliche Art für Joyce und Babcock typisch war, den disziplinierten Gedankengängen Professor Einsteins völlig fremd war. Ein schwarzes Kamel unter einem gehörnten Mond hätte für Joyce und Babcock ein schlechtes Omen für beinahe alles und jedes bedeuten können, für die Wissenschaft jedoch war es nichts anderes als ein domestiziertes Säugetier-Anhängsel des ausgebrannten Satelliten eines Typ G-Sterns.

Während er Sir John Babcocks wunderbaren Geschichten aufmerksam lauschte, spielte ab und zu ein gelassenes Lächeln über Einsteins Gesicht – der Reflex einer evolutionären Vergangenheit, in der seine pelzigen Vorfahren ganz ähnlich die Zähne fletschten, wenn sie Futter witterten; in diesem Fall war es das Fleisch des reinen Gedankens, der das typische anthropoide Grinsen provozierte. Der wunderbare (aber blinde) Prozeß der Evolution hat ein Gehirn hervorgebracht, jedenfalls in fortgeschrittenen menschlichen Wesen wie Einstein, das nach der reinen Wahrheit lechzt.

Die Wissenschaft, und das kann man nicht oft genug sagen, hat mit tatsächlichen Beobachtungen tatsächlicher Instrumente zu tun und gestattet nichts weiter als die ökonomischen Beschreibungen dieses beobachteten Phänomens. Natürlich ist es zulässig, bestimmte Gedankenexperimente durchzuführen und dadurch von bekannten Gesetzen auf notwendige Rückschlüsse für hypothetische Situationen zu schließen. Im Inneren eines interstellaren Aufzugs beispielsweise werden Gravitationsgleichungen Sir Isaac Newtons zur Anwendung kommen müssen, so wie es alle Instrumente ausweisen und die Physiker im Innern des Aufzugs dadurch zwingen, die Newtonsche Erklärung ihrer Beobachtungen zu befolgen. Für einen Physiker *außerhalb* des Aufzugs jedoch werden sich die gleichen Daten durch das Trägheitsgesetz erklären. Diese Gedankenkette hatte Professor Einstein nun schon seit einiger Zeit amüsiert und verblüfft, aber jetzt beschloß er, sie erst einmal zu vergessen und seine analytischen Fähigkeiten auf den Schauerroman zu konzentrieren, in dem Sir John offensichtlich existierte und in dem okkulte Mächte verbreiteter waren als wissenschaftliche Gesetze.

Er begann zu erkennen, daß es ein Prinzip von neurologischem Relativismus gibt, genauso wie in der Physik den physikalischen Relativismus. So wie er ein neuer Albert Einstein geworden war, indem er seine Staatsbürgerschaft und den Gott seines Volkes ablehnte, hatte Sir John sein Nervensystem durch sogenannte okkulte Übungen ausgewechselt.

Ja: meine beiden Beobachter versuchen, einen sich bewegenden Zylinder zu messen, während sie sich selbst mit unterschiedlicher Geschwindigkeit fortbewegen. Das ist der Relativismus des Instruments. Aber nehmen wir einen Mann, sagen wir einen russischen pazifistischen Vegetarier, und eine Frau, beispielsweise eine italienische, konservative Katholikin, und alle beide versuchen, Sir Johns Geschichte zu verstehen. Beide werden etwas völlig anderes darin sehen. Das ist der Relativismus des Bewußtseins, des Nervensystems selbst.

Aber das Nervensystem ist doch, mein Gott, das Nervensystem ist doch das Instrument, das alle anderen Instrumente beherrscht.

Also dann: genau wie meine Physiker, solange sie sich im Innern des Aufzugs befinden, am Anfang auch nicht sagen können, ob es sich bei der nach unten gerichteten Kraft um Schwerkraft oder Trägheit handelt, können keine zwei Personen innerhalb eines bestimmten Nervensystems sagen, welche externe Quelle die Signale produziert, die sie empfangen. Von daher können natürlich Atheist und Okkultist ewig miteinander diskutieren, ohne daß je einer den anderen überzeugt. Wir sitzen also in der Falle, in der Falle, in der Falle, für immer in der Position der fünf Blinden und des Elefanten gefangen. Die Regeln unseres neurologischen Schachspiels bestimmen die Form oder den Kontext, mit dem wir jedes neue Signal bilden. Der Spieler auf der anderen Seite ist für uns unsichtbar, wie Huxley sagte.

Aber immer diese Gewissensbisse in den Träumen ... ob das mit dem Mäusefund zu tun haben kann? Und warum taucht auch immer wieder die Maus aus dem Comic auf? Das ganze Problem würde eher zu Freud passen als in die Physik, also wirklich.

Zwei Seelen wohnen: Papas Lieblingszeilen ... «So tief, Albert, jedes Wort aus dem Herzen eines großen Mannes!»

Armer Papa! Hatte immer Angst, das ich geistig zurückgeblieben sein könnte, weil ich nicht wie die anderen Jungen war. Warum? Na ja, ich war eben anders. Zum Beispiel weil ich wissen wollte, wie es ist, ein Photon zu sein: wie viele Jahre ist das her?

In meiner Brust: «So tief, Albert . . .»

Fünfzehn war ich: das wäre 1879 plus fünfzehn, also das gleiche

Jahr, in dem ich meine deutsche Staatsangehörigkeit aufgab, das wäre 1894. Etwa um diese Zeit las ich irgendwo von dem Fall Bell vor dem amerikanischen Obersten Gerichtshof. Kapitalistische Schweinerei: seit 1872 (das wäre ... äh ... sieben Jahre, ehe ich geboren wurde ...) stritten sie sich darum, wer der Besitzer der Elektronen ist. Sieben plus fünfzehn ist dreiundzwanzig: dreiundzwanzig Jahre also zankte sich Alexander Graham Bell mit seinen Konkurrenten um das Patent. Elektronen *besitzen*, mein Gott. All die Jahre, die ich im Patentamt verbracht habe. Umständlichkeit der Habsucht. Als ob irgend jemand ein Naturgesetz *besitzen* könnte. Könige, Kirchen, Dummheit und Schweinerei.

Aber die Affen streben halt immer noch nach Geld, Bürgschaften und Patenten. Vielleicht bin ich auf dem falschen Planeten zur Welt gekommen? Die einzige Hoffnung für die Menschheit: alle Währungen, Bürgschaften und Anteile auf einen hübschen Abfallhaufen und dann ein Streichholz dran. Walpurgisnacht. «So tief, Albert.» Ja und dann sollten die Massen um die Flammen tanzen und ihre Befreiung von jahrhundertelanger Tyrannei feiern. Und der Phönix der Freiheit erhöbe sich aufs neue.

Vielleicht ist es aber auch genetisch bedingt. Räuberei und Hierarchie stammen von den Wirbeltieren. Vielleicht bin ich wirklich auf dem falschen Planeten zur Welt gekommen. *Biedermeier* haben sie mich in der Schule gerufen. *Biedermeier*, zu dumm, um zu lügen.

Auf französisch hieß das Pierrot Le Fou. Auf englisch? Simple Simon. Nein, eher so was wie Honest John. Biedermeier Einstein.

Zwei Seelen wohnen ach! in meiner Brust. Muß was zu bedeuten haben. Wenn es Hegel wäre, könnte man davon ausgehen, daß es nichts Besonderes bedeutet. Aber Goethe meint immer irgendwas.

Onkel Jakob, wie er sich immer über die koscheren Gesetze lustig machte. Na ja, Mama hielt ja auch nicht unbedingt was von der koscheren Küche. Wir waren ein richtiges Ketzer-Haus. Aber Onkel Jakob war ein ausgesprochener Atheist. Als Jude einen atheistischen Onkel zu haben und dann noch auf eine katholische Schule gehen: das öffnet die Gehirnzellen. Reichhaltigkeit der Signale.

Jawohl: je mehr widersprüchliche Signale wir aufnehmen, um so größer wird unser Weltbild. Einfach, um sie unterzubringen. Die Leute sind Kleingeister, weil jede Nation, jede Kirche und auch fast jede Familie die Signale beschränkt. Wenn sich die Reisegeschwindigkeit (und damit auch die Kommunikationsgeschwindigkeit) erhöht, dann heißt das im Grunde nichts anderes, als daß jedermann mehr widersprüchliche Signale auffängt. Die Primaten vielleicht zwingen, schlauer zu werden. Unmöglich, einen beschränkten italienisch-katholischen Horizont zu behalten, wenn man mit Unmenge von deutschen Protestanten zu tun hat. Der Engländer, der aus Indien zurückkehrt, ist auch nicht mehr der verdammte hundertprozent englische Protestant von vorher. Jawohl. Reise- und Kommunikationsgeschwindigkeit werden noch in diesem Jahrhundert so zunehmen, daß die Menschen einfach schlauer werden müssen.

Wenn uns nicht vorher ein Krieg ins Mittelalter zurückkatapultiert.

$$V^n = \frac{V + V'}{1 + \frac{VV'}{C^2}}$$

Hübsch, nicht? Aber ein grundsätzlicherer Pazifismus als der Sozialismus muß es sein. Wenn wir dem Krieg kein Ende setzen, wird bald keine Zivilisation mehr auf der Erde übrig bleiben. Bloß, versuch das mal einem Sozialisten zu erklären, verflixt noch mal. Wenn die Kacke am Dampfen ist, sind sie zuallererst Deutsche oder Franzosen und dann erst Sozialisten. Wenn die Schießerei aufhört.

Und:

$$t' = \frac{1}{\sqrt{1 - \frac{v^2}{c^2}}}$$

Auch nicht übel. Sieht schon mehr nach einer Krümmung in den neuen Gleichungen aus. Nichteuklidisch, konvergent. Geodesik. Das, was man weder sehen noch erfahren, aber mit Hilfe der Mathematik definieren kann. Nicht aus dem Sinn.

Eine Kommunikation, die immer schneller wird, so daß jeder Iwan, Hans oder Juan eine Mischung aus katholischen, jüdischen und atheistischen Signalen empfängt, so wie ich, oder eine andere, gleichwertige Mixtur: das wird sie zwingen, zu denken und auszuwählen.

Zwei Seelen wohnen ... ja. Die beiden Arten des Bewußtseins, die Freud jetzt das Bewußte und das Unbewußte nennt, sind die beiden Seelen, von denen Goethe sprach. Sir Johns Golden Dawn ist ein neurologisches Spiel, in dem die unbewußte Seele, von seinen Mitgliedern Astralkörper genannt, sichtbar gemacht wird.

Aber nicht mal Freud versteht die Relativität des Instruments, das

Nervensystem selbst. Beispielsweise existieren wir drei hier in diesem Zimmer, Joyce, Sir John und ich, in drei verschiedenen neurologischen Realitäten, genauso wie meine Raumfahrer mit verschiedenen Geschwindigkeiten auch in verschiedenen Raum/Zeit-Dimensionen existieren.

Das Spiel von Schatten und von Sinn: Relativität des Instruments. Nur der Wahnsinnige ist sich absolut sicher.

Ich frage mich bloß, ob irgendeiner von diesen Psychologen da schon hintergestiegen ist.

Es macht natürlich nicht für fünf Pfennig Unterschied, ob der Mechanismus des Golden Dawn sich bis zu den Rosenkreuzern des Mittelalters, bis zu Adam oder gar zur ersten Amöbe zurückverfolgen läßt. Genausowenig wie die Frage, ob Mr. Robert Wentworth Little die ganze «Überlieferung» in Kollaboration mit dem mysteriösen Fräulein Sprengel aus gefälschten Geheimschriften einfach erfunden hat. Das entscheidende, objektive Faktum, auf das die Wissenschaft sich hier konzentrieren muß, ist, daß unser Freund Babcock durch seine Mitgliedschaft in dieser Organisation sich mit einer Geheimgesellschaft eingelassen hat, von deren Projekten er im Grunde nichts weiß, wenn er auch viel vermutet. Zuviel, um genau zu sein. Wie wir alle, Tag für Tag.

Offensichtlich ist Newtons *hypotheses non fingo* absurd, denn tatsächlich ist es schlicht unmöglich, nicht zu theoretisieren. Die Geschwindigkeit von Nervenübertragungen im Gehirn ist so groß, daß wir Wahrnehmungen von Konzepten niemals trennen können. Es ist ja sogar ein Konzept, wenn ich behaupte, daß ich mich im Augenblick mit menschlichen Wesen unterhalte. Joyce und Babcock könnten schließlich genausogut Automaten sein, die sich als Menschen ausgeben, oder ich könnte halluzinieren. Aber wer außer Poincaré oder Mach hat das wirklich richtig verstanden? Wie Joyce sagte, wir leben in einem Netz von symbolischen Konstrukten, die unser Gehirn für uns entworfen hat. Die Herrendoktorprofessoren können beispielsweise meine These von der Relativität des Raumes gar nicht verstehen, weil sie davon ausgehen, daß «Dauer» eine Tatsache ist, nicht ein Konzept unserer Gehirne.

Und auch das: als ich vor fast siebzehn Jahren in Mailand meine Staatsangehörigkeit aufgab, war das etwas, was die heutige Tiefenpsychologie eine Wiedergeburtserfahrung nennt. Ich definierte und entdeckte mich neu. Genauso wie ich den Gott meiner Väter aufgegeben hatte. Vielleicht war beides notwendig, ehe ich Zeit und Raum neu definieren und entdecken konnte. Ehe man etwas Neues entdecken kann, muß man auf das Alte verzichten.

So, und hinter all dem Durcheinander ist das im Grunde strukturell genau das gleiche wie das, was Sir John beschreibt: ein Prozeß, durch den ein zum Waisenkind gewordener herrenloser Junge mit zu viel Geld einen neuen Weg in dieser Welt entdeckt, um zu sich selber zu finden und sich zu verwirklichen. Und gleichzeitig natürlich auch seine Umgebung. So wie ich die Welt neu definierte, nachdem ich mich selber neu definiert hatte. Ein geistiges Schachspiel also.

Aber wie lauten die Regeln dieses Spiels und wie konnte er dadurch in diesen Zustand des Schreckens geraten, in dem er sich jetzt befindet? Wer ist der Spieler auf der anderen Seite? Das muß ich zu allererst rauskriegen: die Regel dieser seltsamen Geistesübung, die sich Hermetic Order of the Golden Dawn nennt.

In diesem Fall muß ich also nicht wie Biedermeier Einstein vor zwanzig Jahren, 1894, fragen: wie ist es wohl, wenn man ein Photon ist, sondern: wie ist es wohl, ein Zauberlehrling zu sein?

Dero genetische Archive

Ein man aldo stant der herre waz vber daz gruoz grvn Greystoke Manor. Dis huses herre genant ward er vnde ein findelkint. Wenn er waz gefuonden verwunderten sie sich ûz die mâzen obe daz kint waz schon tot also junc, niht manege stunt nach dem ez wart geborn bluotig ûz sines muoters schoze. Niht muoter noch vater hat es, ein findelkint mit liehtem hâr waz junc Furbish Lousewart.

Obe sin herkvnft, dez liehten Furbish herkvnft hiez es, es wart gepflanzet in sin muoters schoz dvrch den kurat von Weems, ein man so dick vnt rvnt, welchen die mannen Round John genemmet, oder daz heilingen swîn von St. Hubertus, aus dem grunt, daz St. Hubertus waz diu kiricha von Weems, allda der Kurat tat predigen. Von des liehten Furbish muoter hiez es, sie waz ein nonnelin, die speter buosse tat fvr ihre swartzhyt synd eim fegfewr. Sie tat ein frumme pilgrimsfahrt zum grâb des heilingen Thomas vnde sprach ihr wvndersam geschicht eim gewizzen Geoff. Chaucer, der sie speter tat widergeben in loebelichem vers in eim buch daz uns allen ist wohlbekant. Vberdiez so hiez es het sie gedienet als vürbild vür die suozlich abtizzin in dere karten, die zigeuner spiln, welche sunt genemmet Tarot; speter wart selbige dere wipliche pabst vnde daruff waz gehiezen hohepriesterin.

Lord Greystoke hat getauffet das findelkint auf den namen Furbish Louseward, denn gar niedlich und zierlich lag es in der ärmlichen krippe, darin sie es fanden. Es war ein name so zierlich wie niemand in ganz Engeland sich hätt träumen lassen, des volkes wendung für *herba pedicularis* aus der art der löwenmäulchen, ein blümelein so hübsch und fein, daß niemand auff der welt ein güldnes blümelein hätt heller und lichter taufen können.

Furbish Louseward wuchs heran und wurde zum Manne. Er war fürwahr ein stattlicher Bursche, anmutig und keck zugleich, denn seht: sieben starke (legitime) Söhne zeugte er und sieben (illegitime) Kinder unterschiedlichen Geschlechts noch dazu. Doch dann, o weh, stritt er im heiligen Kreuzzug gegen die dunkelhäutigen Sarazenen und starb einen gar gräßlichen Tod, denn sie hielten das Heilige Land mit der Kraft ihres Schwertes besetzt. Und doch behauptet alle Welt, daß er (Furbish Lousewart) seine Nachfahren eher durch verwerfliche Lust als Treue zum geheiligten Bett der christlichen Ehe zu beeindrukken wußte. Und so hat der Ehrenwerte Mr. Justice P. Farmer, der sich aus Neigung ausgiebig mit Genealogie und anderen derlei altertümlichen Dingen befaßt, des öfteren verlauten lassen (und zwar im Beisein vieler, die sich ihres untadeligen Rufes mit Recht rühmen dürfen), daß der einzige Greystoke, der diesen Kreuzzug überlebte, ein falscher Greystoke war, nämlich das Produkt von Lady Greystokes schändlicher Liaison mit dem oben erwähnten Furbish. Entspräche das der Wahrheit, dann wäre die vornehme Greystoke-Linie (die früher aus Papisten, jetzt aber, wie die Leute sagen, aus guten Anglikanern bestand) in Wirklichkeit von niedriger Herkunft und plebejischer Abstammung. 's wär eine gar lustige Geschicht, wenn's stimmte, des sind sich alle einig.

Mindestens soviel kann die Wissenschaft mit mathematischer Genauigkeit behaupten: in jener Nacht des 26. Juni 1914 nistete in Viscount Greystokes Hoden exakt ein Sechzehntel (0,0625) der genetischen Information, die die neurogenetische Substanz von Sir John Babcock bildete, während in den Hoden von Viscount Greystokes Cousin, Giacomo Celine, genau ein Viertel (0,25) der genetischen Information von Hagbard Celine enthalten war, der mehr als sechzig Jahre später den Großneffen von Sir John Wildhüter darüber aufklären sollte, daß es nirgendwo mehr Feinde gibt.

De somnis vestimenta horroris

Selbst bei den größten Schrecken fehlt nur selten ein Schuß Ironie, so als ob sie uns daran erinnern wollte, daß es in Wirklichkeit so etwas wie grundlose oder unbeseelte Grausamkeit gar nicht gibt. So spornte der Sprung in Sir Johns Spiegel ihn subtil und unmerklich dazu an, sich endlich ans 20. Jahrhundert anzupassen, doch gleichzeitig bedrängten ihn nach und nach die höllischen Qualen aller früherer Jahrhunderte. Zuerst war der Sprung gar nicht besonders beunruhigend, wenn er auch nicht hineinschauen konnte, ohne sich vorzustellen, in der verzerrten Wiedergabe seiner selbst in dem zersplitterten Glas ein drohendes und niederschmetterndes Symbol der finsteren Seite der Vril-Kultur zu sehen, die ihn genau an seinem wunden Punkt attackierte, seine Empfänglichkeit für lüsterne Begierden, die – unter Umständen sogar mit voller Absicht – von der mysteriösen Lola und ihren unerschrockenen, beiläufigen Anspielungen auf den Rhythmus des Geschlechtsverkehrs und die rote Kobra der Lust entfacht worden war. Ein unbequemer Gedanke spukte in seinem Kopf herum, den er vergeblich abzuschütteln versuchte. Wahrscheinlich war es Blödsinn, einen solchen Verdacht nur auf Grund eines zufälligen Zusammentreffens von einem bösen Traum und einem Erdstoß zu entwickeln – doch der heimtückische Gedanke wuchs und wuchs: vielleicht war er ja einer echten Hexe begegnet, und schon erwachte die mittelalterliche Welt, die er solange studiert hatte, um ihn herum zu neuem Leben.

Vor allem das Schlafzimmer kam ihm nun immer deprimierender vor, hauptsächlich natürlich wegen des zersprungenen Spiegels und seiner gespenstischen Zweikammerbilder, aber eigentlich fühlte er sich auch überall anders in dem riesigen Haus leicht unbehaglich: irgend etwas Unangenehmes und Beunruhigendes, fast ein Hauch von morbidem Verfall schien es zu erfüllen; irgend etwas Namenloses und Schattenhaftes, eine bloße Vorahnung von neuen Gegenwarten und Möglichkeiten, vermutlich nur seine übereifrige Phantasie und doch auch etwas, das autochthon, buchstäblich vorsintflutlich, mit flüchtigen Anzeichen schrecklicher Geheimnisse von versunkenen Zeiten und Taten wider Natur und Schrift verbunden zu sein schien. Die Invasion dieser rudimentären Allgegenwart selbst in den Möbeln war verblüffend, wenn man in der Lage war, die Finstere Kraft (wie er sie mittlerweile nannte) im Licht einer anderen Atmosphäre mit der früheren, in ganz Babcock Manor gegenwärtigen Normalität zu vergleichen.

ACTION	SOUND
AUSSENAUFNAHME. BABCOCK MANOR. TOTALE.	
Das Haus verliert sich fast in einem Panorama von dunklen Bäumen und dämmerigen Schatten.	*Voodoo-Trommeln*
AUSSENAUFNAHME: BABCOCK MANOR. HALBTOTALE.	
Das Haus, dunkel und undeutlich. Vor dem Eingang lehnt das Hochrad.	*Voodoo-Trommeln*

Sir John stürzte sich in eine Kampagne. Er wollte das ganz langsam unheimlich werdende Ambiente durch Renovierung erneuern, nicht nur den verdammten Spiegel, sondern ganz Babcock Manor, und schon bald wimmelte es im ganzen Haus von Geschäftsleuten und Arbeitern, die das riesige Projekt der Modernisierung in die Hand nahmen einschließlich der Installation von elektrischen Anlagen in allen Zimmern. Das Ganze nahm mehrere Monate in Anspruch, aber dann hatte Babcock Manor den Anschluß an das 20. Jahrhundert endlich geschafft. Doch während diese oberflächliche Adaption an die Gegenwart im ganzen Haus fieberhaft vorangetrieben wurde, produzierte der grausame Humor, den die finsteren Mächte gegen Sir John ausspielten, eine zunehmende Unterwerfung seines inneren Lebens durch die gräßlichsten und widerwärtigsten aller nur denkbaren alten Schrecken.

Auch weiterhin träumte er von der Kapelle der Gefahren. Einmal landete er in einem riesigen unterirdischen Kerker, in dem ganze Scharen von dumpfen und ziemlich närrischen Wesen heftig miteinander stritten und debattierten. «Wir werden gneine Götter haben!» riefen die einen. «Wir werden gnüne Götter haben!» übertönten sie die anderen. Und wenig gothor mächtig abgerissen waren arm. «Es gibt keine Kapelle und es gibt auch keinen Gral, das sind doch alles Hirngespinste», grunzte ein leines Boo Poop, doch veni verits, Surd Alice erklärte Krieg, peitschte Thor Talis hinter ihnen her. «Der Thai Ovus, unsere Größe, unser Gewicht», sang ein Erring Go Bra in groinblancorange, doch ein dreieiniger pentagonaler Tintenfisch, der als Somadust posierte, rief dazwischen: «Das sind die, die den Pfad ohne den Stab der Intuition betreten haben. Sie sind angekommen, aber sie merken es nicht. Sie haben keine Augen so sie nicht sehen können. Honig ihnen, Bubifutter. Scheißt ein BRA etwa in den Wald?»

Nachdem Sir John diesen Traum in sein magisches Tagebuch notiert hatte, schrieb er noch ein paar Zeilen dazu:

> Aus irgendeinem Grund, der mir selber nicht ganz klar ist, wachte ich nach diesem Traum mit der festen Überzeugung auf, daß Shakespeare in der Tat ein Eingeweihter des Rose Croix war. Mehr und mehr verstehe ich, was er meinte, als er sagte: ‹Wir sind der Stoff, aus dem die Träume sind.»

Ein paar Tage später ließ er sich dazu überreden, an einem Bridgeabend bei Viscount Greystoke teilzunehmen, obwohl das genauso ein langweiliger Zeitvertreib war, den er normalerweise aus tiefstem Herzen verachtete. Den ersten Teil des Abends hielt er auch kaum durch – es gab jede Menge Brandy, jede Menge Zigarren und alles in allem viel zuviel Fachsimpelei über die Fuchsjagd, einen Sport, den er wegen seiner Grausamkeit und Unmenschlichkeit ablehnte. Nur mit Mühe widerstand er der Versuchung, den berüchtigten Ausspruch Wildes zu zitieren, der diese blutige Zerstreuung als «nicht nur unverdaulich, sondern auch unaussprechlich» bezeichnet hatte. Doch dann, so gegen zehn, geschah etwas Merkwürdiges: plötzlich fiel ihm ein, daß das gewöhnliche Kartenspiel ja vom Tarot abstammte. Die Piks waren die Stäbe der Intuition, die Herzen die Kelche der Sympathie, die Kreuze die Schwerter der Vernunft und die Karos die Münzen der Furchtlosigkeit. Die Aufteilung selbst korrespondierte astrologisch mit Feuerzeichen, Wasserzeichen, Luft- und Erdzeichen: zweiundfünfzig Wochen und vier Jahreszeiten, zweiundfünfzig Karten in vier Farben. Aber wenn die Kabbala überall war, dann war auch die göttliche Substanz überall, und er erinnerte sich wieder daran, daß es keinen Raum und keine Zeit gab, in der sich die sichtbaren und die unsichtbaren Welten nicht trafen und miteinander verschmolzen: und wieder sah er plötzlich in jedem Anwesenden einen Buddha. Den Rest des Abends war er so hellwach, daß es ihm vorkam, als habe er im Vergleich dazu die Hälfte seines Lebens schlafend verbracht. Er gewann Trumpf für Trumpf. Fast anderthalb Tage hielt die Euphorie an, ging dann jedoch wieder in eine vage Furcht über, als er daran dachte, daß viele Formen von Geisteskrankheit mit solchen Erregungszuständen beginnen, in denen jedes Ereignis und jeder Vorfall mehr als menschliche Bedeutung zu haben scheint.

Zwei Tage später lief Sir John im Britischen Museum von London – vielleicht aus Zufall – dem extravaganten Ezekiel (oder Ezra) Pound in die Arme. Der hatte ein chinesisch-englisches Wörterbuch und einen Stapel Notizbücher mit der Aufschrift «Fenollosa MS.» bei sich und war geradezu aufdringlich herzlich. Sie kamen höflich überein, zusammen eine Kleinigkeit essen zu gehen.

«Yeats macht gute Fortschritte, unter *meinem* Einfluß natürlich», meinte Pound großartig, als sie vor ihrem Fish 'n' Chips saßen. «Er taucht allmählich aus dem keltischen Nebel auf und fängt an, *moderne* Poesie zu schreiben.» Sir John fand diese Selbstbeweihräucherung zum Totlachen, strengte sich aber mühsam an, ein ernstes Gesicht zu behalten. Taktvoll wechselte er das Thema.

«Warum beschäftigen Sie sich überhaupt so intensiv mit chinesischen Versformen?» fragte er so naiv wie möglich.

«Das Chinesische wird für das 20. Jahrhundert so wichtig sein wie das Griechische für die Renaissance», meinte Pound und stürzte sich in eine zwanzigminütige Erläuterung dieses Themas, ohne daß Sir John in der Lage war, auch nur eine Bemerkung einzuschieben.

«Wer war eigentlich die junge Dame, die an jenem Abend bei Ihnen Captain Fuller zitierte?» fragte er dann, wohl wissend, daß ihn der Teufel ritt.

Pound schaute abrupt auf. «Sie behauptet, ihr Name sei Lola Levine und sie stamme aus Frankreich», antwortete er. «Aber ich persönlich habe da meine Zweifel. Ihr Französisch ist noch schlechter als meins.»

«Sie klang eher wie eine Australierin . . .» sagte Sir John.

«Genau!» stimmte Pound zu. «Eine junge Dame, der man nicht über den Weg trauen sollte. Haben Sie je von Aleister Crowley gehört?»

Sir John erinnerte sich an den Namen. Crowley war einer der Anführer der abtrünnigen Splitterfraktion des Golden Dawn, die angeblich in Richtung Diabolismus geschwenkt war. «Nur vage», sagte er.

«Na ja, was auch immer Sie gehört haben mögen, besonders schmeichelhaft war es sicher nicht, und Sie sind bestimmt nur typisch englisch, wenn Sie das taktvollerweise nicht erwähnen», sagte Pound mit einem durchbohrenden Blick. «Nehmen Sie sich vor Lola Levine in acht, wenn Sie meinen Rat wollen, Sir John. Angeblich war sie, oder ist es immer noch, eine von Crowleys unzähligen Geliebten. Leuten, die sich mit Crowley oder seinen Freunden oder Geliebten eingelassen haben, passieren die schrecklichsten Dinge. Haben Sie je von Victor Neuburg gehört?»

«Ein junger Dichter, soviel ich weiß ... aber ich fürchte, ich habe noch nichts von seinen Werken gelesen.»

«Victor Neuburg hatte vor ein paar Jahren sehr viel mit Crowley zu tun», sagte Pound. «Mittlerweile erholt er sich allmählich von einem totalen Nervenzusammenbruch, aber nur langsam und unter den gräßlichsten Qualen.»

«Ein Nervenzusammenbruch?» wiederholte Sir John. «Sie meinen ...»

«So nennen es die Ärzte», meinte Pound grimmig. «Neuburg glaubt felsenfest, daß er von Dämonen besessen ist.»

«O je», sagte Sir John. «Schreckliche Sache.»

«Ja», antwortete Pound mit ausdruckslosem Gesicht. «So etwas passiert den Leuten, die sich allzusehr mit Crowley, Lola Levine und diesen Kreisen einlassen. Neuburg behauptet sogar, daß Crowley ihn bei einer bestimmten Gelegenheit in ein Kamel verwandelt hat.»

«In ein *Kamel*?» rief Sir John aus.

«Nun, ich nehme an, es entspräche eher der Tradition, ihn in eine Kröte zu verwandeln, aber Crowley soll den Gerüchten zufolge einen einzigartigen Sinn für Humor besitzen.»

«Glauben Sie denn, daß er Neuburg wirklich in ein Kamel verwandelt hat?» fragte Sir John, um herauszufinden, was Pound über solche Sachen dachte.

«Um Himmels willen, nein!» Pound lachte geringschätzig. «Aber ich glaube, daß, wenn man sich mit einer Bande wie dieser einläßt und wirklich in Yoga und Meditation und Gruppensex und Drogen einsteigt und Beschwörungen zum Sirius hinaufheult, dann wird es über kurz oder lang so enden, daß man genau das glaubt, was auch alle anderen Irren in der Gruppe glauben.»

Damit war der Lunch beendet, und sie gingen auseinander. Sir John fragte sich nachdenklich, ob er wirklich schon bereit war, an die Metamorphose eines Menschen in ein Kamel zu glauben. Eigentlich schien die Idee nicht in den Bereich der echten Überlieferung zu gehören, wie er sie im Golden Dawn kennengelernt hatte, sondern eher zum Umkreis von Folklore, Hexerei und Ammenmärchen. Und doch blieb ein beunruhigendes Gefühl, das ihn verfolgte wie ein sitzengelassener Geldverleiher: *irgendwas ist dem armen Neuburg zugestoßen; irgendwas, das die Psychiater vielleicht einfach noch nicht kennen und heilen können.* Wenn wir wirklich aus dem Stoff sind, aus dem die Träume sind, erweisen sich jene gespenstischen Kräfte, die Macbeth so beschwörend «die schwarzen Vermittler der Nacht» genannt hat, als mächtiger als irgend etwas anderes in der Maskerade des sozialen Lebens mit all seinen furchtsamen Anstandsregeln und Tricks. *Es liegt eine gewisse kabbalistische Logik darin*, dachte er. Das Kamel stimmt mit dem hebräischen Buchstaben *gimmel* überein, der wiederum der Hohepriesterin im Tarot entspricht, dem Führer über den Abgrund der Halluzinationen ins ungeteilte Licht reiner Erleuchtung.

Natürlich war es nur eine logische Bestimmung – nur ein weiterer Zufall –, als Sir John noch am selben Nachmittag in der Rupert Street plötzlich vor Lola Levine stand. Das dunkelbraune Haar, die seltsam glänzenden braunen Augen, die verführerische Figur, wie geschaffen, um die rote Kobra der Lust zu beschwören – nein, es gab keinen Zweifel. Gott sei Dank bemerkte sie ihn nicht, und er ging schnell an ihr vorbei, fast ohne der Verlockung, an ihre Unterröcke und Strapse zu denken, nachzugeben.

Am gleichen Abend jedoch begegnete er ihr zum drittenmal, und diesmal in einer sehr viel jenseitigeren Form. Er führte gerade die vierte Übung in Astralprojektion durch, genau wie es die Anweisungen im Handbuch des Golden Dawn vorschrieben, und erreichte zum drittenmal seit Beginn der Übungen einen Geisteszustand, den er um ein Haar für wirklich gehalten hätte.

(«Es kam mir real vor», hatte er Jones nach der ersten dieser Erfahrungen erzählt, «aber ganz sicher bin ich nicht. Man könnte genausogut sagen, daß ich mich selber übers Ohr gehauen habe und alles nur Phantasiegespinste waren.»

«Lassen Sie sich davon nicht entmutigen», hatte Jones geantwortet, «anfangen tut es immer als Phantasie ...»)

Sie John saß mit geschlossenen Augen in seinem Sessel und stellte sich vor, daß sein astraler Geist aus dem Körper hinausglitt und aufs Zimmer hinunterschaute, wo sein physischer Körper saß. Er schwebte irgendwo komisch/unglücklich unter der Decke und wußte nicht mehr, was Wirklichkeit war und was nicht. Er folgte den Anweisungen und projizierte sich weiter und höher hinauf, schaute über die Erde, über seine Ländereien, schraubte sich immer weiter und erblickte ganz England, ja sogar Teile von Europa. Mit größter Anstrengung kämpfte er sich noch höher, bis das blendendweiße Licht der Sonne (die um diese Stunde hinter der Erde lag) und die Planeten Merkur, Venus und Mars vor ihm erstrahlten. Es ging so einfach, daß er sich ganz aus dem Sonnensystem herauskatapultierte und sich der ersten Astralebene, dem Reich *yesod*, näherte.

Und da erhoben sie sich vor ihm, genau wie es in den kabbalistischen Werken über viele Jahrhunderte hinweg beschrieben worden war: die beiden Säulen von Tag und Nacht und auch die Hohepriesterin auf dem Thron, Shekinah, die verkörperte Ehre Jehovahs.

«Wer wagt es, sich unserm Reich zu nähern?» Ihre Stimme klang seltsam vertraut. (Oder bildete er sich das alles nur ein? War diese Übung vielleicht nur ein Trick, mit der man durch einen «Traum» das Unbewußte kontaktierte, während man gleichzeitig wenigstens teilweise alles bewußt erlebte?)

«Ich bin einer auf der Suche nach dem Licht», antwortete Sir John, wie die Formeln es vorschrieben.

«Du hast dich vom Licht abgewendet», antwortete sie scharf, und dabei schienen ihre Augen ganz seltsam zu glänzen oder vielmehr zu glühen. «Du hast mich abgewiesen und mit den schwarzen Brüdern gleichgestellt, die meine Schöpfung hassen und verachten. Infernalische Nächte, ruchlose Irre.»

«Nein, nein», sagte Sir John und versuchte mühsam, sich an das oberste Gebot zu erinnern (*«Furcht heißt Versagen und ist der Vorbote des Versagens»*). «Ich habe dich nie abgewiesen.»

«Du hast das Weibliche abgelehnt, meine Vertreterinnen auf Erden und auch den Akt der Liebe und Freude, der mein Sakrament ist. Nicht eher wirst du das Tor durchschreiten können, bis du deine Angst vor der Frau besiegt hast. *Furcht heißt Versagen und ist der Vorbote des Versagens.*»

Endlich erkannte Sir John die Stimme: es war die von Lola Levine. Verzweifelt stürzte er zur Erde zurück und versuchte dabei so gut es ging, ruhig zu bleiben: wenn man von Panik geblendet wird, so sagten die Lehren, ist man unter Umständen nicht mehr in der Lage, den Weg zum Erdkörper zurück zu finden. Völlig hysterisch landete er kurz auf einer der alchimistischen Ebenen, wo ein Weißer Adler, ein Roter Löwe, ein Goldenes Einhorn und eine Sir Thalischlange ihn durch einen Zauberwald jagten, während die Bäume im Takt deklamierten: «Pangenitor, Panphage, Pangenitor, Panphage, Pangenitor, Panphage ...» Und Lolas Stimme kämpfte dagegen an: «Io Pan, Io Pan Pan, Io Pan, Io Pan Pan!» Plötzlich wirbelte er abwärts, tiefer, immer tiefer, durch endlose Finsternis, am weißen Licht der Sonne vorbei, schoß über den rotierenden Globus der Erde, hinunter auf England zu, sein Haus, sein Schlafzimmer, bis er sich schweißgebadet und mit klopfendem Herzen in seinem Sessel wiederfand.

Er rezitierte das Große Mantra des Schutzes: «Christus zu meinen Häupten, Christus zu meinen Füßen, Christus zu meiner Rechten,

Christus zu meiner Linken, Christus über mir, Christus unter mir, Christus in mir.» Über seinen Rücken liefen kalte Schauer, und seine Stirn glühte in astralem Fieber. Er zitterte am ganzen Körper. Doch ehe er sich wieder einigermaßen sicher fühlte, mußte er das Mantra noch dreimal wiederholen.

«Wenn irgend etwas besonders Erhebendes oder besonders Schreckliches passiert, *schreiben Sie es auf der Stelle auf*», hatte Jones ihm eingehämmert. «Auf diese Weise setzen Sie den linearen, rationalen Verstand wieder in Gang – und außerdem werden Ihnen die Notizen später nützlich sein.»

Doch zunächst vollführte Sir John ein Vertreibungsritual, um ganz sicher zu sein. Dann notierte er seine Vision im magischen Tagebuch und setzte hinzu:

> Wenn es auch vielleicht nur mein Unterbewußtsein war, das mir einen Streich spielen wollte, so war es dennoch höchst interessant. Der Chor, der Anti-Chor und die Panbeschwörer scheinen darauf hinzudeuten, daß mein Unbewußtes griechische Poesie schneller dichtet, als ich es bei vollem Bewußtsein je könnte. Und der Inhalt des Gesangs – Pangenitor, All-Erschaffer, und Panphage, All-Zerstörer, bekräftigt deutlich die Identität von Pan und der indischen Gottheit Shiva. Das ist wirklich merkwürdig, denn bewußt hatte ich diese Identität noch nie verstanden.
>
> Also kann ich daraus schließen, daß der vorher beschriebene Versuch der Reduktion eher gezwungen und künstlich als überzeugend ist. Tief im Grunde meines Herzens weiß ich, daß alles, was geschehen ist, nicht nur Streiche meines Unterbewußtseins waren. Doch weil ich nicht reinen Herzens bin, weil ich nach Lust und fleischlichem Vergnügen trachtete, habe ich das richtige Tor zu yesod verfehlt. Es war nicht Shekinah, der ich begegnete, wie es geschehen wäre, wenn ich reinen Herzens wäre. Nein, es war Ashtoreth, das weibliche Gegenstück des Teufels, und wie es ihrer Natur entspricht, versuchte sie, mich zu verführen. Viele Alchimisten berichten von ähnlichen Erlebnissen mit dem Sukkubus oder weiblichen Lust-Dämon.

Dann wiederholte Sir John das Vertreibungsritual und gab die Astralprojektion für diesmal auf. Er genehmigte sich einen recht starken Brandy, um sich zu entspannen, und einen zweiten, noch stärkeren, ehe er zu Bett ging.

Doch so leicht entkommt man seinen Dämonen nicht. Sir John träumte so mancherlei, lauter wollüstiges und sinnliches Zeug. Er spazierte durch juwelenschimmernde Harems, wo bunte viktorianische Newbugger in Honigsaft mit Kamelhosen unaussprechlich widerliche Perversionen trieben – Obszönitäten, die er vorher nur aus den vagen, lateinischen Euphemismen von Krafft-Ebing kannte. Er wanderte durch die Gärten seines Onkels, Viscount Greystoke, und begegnete einem dunklen, schlangenhaften Sizilianer namens Giacomo Celine (der behauptete, ein entfernter Verwandter von den Greystokes und damit auch Sir Johns zu sein). Dieser fing an, ihm allen Ernstes etwas völlig Unverständliches über Sexualität und Schöpfung zu erklären. «Der Mann ist Raum und die Frau ist Zeit», sagte Celine, «aber das Universum selbst ist natürlich bisexuell.»

Die Clowns und Akrobaten sangen: «Ich nahe zur Rettung Israels», aber Yeats fand sich mit Sir John in Pounds Wohnung ein und raunte ihm vielsagend zu: «Die Regale sind leer. Am dunkelsten ist es immer kurz vor dem Sturm.» Er führte Babcock zu einem anderen Garten, an einer Halle mit unendlich reflektierenden Spiegeln vorbei, und dort wartete die Countess von Soulsburied auf ihn, mit einem Gesicht, das ihn sehr an Lola erinnerte. Sie rekelte sich splitterfasernackt bis auf ein blaues Strumpfband mit silbernem Stern auf dem linken Schenkel, golden und bloß auf einem mit roten Juwelen geschmückten arabischen Schnurrpurpurbett. Die linke Hand lag lasziv auf dem Büschel dunkelbrauner Haare direkt über dem aufreizenden Strumpfband, bewegte sich ... pervers ... widerwärtig ... nur um ihrem armen Hund einen Knochen zu verschaffen ... ein Blitz wie ein Sternenwesen ... das Gesicht von der gleichen unerträglichen, ja unmenschlichen Verzückung erfüllt wie das der berühmten Statue von der heiligen Theresa in Rom. «Für den puer ist alles puella», murmelte Yeats und verschwand im Funkeln der Myriaden von Reflexionen in den unendlichen Spiegeln.

Sir John stürzte sich auf Lola, küßte leidenschaftlich ihr Strumpfband, verrückt vor Haß, Liebe und Begierde, und sie flüsterte: «Alles ist Buddha. Böses dem, der Böses denkt.» Und ihre Schenkel wanden sich um seinen Körper und saugten ihn hinein ... hinein ... in eine Ekstase hinein, die so unfaßbar war, daß er sich nicht länger darum kümmerte, ob sie ein göttliches oder ein teuflisches Wesen war.

«Mal mit ihr versuchen? Saalsplitter betuchen?» sang Sir Thalis sauer. «Wenn *God* rückwärts buchstabiert *dog* ist», zischte er lispelnd, «was bedeutet das dann? Nicht der All-Mächtige?» Aber Sir John bumste eine läufige Füchsin, wühlte im Sumpf: Geist, Herz und Seele verloren in der Nacht des Pan.

Mit wild klopfendem Herzen schoß Sir John stöhnend aus dem Schlaf hoch, den Beweis für den Orgasmus dunkel und feucht auf der Pyjamahose.

ACTION	**SOUND**
INNENAUFNAHME. BUCKINGHAM PALACE, THRONSAAL. HALBTOTALE.	
DISRAELI flüstert mit KÖNIGIN VICTORIA.	*Disraeli:* «Dieser unverschämte Babcock hat schon wieder . . .»
VIKTORIA ist entsetzt.	
DISRAELI senkt die Stimme und raunt.	*Disraeli:* «Und diesmal ist es noch schlimmer als vorher . . . Er hat noch nicht mal die Hände . . .!»
INNENAUFNAHME. THRONSAAL. NAHAUFNAHME.	
VIKTORIA wutschnaubend.	*Victoria:* «Dieser jämmerliche Waschlappen. Ich will ihn auf der Stelle auspeitschen lassen.»

De formulae lunae

«Ich bin einem Sukkubus begegnet», sagte Sir John schuldbewußt; er wußte, es war alles seine Schuld.

«Was Sie nicht sagen», meinte Jones freundlich. Sie saßen beim Dinner im *Simpson's*, und Jones schien heute abend merkwürdig geistesabwesend oder abgelenkt. «War das im Traum oder auf der Astralebene?»

«Beides», gestand Sir John und verstand plötzlich, wie man sich als Katholik im Beichtstuhl fühlen muß.

«Konnten Sie ihn erfolgreich abwehren?»

«Ich hab's versucht», sagte Sir John schwach.

«Mit andern Worten, Sie haben es nicht geschafft.» Jones sah irritiert aus, so als hätte er schon genug Probleme am Hals und könnte sich nicht auch noch um Babcocks kümmern. «Ich fürchte, wir werden Ihre Initiation zum Gesellen aufschieben müssen, bis diese Angelegenheit geregelt ist», meinte er nachdenklich. «Warten Sie ... Sie haben doch das Buch über Astralprojektion noch? Fein, darin finden Sie auch das Vertreibungsritual des Pentagramms. Ich rate Ihnen, es so oft zu wiederholen, bis Sie spüren, daß die fremde Gegenwart völlig aus Ihnen gewichen ist.»

Diesmal ließ er den gewohnten Brandy nach dem Essen ausfallen, beendete die Mahlzeit mit uncharakteristischer Abruptheit und rauschte mit dem Blick eines Menschen davon, der mehr Probleme hat, als er auf einmal bewältigen kann.

Sir John kehrte einigermaßen niedergeschlagen und besorgt nach Hause zurück. Was soll man schon machen, wenn einem sein Lehrer zu verstehen gibt, daß die Fragen, mit denen man sich herumschlägt, gemessen an seinen anderen Schwierigkeiten, vergleichsweise unwichtig sind? Ein dunkler Verdacht baute sich vor ihm auf, und Jones hatte ihm noch nicht mal eine Chance gegeben, darüber zu sprechen. Andererseits erinnerte sich Sir John nur zu gut an die vielen Hinweise auf die undurchsichtigen Rosenkreuzer und schwarzen Bruderschaften, von denen er gelesen hatte und die es sich zur Aufgabe gemacht hatten, alle, die den spirituellen Pfad der Großen Aufgabe betreten haben, in Verwirrung und Angst zu versetzen, um sie von ihrem Ziel abzubringen. War es möglich, daß Lola Levine und ihr mysteriöser Meister Crowley sich verschworen hatten, um den echten Golden Dawn zu vernichten, indem sie astrale Attacken gegen neue, noch nicht sehr weit fortgeschrittene Schüler wie ihn selbst führten?

Zwar versuchte er das Vertreibungsritual an diesem Abend noch mehrmals, aber es blieb reine Schauspielerei. Er spürte nichts, er erfuhr nichts Neues, er merkte, daß sein Vertrauen zu sich selbst erschüttert war. Schließlich fing er in einer Mischung von gespielter Tapferkeit und Nervosität an, ein paar Bücher über Schwarze Magie zu studieren, die er in der Bibliothek stehen hatte – Bücher, in die er früher höchstens einen ängstlichen oder angewiderten Blick geworfen hätte. Doch nun zwang er sich, so sorgfältig und genau wie möglich zu lesen, fest entschlossen, die Kräfte zu verstehen, die möglicherweise gegen ihn gerichtet waren.

Mittlerweile vollzog er das Vertreibungsritual seit mehreren Monaten und hatte Jones' einfache Erklärung akzeptiert, daß es den Sinn hatte, alle unreinen Teile in ihm zu bannen, die ihn an der Erfüllung der Großen Aufgabe hindern könnten. Aber jetzt fragte er sich, ob der wahre Zweck nicht der sein könnte, Kräfte oder Wesen zu bannen, die ein Geselle besser noch nicht kannte, damit er nicht der Furcht erlag und damit an seiner Aufgabe scheiterte.

Er las über das unaussprechliche Ritual der schwarzen Ziege mit eintausend Jungen, über das der glühenden Schlangenkraft, die durch verbotene sexuelle Exzesse von den Genitalien zum Hirn aufsteigen kann, vom verworfenen Sakrament der Unsterblichkeit, in unbeschreiblichen Riten von denen getrunken, die Gott durch den Menschen ersetzen würden. Ihm wurde übel und schwindlig, als er anfing, in diesem Durcheinander von Schmutz, Ketzerei und pervertiertem Transzendentalismus eine satanische Logik zu entdecken – die geheime gnostische Lehre, daß *neschek*, die Schlange in der Genesis, den Wert von 358 hat. Das aber ist auch die Zahl des *Messias*, mit andern Worten, die Schlange *ist* der Erlöser. (Denn alle Bezeichnungen mit dem gleichen kabbalistischen Wert sind numerologische Ausdrücke der gleichen metaphysischen Einheit). Er stieß auf die manichäische Interpretation von I. N. R. I. – Ingenio Numen Resplendet Iacchi: der wahre Gott ist Iacchus (Dionysos). Die Logik daran war zwar verwerflich, aber er verstand sie: Wollust und verlängerte Begierde waren laut dieser verrückten Philosophie die Substanzen der Ekstase, die das Ego auslöschen und die Menschen zu den Göttern erheben kann. Nachdem er sich einen ganzen Tag mit der Erforschung dieses düsteren Gebietes beschäftigt hatte, war er fix und fertig, und bei dem Gedanken an die Irregeleiteten, die solche Dinge glaubten, oder an die Taten, zu denen sie bereit waren, zitterte er am ganzen Körper.

Sie John beschloß, seinen heiligen Schutzengel anzurufen, selbst wenn man das im allgemeinen für Schüler, die den Grad des Tempelmeisters noch nicht erreicht hatten, äußerst riskant fand.

Aber es passierte nichts – abgesehen davon, daß die Beschwörung stärkere Ängste und wildere Hoffnungen entfachte, als Sir John je zuvor kennengelernt hatte. Aber vielleicht war diese ungeheure Intensivierung der Gefühle auch schon alles, was eine solche Beschwörung in einem Anfänger hervorbringen konnte.

Ein paar Minuten, nachdem er das Ritual beendet hatte und aus dem Kreis getreten war, verspürte Sir John plötzlich den unwiderstehlichen Drang, etwas zu schreiben. Was ihm dabei aus der Feder floß, war nicht etwa ein Bericht über die Anrufung und ihre Resultate, wie es hätte sein sollen, wenn er die Lehren genau befolgt hätte, sondern ein neoplatonischer Dialog mit dem verwirrenden Geist Lola Levines, der Schwarzen Priesterin:

Culpa urbium nota terrae

Ich: Diese schmutzige schweinische Philosophie, diese finstere Perversion der Zivilisation und jeden Fünkchens von Anstand – wie kannst du nur glauben, daß es ein Pfad zur Höheren Weisheit, ja zum Übermenschen ist?

Sie: Nein, glaube nicht, daß du Weisheit besitzest, denn noch immer bist du gefangen in der verfluchten Dyas. Wisse bis ins Herz und ins Blut, nicht nur mit dem Verstand, daß das Große Tao stets im Gleichgewicht sein muß, denn ein Übergewicht der disziplinierten Yang-Energie ist gefährlich und explosiv: die fürchterlichsten Kriege der gesamten Menschheitsgeschichte werden dich dafür ereilen. Höre mich: für das psychische Gleichgewicht der Menschheit ist es unumgänglich, dem Ausschlag des Pendels zu folgen bis zum fröhlichen, dyonisischen, ja unbekümmerten Neubeginn. Das Männliche muß aufhören, das Weibliche zu tyrannisieren so wie das Rationale das Irrationale oder das Geistige das Fleischliche. Wir müssen wieder zum ungeteilten Eins werden, im Weißen Licht, in der Ekstase des Gehörnten Gottes Iacchus, damit wir nicht alle dem Abgrund des ewigen Weil verfallen und mit den Hunden des Verstands untergehen. Der Geist ist über mich gekommen und ist in mir, selbst jetzt, wo ich dies durch deine unwillige Hand bezeuge. Oh, ich bete dich an, Evoe! Ich bete dich an, IAO!

Ich: Diese Doktrin entfachte einst die Zügellosigkeit, die Griechenland und Rom zerstörte; es ist nichts als eine einleuchtende Lüge, die jede Ausschweifung rechtfertigt. Die Gegensätze sollen sich nicht vereinigen, sondern so lange gegeneinander kämpfen, bis das Licht über das Dunkel triumphiert. Die menschliche Seele ist das Schlachtfeld Gottes und des Teufels und sie sind nicht Eins. Gott ist nicht das Böse, Gott ist nicht der Teufel.

Sie: Eine von Ja und Nein eingeschlossene Seele ist ein Gefängnis, welches die Pest ausbrütet. Frage die Weißen Rabbiner, die die Kabbala erschaffen haben, und erkenne, welch mächtigen Schlüssel sie darin verankert haben für die, die Augen haben zu sehen: sind denn nicht *neschek* und *messias* beide durch die Zahl 358 miteinander verbunden? Welche Bedeutung hat diese Tatsache? Es ist ein Zeichen, das den Weg zur Wahrheit über alle Dualitäten, alle Konzepte hinaus aus dem verfluchten Kerker von ja und nein weist. Ja, ich bin besessen von der unaussprechlichen, namenlosen Nacht des Pan! Pan! Io Pan! Ich bete dich an, Evoe! Ich bete dich an, IAO!

Ich: Du bist geisteskrank, das ist alles. Nimm deine abscheulichen Irrlehren und deine widerliche Pseudo-Philosophie und deine Strapse und mach, daß du aus meinem Kopf kommst, verdammt noch mal!

Sie: Die Wahrheit, von der ich spreche, ist im Symbolismus des Baums des Lebens enthalten, o Rosenkreuzer. So wie das Tao zugleich weißes *Yang* und schwarzes *Yin* ist, manifestiert sich auf dem Baum in der Kabbala *Kether*, das Erhabenste, sowohl als *Chokmah*, das männliche Prinzip des Lichts, wie auch als *Binah*, das weibliche Prinzip der Finsternis. Sagt der heilige Paulus in deiner Bibel nicht auch, daß die erleuchtete Seele nicht «unter einem Gesetz, sondern unter der Gnade» steht? Fordert der heilige Augustinus uns nicht auf, «zu lieben und zu tun, was ihr wollt»? Die Gnade wird nur den Weisen zuteil, die, verzaubert vom Entzücken geistloser Einheit, jenseits von Gut und Böse, jenseits der Vernunft und ihrer leeren Konzepte sind. Und wieder regt sich in mir und in deiner Hand der Geist und wir rufen: Ich bete dich an, Evoe! Ich bete dich an, IAO!

Ich: Hör doch auf, der Teufel mißbraucht selbst die Heilige Schrift für seine Zwecke. Doch diese obszönen Rituale, dieses Schwelgen in fleischlichen Gelüsten weist in Wahrheit nur auf den schwarzen abschüssigen Pfad zur Erde, während der wahre Pfad aufwärts führt, hinauf zum sternenübersäten Himmel.

Sie: Aber wenn wirklich alle Wesen Buddhas sind, wie kann dann eines von ihnen böse sein? Wenn alle Energie aus dem ungeteilten Licht stammt, wie ihr Kabbalisten immer sagt, wie kann dann irgendeine Sehnsucht des menschlichen Herzens im Gegensatz zum Licht stehen? Du machst dich ja nur selbst verrückt mit falschen Dualismen und dann fragst du dich verwundert, warum du nicht die innere Freiheit für die Große Aufgabe aufbringst. Ich, die ich hier zu dir spreche, bin die Mutter und die Hure der ganzen Menschheit. Ich bin der dunkle Schoß, die dumpfige Nacht, aus der die Schöpfung entsteht. Ich bin Shekinah, die verkörperte Pracht Jehovahs. Ich bete dich an, Ya-ha-weh! Ich bete dich an, IAO!

Ich: Du bist Ashtoreth, die Dämonin der Lust, und ich verbanne dich im Namen Dessen, Den Die Winde Fürchten, des Herrn des ganzen Universums, des Wahren Gottes, dessen Name ...

Sie: Nenne nicht blasphemisch diesen Namen, wenn du nicht mal den Verstand hast, ihn zu verstehen. Ich werde dich nun für eine Weile verlassen, aber laß dich nicht täuschen. Du hast nur eine Hälfte deines Ichs verbannt. In deiner entzweiten Seele wirst du nun nichts als närrische Furcht und dumpfen Haß ausbrüten. Geh und spiel mit deinen Strapsen, die du im Wäscheschrank versteckt hast, als du zehn warst!

Sir John warf seinen Stift durchs Zimmer, um den Bann zu brechen. Es war wirklich so weit gekommen, daß ein anderer Geist durch ihn sprach; es war abstoßend, noch schlimmer als damals, als ihn im Zug ein sabbernder Perverser befummelt hatte. Damals war er sechzehn gewesen und viel zu schüchtern, um zu schreien; er hatte sich zaghaft mit aschfahlem Gesicht davongeschlichen. Dies hier aber war ein viel widerlicherer, viel persönlicherer Übergriff. Er fühlte sich beschmutzt, besudelt.

In seinem Kopf überschlugen sich die Irrlehren, die Lola ihm eingepflanzt hatte. «Ich bin der Herr: ich schaffe Gutes und ich schaffe Böses.» – «Wenn der Adept den Abgrund überschreitet, werden alle Gegensätze eins für ihn.» – «Brahman ist der Mörder und das Opfer zugleich.» – «Höre, o Israel: der Herr unser Gott ist Eins!» – «ARARITA: Eins aus seinem Ursprung, Eins in seiner Individualität, Eins in all seinen Formen.» Der Alchimist «muß in jeden Abgrund hinuntersteigen und sich in die Flammen der Hölle selbst wagen, ehe er die Große Aufgabe bewältigen kann.» Der erste Dualismus war die Erbsünde, «die verfluchte Zweiheit», die jeder Kabbalist verachtet. «Alles ist eins.» – «Alles ist TAO.» – «Alles ist Buddha.» Die Mystiker aller Zeiten schienen auf Lolas Seite zu stehen. 358: der Messias und die Schlange sind Eins. Das war also die Bedeutung (vielmehr eine Bedeutung) dieser unzusammenhängenden Träume von Thais Pentagramm aushacht. 358: Eins in all seinen Formen, Eins aus seinem Ursprung.

«Der Teufel kann aus allen Schriften der Welt was machen», murmelte Sir John.

Nach einem Stoßgebet, in dem er die Gnade Gottes erflehte, versuchte er es mit Bibliomantik, der Kunst, göttliche Führung zu erlangen, indem man aufs Geratewohl die Heilige Schrift aufschlägt, mit einem Finger über die Seite fährt und bei irgendeinem Vers anhält. Er landete fast am Ende des Neuen Testaments, bei der Lesung des Judas. Er las mit größter Aufmerksamkeit:

> Sie sind Wolken ohne Wasser, von dem Winde getrieben, kahle unfruchtbare Bäume, zweimal erstorben und ausgewurzelt; wilde Wellen des Meeres, die ihre eigene Schande ausschäumen, irre Sterne, welchen behalten ist das Dunkkel der Finsternis in Ewigkeit.

Das war schon bedeutungsschwer genug, aber als Sir John den Kontext überflog, wurde es zur Prophezeiung:

> Wie auch Sodom und Gomorrah und die umliegenden Städte, die gleicherweise wie dieser Unzucht getrieben haben und nach einem anderen Fleisch gegangen sind, zum Beispiel gesetzt sind und leiden des ewigen Feuers Pein. Desgleichen sind auch diese Träumer, die das Fleisch beflecken, die Herrschaft aber verachten und die Majestäten lästern.

Konnte es eine deutlichere Warnung vor Lola Levine und dem berüchtigten Crowley und sämtlichen Pseudomystikern dieses Jahrhunderts geben, die nichts anderes versuchten, als Sinnlichkeit zu Geistigkeit und Erotik zu Heiligkeit hochzustilisieren? Doch es ging noch weiter, wurde immer präziser, und nun sprach Judas direkt jene Verlockungen an, die Sir John am eigenen Leib erfahren hatte:

> Ihr aber, meine Lieben, erinnert euch der Worte, die zuvor gesagt worden sind von den Aposteln unseres Herrn Jesu Christi; da sie euch sagten, daß zu der letzten Zeit werden Spötter sein, die nach ihren eigenen Lüsten gottlosen Wesens wandeln.

Jedes Wort war wie eine Flamme, die sich in Sir Johns Bewußtsein schlängelte und das ganze Grauen dessen freilegte, was ihn um ein Haar verführt hätte. Er weinte vor Reue und Freude: er war gerettet.

Der Gott seiner Väter hatte ihm einen direkten Hinweis gesandt, und Lola und ihre erlogenen Ketzereien waren für immer gebannt. Er war frei.

«Wolken ohne Wasser», wiederholte er leise, «steril, dunkel, finster – aber leer. Lügen, Lügen, alles Lügen. Ich bin frei von ihnen, frei!»

In späteren Jahren sollte er sich noch oft jenes Augenblicks erinnern und sich fragen, wie er bloß so blind hatte sein können. Die wirklichen Schrecken lagen ja noch vor ihm, und Judas, «der Unerklärliche», hatte wie alle Orakel mehr gesagt, als er verstehen konnte, ehe viel Zeit vergangen und viele merkwürdige Dinge geschehen waren.

De auro rubeo

Wir möchten darauf hinweisen, daß das, was die domestizierten Primaten der derzeitigen Terra klangvoll mit der Hohen Tugend bezeichneten, seine Nase nicht in anderer Leute Angelegenheiten zu stecken, besonders nicht der Autoritäten, immer noch durchgängig als Achse und Urquell dessen galt, was man bei ihnen darunter verstand, im Einklang mit dem Göttlichen Plan zu leben, so wie er ihnen sonntagmorgens in der Kirche gelehrt wurde. Grundsätzliche epistomologische und ontologische Fragen wurden in der «höflichen Gesellschaft» einfach ausgeklammert, also bei denen, die der Galaktische Geheimdienst als so hoffnungslos in ihrer eigenen Idiotie verfangen bezeichnete, daß sie anderen wilden und domestizierten Affen gegenüber subjektiv von ihrer eigenen Überlegenheit überzeugt waren. Dieser tragische und absurde Zustand, der auf keinem anderen Planeten des großen Universums beobachtet wurde, egal, wie rückständig oder unterentwickelt er auch sein mochte, war voll und ganz auf die Prägung der Nervensysteme seiner Bewohner zurückzuführen. In der *Transgalaktischen Enzyklopädie der Primatenpsychologie* definierte man sie als chemisch gebundene Reflexbögen, die die Wahrnehmung von Primaten nur auf sogenannte «Realitäten» beschränkten, die im Moment der Prägungsempfindlichkeit zufällig vorhanden waren. Mit anderen Worten, in den meisten Fällen wurde nur das, was einen Adrenalinausstoß bewirkte, in ihren rudimentär entwickelten Gehirnen als sicht- oder greifbar begriffen. Natürlich hatte ihnen die Wissenschaft bereits eröffnet, daß 99,9 % des physikalischen Universums für ihre Sinne nicht sichtbar war, aber sie waren nicht in der Lage, daraus zu folgern, daß auch ein ähnlich großer Anteil der geistigen oder spirituellen Universen von ihnen nicht wahrgenommen werden konnte. So gingen sie wie Roboter weiterhin ihren säugetierischen Geschäften des Überlebens, der Fortpflanzung und der Aufzucht ihrer Jungen nach.

Eine höchst wunderbare Geschichte
Die wahre Historie der Rosenkreuzer

Von Abra Melin aus Arabien kam das Heilige Wort zu Abraham, den Juden, der zu erhabenen Aufgabe der Illuminaten berufen wurde und jede Einzelheit der Großen Aufgabe meistern sollte, so daß er sie in diesen schweren Zeiten, in denen Finsternis über dem Westen lag, nicht nur für sich, sondern für alle Menschen vollbringen möge. *Suum cuique*, wie es geschrieben stand. Und Abraham gab das Geheimnis zur rechten Zeit an viele weiter, die es nur teilweise verstanden, und auch an unseren Meister Christian Rosenkreuz (oder, in der Sprache der Anglikaner, Christian Rosycross), der durch die Gnade der Dreifaltigkeit das Ganze endlich zu verstehen wußte. *Sis benedictus*, im Namen Allahs, des Mitfühlenden, des All-Gnädigen.

Der, den man unter den Menschen Giordano Bruno oder auch den Nolaner nennt, war Magus unseres heiligen Ordens, und seine Lehre handelte vom Heliozentrismus, nicht nur im materiellen Sinne. Dafür ergriffen ihn die schwarzen Brüder in Rom und verbrannten ihn in ihrer Grausamkeit auf dem Scheiterhaufen. Doch sprach er vom Heliozentrismus auch im spirituellen Sinne, in dem das Ego oder das Ich, so wie es den Menschen bekannt ist, wie auch auf der Erde nicht das Zentrum des Bewußtseins ist, sondern durch eine Spezies größter Prachtentfaltung und Irreführung nur so erscheint. Und Bruno, der Nolaner, lehrte alle Menschen, die den Verstand hatten, zwischen den Zeilen zu lesen, daß das wahre Zentrum der Seele dem der Sonne ähnlich ist: ein weißes Licht, von dem alles Leben auf der Erde abstammt, das heißt, alle Eindrücke auf das Ego.

Cagliostro, Träger unzähliger Namen und Formen, kam an einem Tag zur Welt, dessen Datum wir nicht genau kennen. Aber in vielen Ländern und Zeiten ist er erschienen, unter den verschiedensten Losungen und Titeln, und wir erkennen ihn an seiner Lehre, die war und immer sein wird und besagt, daß bewußte Gedanken nichts als Epiphänomene sind, der Lärm der Maschine. Nun bedeutet Al-chimie die ägyptische Wissenschaft, und die echte Wissenschaft von Ägypten hat dies als ihren Ursprung: es gibt in unserem Haus viele Substanzen, die direkt ins Blut gehen und das Urteilsvermögen eindämmen, und es gibt in der Natur viele Substanzen, die ebenfalls direkt ins Blut gehen und das Urteilsvermögen verbessern. Der der Ohren hat, mag hören: *de magno opere*. Im Namen des Vaters, der Mutter und des Sohnes, Amen.

Und im Zeitalter der Wissenschaft, deren Blüte im 19. Jahrhundert nach dem Magier von Nazareth kam, ging der echte Rosenkreuzerorden in den Untergrund, wie ein Same, der erst vergraben werden muß, ehe er sprießen kann. Denn die Zeit war fast gekommen, der Menschheit das wahre Geheimnis des kosmischen Feuers und der alchimistischen Hitze zu enthüllen. Und so wurden in strenger Abgeschiedenheit große Anstrengungen getroffen, um das Ereignis vorzubereiten. Und man führte gar manches Experiment durch, von dem die Menschheit kein Wissen erhielt, aber eins dieser Experimente war die Gründung des Hermetic Order of the Golden Dawn in der Stadt London, dessen wahrer Name *Comodia Quae Pan Dictur* lautete.

Experimente in Astralprojektion

Die alchimistische Glut wächst

So vergingen also zwei Jahre. Deutschland und Frankreich hätten um ein Haar wegen eines Kanonenbootes in Marokko Krieg angefangen, doch im letzten Moment kam es dann dank der Unterhändler doch noch zu einem eher beklemmenden Frieden. China verwandelte sich in eine demokratische Republik. Amundsen erreichte den Südpol und erregte die Phantasie der Welt. Sir John, der sich immer mehr für einen Liberalen hielt, frohlockte, als das Unterhaus einen Gesetzesentwurf einbrachte, der den Iren Autonomie gewähren sollte, und schrieb dann einen wütenden Brief an die Londoner *Times*, als das Oberhaus ihn abschmetterte. Ein Däne namens Niels Bohr versetzte die wissenschaftliche Welt in Aufruhr, als er behauptete, daß Quantenunregelmäßigkeiten dafür verantwortlich waren. daß das Innere des Atoms dem Rutherfordschen Modell folgte, das dem des Sonnensystems ähnelt. Sir John amüsierte sich köstlich, daß die Wissenschaft sich endlich anschickte, die traditionelle Hermetische Lehre, «daß die oberen Dinge in den unteren reflektiert werden», einzuholen.

Sir John selbst war in vieler Hinsicht ein neuer Mensch geworden, ein neuer Mensch in der langsam steigenden alchimistischen Glut von Zölibat und Magie. Er stieg vom Gesellen zum Zelator, vom Zelator zum Practicus auf. Er übte sich in *asanas*, Yogaübungen, die den Körper genauso verrenkten wie die Kabbala das Gehirn und ging mit besserer Gesundheit, besserer Selbstdisziplin und besserer Laune als je zuvor daraus hervor. Er studierte *pranayama*, eine bestimmte Atemtechnik, die die meisten negativen Emotionen zum Verschwinden brachte und ihn ununterbrochen euphorisch stimmte. Unter Jones gnadenlosem Antrieb machte seine Beschäftigung mit der Kabbala solche Fortschritte, daß sie seinem Geist jetzt so natürlich erschien wie die *asanas* seinem Körper und er sich kaum noch erinnern konnte, wie schrullig und schwierig ihm beides zu Anfang vorgekommen war. Seine Reisen zur Astralebene vergrößerten sein Verständnis von sich selbst und anderen, auch wenn er meistens immer noch unsicher war, ob die hier gewonnenen Visionen real waren oder seiner Phantasie entsprangen.

Als er eines Abends sogar bei einem Konzert Lola Levine wiedersah, war er weder erschreckt noch verloren, obwohl er an nichts anderes als ihre Schenkel und Strapse denken konnte.

Und eines Tages stöberte er in den verstaubten Regalen eines Antiquariats in Soho herum und entdeckte ein Buch mit dem Titel *Clouds Without Water*. Mittlerweile glaubte er nicht mehr an Zufälle: Er wußte, daß das, was die Unwissenden so nennen, in Wirklichkeit okkulte Schlüssel sind, die den Adepten in wichtigen spirituellen Fragen unterweisen können, wenn er sich die Mühe macht, ihre Bedeutung zu entschlüsseln. Er zerrte das Buch unter den andern hervor und fing an zu blättern.

Eine Serie von Gedichten war unter der Überschrift «Der Alchimist» zusammengefaßt. Ein nostalgisches Gefühl durchflutete ihn, als er sich an sein unreifes Gefühl vollkommener Erleuchtung erinnerte, das er empfunden hatte, als er I.N.R.I. als das alchimistische Igni Natura Renovatur Integra – die ganze Welt wird durch Feuer geläutert – entschlüsselt hatte. Langsam blätterte er weiter, hielt dann beim fünften Gedicht inne und las:

Der ewige Frühling, dies seltene Elixir
Das die Magier suchten und ohne zu klagen
Nie zustande gebracht. Wir fanden es früh
Dort wo die Götter Kinder fanden.

Sir John starrte in stummer Überraschung auf die Seite. Das konnte sich doch unmöglich auf das beziehen, was er in seiner Perversität schändlicherweise hineingelesen hatte! Schließlich war dies kein Handbuch Schwarzer Magie, sondern eine Gedichtsammlung. Er blätterte zurück zum Impressum:

CLOUDS WITHOUT WATER

Aus einem Privatmanuskript
von
Rev. C. Verey

Gesellschaft zur Verbreitung
Religiöser Wahrheit

Privatdruck
Zur Verbreitung unter Geistlichen
1909

Sir John war ärgerlich. Reichlich dumm von ihm, in einem Buch, das von einem schottischen Presbyterianer stammte, diabolische Andeutungen zu erwarten. Was aber sollten diese Zeilen sonst bedeuten?

Er überflog aufs Geratewohl noch ein paar andere Seiten. Die ganze Sammlung erschien ihm mehr oder weniger wie eine Glorifizierung – fast sogar eine Sanktifizierung – des Ehebruchs. Das konnte doch nicht wahr sein! Dann entdeckte er eine Fußnote von Rev. Verey:

> Nur ein lateinisches Wörterbuch offenbart die ganze Scheußlichkeit dieses schmutzigen Wortes.

Sir John machte sich auf die Suche nach dem Wort, das auf diese Weise definiert bzw. nicht definiert worden war, und stieß auf den Begriff *fellatrix*. Er errötete und erinnerte sich: «Wir fanden es früh. Dort wo die Götter Kinder fanden.» War es möglich, daß solche unaussprechlichen Dinge tatsächlich gedruckt wurden?

Im achten Sonnett der alchimistischen Sequenz entdeckte er die folgenden Zeilen:

> Nun sind euch alle Zutaten bekannt
> Die dieses Elixier zu unsrer Scham gebrannt
> Schon ist der Rauch spiralförmig verqualmt
> Die Mischung blubbert noch auf kleiner Flamm'

Das Elixier der Scham, das wußte er, war in der satanischen Theologie das Sakrament der Unsterblichkeit – man fand es nur im Geschlecht einer sexuell erregten Frau. Dieses Buch schien beinahe aus seinen eigenen früheren Halluzinationen der korrupten Lola Levine zu bestehen. Jetzt hatte er sie schwarz auf weiß in der Hand, und sie würden ihn aufs neue heimsuchen. Er blätterte zurück zum Vorwort:

> «Diese aber lästern alles, wovon sie nichts wissen; was sie aber natürlich erkennen wie die unvernünftigen Tiere, darin verderben sie.»
>
> So schrieb unser großer Apostel vor fast zweitausend Jahren und wahrlich, diese Zeilen haben eine besondere Bedeutung in unserer Zeit, in der der Satan scheinbar sichtbar auf der Erde losgelassen wurde. Eine besondere und schreckliche Bedeutung, selbst für uns,

die – Dank sei Gott für seine unaussprechliche Gnade – im Blut des Lammes gebadet haben und von den Ketten des Todes und der Hölle erlöst sind.

Wahrlich, wahrlich, diese grausige Geschichte ist ein echtes Zeichen der Zeit. Wir wandeln in den letzten Tagen und alle Abscheulichkeiten, die der Apostel aufgezählt hat, werden mitten unter uns praktiziert. Und nicht nur das! Sie sind der ganze Stolz dieses Geistes des Bösen, den man Sozialismus nennt, und dienen seiner Verteidigung!

Das schreckliche Drama, das der unglückliche Mensch, der diese entsetzlichen Zeilen verfaßte, vor uns entfaltet, ist, Gott sei's geklagt, nur allzu häufig. Sie zu studieren mag uns nützlich sein, denn es führt uns das logische Ende von Atheismus und freier Liebe vor Augen.

Nun, das erklärte wenigstens, warum Reverend Verey ein solch ausschweifendes Werk herausgegeben und kommentiert hatte, wenn es auch nach wie vor zweifelhaft blieb, ob er überhaupt verstanden hatte, was er da verdammte. Wenn er tatsächlich im Glauben war, daß diese Gedichte in irgendeiner Weise mit «Atheismus» zu tun hatten, hatte er sein Ziel jedenfalls um Längen verfehlt.

Sir John suchten den Abschnitt «Der Alchimist» und las langsam und sorgfältig, um nachzuprüfen, ob er mit seiner Spekulation über das Elixier der Scham auf dem richtigen Weg war. Im zehnten Sonnett fand er folgende Zeilen:

Dies ist ein Wein, gefeit gegen jeglichen Einwand
Dies ist ein Wein, der Königs-Engel freut

Sir John wurde übel. Wenn das Elixier dieses Weines tatsächlich das war, was er vermutete, die schändlichen Sekrete des Geschlechts, dann waren mit den «Königs-Engeln» nicht die des Himmels, sondern der Hölle gemeint. Er las weiter:

Ein Tropfen nur und Attis ist vom Totenbett erstiegen
Ein Tropfen nur und der geschlagene Osiris lebt
Ein Tropfen nur, ehe der Jüngling Horus wagt zu fliehen
Ein rechter Wein für sie und mich, das Glas erhebt
Geschenkt der Götter! Nicht in dünnem Rinnsal
Ein sprudelnd Quell der Geistesänderung

Ein klarer Strahl, ein purpurroter Schwall
Von dem verbürgten Thron, dem Schrein der Dämmerung.

Das war nicht nur pervers, sondern eine exakte Beschreibung des bewußten Gebrauchs des abscheulichen Pariser Lasters zum Zweck einer Einführung in den Diabolismus. Sir John überflog noch ein paar von Rev. Vereys Fußnoten:

Lingam: der indische Gott (!) – das männliche Geschlechtsorgan.
Yoni: sein feminines Gegenstück. Der Gedanke, daß die armen Inder solche schändlichen Dinge verehrten! Und wir? Ach, wie armselig und unzureichend ist doch unsere ganze missionarische Anstrengung. Wir müssen unser Äußerstes tun, um unseren bemitleidenswerten Brüdern zu helfen!
Doomsday: ein gehobener veralteter Ausdruck für das Jüngste Gericht. Wie kann der Autor es bloß wagen, von diesem Tag zu sprechen, an dem er mit Sicherheit zu ewigen Höllenqualen verurteilt wird? «Denn der, der nicht glaubt, ist schon verworfen!»
Mit Blut erkaufte Bastarde: Christen! O Herr! Wozu bist du zur Erde herabgestiegen – wen wolltest du erlösen?

Offensichtlich hatte der arme Rev. Verey keinen blassen Schimmer, wovon die Gedichte handelten. Er sah darin die antichristlichen Ausbrüche eines Atheisten, ja eines Sozialisten. Er war wahrscheinlich viel zu blauäugig, um die diabolischen Anspielungen der Gegen-Theologie zu erkennen, die sich darin widerspiegelten.

Nervös blätterte Sir John noch einmal zum Vorwort zurück, aber es fand sich beim besten Willen kein Hinweis auf die Identität des Autors dieser schändlichen Reime, mit Ausnahme von Vereys Erklärung, daß er an einer «ekelerregenden Krankheit» zugrunde gegangen war. Verey hatte noch hinzugesetzt:

Man mag mich für die Veröffentlichung dieser schmutzigen und blasphemischen Orgie der menschlichen Sprache, auch wenn sie nur eine begrenzte Auflage umfaßt, verurteilen, doch ich bin fest entschlossen (und überdies davon überzeugt, daß Gott mir für diese schwere Aufgabe seinen besonderen Segen zuteil werden lassen wird), meinen Mitstreitern in Gottes Weinberg die Augen zu öffnen, wo es um die Fakten des modernen Lebens geht.

Sir John blätterte weiter. Plötzlich drehte sich alles vor seinen Augen ... er las:

Und Lola! Lola! Lola! klingt's
Und Lola! Lola! Lola! hallt's zurück
Bis Lola! Lola! Lola! spinnt
Die Welt in einen Tanz entzückt
Glänzend wie klares goldnes Grau; die Hölle dröhnt
Vor Lola! Lola! Lola! und aus dem Himmel schallend
Ein helles Lola! Lola! Lola! tönt
Das Licht ein Reigen blendender Kristalle
Und Lola! Lola! Lola! schwingt
Auch wenn es Lola! Lola! Lola! wäre
Die uns in ihre Runde winkt!
Und meine Seele treibt in jene Zaubersphäre
Wo Lola Göttin ist, Priester und Hostie und Wein
O Lola! Lola! Lola! du dunkel glühend Rätsel mein!

Konnte das möglich sein? War Lola Levine etwa die Geliebte dieses Dichters gewesen, die ihn ins Laster gestürzt und zum Diabolismus verführt hatte? Beim hastigen Überfliegen der einzelnen Gedichte stieß Sir John immer wieder auf «Lola», nie wurde jedoch ihr Nachname erwähnt. Und dann entdeckte er in der letzten Zeile des ersten Sonetts einen lateinischen Spruch, der ihm das Blut in den Adern gefrieren ließ:

Evoe! Iacche! Consummatum est.

Da war es – *Evoe*, einer der geheimsten Namen Gottes (und Sir John hatte nur allzu guten Grund, sich daran zu erinnern, daß Lola Levine ihn kannte); *Iacche*, der alte Vokativ von Bacchus, dem geheimen Namen Dyonisius', des Gottes der Orgien, und schließlich *consummatum est*, die letzten Worte der Heiligen Messe. Doch dieser fehlgeleitete Autor konnte wohl nur eine Schwarze Messe meinen, nicht den katholischen Gottesdienst, das verbot wohl der schamlose Kontext von dyonisischen Gelagen, Perversionen und antichristlicher Blasphemie. Wie einfältig mußte dieser Rev. Verey sein? Offensichtlich sah er in der Gedichtsammlung nichts anderes als die Zerstörung eines Mannes, der seine rechtmäßige Ehefrau um einer stürmischen Liebesbeziehung willen aufgegeben hatte. In Wirklichkeit aber vollzogen diese

Sonette Schritt für Schritt die Initiation zur Anbetung des Gehörnten Gottes sexueller Ekstase nach – Panurgia, der Gott, der von den Heiden verehrt wurde, bis die Christenheit sich erhob, um ihn (Gott Dieser Welt) als Satan, Feind des Unsichtbaren Wahren Gottes jenseits der Sterne zu entlarven.

Sir John kaufte das Bändchen und eilte nach Hause, um sich dort eingehender damit zu beschäftigen. Das könnte ernster sein, als er sich vorgestellt hatte. Wenn es wirklich das war, was er jetzt vermutete, würde er Jones um Hilfe bitten müssen.

De arcono nefando

Das Gedächtnis erinnert sich, noch ehe die Erinnerung ans Tageslicht kommt: erinnert sich an die unaussprechliche und auf ewig undenkbare Tatsache der Apotheose [buchstäblich das Leitbild: ein Moment so intensiv wie das Grauen in den Augen der kleinen Feldmaus vor vielen, vielen Jahren: das Wissen, daß ein solcher Schrecken der Preis für das Bewußtsein war, jedenfalls in Onkel Bentleys Universum, aber doch auch mit einem Gefühl von Abscheu und Zaghaftigkeit vor der letzten Offenbarung, ein erschütternder äußerster Schrecken vor diesem Detail, das so undenkbar wie unaussprechlich ist, daß der Geist zögert, es wiederzuerkennen (und sich statt dessen wie in einem ständig rückwärts gerichteten Aufrollen der Zeit erinnert, so daß er sich selbst wiedersah, wie er *Clouds Without Water* aus dem Regal zog, in Sachen Autonomie für Irland einen wütenden Brief an die Herausgeber der Londoner *Times* schrieb, die Heilige Schrift beim Brief Judas aufschlug und seine strenge Warnung vor den Spöttern der letzten Tage las, ihren aufdringlichen Geist, wie sie durch den Stift in seiner Hand zu ihm sprach, die Entschlüsselung von *Ingenio Numen Resplendit Iacchi*, die letzte Attacke, in der sie ihm als Sukkubus erschienen war, um in Onans Sünde wider die Natur alle Vril-Energie aus ihm herauszusaugen, der Gesang von *Pangenitor* und *Panphage*, Pounds Geschichte vom armen Victor Neuburg, der in ein Kamel verwandelt worden war, der Donnerschlag, der den Spiegel zerspringen ließ, als das materielle und das astrale Universum aufeinanderprallten, die Dichterlesung, bei der sie zum erstenmal «Ich bete dich an, Evoe! Ich bete dich an, IAO!» gesungen hatte, die idiotischen Zwerge mit ihrem Geschrei: «Ohne Frau, ohne Pferd, ohne Schnurrbart», das Keuschheitsgelübde, das er in Jones' erbarmungsloser Anwesenheit dreimal abgelegt hatte, die ersten Anzeichen von Vril beim Verstehen des Spruches *Igni Natura Renovatur Integra*, das erste Treffen mit Jones, die Auseinandersetzung mit McNaughton im *Historical Journal*, die schreckliche Wiederkehr der häßlichen Verlockung, die Maus tatsächlich zu töten und die Erfahrung bewußter Sünde zu machen, Onkel Bentleys Tod, die erste Ahnung von den Trollhöhlen unter Babcock Manor in seiner jugendlichen Phantasie, das Hochrad) und doch in diesem Zustand zwischen Traum und Erinnerung vor diesem einen Detail zurückschreckend, diesem Mittelpunkt von Delirium und Verlockung], während es sich im Grunde danach verzehrt, dieses blaue Strumpfband noch einmal wiederzusehen, es zu berühren und zu küssen, die lasziven Schenkel, das unaussprechliche zentrale Geheimnis der Schöpfung durch Korruption.

«Es gibt Gutes und es gibt Böses», sagte Sir John unbehaglich. Er hatte Mühe, überhaupt Worte zu finden, so benommen und schläfrig fühlte er sich. «Wir erkennen es intuitiv, direkt.»

«Es gibt oben und es gibt unten», antwortete Lola spöttisch. «Wir erkannten es intuitiv und direkt – vor Kopernikus. Es ist alles relativ, siehst du das nicht?»

War das ein Traum, eine astrale Vision oder Realität? Sir John bemühte sich, sich daran zu erinnern, wie er hierhergekommen war, in diesen schmutzigen Pariser Puff. «Es ist nicht alles relativ», protestierte er, auch wenn er vielleicht nur mit sich selber redete. «Es gibt schließlich noch absolute Werte. Du sollst nicht ehebrechen. Du sollst nicht begehren deines Nächsten Weib, noch seine Dienerin oder ihre Strumpfbänder. Du sollst nicht ..» Aber die übrigen Gebote wollten ihm einfach nicht mehr einfallen. War er vielleicht von Opium oder Haschisch berauscht?

«Sieh den verborgenen Gott», sagte Lola, während die Tarotkarten des Eremiten, des Todes und der Sonne in wunderlichen abstrusen Mustern vor ihr hertanzten und sangen: «*Yod Nun Resh Yod* I. N. R. I. *Isis Naturae Regina Ineffabilis*. Creatix, Fellatrix, Venus Venerandum. Leo Sistalis. Perditrix naviam, perditrix urbium, perditrix eorem, nupta bellum. Strapserius, Keucherius, Pussius, Fotzius. *Yoni soit qui mal y pense*. Iss es mit Catsup.» Feuchte Dinge, die sich verschwommen bewegten. Sie hatte das Kruzifix genommen und bewegte es zwischen ihren Schenkeln, dabei stöhnte sie, wand sich, keuchte wie eine Verrückte.

Es war ein Traum, nur ein Traum – endlich: der Stoff, aus dem wir gemacht sind. Sir John schaltete das neu installierte elektrische Licht an, setzte sich an seinen Schreibtisch und schrieb alles sorgfältig in sein Magisches Tagebuch, einschließlich der lateinischen und normannisch-französischen Wortfetzen. *Isis Naturae Regina Ineffabilis:* Isis, die unvergleichliche Königin der Natur. Es gab Ägyptologen, die behaupteten, daß das Ankh-Kreuz, angeblich der Ursprung des christlichen Kreuzes, den *lingam* des Osiris in der Vereinigung mit der *yoni* Isis' zeigte.

Die Bedeutung war klar: nach zwei Jahren hatte die schwarze Bruderschaft also einen neuen Angriff gegen ihn gestartet, vielleicht, weil er *Clouds Without Water* gekauft und damit einen magischen Kanal zu ihnen hergestellt hatte. Tja, aber er war schließlich nicht mehr der dumme Anfänger, er war Practicus, gut ausgestattet mit den Waffen der praktischen Magie und ohne Furcht.

Nach dem Frühstück stürzte er sich in sein neues Geheimnis. Mittlerweile konnte ihn ein Lügentraum nicht mehr so leicht erschüttern. Der Geist, der ihn verfolgte, war nicht Isis, obgleich das Symbol der «jungfräulichen Mutter» natürlich eine Allegorie auf *ain soph*, das grenzenlose Licht der weißen Leere *jenseits* der Materie war, jedenfalls, wenn man der Kabbala folgen wollte. Und Osiris oder Jesus, der tote und wieder auferstandene Sohn und Liebhaber der Jungfrau, Mutter Leere, war der Mensch selbst, der sich mit Hilfe der Disziplinen Magie und Yoga zur Übermenschlichkeit erhoben hatte. Aber all das war in diesem Fall eine täuschende Maskerade. Der heimsuchende Geist hatte einen Körper, war unsauber und daher eine Ausdünstung Ashtoreths, des Dämons der Lust.

Trotzdem, das Akronym ließ ihm einfach keine Ruhe: *Yod Nun Resh Yod: Isis Naturae Regina Ineffabilis:* im Nichts ruht Id. Wie viele Verschlüsselungen konnten vier Buchstaben denn enthalten oder mußten sie enthalten? Ist die Bedeutung selbst vielleicht der Stoff, aus dem die Träume sind? Oder sollte man sich besser auf die pragmatische Semantik von Humpty Dumpty beschränken: «Wenn ich ein Wort benutze, dann bedeutet es das, was ich will.» Konnten des Königs Pferde und des Königs Mannen die Vernunft noch einmal wieder aufrichten?

Die einhundertvierzehn Sonette, die in *Clouds Without Water* zusammengefaßt waren, erzählten eine grausige Geschichte, als Sir John endlich die Zeit fand, sie in Ruhe zu lesen. Der anonyme Dichter, offensichtlich gerade erst zwanzig und verheiratet, begegnet eines Tages der siebzehnjährigen, enigmatischen Lola. Fast unbemerkt und langsam verführt sie ihn, bis er seine Frau verläßt, seinen guten Ruf und seinen Namen aufs Spiel setzt, um mit ihr in wilder Ehe zu leben. Hier schildern die Sonette ausführlich und ekstatisch die Freuden ihrer gesetzlosen Liebe, doch nur ein Kenner der Kabbala konnte hinter den euphemistischen erotischen Schilderungen die tatsächlichen satanischen Praktiken entschlüsseln, in die der Dichter jetzt eingeführt wird. Lolas Körper verwandelt sich in Gott, Priesterin und Altar zugleich; der christliche Gott wird immer verbitterter verspottet und verhöhnt. Der Dichter bezeichnet selbst die Mitglieder des Klerus grimmig als «blinde Würmer» oder «fromme Schweine», was Rev. Verey prompt zu einer Fußnote veranlaßte: «Oh, die armen Diener Gottes! Doch trösten wir uns mit Ihm: wie unser gnädiger Herr, so müssen auch wir verzeihen können.»

Der Höhepunkt kommt abrupt und wie ein Schock. Der Dichter entdeckt, daß er sich mit den Erregern der Syphilis infiziert hat – *«Was sie aber als natürlich erkennen wie die unvernünftigen Tiere, darin verderben sie»*, lautete Vereys Kommentar –, und nimmt sich verzweifelt mit einer Überdosis Laudanum das Leben. Verey schließt mit einer Warnung an die Leser, in der er darauf aufmerksam macht, daß Freie Liebe und Sozialismus in London, einer Stadt, die er mindestens für so verdammenswert wie Sodom zu halten schien, Tag für Tag ähnliche Tragödien zur Folge hatten.

Am schlimmsten war das siebte Sonett einer Sequenz mit dem Titel «Der Eremit», die eine Zeit schildert, in der Verwandte und Freunde Lolas, die versuchten, die unerlaubte Beziehung zu unterbinden, ihn von seiner Angebeteten fernhielten. Hier versprach der Dichter:

Doch werde ich kommen, Verlorene, um dich
Weinend aus Sehnsucht nach mir, dich, deine Haut
Zum Brennen zu bringen, so inniglich
Will ich dich lieben, meine einzige Braut
Ein strahlender Körper aus Feuer und es ruht
Mein Mund auf dem deinen wie lebendige Glut.

Nicht mal Rev. Verey war im Okkultismus so unbewandert, daß er dies hätte mißverstehen oder mit Atheismus und Freier Liebe erklären können. In einer Fußnote erläuterte er ausdrücklich: «Offensichtlich bezieht sich dieses lästerliche Sonett auf die abscheuliche magische Praxis, mit dem Astralkörper zu reisen.» Sir John seufzte, erinnerte sich an seine eigenen Ausflüge mit dem «strahlenden Körper aus Feuer» (eine technische Bezeichnung für den Astralkörper) und der erschreckenden Begegnung mit Lola Levine, bei der sie seinen ohnmächtigen Körper zu ungewollter Sünde verführt hatte.

Viele Tage lang saß Sir John da und zerbrach sich den Kopf über das Buch. Dann gab er sich einen Ruck, sah ein, daß es Zeit war zu handeln, und schrieb einen Brief an Reverend Charles Verey, Gesellschaft zur Verbreitung der Religiösen Wahrheit, Inverness, Schottland. Er gab sich größte Mühe:

Babcock Manor
Greystoke, Weems
23. Juli 1913

Lieber Reverend Verey,

vor kurzem habe ich ein Exemplar Ihres erschütternden und erschreckenden Buches *Clouds Without Water* erworben und bin seitdem von der darin geschilderten Tragödie aufs äußerste bewegt.

Ehe ich fortfahre, möchte ich Ihnen offen gestehen, daß ich nicht wie Sie Presbyterianer, aber immerhin doch Christ bin und ich hoffe (und bete), ein demütiger und frommer Christ. Was ich Ihnen zu sagen habe, wird Sie schockieren und Ihnen vielleicht sogar unglaublich erscheinen, doch bitte ich Sie von ganzem Herzen, sich gut zu überlegen, ob Sie meine ernst gemeinte Warnung in den Wind schlagen wollen.

Ich weiß nicht, wie Sie in den Besitz dieser schändlichen Gedichte gelangt sind, und ich kann verstehen (im Gegensatz zu einigen frommen Fanatikern, die wahrscheinlich nie Verständnis dafür aufbringen werden), warum Sie es für richtig gehalten haben, sie mit einem durchgängigen Kommentar, der die entsetzlichen Folgen des Lebens und der Philosophie, die der unglückliche Poet feiert, drastisch vor Augen führt, zu veröffentlichen. Trotzdem bin ich der Meinung, daß dieses Buch niemals hätte veröffentlicht werden dürfen, und ich fürchte, daß Sie auf ein Unheil gestoßen sind, das viel schlimmer ist, als Sie es sich vielleicht vorstellen können.

Um es kurz zu machen, ich bin ein Kenner des christlichen Kabbalismus, obwohl ich die Perversionen der Kabbala von ganzem Herzen ablehne, jedenfalls in der Form, wie sie von gewissen diabolischen Magiern angewendet werden. Auf diese Weise habe ich mir jedoch notgedrungen einige Dinge über ihren Glauben und ihre Praktiken angeeignet. Wahrscheinlich wird es Ihnen schwerfallen, es einzusehen, aber unser Dichter schildert nicht nur eine ehebrecherische Liebesaffäre, sondern beschreibt – in einer Art Kode, der Schülern dieser Dinge durchaus verständlich ist – die grauenhaften Praktiken eines Bereichs, den wir linkshändiges Tantra oder auch Sexualmagie nennen, mit andern Worten, die Einrichtungen der Schwarzen Messe und des Satanismus.

Ich wende mich an Sie, weil es offensichtlich ist, daß die lasterhafte Frau, die den Dichter auf diese teuflischen Pfade führte (und die im Text nur Lola genannt wird), in einer Sekte von Schwarzmagiern eingeweiht sein muß. Ich versichere Ihnen, daß solche Gruppierungen es nicht besonders schätzen, wenn man ihre Geheimnisse veröffentlicht, auch wenn sie verschlüsselt sind, ganz besonders dann, wenn der Kode – wie in diesem Fall – jedem Schüler des kabbalistischen Okkultismus einigermaßen verständlich ist. Ich möchte Sie keinesfalls unnötig beunruhigen, aber ich halte es durchaus für möglich, daß dieser Kult versuchen wird, das Buch zu unterdrücken, denn obgleich Ihre Gesellschaft es nur unter Klerikern verbreiten dürfte, taucht es jetzt auch in Antiquariaten auf (wo ich mein Exemplar entdeckte). Es liegt auch im Bereich des Denkbaren, daß sie sich an Ihnen rächen wollen.

Wenn Sie diesen Brief nicht als Geschwätz eines abergläubischen Narren abtun wollen, möchte ich Ihnen meine Freundschaft und Hilfe anbieten für den Fall, daß Sie irgendwelche schwarzmagischen Aktionen gegen Sie entdecken oder befürchten sollten.

Möge der Segen unseres Herrn auf Ihnen und mit Ihnen sein und Sie beschützen. In Erwartung Ihrer baldigen Antwort verbleibe ich,

Ihr sehr ergebener
John Babcock

Doch nachdem er den Brief abgeschickt hatte, zweifelte Sir John doch daran, daß ein schottischer Presbyterianer im 20. Jahrhundert an die Existenz von satanischen Logen glaubte. Er fragte sich, ob er vielleicht ein bißchen voreilig gewesen war; aber Jones machte gerade Ferien in Frankreich, und so blieb ihm niemand, mit dem er darüber hätte sprechen können.

Als Sir John ein paar Tage später seine Verwandten, die Greystokes, besuchte, traf er dort wieder auf den bejahrten Sizilianer, Giacomo Celine, der angeblich mit einem südeuropäischen Zweig der Familie verwandt war. Irgendwie kam das Gespräch auf Gespenstergeschichten. Sir John hielt sich an Brandy und Zigaretten gütlich und meinte:

«*Der Mönch* von Lewis ist immer noch das gruseligste Buch, das ich je gelesen habe.»

«Aber rein technisch gesehen ist es ja gar keine Gespenstergeschichte», warf Viscount Greystoke ein. «Eher eine Dämonengeschichte.»

«Natürlich», pflichtete ihm der alte Celine bei. «Gespenstergeschichten sind im Grunde ja auch ziemlich langweilig. Mrs. Shelleys *Frankenstein* ist auch keine Gespenstergeschichte, und trotzdem finde ich sie mindestens so gruselig wie *Der Mönch*. Und dieser junge Ire aus Sir Henrys Theaterkonzern – wiehießerdochgleich? – ach ja Stoker – der hat das grausigste Buch aller Zeiten geschrieben: *Dracula*. Und da geht's auch nicht um Geister. Geister sind relativ zahm, verglichen mit dem wirklichen Schrecken, den eine lebhafte Phantasie heraufbeschwören kann.»

«Da fällt mir ein», meinte der alte Greystoke plötzlich, «da gibt es doch jetzt so einen Roman, der ist unheimlicher als alles andere und handelt auch nicht von Geistern. Geister sind nichts anderes als tote Menschen. Menschen können zwar ganz schön niederträchtig sein, wie wir ja alle wissen, aber eigentlich ist es die nichtmenschliche Kreatur des Bösen, die uns wirkliche Schauer über den Rücken jagen kann, wie es so schön heißt. Denn das Nicht-Menschliche ist nicht beschränkt durch Aspekte, die selbst die Geister noch mit uns Menschen teilen.»

«Ganz recht», stimmte Sir John zu. «Wie heißt denn dieser Roman?»

«Ach, wo hab ich ihn denn gleich», meinte Greystoke, stand auf und ging hinüber zu einem seiner Bücherregale. «Wenn du mal eine wirklich unheimliche Nacht erleben willst, dann versuch's mal hiermit vor dem Schlafengehen.» Und damit reichte er Sir John ein schmales Bändchen mit Erzählungen. Es stammte von Arthur Machen und hieß *Der Große Gott Pan*.

De monstris

ACTION	SOUND
AUSSENAUFNAHME, BABCOCK MANOR: HALBTOTALE.	
Das Hochrad in einem Garten. Sir John, sechs Jahre alt und ein kleines etwa gleichaltriges Mädchen; er mit heruntergelassenen Hosen, sie mit geschürztem Rock, beim Doktorspielen.	*Sir Johns Stimme:* «O Gott, Jones, dieses Ding . . .»
AUSSENAUFNAHME. BABCOCK MANOR. NAHEINSTELLUNG.	
Eine grinsende Statue von Pan über Sir Johns Kopf.	*Voodoo-Trommeln*
AUSSENAUFNAHME. KLARER HIMMEL. NAHEINSTELLUNG.	
Ein schreiender Falke.	*Falkenschrei* *Voodoo-Trommeln*
AUSSENAUFNAHME. KLARER HIMMEL. NAHEINSTELLUNG.	
Die Statue des Pan verdreht die Augen und betrachtet Sir John.	*Voodoo-Trommeln* *Stimme:* «Hinter alldem steckt eine böse Macht . . .»
BABCOCK MANOR: INNENAUFNAHME: SPEISESAAL. HALBTOTALE.	
DR. BENTLEY BOSTICK BABCOCK und VISCOUNT GREYSTOKE beim Abendessen. SIR JOHN, etwa zwölfjährig, am anderen Ende des Tisches.	*Stimme (Dr. Bentley B. Babcock):* «Wirf doch nur mal einen Blick auf die Geschichte: 1900, Attentat auf König Humbert von Italien; 1901 Attentat auf Bogo-

lyepov, den Erziehungsminister von Rußland, und auf Präsident McKinley in den Vereinigten Staaten; 1903 Attentat auf König Alexander von Serbien.»

INNENAUFNAHME. BABCOCK MANOR. SPEISESAAL.
NAHAUFNAHME.

Sir John lauscht erschreckt dem Gespräch der Erwachsenen.

Dr. Babcocks Stimme:
Es muß sich um eine internationale Verschwörung handeln, sage ich dir.»

SCHWENK ZU:

Am andern Ende des Saales sitzt GIACOMO CELINE in einem schweren rotgepolsterten Sessel und lächelt in sich hinein. Er liest *Not The Almighty*. Auf dem Cover erkennt man ein Auge im Dreieck.

Voodoo-Trommeln

Gegen elf zog sich Sir John mit Arthur Machens *Der Große Gott Pan* ins Bett zurück und hatte in der Tat eine ziemlich schlechte Nacht. Er war schnell überzeugt, daß er es bei Arthur Machen mit einem weiteren Mitglied des Golden Dawn zu tun hatte, und zwar einem, das jede Menge über die finsteren satanischen Kräfte wußte, die gegen die Große Aufgabe arbeiteten. «Es gibt Sakramente des Guten und es gibt Sakramente des Bösen», sagte er zu Beginn, und seine Titelgeschichte war ein ziemlich gewagter Versuch, die des Bösen ausführlich zu beschreiben.

Was aber weit schlimmer für Sir Johns Nachtruhe war, war die Tatsache, daß Machen eine angeblich erfundene wunderliche und unheimliche Geschichte erzählte, von der *Clouds Without Water* ohne weiteres ein verlorenes Kapitel oder Abschnitt hätte sein können. *Der Große Gott Pan* handelte von zwei Männern, Clarke und Villiers, die ein gemeinsames Interesse für die bizarre, geheimnisvolle Seite des

Londoner Lebens haben. Zwar verbünden sich die beiden erst auf dem Höhepunkt der Geschichte, doch finden sie unterdessen unabhängig voneinander Teile der Vergangenheit einer fremdartigen und gefährlichen Frau heraus, die im Text Helen genannt wird. In jedem Kapitel begegnet entweder Clarke oder Villiers einem neuen Opfer dieser Frau oder hört Gerüchte von unglaublichen Ereignissen, die sich auf ihre mysteriösen Geschäfte zu beziehen scheinen. Als Villiers und Clarkes Nachforschungen sich schließlich überschneiden und sie anfangen, ihre Notizen zu vergleichen, kommt ein Großteil der Wahrheit ans Licht, wenn auch nicht alles, da Machen sich auf Anspielungen und Euphemismen beschränkt. Klar ist jedenfalls, daß «Helen» eine Dienerin des gehörnten Gottes ist, die unzählige Männer und Frauen zu den perversesten erotischen Spielen verführt hat – sexuelle Exzesse, die erst zur Ekstase und dann zu einer Serie von Nervenzusammenbrüchen und Selbstmorden führen.

Es sah der Story von Lola Levine so verdammt ähnlich, daß Sir John sich fragte, ob es nicht vielleicht tatsächlich ihre Story *war*.

Wieviel in Machens unheimlicher Geschichte war erfunden und wieviel beruhte auf Tatsachen? Warum hatte Machen, zwar als Fiction getarnt und das schlimmste in vagen Andeutungen verschleiert, so viele gräßliche Geheimnisse verraten, die die Welt besser nie gelesen hätte? Warum hatten die Geheimchefs des Ordens Machen überhaupt erlaubt, diese grausige Erzählung zu veröffentlichen? Sir John dachte plötzlich ganz anders über die dunkle Warnung von Rev. Verey, daß die letzten Tage der Welt angebrochen waren und der Konflikt zwischen Gut und Böse bald alles verschlingen würde. Die Greystokes, die, wie es schien, zu jedem Zweig der Regierung Familienverbindungen unterhielten, machten sich schon seit einiger Zeit immer größere Sorgen über einen schrecklicheren Krieg, als die Welt je zuvor gesehen hatte.

Sir John fühlte sich unbehaglich. Er stieg wieder aus dem Bett und suchte in *Clouds Without Water* noch einmal jene beunruhigende Stelle, an der Rev. Verey sagte:

> Ohne Scham erhebt die alte Schlange ihr Haupt zum Himmel, ohne Scham singen das Tier und seine Frau in Scharlach die blasphemischen Litaneien ihrer Unzucht.
>
> Wahrlich, der Kelch ihrer Greuel ist beinahe voll!
>
> Wahrlich, wir, die wir die Wiederkehr unseres gesegneten Herrn erwarten, vertrauen fest darauf, daß dieser Ausbruch von Laster

und Schande ein sicheres Zeichen für die letzten Tage ist; daß unser Herr in Kürze bei uns sein wird ...

Konnte es vielleicht sein, daß der Golden Dawn nicht nur das menschliche Bewußtsein auf die Kommunikation mit dem Göttlichen vorbereiten wollte, sondern in Wirklichkeit Krieger Gottes heranbilden zum Kampf gegen die Mächte diabolischer Magie, die unseren Planeten bedrohten? Warum hieß es denn in der obersten Regel so streng: «Furcht heißt Versagen und ist der Vorbote des Versagens», wenn nicht von den Mitgliedern erwartet wurde, daß sie sich den gräßlichsten Übeln offen stellen und gegen sie antreten würden?

Sir John vollzog ein feierliches Vertreibungsritual, trank einen doppelten Cognac und kroch ins Bett zurück. Er war sehr bedrückt, und so waren seine Träume nicht gerade angenehm.

Der Eremit, der eine Rotlaterne in der Hand hielt, führte ihn in eine oranlassene Gasse in irgendeiner verkommenen oder verrufenen Gegend von London. Goldene Gesichter aus Hogarths Kupferstichen und Dorés Illustrationen von Dantes *Inferno* grellten blau vor Prasserei auf allen Seiten; Oscar Wilde und Sir Alfred Douglas erhoben sich von ihrem violett gepolsterten Sitz und murmelten ohne Zusammenhang: «... die Liebe zwischen Jesus und Johannes ... die Liebe zwischen David und Jonathan ... die Liebe, die ihren Namen nicht preiszugeben wagt ...» Der Eremit fing plötzlich an, Sir John im Lilaplüsch-Abteil zu befummeln, und dann erschütterte eine schreckliche Explosion den Grünenzug. «Sie werfen Bomben von den Monoebenen!» schrie jemand. «Es kommt der Anti-Christ: Nacht, der Allmächtige. London steht in Flammen!» Stimmen sangen die Internationale, und Plünderer rannten mit indigoblauen Strapsen und Kästen mit lebenden Bildern durch die Straßen. «Wahrscheinlich handelt es sich um ein magnetisches Phänomen», sagte der alte Celine beruhigend. «Ich nahe zur Rettung Israels.»

Und das ist das Grauen, grölte Eutaenia Infernalis, *und das ist das Mysterium der großen Propheten, die die Menschheit gekannt hat, Moses und Buddha, Lao Tse und Krishna, Jesus und Osiris und Christian Rosenkreuz; denn sie alle strebten nach der Wahrheit und waren deshalb dem Fluche Thots ausgesetzt, so daß sie – als Hüter der Wahrheit – das Anwachsen der Lüge heraufbeschworen: denn die Wahrheit soll nicht ausgedrückt werden in der Sprache der Menschen.*

Und Lola sang mit ihrem klaren lerchengleichen Sopran

Der Ruf der Dirne am Straßenrand
Soll weben das Laken für Engeland

Im Alter von sieben Jahren versteckte Sir John sich im Wandschrank. Die Kompiss von Salisbury betrat den Raum. Er duckte sich näher an die Rückwand des Schrankes, hinter die Röcke seiner Mutter. Die Kompiss riß die Tür auf und packte ihn an der Kehle. Er versuchte ihr zu sagen, sie solle damit aufhören, aber er würgte und kriegte keinen Ton raus. Dann wußte er: auch das war Lola.

«Du bist ein böser Junge», schimpfte sie. «Du hast mit den blauen Strapsen und den Röcken deiner Mutter gespielt!» Sie warf ihn zu Boden, wo Graf Draculatis sich über ihn beugte und ihm ins Ohr flüsterte: «Das wahre Sakrament ist das Sakrament des Blutes, die Macht des Mondes, die die Welt einmal im Monat ergreift. Nimm und trink.»

Kapuzierte, rotäugige Gestalten krochen durch den Garten und sangen: «Io Io Io Sabao Kurie Abrasax Kurie Meithras Kurie Phalle. Io Pan Io Pan Pan Io Ischuron Io Athanaton Io Abroton Io IAO. Chaire Phalle Chaire Panphage Chaire Pangenitor. Hagios Hagios Hagios IAO!»

Oscar Wilde beugte sich mit Sherlock Holmes' Jagdmütze auf dem Kopf nieder und studierte Sir Johns Penis durch ein Vergrößerungsglas. «Er ist sehr, sehr lang», meinte er dann feierlich, «aber auch sehr, sehr hübsch.»

In der dumpfigkühlen Atmosphäre kristallisierte sich eine Form heraus: ein dunkelblaues Band, an den Rändern mit Gold eingefaßt, dazu ein Umhang aus blauem Samt mit einem goldenen Kragen, der aus sechsundzwanzig Einzelteilen bestand. Der heilige Georg, der gegen den Drachen kämpfte ...

Und Pan, ithyphallisch gräßlich, erhob sich in ihrer Mitte, während Lola vor ihm niederkniete und sein scheußliches, riesiges Geschlechtsorgan mit Küssen bedeckte.

«Charing Cross, Jeering Cross!» rief der Schaffner. «Alle Mystiker aussteigen: Charing Cross!»

Aber auf dem Bahnsteig starrten die Leute hinter ihm her, und Sir John merkte, daß er einen Rock seiner Mutter anhatte.

«Ein pfirsichweicher Morgen, um nach sauren Tauben zu klaupen», murmelte der Fuchs, aber am Morgen richtete John Peel einen großen Scheinwerfer auf den blauen Ziegensau, und Sir John blinzelte und kehrte mit einer Gänsehaut in den Wachzustand zurück, während sein Schlafzimmer in warmem Sonnenschein badete. Es war früher Morgen, die Nacht und die schwarzen Vermittler der Nacht hatten sich in Luft aufgelöst, in Luft aufgelöst.

In ziemlich gedämpfter Stimmung nahm Sir John sein Frühstück ein. Erst vor wenigen Wochen hatte Viscount Greystoke besorgt gesagt: «Ein Krieg zwischen den Großmächten könnte entweder die gesamte europäische Zivilisation zerstören oder uns geradewegs ins Mittelalter zurückkatapultieren.» Konnte es sein, daß die finsteren Mächte der Unterwelt aus alten heidnischen Kulturen, die Lola und ihre Freunde so gern wieder auf die Welt losgelassen hätten, eine derart entsetzliche Transformation dessen, was einmal als Zeitalter der Aufklärung und des Fortschritts gegolten hatte, beabsichtigten? Oder nahm er den chaotischen Symbolismus des Traums, diese fiebrige Mischung aus Schauerroman und schwarzer Magie, zu wörtlich?

Er beschloß, einen langen Spaziergang durch seine Wälder zu machen und über eine seiner Lieblingszeilen aus dem Golden Dawn-Ritual für Novizen zu meditieren: «Und wir verehren dich auch in der Gestalt des Vogels, des Tiers, der Blume, durch die deine Schönheit sich in der materiellen Welt manifestiert.» Als er diese Worte wieder und wieder vor sich hinsprach, fiel es ihm wie Schuppen von den Augen: Jeder Vogelschrei schien ihn zu mahnen und zu erinnern, daß Gott wirklich gut war, daß selbst auf der Ebene der verwünschten materiellen Existenz die göttliche Ausstrahlung für die sichtbar war, die über spirituelle Vorstellungskraft verfügten. Das scheue Wild war ein Symbol für Gottes Fröhlichkeit, die Bäume für seine Gnade und die Bäche der Inbegriff seiner ewigströmenden Liebe.

Plötzlich kam ein Rotkelchen an ihm vorbeimarschiert und pickte mit dem Schnabel auf der Erde herum: voller Rührung schaute er zu. Es war eine Kreatur, die ihm fremder war als die Marsmännchen in den phantastischen Romanen von H. G. Wells und doch war es genauso empfindungsfähig wie er selber und verfügte über eine eigene Intelligenz. Wie können wir zwischen so vielen Wundern leben und doch blind für sie sein, staunte Sir John. Er erinnerte sich wieder an den großen Psalm: «Der Himmel preist die Ehre des Herrn und die Erde zeigt seine Größe.»

Dann entdeckte er zwei Füchse, die es miteinander trieben. Er errötete und wandte sich ab, um nicht den lüsternen Vorstellungen nachzugeben, die ihn bei diesem Anblick packten. Wir müssen die Schönheit dieser Welt, ein Geschenk Gottes, lieben, mahnte er sich, aber wir dürfen auch nie vergessen, daß sie gesündigt hat. Und wir dürfen uns nie davon abbringen lassen, die Schönheit der spirituellen Welt zu suchen, auch wenn das hier ihr schwärzester Schatten ist. Denn die Natur so zu verehren wie sie ist, heißt dem Irrtum der Sensualisten und Satanisten oder Helen in *Der Große Gott Pan* zu verfallen.

Als er wieder zu Hause war, nahm sich Sir John dieses Buch von neuem vor und las zwei weitere von Arthur Machens makabren Geschichten, *Das Schwarze Siegel* und *Das Weiße Volk*. In beiden ging es um die alte keltische Überlieferung der Elfen und Feen, aber nicht in der sentimentalen Art, wie sie Shakespeare mit seinem *Mittsommernachtstraum* oder *Der Sturm* begründet hatte, die später von vielen Schriftstellern immer wieder plump kopiert worden waren. Machen folgte der echten Überlieferung der irischen und walisischen Bauern, für die «das kleine Völkchen» keineswegs gütige Wesen waren, sondern eher einer unheimlichen und urmenschlichen Spezies von heimtückischen Kobolden angehörten. Sie verführten die Menschen mit dem Versprechen erhabener Wunder und Schönheit und lockten sie damit ins Reich der Irrealität, wechselhafter trügischer Gestalten, formloser Formen, Zeitverschiebungen und Alpträume, aus denen noch niemand im völligen Besitz seiner geistigen Kräfte zurückgekehrt war. Sir John, der dieses Thema bei seiner Erforschung mittelalterlicher Mythen studiert hatte, merkte schnell, daß Machens Vorstellung des Feenvölkchens dem Bauernglauben viel näher stand als die bezaubernden Phantasien anderer Schriftsteller zu diesem Thema. Er wußte sehr wohl, daß die Iren das Feenvolk nicht aus wirklicher Liebe oder Respekt «das kleine Völkchen» nannten, sondern aus Angst, denn diese Lokalgottheiten waren dafür bekannt, daß sie diejenigen, die sie kränkten, aufs schärfste bestraften. Offensichtlich hatte Machen verstanden, daß die Feen die eigentlichen Bewohner der Kapelle der Gefahren waren, die vorübergehend ihr astrales Reich verlassen und in unserem materiellen Umfeld auftauchen. Tatsächlich erzählte man Clarke in *Der Große Gott Pan* von Helen auch zuerst als von einem kleinen Kind in Wales, das angeblich dabei beobachtet worden war, wie es mit einem dieser schrecklichen Wesen spielte.

Während Sir John noch darüber nachgrübelte, brachte der Butler ihm die Morgenpost, darunter einen Brief mit dem Absender Rev. Verey, Gesellschaft zur Verbreitung der Religiösen Wahrheit, Inverness, Schottland. Hastig riß er den Umschlag auf:

Sir John Babcock
Babcock Manor
Greystoke, Weems

Mein lieber Sir John,

als Bruder in Christus bin ich Ihnen für die Sorge und Anteilnahme, die Sie mir in Ihrem Brief zum Ausdruck gebracht haben, ausdrücklich zu Dank verpflichtet. Ich muß wohl nicht ausdrücklich hinzufügen, daß unsere theologischen Anschauungen keine Rolle spielen – ich bin kein altmodischer Fanatiker, hoffe ich – und daß ich alle wahren Christen (mit Ausnahme natürlich der verwünschten Papisten) als Mitstreiter im Weinberg unseres Heiligen Erlösers respektiere.

Um gleich zur Sache zu kommen, ich bin weder überrascht noch zweifle ich an dem, was Sie über die abscheulichen Sonette in *Clouds Without Water* gesagt haben. Tatsächlich erstaunt mich höchstens meine eigene Blindheit, denn ich muß zugeben, daß ich mich zuerst weigerte, das volle Ausmaß des darin geschilderten Grauens zu erkennen. Ich bin sicher, daß Sie meine anfängliche Unfähigkeit, das Offensichtliche zu akzeptieren, verstehen, wenn ich hinzufüge, daß der Dichter, der diese schändlichen Verse zu Papier brachte, (Gott sei's geklagt), mein eigener jüngerer Bruder Arthur Angus Verey ist, dessen völlige moralische Verworfenheit ich mir lange nicht klar machen wollte, selbst als ich mit den schrecklichen Beweisen seines Abfalls und seiner ketzerischen Ansichten konfrontiert wurde.

Es ist nur allzu wahr – Arthur verspottete unseren heiligen Glauben ohne Unterlaß, seit er die verdammte Universität von Cambridge verlassen hatte (die übrigens, wie Ihnen bekannt sein dürfte, fast ausschließlich mit Männern besetzt ist, die ihre sozialistischen und atheistischen Ansichten gerade soviel verschleiern, daß sie einen öffentlichen Skandal verhindern). Ich aber, und dafür flehe ich um Gottes Verzeihung, war ein viel zu anhänglicher, viel zu verzeihender Bruder, als daß ich auch nur vor mir selbst hätte zugeben können, daß Arthurs jugendliches Aufbegehren ihn weit über die oberflächliche Freidenkerei der meisten «Intellektuellen» unserer Zeit hinausgetragen hatte, bis hinein in den Abgrund des Diabolismus. Selbst nach seinem Selbstmord, als die Gedichte durch unseren Familienanwalt in meine Hände fielen, weigerte ich mich, einzusehen, daß die Verhöhnung Jesu Christi und des gesamten Klerus unseres heiligen Glaubens nicht etwa die eines Skeptikers, sondern eines Satanisten war. Doch wenn Sie einen Bruder mit einem Hang zum Absonderlichen und einem scharfen Verstand haben, können Sie meine Narrheit, ja, meine sentimentale Blindheit vielleicht verstehen.

Nun Sir, all das ist lange her, und jetzt bezahle ich den Preis für meinen Irrtum mit Zins und Zinseszins. Es gibt keinen Zweifel: die diabolischen Mächte haben den Angriff gegen meine Kirche, meine Familie und mich selbst bereits eröffnet. Seit kurzem ereignen sich in dieser Gegend Dinge, die alle «fortschrittlichen Denker» dazu bringen würden, mich höhnisch auszulachen. Psychiater würden mich auf der Stelle in eine Irrenanstalt einweisen, wenn ich in unserem materialistischen Zeitalter so dumm wäre, davon zu sprechen. Besonders die riesige fledermausgeflügelte Kreatur – doch nein, ich will Sie ja nicht in Alarm versetzen, sondern ganz im Gegenteil beruhigen.

Während ich also zugegebenermaßen unter Beschuß liege, habe ich doch keine Angst. «Und ob ich schon wanderte im finstern Tal, fürchte ich kein Unglück; denn du bist bei mir.» (23. Psalm). Da schwirren zwar wieder unerklärliche Dinge durch unsere Welt, nicht nur in London, sondern selbst hier in der frischen Luft von Schottland, aber ich bin zuversichtlich, daß aller Schutz im Felsen meines Glaubens und in der ewigen Gegenwart unseres Herrn liegt. Sentimental, wie ich nun mal bin, liebe ich diese alte Kirche und das wunderschöne schottische Hochland (in dem ich die gesamten zweiundsechzig Jahre meines Lebens verbracht habe) zu sehr, um mich einfach umzudrehen und wegzulaufen vor diesen Mächten, die sich gegen den Allmächtigen erheben. Ist nicht ihr Schicksal schon deutlich vorherbestimmt, so wie der endliche Triumph Christi in den Offenbarungen? Ich bete darum, daß ich in meinem Glauben unerschütterlich bleibe und nicht der Panik anheim falle, wie sehr sie mich auch quälen und verfolgen mögen.

Ich danke Ihnen jedoch von ganzem Herzen für Ihr freundliches Angebot der Hilfe und hoffe, daß Sie mich in Ihre Gebete einschließen.

Ihr sehr ergebener
Rev. C. Verey

P. S. Letztendlich halte ich es nicht für besonders gut, daß Christen sich mit den jüdischen (also un-christlichen) Künsten der Kabbala beschäftigen. Vielleicht brauchen Sie meine Hilfe mehr als ich die Ihre.

«Dieser verdammte Narr!» rief Sir John aus. Aber als er den Brief zum zweitenmal durchlas, merkte er, daß der schlichte Glaube und die bescheidene Tapferkeit des alten Mannes ihn seltsam berührten. Kummer, Heimsuchungen und fledermausgeflügelte Kreaturen konnten das Leben in einer einsamen Kirche am Loch Ness nicht gerade freundlich erscheinen lassen.

Sir John beruhigte sich, setzte sich hin und schrieb Rev. Verey einen sehr offenen und taktvollen zweiten Brief. Er wies darauf hin, daß sein Angebot vielleicht vermessen war; er stimmte mit ihm überein, daß die Kraft des Glaubens die Vertreter der Finsternis und des Alten Chaos in Schach halten könnte; er pries Vereys Mut – nicht allzu überschwenglich, um nicht in den Verdacht der Anbiederung zu geraten –, und dann kam er zur Sache. Er bekräftigte sein Interesse an Vereys Problemen und erklärte sie zum Gegenstand eines größeren Forschungsprojekts, mit dem er versuchen wollte, das Ausmaß und die Macht von Kulten schwarzer Magie in der gegenwärtigen Welt zu erfassen. Schließlich deutete er an, daß er ein Buch zu diesem Thema schreiben wolle, das «das Christentum auf die stets gegenwärtigen Aktivitäten des alten Feindes aufmerksam machen würde, die es momentan zu vergessen trachtet» und bat um spezifische Einzelheiten zu den Kreaturen, die Haushalt und Umgebung der Vereys heimsuchten.

Als Sir John damit zur Post ging, um ihn aufzugeben, spürte er plötzlich, daß es recht kühl geworden war, und seine gute Stimmung nahm ein abruptes Ende. Vielleicht war es doch nicht besonders klug, sich in solche Angelegenheiten zu mischen, ohne daß Jones mit seinen guten Ratschlägen in greifbarer Nähe war. Und wenn sich die Sache ausweiten würde, hatte er nicht einmal die Möglichkeit, mit den höheren Mitgliedern des Ordens in Kontakt zu treten, außer natürlich durch das Londoner Postfach – aber das würde vielleicht nur zweimal im Monat geleert. Es wäre sicherlich höchst erniedrigend, beispielsweise Yeats konsultieren zu müssen. Er würde dastehen wie ein wichtigtuerischer kleiner Anfänger, der sich mit Angelegenheiten eingelassen hatte, die so undurchsichtig waren, daß er auch noch gegen die Regel verstoßen mußte, bekannte Mitglieder des Ordens keinesfalls um Hilfe zu bitten. Und während er noch vor dem Briefkasten stand und seinen finsteren Gedanken nachhing, kam es Sir John plötzlich so vor, als stünde er selbst in diesem Moment unter einem psychischen Angriff. Die Stimme in seinem Inneren, die ihn drängte, die ganze Sache doch einfach zu vergessen, war in Wirklichkeit eine fremde Gegenwart, die nur danach trachtete, ihn von seiner Pflicht abzuhalten. «Furcht ist Versagen», sagte er sich zum unzähligstenmal und warf den Brief in den Briefkasten.

Im gleichen Augenblick bebte die Erde unter einem mächtigen Donnerschlag.

«Zufall», sagte er, «nichts als Zufall ...»

Aber zugleich wußte er nur zu gut, daß «Zufall» ein Begriff war, den die Narren gebrauchten, um sich vor der Erkenntnis der unsichtbaren Welt zu schützen, die unser materielles Universum so oft durchkreuzte und veränderte.

De caecitia hominum

ACTION	SOUND
INNENAUFNAHME. JOYCES KÜCHE. HALBTOTALE.	
BABCOCK erzählt seine Geschichte. JOYCE und EINSTEIN hören fasziniert zu.	*Donnerschlag*
AUSSENAUFNAHME. HIMMEL KURZ VOR TAGESANBRUCH.	
Dunkle Wolken.	*Neuerliches Donnergrollen*
INNENAUFNAHME. JOYCES KÜCHE. NAHAUFNAHME.	
JOYCE zu Tode erschreckt.	*Ferne Voodoo-Trommeln*

Die Angst vor dem Donner als Ursprung der Religion: Vicos Theorie vor zweihundert Jahren. Die ersten Menschen, in Höhlen dicht aneinandergedrängt, zitternd vor dem wütenden Grollgrollgrollen einer Macht, die sie nicht verstehen. Angst vor dem Herrn: der Henkergott von Rom und dieser Reverend Verey. Und dann, aus der Kindheit, Mrs. Riordans Stimme: «Der Donner – das ist Gottes Ärger über die Sünder, Jimmy.»

Signore Popper, der mich in Triest fragte, warum ich bei Gewitter immer noch Angst habe: «Wie kann ein Mann mit so viel moralischem Mut wie Sie sich von einem einfachen Naturereignis so erschrecken lassen?» Nimm das ins Buch auf. Laß Einstein oder Hunter oder wie immer er auch heißen mag zu Stephen sagen: Naturereignis. F. I. A. T.

Und was hab ich Popper geantwortet? «Man merkt, daß Sie nicht als irischer Katholik erzogen worden sind.» Dere gewizzede biz.

Thors Hammer: auch die Skandinavier fürchteten ihn. Potzblitz, Zunder und Bolzen. «Das ist Gottes Ärger über die Sünder, Jimmy.» *Merde. Le mot juste de Canbronne.* Conbrom bommbommbomm.

Ein Alptraum, aus dem die Menschheit erwachen muß. Der begann, als die ersten affenähnlichen Finnegans oder Goldbergs sich scheu vor Dem verkrochen, Der Von Oben Donnert. «Angst ist der Vater der Götter»: Lucretius, Panphage, in der Tat. Ich habe gesagt: ich werde nicht dienen. Morgenstern, Sohn des Morgens, falkengleicher Mensch, aus dem Labyrinth aufsteigend:

Wo sie kriechen, schleimen, beten
Bleib ich furchtlos, selbstbestimmt

Nein: mich werden sie nicht in die Knie zwingen. Zum Teufel mit Pangenitor, Panurgia und Panphage, möge das große Panchreston, Naturereignis, mich jetzt und in alle Ewigkeit unerschütterlich sehen.

Früher einmal, als ich noch jung war, habe ich versucht, Gott zu lieben, und bin gescheitert. Ich habe versucht, eine Frau zu lieben, als ich die kindlichen Spiele satt hatte, und hatte Erfolg. Erklärt mir dieses Rätsel, ihr Sucher nach Mysterien.

Aber: aus dem Loch, quer durch ganz Europa, der alte Verführer, der mich bis hierhin verfolgt. Weltlinien, sich kreuzend und überschneidend: gehörnte Monster: Shakespeare, ich, der Gemüsehändler unten an der Ecke. Aus dem Loch. *«Der Vikar sagte: ach herrjeh!»*

Laß Einstein oder Hunter oder wie immer er heißen mag, die Sirenen in einer Arbeiterkneipe treffen. *«Ein Bruder auf dem Kanapee?»*

Zwei. Drei. Vier. Die Glocken des Fraumünsters lassen uns wissen, daß in der linearen Zeit der Morgen anbricht. Hans steigt aus dem Bett der Geliebten des Liebhabers seiner Frau: jede Menge bürgerliche Monstren.

Vielleicht sehe ich mehr, weil meine Augen so schlecht sind. Blindheit ist die höchste Form der Vision: noch ein Paradox. Unerschöpfliche Modalität von doppeltgesehenen Dingen. Paradox, Wortspiel, Oxymoron: und alle irischen Bullen sind schwanger. *Ed eram duo in uno ed uno in duo:* der vor acht Jahrhunderten Krieg entfachte: für alle Ewigkeit gefangen in Dantes Versen. Zwei in einem, eins in zweien. Langer Fatzke: blaue Strapse.

Das Evangelium nach Joe Miller. Du bist versteinert: Fels der Zeiten. Ein mysteriöser Satz aus dem Munde eines Mannes, der kein Latein sprach, doch auf diesem Wortspiel steht die alte Hure, die Wangen gerötet von Metathesis. Es gibt Wortlinien und es gibt Weltlinien.

De clavicula somniorum

ACTION	SOUND
AUSSENAUFNAHME: SCHOTTISCHES HOCHLAND. SCHWENK.	
Kamera schwenkt über reich bewaldete Berglandschaft. Aus dem Film ist jeweils ein Zehntel des Rasterbildes entfernt, so daß das ganze einen zittrigen, nervösen Eindruck vermittelt.	*Lolas Stimme (singend):* «Auf luft'gen Hügeln In kühlen Tälern Wollen wir's wagen Das Wild zu jagen?»
AUSSENAUFNAHME. NAHEINSTELLUNG	
Grinsendes Gesicht der Statue des Pan.	*Lolas Stimme:* «Doch es beginnt zu dämmern – Hab Angst vor kleinen Männern . . .»

Semple Solman, mittwärts zwischen naeckerten Gorallen, ohne Orientasierung, schlammverkrusteten Kisten und strammen Lapsen, Temptler Orion: stieß auf Affenobermacker, der sich behaglich durch das Fell strich. Ssso ssagte der ssslängelnde Solman, Primut uller Ulengeluchter, du nucht wugten zu spruken, dus wus su lubten, seine Thais sanken achtern in Wenigers Busch: «Laß mach dane Eier schlacken!» Aber Urvater, dessen Künste ungleich, war wild und traurig zugleich, denn nur ein Maggus oder ein wohlbestallter Flitter oder eine fruchtlose Fungjau kann inmitten der Furcht vor des Deubels Minskerat einarmig erwachen.

Und der Narr wurde verspottet und ausgelacht (Buba Baumbaff) und Sir John schälte entschatzt am Kern Gerandes, der moschusduftenden Priesterin, durch das Faunentleerte Leckt von Tapse, dem Clown der Immerlustigen, heilig diese Nacht hinter ihm. Die Kappen waren in Kelchen und die Kelche waren in Klatschen und die Kurbeln waren kurz. Doch Sir John erwachte in Sol, im Sonnenschein, der durchs Fenster strömte, in der wachen Welt.

Automatisch nahm er sein Magisches Tagebuch – das war mittlerweile schon alltägliche Routine geworden –, um seinen Traum aufzuschreiben, aber er merkte, daß er kaum einen von den Fetzen, die ihm noch im Kopf herumspukten, niederschreiben konnte. Schließlich notierte er:

> Ein sehr merkwürdiger Traum, der mich für den Tod meines Vaters verantwortlich zu machen scheint, gleichzeitig aber auch andeutet, daß ein solcher Vatermord, wenigstens symbolisch Teil der Initiation ist. Alles vermischt mit Heinzelmännchen und dem Orden des heiligen Georg.

Als er zum Frühstück hinunterkam, war die Morgenpost schon gekommen, und er entdeckte einen in zittriger Handschrift geschriebenen Umschlag von der Gesellschaft zur Verbreitung Religiöser Wahrheit. Er riß ihn noch im Stehen auf und las:

> Mein lieber Sir John,
>
> «Hochmut kommt vor dem Fall.»
>
> Wieviel bedeutungsvoller erscheinen mir doch die Worte der Heiligen Schrift von Jahr zu Jahr – und wie düster und unzuverlässig meine eigenen schwachen menschlichen Gedankengänge!
>
> Ich gebe zu, daß ich nun doch tief erschüttert bin.
>
> Eine solche Angst einzugestehen, bedeutet für mich eine größere Erniedrigung, als Sie sich vorstellen können – ich bin nun mal ein dickschädeliger alter Schotte.
>
> Hier also eine chronologische Wiedergabe dessen, was sich bisher ereignet hat, entsprechend Ihrer Bitte: Ich nehme an, daß sich eine düstere Wolke um mich ballte, sobald ich das verwünschte Bändchen mit den gottlosen Versen meines Bruders veröffentlicht hatte. Unser lokales Monster – «Nessie», wie die Bauern es hier

nennen – war noch nie so aktiv wie in den vier Jahren, seit das Buch erschienen ist. Während die riesige Schlangengestalt in früheren Jahren nur äußerst selten zu beobachten war, und dann gewöhnlich von Leuten, an deren Besonnenheit man zumindest Zweifel hegen konnte, ist das Monster seit einigen Jahren immer häufiger aus dem Loch aufgetaucht. Viele Personen und Gruppen von Menschen, denen man äußerste Rechtschaffenheit und Charakterstärke bescheinigen muß, haben es mit eigenen Augen gesehen. Wie Ihnen vielleicht bekannt sein dürfte, ist Nessie nicht mehr nur ein obskures Gerücht unter uns Hochländern, sondern wird immer häufiger in den Zeitungen von ganz England zur Sprache gebracht, und – wie ich hörte – sogar auf dem Kontinent diskutiert. Da meine Kirche direkt am Ufer des Lochs liegt – dort wo der Fluß Ness ins Loch Ness mündet –, ist es höchst ungesund, das kann ich Ihnen versichern, nachts wach zu liegen und darüber nachzugrübeln, was da draußen eigentlich los ist und warum das Monster in letzter Zeit so überaus aktiv geworden ist.

Dann ereignete sich im Jahre 1912 die tragische Geschichte mit dem kleinen Ferguson-Jungen. Eines Abends kam der zehnjährige Murdoch Ferguson buchstäblich zu Tode erschreckt nach Hause. Es schmerzt mich von Herzen, Ihnen sagen zu müssen, daß er seit diesem Erlebnis nicht mehr derselbe ist, obwohl seine Eltern ihn von Arzt zu Arzt geschleppt haben. Auch heute leidet er noch unter ständigen Alpträumen, scheint die meiste Zeit abwesend oder in Gedanken verloren und weigert sich beharrlich, nach Einbruch der Dunkelheit aus dem Haus zu gehen. Ich erzähle Ihnen das alles, weil ich befürchte, daß Sie ansonsten darüber lächeln würden, was der Bursche zu sehen gehabt behauptete.

Es war eine von den Kreaturen, die wir Kelten «das kleine Völkchen» oder auch «Feen» nennen. Der junge Ferguson behauptet steif und fest, daß sie grüne Haut und spitze Ohren hatte, höchstens einen Meter groß war und ihre Augen phosphoreszierend und heimtückisch funkelten. Dieser starre böse Blick muß so entsetzlich gewesen sein, daß der Junge am Abend des Erlebnisses nicht mehr aufhörte, am ganzen Leib zu zittern, bis der Arzt kam und ihm ein starkes Sedativum verabreichte (Opium, glaube ich).

ACTION	SOUND
AUSSENAUFNAHME. SCHOTTISCHES FARMLAND. LANGE EINSTELLUNG.	
MURDOCH rennt.	*Voodoo-Trommeln*
AUSSENAUFNAHME. WIE OBEN. HALBTOTALE.	
Winzige Gestalt steht mit dem Rücken zur Kamera und beobachtet MURDOCH.	*Voodoo-Trommeln*
AUSSENAUFNAHME. WIE OBEN. NAHAUFNAHME.	
Plötzlich dreht sich die winzige Gestalt zur Kamera. Man sieht nichts als die beiden funkelnden Augen in dem dunklen Gesicht.	*Der Walzer aus der Lustigen Witwe*

Dieser Vorfall ereignete sich direkt hinter meiner Kirche. Natürlich sind solche Berichte keine Seltenheit in den schottischen (und irischen) Dörfern, aber ich bin ziemlich sicher, daß die meisten dieser gespenstischen Begegnungen selbst provozierte Täuschungen sind, wie die atheistischen Psychologen sagen, die auf Grund zu vieler Altweibergeschichten zustande gekommen sind. Den kleinen Murdoch jedoch kannte ich von Kindesbeinen an als Jungen mit überdurchschnittlich hoher Intelligenz, Abenteuerlust und emotionaler Stabilität. Heute ist er ein neurasthenischer Fall, und so bleibt mir nichts anderes übrig, als ihm zu glauben, wenn er sagt, daß irgend etwas ganz Schreckliches im Zwielicht dieses Abends auf ihn zugekommen sei.

Dann kam der fremde orientalische Gentleman in Schwarz. Das ist allerdings wirklich ohne jede Beweiskraft, doch aus irgendeinem Grund beunruhigt es mich am meisten. Dieser Mensch – ob er Chinese, Japaner oder sonst ein Barbar war, ist heute noch Gegenstand eines Streites unter denen, die ihm begegnet sind – traf etwa einen Monat nach dem Vorfall mit dem kleinen Ferguson in Inverness ein. Er suchte mindestens zwei Dutzend Familien auf und erschien stets in einer schwarzen Kutsche. Er kleidete sich nach der westlichen Mode, nur in Schwarz und sprach ein Englisch, das weder der oberen noch der unteren Klasse angehörte – ein unreflektiertes, beinah mechanisches Englisch, behaupten die Zeugen.

Jedesmal bat er darum, daß man ihm den Weg zu meiner Kirche weise, hielt sich dann aber noch eine Weile auf, um schlaue, scheinbar sinnlose Fragen über mich, meine Frau und meinen älteren Bruder Bertran zu stellen. Und jedesmal, wenn er sich dann anschickte aufzubrechen, verabschiedete sich dieser Heide in Schwarz mit den unerklärlichen Worten: «Böses dem, der Böses denkt.» Das Komischste an der Sache ist die Tatsache, daß er nie bei mir ankam, obgleich er immer nach dem Weg zu meiner Kirche fragte und seine Besuche bei den Nachbarn sich über einen Zeitraum von mehr als zwei Monaten erstreckten.

Was mir jedoch noch absonderlicher erscheint, ist die Tatsache, daß außer denen, die dieser Orientale besuchte, niemals jemand eine solche schwarze Kutsche auf unseren Straßen gesehen hat, weder bei Tag noch bei Nacht. Es ist, als hätten er und seine Kutsche sich vor einem Besuch aus dem Nichts materialisiert und hinterher wieder in Luft aufgelöst – ich bin mir durchaus bewußt, daß diese Bemerkung so klingt, als wäre meine Phantasie mit mir durchgegangen.

(Übrigens wäre ich Ihnen sehr verbunden, wenn Sie mich darüber aufklären könnten, ob dieser merkwürdige Spruch «Böses dem, der Böses denkt» irgendeine bestimmte Bedeutung in der weißen oder schwarzen Magie hat, abgesehen davon natürlich, daß er das Motto des Ordens des heiligen Georgs ist.)

Doch fahren wir fort: in den letzten sechs Monaten, also etwa seit der Zeit, da der gespenstische Orientale sich nicht mehr in unserer Gegend herumtreibt, tauchten immer mehr Gerüchte über eine riesige fledermausgeflügelte Kreatur mit rotglühenden Augen auf, die angeblich nachts in der Nähe meiner Kirche gesehen worden war. Meiner Schätzung nach liegt die Zahl der Personen, die sie gesehen haben wollen, mittlerweile bei etwa zwanzig. Sicher, man könnte einwenden, daß in einer Atmosphäre, die Nessie mit ihrem Auftauchen im Loch schafft, bei der Erfahrung des kleinen Ferguson und dem dunkelhäutigen Orientalen eine Welle von Hysterie die Umgegend überschwemmt und die Leute für Sinnestäuschungen und Massenhypnose empfänglich gemacht haben muß.

Ach, wäre es doch nur so! Aber nun habe ich die riesige Fledermausbestien mit eigenen Augen gesehen – einmal ganz sicher, und das andere Mal möglicherweise. Beim zweitenmal vernahm ich eigentlich nur ein Flattern von Flügeln und gewahrte einen riesigen Schatten – vielleicht nur ein außergewöhnlich großer Falke. (Mein Ehrenwort – ich habe noch nie im Leben von einem Falken mit einer derartigen Flügelspannweite gehört ...)

ACTION	**SOUND**
AUSSENAUFNAHME. VEREYS FARM. SUBJEKTIVE EINSTELLUNG. (VEREYS BLICKWINKEL)	
KAMERA schwenkt auf einen Brunnen.	*Fußtritte* *Vereys Stimme (over):* «Beim erstenmal war es deutlicher, denn ich war mit einer Laterne zum Brunnen hinausgegangen.»
AUSSENAUFNAHME. VEREYS FARM. SUBJEKTIVE EINSTELLUNG. (VEREYS BLICKWINKEL)	
Riesige, falkenähnliche Kreatur stößt auf die Kamera zu.	*Vereys Stimme (over):* «Dann stürzte das Ding herab und schoß nur wenige Zentimeter an meinem Kopf vorbei.»

Ich fürchte, daß selbst Sie allmählich Zweifel an meiner Phantasie bekommen. Tatsache aber ist, daß ich glaubte, es kichern gehört zu haben, und zwar mit einer Stimme, die einer menschlichen sehr ähnlich war.

Wenn ich dieses alte Hochland mit seinen Schluchten und Bergen nicht so sehr liebte, würde ich wahrscheinlich den immer häufigeren Bitten meiner Annie nachgeben und in eine städtischere, weniger einsame Gegend ziehen. So wie es ist, hat sogar mein älterer Bruder Bertran, ein Veteran mit dreißig Jahren Berufserfahrung in der Armee und Nerven wie Stahl, begonnen, sich auf Annies Seite zu schlagen, und mehrmals zur Sprache gebracht, ob wir nicht lieber alle zusammen von hier fortziehen sollten.

Ich bitte Sie, uns in Ihre Gebete einzuschließen.

Rev. C. Verey

Könnte man einen Mann in ein Kamel verwandeln? Die Frage, die noch vor zwei Jahren einfach absurd erschienen war, wirkte jetzt gespenstisch, ohne darum aufzuhören, lächerlich zu sein, wenn man sich damit beschäftigte. «Die bösen kleinen Leutchen», die die Macht hatten, die normalen Funktionen des menschlichen Gehirns völlig zu blockieren und Zeit und Raum, so wie wir sie kennen, aufzuheben ... die Kreatur, die so viele Zeugen im Loch Ness gesehen haben ... ein fledermausgeflügeltes Monstrum, das mit menschlicher Stimme kicherte ... mit wachsender Sorge und bösen Vorahnungen las Sir John Vereys Brief mehrere Male. «Der Geist hat einen rationalen und einen irrationalen Aspekt», hatte Jones vor langer Zeit einmal gesagt, und Sir John hatte genug unvernünftige Bewohner der Kapelle der Gefahren gesehen, um ihre Macht zu fürchten und zu wissen, daß sie gelegentlich ins materielle Universum hinüberkreuzten und seine normalen Gesetze dabei völlig lahmlegen konnten.

Sir Walter Scott hatte in seinen berühmten *Letters on Witchcraft* über solche Wesen berichtet, und plötzlich ging Sir John pausenlos eine bestimmte Zeile daraus durch den Kopf, irgendwas mit *der Schar, die niemals ruht.* Schließlich begab er sich in die Bibliothek, um die Zeile im Original nachzuschlagen. Scott erklärte dabei, daß «Pracht» ursprünglich Illusion bedeutet, wie jeder Etymologe weiß und erwähnte dann, wie abrupt sich diese Pracht, die solche Kreaturen entfalten können, in entsetzliches Grauen verwandeln kann. Ob das dem armen Ferguson-Jungen passiert war? Scott schrieb:

> Als die Pracht verblaßte, wirkten die jungen Ritter und edlen Damen wie faltige, widerwärtige Vogelscheuchen. Die imposanten Säle verwandelten sich in elende, feuchte Höhlen und alle Freuden des Elfen-Elysiums waren auf einen Schlag verschwunden. Mit anderen Worten, ihre Vergnügungen waren prunkvoll, aber substanzlos – das Treiben dauerte an, aber fruchtlos und unnütz – und ihre Strafe schien darin zu bestehen, den äußeren Schein von Glanz und Vergnügen aufrechtzuerhalten, obgleich all ihre Mühe sinnlos und ihre Freuden schal und leer waren. Deshalb haben die Poeten sie *die Schar, die niemals ruht* getauft. Außer dem beständigen, fruchtlosen Treiben, in denen die geschäftigen Geister zu leben schienen, wird ihnen auch ein Hang zu Dingen nachgesagt, die den Sterblichen gefährlich und schädlich werden konnten.

Sir John erinnerte sich an seinen eigenen ersten Kontakt mit *der Schar, die niemals ruht.* Halbwegs zwischen Traum und astraler Vision: die riesige, unverständliche Maschinerie, das ständige Murmeln von unsinnigen Sprüchen: «... Mulligan Milligan Hooligan Halligan ...» und so weiter. Die Kabbala nannte sie qulipothische Wesen – Seelen von Menschen, die verrückt gestorben waren, während die orthodoxe christliche Theologie dem Begriff «Dämonen» den Vorzug gab; in Tibet kannte man sie als *tulpas,* und dort erschienen sie gewöhnlich ganz in Schwarz, genau wie der mysteriöse «Orientale», der sich in Inverness herumgetrieben hatte und den Leuten Fragen über Verey gestellt hatte; für die amerikanischen Indianer waren sie Verbündete oder Avatare von Coyote, dem Prankster-Gott oder den geheimnisvollen «Wesen von den Sternen»; es schien keinen Teil der Welt zu geben, an dem sie nicht in grausigen Geschichten voll von heimtückischem Humor auftauchten, die nur von jenen als Mythen abgetan wurden, die ihnen noch nie von Angesicht zu Angesicht gegenübergestanden hatten.

Plötzlich schoß Sir John durch den Kopf, daß der Begriff «Panik» vom Namen des Großen Gottes Pan abgeleitet worden ist und daß die Alten immer geglaubt hatten, daß jeder engere Kontakt mit ihm oder seiner Kohorte von Satyren und Nymphen – der Schar, die niemals ruht – wahrscheinlich eher zum Irresein als zur Ekstase führte, oder aber, daß die Ekstase jedenfalls leicht in Irresein übergehen könnte.

Er mußte an die alte Ballade *Thomas der Reimer* denken, in der es gar nicht wunderlich, sondern unheimlich und finster zuging:

Und siehst du nicht den hübschen Weg
Der sich durchs Farnkraut stiehlt
Das ist der Weg ins Elfenland
Hier triffst du mich heut nacht

Wenn er sich recht erinnerte, hatte der Dichter William Blake seinen Freunden einmal in vollem Ernst erzählt, wie er eines Tages in seinem eigenen Garten eine Feenprozession beobachtet hatte. Und Sir Walter Scott brachte das Beispiel eines Mannes, den er als «gebildeten Gentleman» beschrieb und der nicht davon ablassen wollte zu behaupten, daß er Feenkreise gesehen hatte – Ringe von Pilzen, in denen das wunderbare Völkchen angeblich zu tanzen pflegte – mit kleinen Fußstapfen darinnen. Der Volkskundler Rev. S. Baring-Gould hatte unter Eid geschildert, wie im Jahre 1838 «Legionen von Zwergen, höchstens zwei Fuß groß» seine Kutsche umringt hatten, lachend eine Weile nebenhergelaufen waren und sich dann, ganz der Tradition entsprechend, in Luft aufgelöst hatten. Erst kürzlich, 1907, hatte Lady Archibald Campbell von dem Fall eines Mannes und seiner Frau berichtet, die eine «Fee» in die Falle gelockt und zwei Wochen lang festgehalten hatten, ehe sie ihnen wieder entwischen konnte.

«Und soll ich wirklich wagen, all diese Fälle als Halluzinationen abzutun?» Tausende, Hunderte von Tausenden ähnlicher Berichte aus allen Zeiten und Ländern: Bigfoot in Kanada, der Schneemensch aus dem Himalaya, die riesigen geflügelten Bestien aus tausend volkstümlichen Überlieferungen – die große unirdische Gesellschaft von finsteren Wesen (oder auch die unglaubliche *Vielfalt von Formen,* in der sich *die Schar, die niemals ruht* im menschlichen Bewußtsein manifestieren kann, wenn die Membran zwischen der sichtbaren und der unsichtbaren Welt vorübergehend platzt und sie aus ihrer eigenen Realität tanzend und lachend, singend und springend in die unsere marschiert kommen). Und sein eigenes Erlebnis: als der Allerschrecklichste von allen, der bisexuelle Baphomet, dieser gräßliche Gott, Kontakt zu ihm aufgenommen hatte: waren denn der donnernde Krach und der gesprungene Spiegel nur Zufall oder war in diesem Augenblick die Membran geplatzt, die Tür zwischen den beiden Welten aufgestoßen worden?

Oder die Erinnerung an den blinden Fleck im 18. Jahrhundert, dem vielgerühmten Zeitalter der Aufklärung, als die Wissenschaft unfähig war, die Existenz von Meteoriten zu erklären, und deshalb behauptet hatte, daß es gar keine Meteoriten gab. Doch als auch weiterhin Meteoriten fielen und von Bauern und Bischöfen, Händlern und Hausmädchen, Philosophen und Philistern und Tausenden von anderen unparteilichen Zeugen einschließlich dissidenter Wissenschaftler gesehen wurden, taten die Französische Akademie und die Königlich Wissenschaftliche Gesellschaft von England ihre Meldungen kurzerhand als Schwindel oder Halluzination ab. Sir John dachte: Genau wie die heute andauernden Aktivitäten *der Schar, die niemals ruht,* obwohl man Tag für Tag in der Zeitung von ihnen lesen kann und die Gesellschaft für Psychische Erforschung der Angelegenheit mit äußerster Sorgfalt nachgeht. Man mußte Vereys Brief einfach Glauben schenken, wenn auch der Zwerg und der angebliche «Orientale» in Schwarz und selbst die fledermausgeflügelte kichernde Kreatur nichts als glitzender Tand, Phantasmen und Illusionen waren. Doch die Macht, die bösartige Intelligenz hinter diesen Phänomenen war eine

Tatsache, der die Menschheit sich seit Anbeginn der Zeiten gegenübersah und der sie noch nie hatte entfliehen können.

Seit seiner Beschäftigung mit der mittelalterlichen Magie hatte Sir John zwischen wirklichem und vorgetäuschtem Glauben, zwischen echtem und vorgetäuschtem Skeptizismus geschwankt. Nun konnte er dem schlichten, unkomplizierten Glauben nicht länger widerstehen. Ja, der Große Gott Pan war auch zweitausend Jahre nach seiner Entdeckung durch das Christentum, das ihn zum Teufel abgestempelt hatte, noch lebendig. Seine Kinder und Kindeskinder gingen ihren Geschäften nach, auch wenn sie für die Öffentlichkeit genauso unsichtbar blieben wie die Meteoriten für die Intelligenzija aus Voltaires Zeit.

ACTION	**SOUND**
AUSSENAUFNAHME. LOCH NESS. ZWIELICHT. SCHWENK.	
Panorama von einer vom Sturm aufgewühlten See. Die Kamera jagt eine Welle nach der andern.	*Voodoo-Trommeln*
Etwas bewegt sich im Wasser	
Schnelle Überblendung. Schnitt	
NAHAUFNAHME	
TV-SPRECHER (der gleiche Schauspieler wie der in der vorangegangenen TV-Sequenz) sitzt am Pult und starrt grimmig in die Kamera, die während seiner Rede langsam bis in die HALBTOTALE zurückfährt.	*Sprecher:* «Solche Berichte von mysteriösen, zwergenhaften menschlichen Wesen finden sich in den Überlieferungen und Legenden der ganzen Welt und setzen sich bis heute fort. Was bedeutet das alles? Die Wissenschaft weiß keine Antwort. Wir aber haben einen Mann im Studio, der sich mit diesem Thema jahrelang beschäftigt hat . . .»

Schwenk zu:

JOHN LEEK, ein seriös wirkender Schriftsteller um die Vierzig, mit Brille und schütterem Haar.

Sprecher (voice-over): «Mr. John Leek, Autor von *Heimsuchung des Planeten, Männer in Schwarz* und *3000 Jahre* UFOS. Mr. Leek, glauben Sie an diese ... äh ... menschlichen Wesen?»

KAMERA schwenkt zu Leek. NAHEINSTELLUNG.

Leek: «Das ist keine Frage des Glaubens. Es ist reine Tatsache, daß diese Kreaturen von allen möglichen Gruppierungen in der Geschichte nahezu gleich beschrieben worden sind.»

SCHWENK zu Sprecher.

Sprecher: «Glauben Sie denn an Außerirdische?»

HALBTOTALE.
SPRECHER und LEEK.

Leek: «Außerirdische, neue Dimensionen, Zeitreisende ... sie könnten alles mögliche sein ...»
Sprecher: «Aber halten Sie sie im großen und ganzen für identisch mit den UFOnauten, die von unseren modernen Zeitgenossen gesichtet wurden?»
Leek: «Oh, da besteht kein Zweifel. Mit dem Zeitalter der Wissenschaft haben sie nur ihre Taktik ein wenig geändert. Zum Beispiel geben sie jetzt vor, in mechanischen Transportmitteln (Schiffen usw.) zu reisen, um der Idee der Außerirdischen gerecht zu werden. Doch diese Transportmittel vollführen Manöver, die, wie die Skeptiker immer wieder hervorheben, jedes mechanische Schiff zerfetzen würden. Im

Grunde manipulieren sie unsern Verstand, nicht unsere physikalische Realität.»

NAHAUFNAHME. SPRECHER.

Sprecher: «Haben Sie denn irgendwelche konkreten Hinweise, daß dies die gleichen Wesen sind wie die, von denen in den traditionellen Überlieferungen die Rede ist?»

NAHAUFNAHME. LEEK.

Leek: «Nun, hier habe ich eine Zeichnung von einer der enochischen Intelligenzen, die mit Hilfe der Enochischen Schlüssel von Dr. John Dee beschworen wurde. Die Zeichnung stammt von Aleister Crowley, der sie nach der Beschwörung des Wesens aus dem Gedächtnis heraus anfertigte. Hat es nicht eine gewisse Ähnlichkeit mit den UFOnauten, so wie sie in letzter Zeit von unzähligen Kontaktpersonen beschrieben worden sind?»

HALBTOTALE. SPRECHER und LEEK.

Sprecher: «Und sind Sie wirklich der Meinung, daß sie unseren Verstand so manipuliert haben, daß wir nur das sehen und hören, was sie wollen?»

NAHAUFNAHME. LEEK.

Leek: «Ja. Sie haben die Fäden in der Hand. Und unsere Realität besteht aus dem, was sie für uns entworfen haben.»

NAHAUFNAHME. SPRECHER.

Sprecher: «Nun, das ist wirklich eine erstaunliche Theorie, Mr. Leek. Nach der folgenden kurzen Werbeeinspielung werden wir zu diesem Thema die Meinung des Wissenschaftlers Dr. Carl Sagan hören.»

F.: Zitieren Sie eine literarische Quelle, die Mr. Leeks erstaunliche Behauptung wenigstens provisorisch erhärtet.

A.: «Das Gepräge dieser außer-kosmischen Besucher, die die Seiten des *Necronomicon* bevölkern, finden sich in Mythen aller Rassen und Länder. Im Himalaya ist es die Legende vom Schneemenschen, die selbst von den prosaischsten Mitgliedern der Bergsteigerexpeditionen immer wieder aufs neue ausgegraben wird ... in West Virginia werden nach wie vor Berichte von Begegnungen mit dem Mothman – einem braunen Humanoid mit Flügeln – gemeldet. Seeschlangen und Monstren bevölkern die Ozeane und Meere unseres Planeten und UFOS sind heutzutage nichts Besonderes mehr.» Kommentar von Robert Turner, *The Necronomicon,* Suffolk 1978.

Teil 3

Wenn unser Herr nicht an der Realität von dämonischer Besessenheit zweifelte, warum sollten wir es dann tun?

Rev. Charles Verey, *Clouds Without Water*

Die Bibel erwähnt den «Drachen ... und seine Engel» (Offenbarungen, 12,7) und spielt damit auf die Tatsache an, daß zugleich mit Luzifer unzählige andere Engel die Autorität Gottes leugneten ... habt acht, denn sie sind gefährlich, lasterhaft, ja tödlich. Sie wollen euch unter ihre Herrschaft bringen und sie werden dafür jeden Preis bezahlen!

Rev. Billy Graham

Wenn Gott alles ist, wie kann ich dann böse sein?

Charlie Manson

Es war am Nachmittag des folgenden Tages, des 27. Juni. Noch immer erstickte der Föhn die Stadt in seiner schwülen Umarmung. Dreimal hatte der drückende Wind sich gelegt, war ein wenig abgeflaut: dreimal war er von neuem erwacht, jedesmal heißer und stickiger als zuvor; allmählich wurden die Menschen nervös.

Einstein, Joyce und Babcock saßen wieder beisammen, diesmal in Einsteins Arbeitszimmer, wo sie sich für drei Uhr nachmittags verabredet hatten. Der Professor war der Munterste des Trios. Er hatte sich mit einigen Stunden Schlaf und der intellektuellen Stimulation seiner Physikklasse mittags um zwölf von der langen Nacht erholt. Joyce hatte noch einen Kater und sah dementsprechend aus. Babcock, der den größten Teil des Vormittags vor sich hin dösend auf Joyces Diwan im Wohnzimmer verbracht hatte, war kaum weniger verzweifelt als in der vergangenen Nacht.

«Na, Jeem», fing Einstein an. «Also frei weg von der Leber: was halten Sie von den erstaunlichen Abenteuern unseres Freundes hier?»

«Frei weg von der Leber?» wiederholte Joyce. «Ehrlich gesagt, ich fange an, mich zu fragen, ob sie überhaupt möglich sind.»

Einstein sagte nichts, aber sein Blick forderte Joyce stumm zum Weitersprechen auf.

Joyce schien in Gedanken verloren. «Einmal kam eine Kirmes nach Dublin, sie nannte sich ‹Arabische Nächte›. Zu der Zeit war ich vielleicht zehn Jahre alt und verschlang alle möglichen literarischen Werke über den mysteriösen Osten, die Geheimnisse der Sufis, die Magie der Derwische, Aladin und Ali Baba, das ganze übliche Zeug. Könnt ihr euch vorstellen, was das Wort ‹Arabien› für mich bedeutete? Je näher der Tag der Kirmes rückte, um so erregter war ich, und die Gefühle, die ich dabei hatte, waren von derselben Art wie ein paar Jahre später, als ich zum erstenmal den Mut aufbrachte, ins Nuttenviertel von Dublin zu gehen und mir ein Mädchen zu suchen. Ich glaube, daß sich eine völlig neue Welt vor mir auftun würde, eine Welt voller Magie und Wunder. Statt dessen fand ich einen durchschnittlichen Wanderzirkus, der nur darauf aus war, die Dummköpfe zu unterhalten und den Trotteln das Geld aus der Tasche zu ziehen.»

Babcock machte einen etwas verwirrten Eindruck, Einstein sah ernst und feierlich drein. Schweigen erfüllte das Zimmer, bis Joyce fortfuhr:

«Mr. William Butler und seine Freunde leben in Arabien. Für sie ist es real. Mit Sicherheit realer als ihre eigenen Dienstboten. Jeden Tag treten wir aufs neue in die Welt der Erfahrung ein, aber wir brechen nicht geistig nackt auf, wie Adam im Paradies. Wir schleppen immer bestimmte, vorgefaßte Meinungen mit uns herum, wage ich zu behaupten, egal, ob wir nur in die Kneipe an der Ecke, zu einer Kirmes mit dem wohlklingenden Namen ‹Arabische Nächte› oder mit Amundsen zum Südpol fahren. Wenn ein Taschendieb diesen Raum betritt, sieht er nur Taschen, die er ausnehmen kann, wenn unsere blonde Mileva aber Sokrates hereinführen würde –» und dabei verbeugte er sich höflich in Richtung Küche, wo man Mrs. Einstein herumhantieren hörte – «würde der hier nur verschiedene Köpfe sehen, die er mit lästigen Fragen bombardieren könnte. Wenn Mr. Yeats hier wäre, sähe er nichts als die materiellen Schatten der ewigen spirituellen Ideen, der Wissenschaft», und dabei deutete er auf Einstein, «der Kunst», ironisch auf sich selbst gemünzt, «und des Mystizismus» und damit zeigte er auf Sir John. «Ich dagegen sehe drei Individuen mit unterschiedlichen Vergangenheiten», schloß er abrupt.

Einstein fragte trocken: «Und das ist wohl Ihre Art, uns mitzuteilen, daß Sie die Mitglieder des Golden Dawn für noch verrückter halten als die anderen?»

«Ich will nur sagen, daß ich die Welt durchaus so sehen kann wie Yeats und die Okkultisten, also als spirituelles Abenteuer voller Omen und Symbole. Wenn ich will, kann ich sie aber auch so sehen, wie es mir die Jesuiten in der Schule beigebracht haben: als Jammertal und Sündenbabel. Ich kann sie als eine epische Erzählung von Homer sehen oder als deprimierenden naturalistischen Roman von Zola. Ich finde es außerordentlich interessant, soviel wie möglich von ihren Facetten in mich aufzunehmen.»

Plötzlich interessiert, beugte Sir John sich vor. «Ich glaube, ich fange endlich an, Sie ein wenig zu verstehen», meinte er. «Sie wollen sagen, daß ich in einem Schauerroman lebe, während Sie es vorziehen, in einem Roman von Zola durch die Welt zu spazieren.»

«Ganz und gar nicht», antwortete Joyce. «Zolas Weltbild ist mir viel zu eindimensional. Ich suche nach multi-dimensionalen Visionen, verstehen Sie? Ich möchte tief hineinschauen in die Schauerromane, in Zolas Literatur und all die andern Maskeraden, aber dann auch noch weiter, über sie hinaus, sozusagen.»

«Faszinierend», murmelte Einstein. «Einfach faszinierend.»

Die beiden andern schauten ihn erwartungsvoll an.

«Ihre Parabel von Arabien», sagte Einstein, zu Joyce gewandt, «erinnert mich komischerweise an eine andere. Stellen Sie sich vor, wir wären alle drei Naturwissenschaftler und säßen hier zusammen. Ohne daß wir es wissen, ist dieser Raum in Wirklichkeit ein Aufzug – ein Lift, Sir John –, der rasend schnell durch den Weltraum nach oben schießt. Da wir nicht daran denken, in einem Aufzug zu sitzen, wohl aber in der Physik ausgebildet sind und auf unsere Umgebung immer mit Neugier reagieren, fangen wir an, Experimente zu machen. Wir entdecken, daß alle Gegenstände, die wir fallen lassen, auf dem Boden landen. Weiter entdecken wir, daß, wenn wir die Gegenstände horizontal werfen, statt sie einfach fallen zu lassen, sie immer noch auf der Erde landen, vorher jedoch einen parabolischen Bogen beschreiben. Während wir also experimentieren und die einfachsten mathematischen Gleichungen notieren, um unsere Resultate festzuhalten, entdecken wir also die gesamte Newtonsche Theorie der Schwerkraft wieder. Auf diese Weise kommen wir zu dem Schluß, daß unter diesem Zylinder, in dem wir uns befinden, ein Planet sein muß, der die Gegenstände ‹anzieht›.»

«Ist das wahr?» fragte Joyce überrascht. «Das ist ja besser als alle anderen Theorien, die ich bisher von Ihnen zu hören gekriegt habe.»

«Ich werde es Ihnen beweisen», erwiderte Einstein. «Ich schreibe gerade einen Aufsatz darüber. Nun passiert aber folgendes: einer der Wissenschaftler in diesem Raum oder Aufzug macht durch irgendeinen merkwürdigen Prozeß kreativer Re-Organisation von Sinnes-Daten, der vielleicht mit den verwirrenden kabbalistischen Experimenten der Golden Dawn-Anhänger verglichen werden könnte, einen Sprung in eine andere Dimension. Er stellt sich vor, daß der Raum ein Aufzug ist, und sieht sogar die Kabel und die komplette Maschinerie vor sich, die uns mit rasender Geschwindigkeit nach oben befördert. Er setzt sich hin und schreibt seine eigenen Gleichungen auf. Schließlich stößt er auf die Trägheitstheorie, wie man sie aus der klassischen Mechanik kennt. Er beschließt, daß es keinen Planeten unter uns gibt.

Nun befinden wir uns in der fatalen Lage, in diesem Raum eingesperrt zu sein, den wir mithin nicht verlassen können.

Wie finden wir nun heraus, wer von uns die korrekte Erklärung für die von uns beobachteten gesetzmäßigen Phänomene hat – die, die sie der Schwerkraft (oder einem Planeten *unter* uns) zuschreiben, oder die, die sie mit der Trägheitstheorie definieren wollen, also einem Kabel *über* uns, das uns durch den offenen, schwerkraftfreien Weltraum zieht?»

«Ach du meine Güte», murmelte Babcock, «ganz schön knifflig, wenn Sie mich fragen.»

«In gewissem Sinne haben beide recht», antwortete Joyce fest. «Wenn beide Gleichungssysteme unsere Situation beschreiben, gibt es keinen Grund, entweder das eine oder das andere vorzuziehen, höchstens ästhetische Prioritäten. So wie Sie unsere Lage definiert haben, können wir weder den Planeten unter uns noch das Kabel über uns sehen. Sie verführen uns zu einer falschen Antwort, weil Sie die Situation vom Standpunkt eines unbeteiligten Beobachters geschildert haben.»

«Genau», sagte Einstein. «Jedes Koordinatensystem funktioniert so wie der Raum, von dem ich gesprochen habe und wenn es dabei einen unbeteiligten Beobachter geben sollte, dann können wir das rein wissenschaftlich natürlich nicht wissen. Vom Innern des Raums, innerhalb eines Koordinatensystems also, kann man einfach nicht mit Sicherheit erklären, ob Schwerkraft oder Trägheit die Ursache für die von uns beobachteten Phänomene ist. Und genau dasselbe trifft auch für Sir Johns Geschichte zu. Mit andern Worten, entweder es handelt sich um eine willkürliche Aneinanderreihung von merkwürdigen Zufällen und Freudschen Traumsymbolen, für die Sir Johns okkulte Überzeugungen eine recht künstliche Bedeutung entwerfen, oder wir haben es mit einer Serie von wirklich okkulten Omen zu tun – aber das hängt einzig und allein von der Interpretation des unbeteiligten Beobachters ab.»

«Haargenau», sagte Joyce. «In der Abteilung für komische Zufälle kann ich auch einiges beisteuern. Meine erste Stellung als Lehrer hatte ich beispielsweise an einer Schule auf der Vico Road in Dublin. Vor kurzem ging ich in Triest zweimal am Tag, wenn ich meinen Nachhilfeschüler aufsuchte, die Via Giambattista Vico entlang. Dann hatte ich einen Schüler, der war fasziniert von Vicos Theorie der Geschichtszyklen. Allmählich interessierte ich mich selber für das Leben und die Philosophie dieses Mannes und entdeckte unzählige Parallelen zu meinem eigenen Leben und Denken. Mittlerweile ist alles, was ich zu Papier bringe, mehr oder weniger von Vico beeinflußt. Das können Sie interpretieren, wie Sie wollen. Entweder, *unum*, sorgten die Götter dafür, daß ich immer wieder über Vicos Namen stolperte, damit er mein Schreiben beeinflußte, oder, *duum*, es war reiner Zufall, und ich gab ihm nur deshalb eine bestimmte Bedeutung, weil ich ihn ernst nahm. Doch jemand, der es auf eine bestimmte Art sehen will, könnte ich nicht die andere Möglichkeit beweisen.»

«Halt, warten Sie», unterbrach ihn Einstein scharf. «Wenn es die Möglichkeit gibt, zwischen zwei Theorien zu entscheiden, sollte man die wählen, die am besten mit den Fakten übereinstimmt. Oder auf einer höheren Ebene eine neue Theorie konzipieren, die die Unterschiede zwischen den beiden widersprüchlichen Interpretationen aufhebt, so wie ich es mit dem Problem der Schwerkraft und der Trägheit versuche. Ohne eine solche kreative Anstrengung, unsere Konzepte mit unseren Wahrnehmungen in Einklang zu bringen, ist unser ganzes Denken nur eine Übung in Wunscherfüllung.»

Babcocks skeptisches Schnaufen unterbrach Einstein, und er schaute erwartungsvoll zu ihm hinüber.

«Es wird Sie überraschen», sagte Babcock erschöpft, «aber ich stimme Ihnen in allen Punkten zu, Gentlemen. Eine der ersten Lektionen, die ich beim Golden Dawn gelernt habe, ist die, daß die Wahrnehmung vom Kopf des Betrachters abhängig ist. Ähnlich ist alles, was durch eine Linse gesehen wird, vom Winkel des Brechungsvermögens beeinflußt. Daß Sie mich *daran* erinnern, mag zwar gut gemeint sein, ist aber überflüssig und lindert nicht im mindesten meinen fundamentalen Schrecken. Schließlich befinde ich mich in der Position eines Menschen, der von Schwarzmagiern verfolgt wird, die ihre Fähigkeit, das Bewußtsein zu verwirren und harmlose Bürger zum Selbstmord zu treiben, schon in drei Fällen bewiesen haben.»

«Nun, was das betrifft», sagte Einstein freundlich, «sind Sie sicherlich ein Mann mit gefährlichen Feinden, da stimmen wir Ihnen zu. Allerdings müssen wir mit absoluter Sicherheit feststellen, ob sie das physikalische Universum tatsächlich mit ihrer, äh ... Magie manipulieren können oder ob sie einfach nur besonders gut darin sind, das Bewußtsein ihrer Opfer zu verwirren. In diesem Zusammenhang sind wir beide stark daran interessiert, den Rest Ihrer Geschichte zu hören.»

«Ja», sagte Joyce. «Ich stimme dem Professor zu. Ich habe schon eine vorläufige Hypothese über das aufgestellt, was hier eigentlich los ist – hinter allen Masken und Maskeraden – und ich würde nur allzugern wissen, ob meine Theorie mit den übrigen Fakten übereinstimmt.»

«Nun gut», sagte Sir John. «Fahren wir also fort.»

Und während draußen der Föhn an den Fensterladen rüttelte, erzählte er Joyce und Einstein eine Geschichte, die ihre kühnsten Erwartungen übertraf.

De illuminatorum operibus diversis

Nach Vereys Brief über die fledermausgeflügelte Kreatur war Sir John so besorgt, daß er sich vornahm, sich soviel wie möglich über den rätselhaften Aleister Crowley anzueignen. Diesen Mann hatte Jones einmal als Anführer einer falschen Golden Dawn-Loge bezeichnet, die sich der Ausschweifung und der schwarzen Magie verschrieben hatte. Wenn man Ezekiel (oder Ezra oder Jeremiah) Pound Glauben schenken wollte, war er Lola Levines Liebhaber und ein Zauberer, der Victor Neuburg in ein Kamel verwandelt haben sollte. Und mit Sir Johns wachsendem Mißtrauen wurde er mehr und mehr zu einer Art menschlichem Kanal, durch den die Schar, die niemals ruht, auf Vereys Familie angesetzt worden war.

Als erstes versuchte er es im Britischen Museum, trotz der unbehaglichen Erinnerung an den Traum, in dem er sich hier mit Karl Marx getroffen und eine konfuse Geschichte der Freimaurerei, vermischt mit Einzelheiten von der Ermordung Julius Cäsars, gehört hatte.

In den *Reviews of Current Literature* der letzten zehn Jahre entdeckte er, daß Crowley als Autor von mehr als einem Dutzend Gedichtbänden zeichnete, die alle recht unterschiedliche Besprechungen bekommen hatten. Der Kritiker von *The Listener* schien unfähig, sich ein Urteil über eins von Crowleys Werken *The Sword of Song* zu bilden, er nannte es «mutig», «seriös und unerschrocken», aber auch «schrecklich abstoßend», und das alles in einem einzigen Absatz. *The Seeker* war schon etwas nachsichtiger: «Einige übelwollende Kreise haben Crowley getadelt ... zweifellos ist es nicht einfach, einem königlichen Vogel bei seinem blendenden Flug zu folgen ...» Und *The Clarion* streckte aus lauter Verzweiflung die Waffen: «Wir müssen eingestehen, daß unsere Intelligenz der Aufgabe nicht gewachsen ist.» Die *Cambridge Review* war sauer, daß schon wieder ein neuer Gedichtband von Crowley auf die Menschheit losgelassen wurde, und fand ihn «obszön», «empörend», eine «Monstrosität, die einen leidenschaftlichen Protest von den Freunden der Literatur und des Anstands herausfordert.» Der *Arboath Herald* gab genau wie *The Clarion* auf und beschrieb Crowleys Verse als «so klug, daß man einige von ihnen einfach unverständlich finden muß». Auf der andern Seite pries *The*

Atheist das Werk Crowleys, wenn auch widerwillig und kritisierte zugleich: «Wir sind zwar weit davon entfernt, diesen traumtänzerischen Romantizismus zu bewundern, doch Crowleys entschiedene Abkehr vom Übernatürlichen, Göttlichen und Mystischen verlangt unseren Respekt.» Paradoxerweise fand *The Prophetic Mercury* die gleiche Stelle bei Crowley aus entgegengesetzten Gründen eher hoffnungsvoll und meinte: «Der stets gegenwärtige Sinn für das Göttliche im Werk des Poeten berechtigt uns zu der frommen Hoffnung, daß er eines Tages doch noch erleuchtet werden möge.» Und während die *Yorkshire Post* entsetzt reagierte («Mister Crowleys sogenannte Dichtung zeigt keinen Schimmer von Seriosität»), schwärmte *The Literary Guide* begeistert: «Ein Meisterstück von Bildung und Satire.»

F.: Geben Sie ein knappes, aber repräsentatives Beispiel für die umstrittenen Verse von Mister Crowley.

A.: *Konx Om Pax,* 1907

Schlagt die Flöte, haut den Tom-Tom
Heute sind wir alle fröhlich!
Denn ich bin ein Opfer von
Höchst akuter Beri-Beri.
Montags nur noch Haut und Knochen
Ganz im Stil Felicien Swindys
Blast das Becken, Zitterpochen!
Dienstags bin ich schwindlig
Mittwochs Krebserreger kommen
Donnerstags die Diabetik
Blast die Fiedel, zupft die Trommel!
Freitags ist es die Paretik.
Wenn dann samstags meine Gegner
Aufmarschieren dicht an dicht
Wird sie sonntags nur verwegner:
Beri-Beri, glaube ich!

Dann versuchte Sir John es mit den Zeitungen. Laut *Times* war Crowley im Jahre 1909, also dem Jahr, in dem Sir John von der Cambridge University abgegangen war und der ausgeflippte Picasso die Pariser Kunstwelt mit seinem ersten unverständlichen «kubistischen» Gemälde schockiert hatte, in einen Rechtsstreit mit MacGregor Mathers verwickelt gewesen. Der Reporter der *Times* stand weder auf Crowleys noch auf Mathers' Seite, doch zwischen den Zeilen las Sir John heraus, daß der angebliche Grund für die Kontroverse, nämlich Mathers' Versuche, Crowley daran zu hindern, bestimmte Rituale des Golden Dawn in einem Magazin namens *The Equinox* zu veröffentlichen, nur ein Vorwand war, um den wirklichen Konflikt zwischen ihnen an die Öffentlichkeit zu bringen. Beide behaupteten nämlich steif und fest, der echte Führer des Invisible College der Rosenkreuzer zu sein. Nun, das war Sir John nicht neu; Jones hatte ihm schon vor einiger Zeit erzählt, daß Crowley, Mathers und andere falsche Rosenkreuzer-Logen gegründet hatten, die mit dem echten Golden Dawn um die Gunst potentieller Interessenten buhlten. Sir John las mit Vergnügen, daß der Richter es abgelehnt hatte, die Verhandlung in eine Debatte über derartige Anmassungen verkommen zu lassen, die allein ihrer besonderen Art wegen schon nicht in einem gewöhnlichen Gerichtshof geregelt werden konnten, und entschied, daß Mathers keinerlei Berechtigung hatte, Crowley daran zu hindern, anonyme Dokumente unbekannten Alters zu veröffentlichen. Letzteres hatten beide Parteien einräumen müssen und sogar behauptet, daß sie von übermenschlichen Intelligenzen geschrieben worden waren, die jedoch nicht die Absicht hatten, menschliche Form anzunehmen, um für sich selber auszusagen.

Belustigt las Sir John weiter, daß Mathers im Kreuzverhör gezwungen worden war zuzugeben, daß er gelegentlich behauptet hatte, eine Reinkarnation König Charles I. zu sein. Mehr Information versprach eine beiläufige Bemerkung Crowleys während der Verhandlung, in der er sich selbst als größten lebenden Bergsteiger der Welt pries.

Ein Besuch beim Alpenverein rückte dieses Eigenlob in ein ganz anderes Licht. Der Sekretär des Vereins, ein gewisser Mr. Mortimer, erzählte Babcock: «Aleister Crowley ist nichts anderes als der größte lebende Angeber der Welt. Wir haben keine einzige seiner Bergbesteigungen anerkannt.» Auf weiteres Befragen hin kristallisierte sich schnell die übliche Zwiespältigkeit heraus, die an Crowley zu kleben schien wie der Nebel an den Straßen von London: es war offensichtlich, daß die Fehde zwischen dem Alpenverein und Crowley bis zurück in die neunziger Jahre des 19. Jahrhunderts reichte und daß beide Seiten die jeweils andere so oft der Lüge beschuldigt hatten, daß ein unbeteiligter Beobachter kein unvoreingenommenes Urteil mehr fällen konnte. Mortimer ließ auch eine Bemerkung fallen, nach der Crowleys Heldentaten in den Bergen nicht ganz zu verachten sein konnten, denn er räumte ein, daß Oskar Eckenstein, Deutschlands berühmtester Bergsteiger, Crowley bei vielen Gelegenheiten Englands besten Kämpfer genannt hatte – «aber», setzte Mortimer hastig hinzu, «Eckenstein ist ein deutscher Jude und mag uns nicht; so ist es ganz natürlich, daß er alle Lügen Crowleys sanktioniert.»

Bei verschiedenen Leuten, die im Ruf standen, sich im «High Life» von London extrem gut auszukennen, bemühte sich Sir John um weitere Informationen über seinen enigmatischen Widersacher.

«Crowley ist ein Gauner, das steht fest, aber ein amüsanter Gauner», sagte Max Beerbohm. «Ob er auch ein echter Schwindler ist, kann ich nicht sagen, aber er verbraucht jedenfalls den größten Teil seiner Energien damit, der Welt zu beweisen, daß er einer ist.»

«Ähem, ja», sagte Sir John zweifelnd. «Aber wie unterscheidet man einen Gauner von einem Schwindler?»

«Ein Gauner», präzisierte Beerbohm, «schert sich einen Dreck um die herrschenden Moralvorstellungen, besitzt aber trotzdem eine eigene Art von Ehre. Ein Schwindler hat weder Moralvorstellungen noch Ehre.»

«Oh», sagte Babcock, immer noch zweifelnd. «Könnten Sie mir vielleicht ein Beispiel für Crowleys Gaunerei nennen?»

Beerbohm gluckste in sich hinein. Die starken Erinnerungen an Horeb, Sinai und die vierzig Jahre wurden deutlicher, als jetzt das Tageslicht schräg über sein Gesicht fiel. «Es gibt Dutzende von Beispielen», sagte er, und dabei lockerte sich seine Steifheit von Kragen bis Gamaschen ein wenig. «Mein persönliches Lieblingsbeispiel handelt von einer Statue Oscar Wildes, die der sehr talentierte junge Jacob Epstein in Paris schuf. Sie müssen wissen, daß die Franzosen die Statue aufstellten, um zu beweisen, daß sie über, äh, Wildes sexuelle Veranlagungen viel freier dachten als etwa die Engländer und einen großen Künstler trotz seiner, äh, Eigentümlichkeiten respektierten.» Er gluckste wieder. «Sie dachten jedoch nicht liberal genug für Epsteins Statue, die einen Akt darstellte, wissen Sie. Das war nun doch ein bißchen stark, wenn man an Wildes, ähem, Ruf dachte, andererseits konnten sie Epstein auch nicht gut, äh, vor den Kopf stoßen, indem sie die Statue ablehnten, nachdem sie sie zuerst ausdrücklich bestellt hatten. So heuerten sie irgendeinen Sonntagskünstler an, der über dem, ah – uh – ähem wunden Punkt ein Feigenblatt anbringen sollte, wenn Sie wissen, was ich meine. Nun, Sir, was glauben Sie, was Crowley machte? Nach Einbruch der Dunkelheit schlich er sich mit Hammer und Meißel in den Park und entfernte das Feigenblatt. Und um alldem die Krone aufzusetzen und einen richtigen Skandal zu provozieren, erschien er noch in der gleichen Nacht im Londoner Claridge mit einem Feigenblatt auf seiner Hose!» Beerbohm lachte. «So was nenne ich Gaunerei, aber Schwindelei ist es nicht, das steht wohl fest.»

Die schöne Florence Farr, Londons berühmteste Schauspielerin, drückte sich genauso widersprüchlich aus wie die meisten Kritiker von Crowleys Dichtung. «Aleister war, als ich ihn vor zehn Jahren kennenlernte, der bestaussehendste, witzigste und geistvollste junge Mann von ganz London. Er war aber auch der ungehobelste und gemeinste Lump, der mir je über den Weg gelaufen ist. Aus dem, was mir über seinen Lebenswandel ab und zu zu Ohren kommt, werden diese Gegensätze in ihm von Jahr zu Jahr ausgeprägter. Ich bin ziemlich sicher, daß er entweder am Galgen enden oder eines Tages heiliggesprochen wird.»

Victor Neuburg, der junge Dichter, der angeblich in ein Kamel verwandelt worden war, lehnte ein Treffen mit Sir John rundheraus ab und schickte ihm statt dessen eine Karte, auf die er mit seiner winzigen Handschrift geschrieben hatte: «Kein Lebender versteht oder kann Aleister Crowley verstehen, aber diejenigen, denen ihr gesunder Menschenverstand lieb ist, lassen sich nicht mit ihm ein.»

Crowleys Verleger Richard Aldington meinte: «Rodin hält Crowley für den größten lebenden Dichter der Welt, aber ich fürchte, das liegt ausschließlich in der Tatsache begründet, daß Crowley einen kompletten Gedichtband mit Verherrlichungen von Rodins Skulpturen veröffentlicht hat. Ich persönlich kann Crowleys Verse nicht ausstehen. Sie sind mir zu viktorianisch, rhetorisch und hochtrabend. Ohne jede moderne Note.»

Gerald Kelly, der modernste Maler von England, der genauso aussah wie er war – ein Mann, der über kurz oder lang in die Royal Academy gewählt werden würde –, sagte: «Ich kann über Aleister Crowley nichts sagen, Sir John. Offensichtlich wissen Sie noch nicht, daß er mein ehemaliger Schwager ist. Doch ich will Ihnen gerne verraten, daß ich nicht gerade unglücklich war, als meine Schwester sich von ihm scheiden ließ.»

Der Mathematiker Bertrand Russell bemerkte präzise:

«Ich habe noch nie einen Laien getroffen, der die moderne Mathematik so intuitiv begreift wie Aleister Crowley, aber abgesehen davon erscheint mir das Innere seines Kopfes wie ein Sumpf von breiigem Mystizismus. Ich habe gehört, daß er ein exzellenter Schachspieler sein soll, vielleicht erfahren Sie im Londoner Schachclub mehr.»

Es stellte sich heraus, daß es im Londoner Schachclub von Bewunderern Crowleys nur so wimmelte, und alle bedauerten zutiefst, daß er dem Spiel nicht viel mehr Zeit widmete. «Er könnte Großmeister sein», meinte ein Mitglied enttäuscht, «wenn er sich bloß nicht mit solchem Unsinn wie Bergsteigen oder Dichtung abgeben und andauernd im Fernen Osten herumreisen würde, um seinen Verstand mit indischem Aberglauben zu ruinieren.»

Ein anderer Schachfan mischte sich in ihr Gespräch. «Aleister ist der einzige Mensch ohne Großmeister-Status, den ich kenne, der wirklich mit verbundenen Augen gegen mehrere Gegner spielen und dabei auch noch die meisten Spiele gewinnen kann. Tatsächlich –» und hier senkte er die Stimme – «ist ja eine seiner Vergnügungen geradezu übernatürlich. Er hat sich doch wahrhaftig, und zwar bei mehr als einer Gelegenheit, mit seiner jeweiligen Gespielin ins Schlafzimmer verzogen und seinem Spieler draußen die Züge zugerufen. Und der saß drüben im Nebenzimmer und hat *gewonnen*! Er sagt, er tut so was, um uns zu zeigen, was echte Konzentration bedeutet.»

Sir John errötete heftig. «Was für eine widerwärtige Art, eine Frau zu behandeln», sagte er steif.

«Nun», antwortete sein Informant lüstern, «von dem, was mir darüber zu Ohren gekommen ist, schienen die Geräusche, die aus dem Schlafzimmer kamen, darauf hinzudeuten, daß es für die junge Dame ein sehr befriedigendes Erlebnis gewesen sein muß bzw. mehrere Erlebnisse, um genau zu sein.»

Sir John ging seines Weges und grübelte darüber nach, daß Spezialisten dem Teufel offenbar direkt ins Gesicht sehen können und ihn doch nicht erkennen. Was für den Schachspieler wie eine Mischung aus vulgären Bravourstücken und intellektueller Gymnastik aussah, nahm für den, der sich der sexuellen Aspekte der schwarzen Magie bewußt war, eine ganz andere Färbung an. Für Crowley war es Teil der ständigen Übung zur Beschwörung des Pan – Rituale, bei der die verlängerte sexuelle Erregung benutzt wird, um die Sinne zu betäuben und den astralen Wesen Tür und Tor zu öffnen.

Schließlich durchstöberte Sir John die Buchhandlungen und stieß nach einer anfänglich frustrierenden Suche doch noch auf eins von Crowleys Büchern, ein Prosawerk mit dem Titel *Book Four,* das behauptete, alle Mysterien des Yoga und der Magie in so simplen Worten zu erklären, daß selbst der Mann auf der Straße sie verstehen konnte. Sir John erwarb es auf der Stelle und begab sich so schnell wie möglich nach Hause, um es in Ruhe zu studieren.

Als er mit all seinen beunruhigenden und widersprüchlichen Informationen über den Feind auf Babcock Manor eintraf, erwartete ihn dort schon ein Päckchen, Absender: das Golden Dawn-Postfach in London. Das war seltsam, denn Jones war noch in Paris, andererseits wußte Sir John aber gar nicht, ob Jones für diese Sendungen aus London überhaupt zuständig war. Vielleicht verschickte ja auch ein anderes Mitglied des Ordens die einzelnen Lektionen zu vorher festgelegten Terminen an die Schüler. Sir John öffnete das Päckchen in der sehnsüchtigen Hoffnung, daß es das Geheimnis des Rosenkreuz-Rituals enthalten möge – denn dafür, so hatte Jones ihm angekündigt, wäre er bald qualifiziert.

Doch zu seinem großen Kummer hatte das Büchlein den Titel

DE OCULO HOOR
Publikation der Klasse A
Hermetic Order of the G ∴ D ∴

Sir John zog sich in die Bibliothek zurück und machte sich neugierig darüber her. Der Text lautete folgendermaßen:

1. Dies ist das erste Buch der Öffnung von Horus' Auge, für das die profane Welt das Symbol des Auges im Dreieck geschaffen hat und dessen Bedeutung die Erleuchtung ist.
2. Du, der du dies liest, liest nicht; du, der du suchest, sollst nicht erlangen; du, der du verstehst, verstehst nicht. Denn Erlangen und Verständnis kommen nur, wenn du nicht du bist, ja, wenn du nichts bist.
3. Es war einmal ein Mönch, ein Schüler des großen Magus unseres Ordens, den die Menschen Buddha nennen, das heißt, Der, Der Erwacht ist. Denn die Menschen fragten den Herrn, Gotama, Bist du ein Gott? und er antwortete, Nein, und dann fragten sie ihn, Bist du ein Heiliger? und wieder antwortete er, Nein. Und dann fragten sie, Was bist du dann? und er antwortete, Ich bin wach. Seitdem ist er bekannt als Buddha, der Erwachte.
4. Um ebenfalls zu erwachen, praktizierte der Mönch die Kunst der Meditation, wie sie von Buddha gelehrt worden war und die in ihrer ursprünglichen Form, also ehe sie von falschen Vorstellungen und Überarbeitungen der Theologen verfälscht worden war, gemahnt hatte: alle Vorfälle und Ereignisse zu betrachten und sich daran zu erinnern, seiner Seele von allem zu sagen: *Dies ist vergänglich.*

5. Und so betrachtete der Mönch alle Ereignisse und Vorfälle mit dem Gedanken: *Dies ist vergänglich*.
6. Und der Mönch kam dem Erwachen nahe und deshalb war er in großer Gefahr, denn der Herr über den Abgrund der Halluzinationen, den die Buddhisten Mara, den Versucher nennen, kommt zu jenen, die dem Erwachen nahe sind und hypnotisiert sie wieder zurück in den Schlaf der Narren, was der normale Bewußtseinszustand der Menschheit ist.
7. Und Mara quälte den Mönch sehr, indem er seine Kinder sterben ließ und die, die er liebte, verrückt machte; indem er ihn mit Augenschmerzen, Verleumdung, Heimtücke und dem großen Fluch des Rechtsstreits nachstellte, aber der Mönch dachte bei alldem nur: *Dies ist vergänglich*. Und er kam dem Erwachen noch einen Schritt näher.
8. Da ließ Mara, der Herr über den Abgrund der Halluzinationen, den Mönch sterben und als nahezu unbeseelte Kreatur, als einen Papagei, ins Leben zurückkehren. Tief im Dschungel schwirrte er fortan von Baum zu Baum, und Mara dachte, nun hat er keine Chance mehr zu erwachen.
9. Aber ein Mitbruder aus dem buddhistischen Orden kam eines Tages durch den Dschungel und rezitierte die heiligen Gebote. Und der Papagei hörte ihn und wiederholte wieder und wieder den einen Satz: *Dies ist vergänglich*.
10. Und der Papagei erwachte zu geistigem Leben und die Erinnerung an sein vergangenes Leben kehrte zu ihm zurück, wie die Bedeutung der Lehre: *Dies ist vergänglich*. Mara fluchte fürchterlich in seiner Enttäuschung und ließ ihn wieder sterben und als Elefant zur Erde zurückkehren, noch tiefer im Dschungel und weiter entfernt von den Sprachen der Menschen.
11. Und viele Jahre gingen ins Land und tatsächlich schien diese Seele keine Möglichkeit zum Erwachen mehr zu haben; doch die Wirkung eines guten Karma verliert sich nicht, wie auch die eines schlechten Karma und schließlich kamen Menschen in den Dschungel und fingen den Elefanten, um ihn einem großen Rajah zu verkaufen.
12. Und der Elefant lebte am Hof des Rajah und viele Jahre gingen ins Land.
13. Und wieder kam ein Mönch des buddhistischen Ordens an den Hof des Rajah, um zu lehren und seine Lehre war: *All dies ist vergänglich*. Und in dem Elefanten erwachte die Erinnerung und

ihre Bedeutung wurde ihm klar und wieder kam er dem Erwachen nahe.

14. Und Mara verfluchte ihn tausendmal und ließ den Elefanten sterben und diesmal achtete er gut darauf, daß er in seiner Reinkarnation keine Chance zum Erwachen haben würde, diesmal wurde der Mönch als amerikanischer Prediger wiedergeboren.

15. Und der Prediger gehörte der Moralischen Mehrheit an (*bocca grande giganticus*) und reiste quer durch die ganze amerikanische Nation, nach Norden und Süden, nach Osten und Westen und predigte, daß die ganze Menschheit in der Gefahr der Hölle schwebte und daß es nur einen Pfad zur Erlösung gäbe und daß dieser Pfad darin bestehe zu glauben, was er sagte und alles zu tun, was er verlangte.

16. Und er fesselte viele, die daraufhin zu geistigen Robotern wurden, die herumliefen und Halleluja riefen, wir sind gerettet.

17. Und Mara freute sich, denn jetzt war die Seele des Mönches weiter vom Erwachen entfernt als je zuvor. Früher war er subjektiv ein hoffnungsloser Idiot gewesen, das heißt einer, der sich seiner hoffnungslosen Idiotie bewußt ist – jetzt aber war er objektiv ein hoffnungsloser Idiot, das heißt einer, der glaubt zu wissen, während er doch in Wirklichkeit gar nichts weiß.

18. Aber der Prediger traf auf andere aus dem Klerus und beriet sich mit ihnen über die Entsendung von Missionaren zu den Heiden im Osten und da sprach einer vom Aberglauben des Orients und erwähnte auch die buddhistische Lehre, daß *alles vergänglich ist.*

19. Und wieder begann in dem Prediger ein geistiger Prozeß, Erinnerungen an vergangene Inkarnationen regten sich, und Mara stellte ihm in bitterer Enttäuschung eine letzte Falle und machte den Prediger zu Mahabrahma, dem Herrn der Herren dem Gott aller denkbaren Universen.

20. Und Mahabrahma lebte Millionen von Millionen Jahren in göttlicher Verzückung und erschuf viele kleinere Brahmas, die ihre eigenen Universen erschafften und ihnen als Götter vorstanden; und Mahabrahma beobachtete all das und freute sich daran mit göttlicher Teilnahmslosigkeit, denn Mahabrahma war Bewußtsein ohne Begierde.

21. Und schließlich schien der Mönch doch für immer von der Erleuchtung abgeschnitten.

22. Aber endlich erkannte Mahabrahma, nachdem er viele Götter kommen und gehen und ihre Universen wachsen, blühen und

vergehen gesehen hatte, daß das große Gesetz aller Gesetze heißt: *Alles ist vergänglich.*

23. Und Mahabrahma erkannte, daß auch er selbst vergänglich war.
24. Und Mahabrahma erlangte Erleuchtung.
25. Und Mahabrahma kehrte ins normale Bewußtsein im Geist eines Mönchs zurück, der die buddhistische Meditation praktizierte, indem er alle Dinge betrachtete und dachte: *Dies ist vergänglich.*
26. Und der Mönch wußte nicht, ob er ein Mönch war, der träumte, Mahabrahma gewesen zu sein, oder Mahabrahma, der einen Mönch spielte und somit war seine Erleuchtung vollendet.

De fratribus nigris, filiis inquitatis

Am nächsten Tag erhielt Sir John einen weiteren Brief von Verey. Das Herz wurde ihm schwer, als er bemerkte, wie zittrig und ungleichmäßig die Handschrift auf dem Umschlag mittlerweile geworden war. Beim Aufreißen war er wirklich auf alles gefaßt:

Lieber Sir John,

die Mächte, die mein verdorbener jüngerer Bruder Arthur und seine verfluchte Lola heraufbeschworen haben, sind unheimlicher, als ich mir je hätte träumen lassen. Jetzt erst merke ich endlich, daß ich die Heilige Schrift (und besonders das Buch der Offenbarungen) nie richtig ernst genommen habe. Die «Fürsten und Herrscher» der Hölle sind mit Worten einfach nicht zu beschreiben.

«Wehe denen, die nicht guten Glaubens sind, denn sie sind schon verworfen.»

Um zur Sache zu kommen: ich habe den Höhepunkt des Grauens erreicht.

ACTION	**SOUND**
AUSSENAUFNAHME. VOR VEREYS KIRCHE. ABEND. SUBJEKTIVE EINSTELLUNG. VEREYS BLICKWINKEL.	
KAMERA schwenkt auf das Kirchenportal.	*Vereys Stimme (over):* «Als ich letzten Samstagabend nach Hause gehen wollte und die Kirche abschloß wie immer . . .»

AUSSENAUFNAHME. WIE OBEN. NAHAUFNAHME.
DAS SCHLOSS DES PORTALS.
SUBJEKTIVE EINSTELLUNG. VEREYS BLICKWINKEL.

KAMERA ruht auf dem rostigen Schloß des Portals.

Vereys Stimme (over):
«... bemerkte ich plötzlich, daß das große altmodische Türschloß ziemlich eingerostet war und einen Tropfen Öl brauchte. Es war ungewöhnlich schwer, den Schlüssel zu drehen, und ich fragte mich schon, ob es vielleicht noch schlimmer sein würde, wenn ich das Portal am nächsten Morgen für die Frühmesse aufschließen wollte.»

AUSSENAUFNAHME. WIE OBEN.
SUBJEKTIVE EINSTELLUNG. VEREYS BLICKWINKEL.

KAMERA schwenkt um die Kirche herum zu einem Holzschuppen.

Vereys Stimme (over):
«Ich suchte nach meinem Maschinenöl ...»

AUSSENAUFNAHME. WIE OBEN.
SUBJEKTIVE EINSTELLUNG. VEREYS BLICKWINKEL.

VEREYS Hand, die eine langschnabelige Ölkanne hält, kippt sie um – kein Öl fließt heraus.

Vereys Stimme (over):
«... sah, daß mein Vorrat zur Neige gegangen war und nahm mir vor, bei meinem nächsten Besuch in der Stadt neues zu kaufen.»

AUSSENAUFNAHME. WIE OBEN.
SUBJEKTIVE NAHAUFNAHME. VEREYS BLICKWINKEL.

KAMERA schwenkt zurück, fährt die Fassade der Kirche hinauf und bleibt auf einem Fenster am

Vereys Stimme (over):
«Lassen Sie mich anfügen, daß die Kirche nur ein einziges Fen-

First des Gebäudes stehen.

ster hat, hoch oben über dem Altar und daß es so ins Mauerwerk eingelassen ist, daß es sich weder nach außen noch nach innen öffnen oder überhaupt in irgendeiner Weise bewegen läßt.»

AUSSENAUFNAHME. NÄCHTLICHER HIMMEL. LANGE EINSTELLUNG.

Schwarze Wolken jagen über den Himmel.

Donner

AUSSENAUFNAHME. NACHT. LANGE EINSTELLUNG. VEREYS FARM.

Regen strömt auf Vereys Farm hinunter. Man sieht die Kirche, das Haus und die Scheune.

Vereys Stimme (over): «In dieser Nacht schüttete es wie aus Kübeln.»

AUSSENAUFNAHME. DÄMMERUNG. LANGE EINSTELLUNG. VEREYS FARM.

Der Regen hat nachgelassen. Überall sieht man Pfützen.

AUSSENAUFNAHME. DÄMMERUNG. NAHEINSTELLUNG. HAHN IM HÜHNERHOF.

Der Hahn kräht.

Hahn: «Scharscharscharschaar!»

INNENAUFNAHME. VEREYS SCHLAFZIMMER.
SUBJEKTIVE EINSTELLUNG. VEREYS BLICKWINKEL.

KAMERA «setzt sich im Bett auf», schwenkt zum Fenster, durch das helles Sonnenlicht ins Zimmer fällt.

Vereys Stimme (over):
«Als ich an diesem Morgen aufwachte, dachte ich sofort, daß der Regen der vergangenen Nacht dem rostigen Schloß womöglich den Rest gegeben hatte.»

AUSSENAUFNAHME. DER HOF DER FARM.
SUBJEKTIVER SCHWENK. VEREYS BLICKWINKEL.

KAMERA bewegt sich auf das Kirchenportal zu.

Vereys Stimme (over):
«Ich ging hinaus, um mir das Schloß anzusehen ...»

AUSSENAUFNAHME. KIRCHENPORTAL
NAHEINSTELLUNG.
SUBJEKTIVE AUFNAHME. VEREYS BLICKWINKEL.

Das Schloß ist noch rostiger als am Abend zuvor. Der Schlüssel paßt, läßt sich aber nicht drehen.

Vereys Stimme (over):
«Wie ich befürchtet hatte, mußte ich entdecken, daß es nun so verrostet war, daß der Schlüssel sich nicht mehr drehen ließ und ich aus meiner Kirche ausgesperrt war.»

Schlüssel steckt im Schloß.

«Dies war ziemlich ärgerlich, denn in einer halben Stunde würden die ersten Gläubigen zur Frühmesse eintreffen.»

AUSSENAUFNAHME. DIE FARM.
SUBJEKTIVER SCHWENK. VEREYS BLICKWINKEL.

KAMERA schwenkt zum Holzschuppen.

Vereys Stimme (over):
«Ich nahm also Zuflucht zu roher Gewalt ...»

Sehr leise Violine:
Der Walzer aus der Lustigen Witwe.

AUSSENAUFNAHME. DIE FARM.
NAHEINSTELLUNG.

Hammer schlägt gegen das Schloß.

Vereys Stimme (over):
«... und zertrümmerte das Schloß.»

Der Walter aus der Lustigen Witwe wird langsam lauter; Hämmern.

INNENAUFNAHME. KIRCHE. SUBJEKTIVER SCHWENK.
VEREYS BLICKWINKEL.

KAMERA schwenkt nach vorn zum Altar und erfaßt eine tote Katze, die anscheinend innerhalb eines auf den Boden gezeichneten Pentagramms geopfert worden war. KAMERA nimmt jedes Detail auf, während Vereys Stimme es beschreibt.

Vereys Stimme (over):
«Der Anblick, der mich erwartete, war einfach unbeschreiblich. Auf dem Altar lag der Körper einer toten Katze, die erst mit einem blauen Strumpfband erwürgt und dann von einem Dolch oder einem orientalischen Kris durchbohrt worden war. Auf dem Boden erkannte ich die Zeichnung eines Pentagramms.»

Eine blutbefleckte Bibel, aufgeschlagen beim Brief des Judas.

«Die Blutspuren hatten sogar die Bibel bespritzt. Gott wird die Erbärmlichen, die solche widerwärtigen Taten vollbringen, richten.»

Der Walzer aus der Lustigen Witwe wird immer lauter, bis er nur noch schriller Lärm ist.

Das blasphemische Grauen dieses Anblicks verfolgt mich bis heute; schlimmer aber ist die Tatsache, daß es mir unmöglich war herauszufinden, wie rein *menschliche* Diener des Dämons diese Perversion hatten begehen können. Das Fenster, das sich, wie ich bereits geschildert habe, nicht öffnen läßt, war nicht zerbrochen, und durch die verrostete Tür hätte niemand passieren können, ohne das Schloß kaputtzuhämmern, wie ich selber gezwungen war – doch abgesehen von dem Rost war das Schloß unbeschadet, als ich es untersuchte.

Natürlich entfernte ich die Katze, wischte das Blut weg und löschte das Pentagramm aus, ehe die Gläubigen eintrafen, denn ich wollte nicht noch mehr Unruhe in der Landbevölkerung verursachen. Doch ich hatte noch nicht einmal die Hälfte dieser Arbeit getan, als meine Frau überraschend hinzukam und mich bei der schaurigen Prozedur überraschte. Ich hatte keine Wahl und mußte wohl oder übel eingestehen, was passiert war. Seitdem lebt sie in ständiger Angst und bedrängt mich noch flehentlicher als zuvor, diesen einsamen Ort zu verlassen. Doch wie schon gesagt, ich hänge mit meinem ganzen Herzen an diesen lieblichen Hügeln und Tälern und weiß beim besten Willen nicht, ob wir woanders sicherer wären.

Übrigens habe ich versucht, in rein menschlichen Termini zu einer Lösung oder wenigstens Erklärung dieses Geheimnisses zu kommen. Einen korrupten Orientalen für irgendwelche finsteren Geschäfte anzuheuern dürfte wohl kein großes Problem darstellen. Einen Zwerg in ein absurdes Kostüm zu zwängen, ja, selbst einen ungewöhnlich großen Vogel auf uns loszulassen und mit der Angst und dem Aberglauben der Menschen zu rechnen, um all das in eine Herrschaft des Schreckens hineinzusteigern – auch das wäre für pervers veranlagte Zeitgenossen keine Schwierigkeit. Doch dann frage ich mich: könnte sich in jener Samstagnacht nicht jemand heimlich in mein Schlafzimmer geschlichen, mir im Schlaf den Kirchenschlüssel abgenommen und ihn benutzt haben, noch ehe der Regen das Schloß vollends ruinierte und es in ein hermetisches Siegel verwandelte? Leider ist auch diese Lösung nicht hieb- und stichfest. Ich trage den Schlüssel nämlich an einem kleinen Ring, der an einem Armband um mein Handgelenk befestigt ist. Das Armband und der Ring waren am Morgen genauso heil wie am Abend vorher. Es ist nicht nur lächerlich, sondern geradezu absurd, sich einen Einbrecher vorzustellen, der die Kette kaputtmacht, in der Kirche seine abscheuliche Tat begeht und dann in mein Schlafzimmer zurückkehrt und die Kette im Dunkeln wieder zusammenlötet, ohne mich aufzuwecken.

Ich kann daraus nur folgern, daß wir es hier mit einem Wesen zu tun haben, das durch Wände gehen kann.

Möge der Segen des Herrn über uns allen sein!

Ihr sehr ergebener
Rev. C. Verey

«Ein Nachschlüssel», sagte Albert Einstein.

Joyces schlechte Augen blinzelten hinter den dicken Brillengläsern hervor, und ein langsames Lächeln erhellte sein Gesicht. «Wie ähnlich wir uns doch sind», sagte er. «Das war auch mein erster Gedanke.»

«Ist ja alles gar nicht weiter schwierig», fuhr Einstein fort. «Man möchte einen alten religiösen Fanatiker wie diesen Reverend Verey in Angst und Schrecken versetzen. Also besorgt man sich ein paar Helfershelfer und die nötigen Requisiten – den Zwerg, den orientalischen Komplicen, den hypothetischen Vogel von ungewöhnlicher Größe (der genausogut ein Pappdrachen oder sonst eine Maschine sein könnte), und schon ist die Bühne bereitet für die wildesten Vorstellungen. Dann schleicht man sich in einer dunklen Nacht einfach leise zur Kirche und gießt heißes Wachs ins Schloß. Nach ein paar Sekunden erstarrt das Wachs. Man löst es vorsichtig heraus und hat damit das Modell für den Schlüssel. Das bringt man dann zum nächstbesten kompetenten Schlosser, und der macht einem das Duplikat. Das Wunder kann losgehen!»

Joyce drehte sich eine Zigarette und grinste hinüber zu Babcock: «Na, was meinen Sie, Sir John?»

«Nun also», sagte Sir John, «meine Überzeugungen mögen zwar mystischer begründet sein als die Ihren, aber deshalb bin ich noch lange nicht auf den Kopf gefallen. Ich dachte ebenfalls an die Nachschlüsseltheorie und schrieb dem alten Verey auf der Stelle einen Brief, in dem ich sie ihm erläuterte.»

Einstein zündete seine Pfeife an und runzelte nachdenklich die Stirn. «Und was hat er geantwortet?»

«Nun», begann Sir John langsam. «Die Einwände lauteten folgendermaßen: erstens, das Anwesen der Vereys umfaßt die Kirche, das Haus und eine kleine Koppel, wo Ziegen, Schweine und das Familienpferd gehalten werden. Man konnte sich dem Haus nach Einbruch der Dunkelheit nicht nähern, ohne die Hunde zu alarmieren, deren Bellen im allgemeinen auch sämtliche anderen Tiere ansteckte und einen derartigen Krach entfachte, daß die ganze Familie davon aufwachte – also Verey, seine Frau Annie und der ältere Bruder Bertran.

Nun, meine Herren, jetzt überlegen Sie mal scharf. Stellen Sie sich einen professionellen Einbrecher vor, der so gewandt ist, daß er sich mit der legendären Geräuschlosigkeit der amerikanischen Apachen-Indianer bewegt. Er gelangt durch die Koppel zur Kirche und fertigt sein Wachsmodell an, wie Sie gemeint haben. In der Tat müßte er äußerst leichtfüßig sein, aber ich will mal unterstellen, daß ein solcher fast unwahrscheinlich geschickter Einbrecher denkbar ist.

Also gut», fuhr Babcock fort. «Unser Mann hat seinen Nachschlüssel. Er kommt in jener bewußten regnerischen Samstagnacht wieder und schafft es ein zweites Mal, an sämtlichen Tieren vorbeizukommen, ohne daß sie einen Mucks von sich geben. Er schleicht sich in die Kirche und setzt seinen brutalen und abscheulichen Plan in die Tat um. Danach verschwindet er genauso wie er gekommen ist. Sehr gut. Das einzige Problem ist, daß Reverend Verey bemerkte, nachdem er das Grauen entdeckt hatte, daß seine eigenen Fußstapfen die einzigen waren, die sich im Schlamm vor dem Kirchenportal abgezeichnet hatten. Es scheint, daß unser Super-Einbrecher nicht nur durch eine ganze Farm schlich, ohne ein einziges Tier aufzuwecken, und das gleich zweimal, nämlich als er sein Modell machte und als er zurückkehrte, um sein satanisches Opfer zu bringen, sondern auch noch den Hof durchquerte, *ohne im Schlamm Fußspuren zurückzulassen*.» Sir John lächelte dünn. «Wie will die Freidenkerei das erklären, meine lieben skeptischen Freunde?»

ACTION	**SOUND**
INNENAUFNAHME. VEREYS KIRCHE. TAG.	
KAMERA fährt ruckweise auf das Portal zu.	*Heftiges Keuchen*
PORTAL VON VEREYS KIRCHE. BLICK NACH DRAUSSEN. SUBJEKTIVE LANGE EINSTELLUNG.	
VEREYS Blick: der Hof mit seinen Fußspuren, die auf das Portal zulaufen.	*Voodoo-Trommeln*

Einstein prüfte nachdenklich seine Pfeife und schickte sich an, sie sorgfältig mit den Fingern auszukratzen. Sein Gesicht war ausdruckslos.

«Dieser ältere Bruder Bertran», sagte er und starrte in die Pfeifenasche wie Sherlock Holmes auf der Suche nach Indizien. «Bisher ist er nichts weiter als ein Name. Wir wissen eigentlich gar nichts über ihn.»

«Ah», meinte Joyce. «Sie vermuten einen Komplicen der Verschwörer in der Familie? Sehr schlau, Professor. Wenn einer von drei Brüdern ein schwarzes Schaf sein kann, warum dann nicht auch zwei? Erinnert mich an meine *Hamlet*-Theorie, die ich Ihnen bei Gelegenheit erläutern muß. Ich könnte mir sogar ein durchaus denkbares Szenario vorstellen, wenn Kirche und Haus nahe genug beieinanderstehen. Der böse Bertran krabbelt wie ein d'Artagnan des Hochlands über das Dach des Hauses, springt auf das Dach der Kirche und läßt sich dann zum Portal hinunter. Sehr sportlich für den älteren Bruder von Reverend Verey, der, wie wir wissen, selbst schon zweiundsechzig ist. Unwahrscheinlich, aber nicht unmöglich, und wie Holmes zu sagen pflegte: ‹Das, was übrigbleibt, wenn man das Unmögliche ausgeschaltet hat, muß die Wahrheit sein, auch wenn sie unwahrscheinlich klingt.› Leider muß ich Ihnen gestehen, Professor, daß ich es nicht eine Sekunde glaube.»

«Ein Ballon», sagte Einstein gedankenverloren und suchte in seinen Taschen nach der Tabakdose. (Typischer Neun-Pfeifen-Fall, dachte Joyce.) «Ein kleiner Ballon, mit Helium gefüllt, und Platz für ein bis zwei Passagiere, wie man sie manchmal auf der Kirmes sieht. Nein», setzte er hinzu, «machen Sie sich nicht die Mühe, mich auszulachen. Ich muß selbst den kleinsten Strohhalm untersuchen. Der Ballon ist möglich, aber ich finde es in der Tat schwerer zu glauben, daß unser Eindringling auf diese Weise vom Himmel fiel, *ohne die Tiere zu alarmieren,* als zu glauben, daß er durch eine solide Wand ging. Ich begreife allmählich, daß wir es hier mit diabolisch schlauen Verschwörern zu tun haben. Der Sache auf den Grund zu gehen, wird all meine analytischen Fähigkeiten in Anspruch nehmen.»

«Wenn wir der Sache überhaupt je auf den Grund kommen», setzte Joyce mürrisch hinzu.

«Fahren Sie mit Ihrem Bericht fort, Sir John», sagte Einstein, «wir brauchen einfach mehr Fakten, ehe wir irgendwelche Schlüsse ziehen können.»

Der Vikar sagte: Ach Herrjeh! Ein Bruder auf dem Kanapee! Ja: langsam komme ich dahinter. *Ed eran duo in uno.* Ja.

«Auf jeden Fall ... also machen Sie mit Ihrer Story weiter», sagte Joyce und lächelte in sich hinein.

Während er mit wachsender Ungeduld Jones' Rückkehr aus Paris entgegenfieberte und gleichzeitig mit schrecklichen Vorahnungen die nächsten Ereignisse am Loch Ness erwartete, fing Sir John an, sich mit Crowleys *Book Four* zu beschäftigen. In der Tat handelte es sich um eine simple und praktische Erklärung der okkulten Künste und Wissenschaften – jedenfalls in den ersten paar Kapiteln.

Crowley lehnte Glaube und Vernunft als endgültige Antworten auf das Geheimnis ab – den Glauben, weil es ein Glaube sein könnte, der auf den falschen Gott gerichtet war oder auch die falsche Kirche oder den falschen Lehrer, und die Vernunft, weil sie noch nicht bis jenseits der Veränderungen und Kombinationsmöglichkeiten ihrer eigenen Axiome vorstoßen konnte. Blieb also nur die Methode des Experiments, und so definierte Crowley auch jedes okkulte System als Technik von psychologischen und neurologischen Experimenten, mit deren Hilfe Bewußtsein multipliziert und Evolution beschleunigt wird.

Sir John merkte, daß all das seinen Ursprung in den Lehren des Golden Dawn hatte, aber man mußte auch dem Teufel sein Recht geben: Crowley hatte wirklich ein Talent dafür, es wunderbar klar und wissenschaftlich präzise darzustellen.

Book Four definierte sodann die Techniken des Yoga als physiologische Experimente.

Asana, die komplizierte Gymnastik, die Sir John so mühsam von Jones gelernt hatte, war nichts anderes als eine einfache Methode, um den Körper maximal zu entspannen, ohne dabei einzuschlafen. *Pranayama*, eine spezielle Atemtechnik des Yoga, war gleichermaßen eine Methode, um die Gefühle unter die Kontrolle des Willens zu bringen. Wieder einmal mußte Sir John zähneknirschend zugeben, daß sein Gegner eine wirkliche Gabe hatte, die okkulen Künste wie eine wissenschaftliche Erläuterung darzustellen.

Das erste finstere Indiz schlich sich in der Diskussion über *yama* und *riyama*, Keuschheit und Selbstbeherrschung, ein. Crowley verwarf sämtliche traditionellen Lehren zu diesem Thema als abergläubisch, schädlich und überflüssig und bot statt dessen den anarchistischen Rat: «Lassen wir doch die Schüler selber entscheiden, welche Lebensform, welcher Moralkodex am wenigsten geeignet ist, ihren Verstand zu verwirren.» Das war ein Schlag unter die Gürtellinie, dachte Sir John. Zwar täuschte Crowley wissenschaftliche Objektivität vor, öffnete aber gleichzeitig jedem x-beliebigen System von Moral oder Unmoral, das der Leser persönlich vorziehen mochte, Tür und Tor.

Dann wandte der Autor sich der zeremoniellen Magie zu und definierte sie als Hilfsmittel der Yoga-Technik. Der Geist allein, meinte er, kann seine eigene Transzendenz so lange nicht bewerkstelligen, nicht mal mit Hilfe von Yoga, bis sein Wille zu einer Waffe geworden ist, die den Körper absolut beherrscht, die aufflammenden Emotionen des Körpers ebenso wie alle mechanischen Gewohnheiten. Eine magische Technik ist nichts weiter als ein Trick oder Kniff, um die Schüler bei der Entwicklung solch eines selbsttranszendierenden Willens zu unterstützen. Sir John fiel auf, daß moralische Überlegungen zur Handhabung dieses Willens völlig ausgeklammert wurden, damit gewann die Perversion von Crowleys System an Transparenz.

Und dann stieß er auf ein Kapitel über den berühmten Kinderreim Mother Goose.

«Jeder Kinderreim enthält tiefgründige magische Geheimnisse», begann Crowley unschuldig und genauso vernünftig wie sonst auch. Dann gab er ein Beispiel:

> Die alte Mutter Hubbard
> Ging an einem Sabbat
> Hundeknochen holen ...

und lieferte gleich anschließend den mystischen Schlüssel zu diesen Zeilen.

> Wer ist denn die alte und ehrwürdige Mutter, von der hier die Rede ist? Im Grunde niemand anderes als Binah, wie es im Gebrauch des heiligen Buchstabens H offensichtlich wird, mit dem ihr Name beginnt.

Sir John starrte völlig perplex auf die Seite. Verflixt und zugenäht, das war ein plausibles Beispiel für die Anwendung der Kabbala. *Binah* war der dunkle, untergeordnete Aspekt der Gottheit, gleichrangig mit *Chokmah,* dem ersten oder rationalen Aspekt Gottes. Und *Binah* erscheint normalerweise als alte Frau, so wie *Chokmah* als weißbärtiger alter Mann symbolisiert wird. Die Kabbalisten lehrten, daß das gemeine Volk nur den männlichen oder patriarchalischen Aspekt des göttlichen Wesens verstehen konnte, aber der erste Schritt der Erleuchtung besteht darin, durch direkte Intuition den höchsten femininen, passiven Aspekt zu erfassen. Und *Hé* als zweiter Buchstabe des göttlichen Namens, *Yod Hé Vau Hé* wird mit diesem untergeordneten Aspekt der Gottheit identifiziert – denn *Hé* bedeutet Fenster und symbolisiert den Schoß. Crowley gab hier einen komplizierten kabbalistischen Insider-Witz zum besten, um es mal gelinde auszudrücken. Starr vor Staunen las Sir John weiter:

> Und wer ist der Hund? Ist es nicht der Name Gottes, kabbalistisch rückwärts buchstabiert?* Und was ist dieser Knochen? Dieser Knochen ist der Stab, der heilige Lingam!
>
> Jetzt liegt die komplette Interpretation des Verses vor uns. Dieser Reim symbolisiert die Legende von der Ermordung des Osiris durch Typhon.
>
> Die Glieder Osiris' wurden im Nil verstreut.

Das war nicht nur einwandfreie Kabbalistik, sondern auch perfekte vergleichende Mythologie. Staunend bemerkte Sir John, daß Isis wirklich sehr gut mit dem Hundssymbolismus übereinstimmte: schließlich wurde sie ja auch mit dem Hundsstern Sirius identifiziert. Gleichzeitig war das Ganze aber auch eine gefährliche Parodie der Kabbala, die vortäuschte, daß man tatsächlich all das in Mother Goose wiederfinden konnte.

Crowley fuhr fort mit der Erklärung der geheimnisvollen mystischen Bedeutungen in *Little Bo Peep* (Buddha unter dem *bo*-Baum) und seiner Schäfchen (das Lamm oder der Erlöser), *Little Miss Muffet* (Malkus, das Wort der Illusion), der Spinne (Tod oder die große Illusion) und so weiter und so fort, über *Little Jack Horner* und *Humpty Dumpty* bis zu den *Heinzelmännchen*.

Das *Book Four*, das als klarstes und empirischstes Werk über den Mystizismus begann, das Sir John je gesehen hatte, verwandelte sich allmählich in einen enormen Witz auf Kosten des Lesers. Sir John mußte plötzlich wieder an die knappe Warnung denken, die Victor Neuburg ihm hatte zukommen lassen: «Kein Lebender versteht Aleister Crowley oder kann ihn verstehen, aber die, denen ihre geistige Gesundheit lieb ist, werden sich nicht mit ihm einlassen.»

Als Mr. George Cecil Jones aus seinem Urlaub in Frankreich zurückkam, bestürmte ihn Sir John, sich so bald wie möglich mit ihm zu treffen, damit er ihm die komplette Geschichte von Lola Levine,

* Englisches Wortspiel: dog-god (A. d. Ü.)

Clouds Without Water, *Der Große Gott Pan* und Reverend Vereys toter Katze erzählen konnte.

Sie verabredeten sich in Jones' Wohnung, die in Soho, London, lag. Jones stellte ihm seine Frau und auch die Kinder vor – eine angenehme, ganz normale englische Familie – und zog sich dann mit ihm in ein mit Büchern vollgestopftes Arbeitszimmer im Erdgeschoß zurück. «Sie haben mit Abra Melins Geistern gespielt», sagte er als erstes.

«Nein», protestierte Sir John. Sah man ihm seine Nervosität denn an der Nasenspitze an?

«Nun, dann haben sie mit Ihnen gespielt», meinte Jones. «Erzählen Sie.» Er setzte sich mit aufmerksamem, aber unbeteiligtem Gesichtsausdruck in seinen Sessel – so stellte Sir John sich sein Gesicht vor, wenn er eine geschäftliche Besprechung in seiner chemischen Firma durchstehen mußte –, und dann erzählte ihm Sir John die ganze Geschichte von Anfang an. Es brannten vielleicht ein Dutzend Kerzen, zwei in Messingständern und mehrere in Leuchtern, so daß der Raum hell erleuchtet war, und trotzdem hatte Sir John das unbehagliche Gefühl, daß jeder dunkle Schatten, der sich irgendwo bewegte, wie eine Vorahnung finsterer Prophezeiungen war.

«Nun», meinte Jones, als er mit seinem Bericht zu Ende war, «da sind Sie aber wirklich in eine üble Situation geraten. Haben Sie Angst?»

«Furcht heißt Versagen und ist der Vorbote –»

«Ich weiß, ich weiß, das ist das, was Sie glauben sollten», unterbrach ihn Jones. «Die Frage ist: wie sehr glauben Sie momentan daran?»

«Es gibt Augenblicke, in denen ich verzage», beichtete Sir John.

«Nur Augenblicke? Nicht Stunden oder ganze Tage?»

«Augenblicke», bekräftigte Sir John. «Ich glaube, die Pranayama-Technik und das Vertreibungsritual des Pentagramms helfen mir, alle negativen Gefühlsaufwallungen zu verscheuchen, ehe sie zu stark werden.»

«Das ist ja wohl auch das mindeste, was man von einem Prakticus erwarten kann», antwortete Jones. «Wenn Sie jedoch höheren Prüfungen unterworfen würden ... wenn ich, sagen wir, mit einem Chirurg, einem Freund von mir vereinbaren würde, daß Sie als Zuschauer bei einer Operation oder einer Autopsie teilnehmen könnten ... oder wenn ich die richtigen Hebel bei der Regierung in Gang setzte und Ihnen die Zulassung zu einer Hinrichtung durch den Strang im Newgate-Gefängnis besorgte ... könnten Sie wirklich wie ein Buddha mit klarem Kopf danebenstehen, ohne Angst und Schrecken?»

«Nicht ganz», gestand Sir John. «Doch habe ich mich immerhin so weit von meinen körperlichen Empfindungen distanziert, daß ich garantieren könnte, weder in Ohnmacht zu fallen noch schwindlig zu werden.»

Jones stand auf und ging im Zimmer auf und ab, schweigend, unergründlich wie ein eingesperrter Panther. «Nehmen wir an», sagte er schließlich, «ich würde Sie zu einer Spritztour nach Paris mitnehmen und brächte Sie in einen der Clubs, von denen Sie sicher schon gehört haben ... die, in denen die Zuschauer mit sexuellen Orgien unterhalten werden. Könnten Sie dabeistehen wie ein Buddha, mit klarem Kopf und einerseits ohne Begierde, andererseits ohne die konditionierten Abscheureflexe Ihrer viktorianischen Erziehung zuschauen?»

Sir John starrte ins Feuer, alles, was er je über die Hölle gehört hatte, schoß ihm durch den Kopf. «Nein«, sagte er heiser. «Ich glaube, sowohl Lust wie auch Abscheu würden mich überwältigen.»

Jones lächelte aufmunternd. «Wenigstens sind Sie ehrlich», sagte er schlicht. Dann hörte er mit dem Hin- und Hergerenne auf, zog einen Stuhl neben den von Sir John und fragte ruhig: «Nehmen wir an, ich würde von Ihnen verlangen, den nächsten Zug nach Inverness zu nehmen, Reverend Verey aufzusuchen und das Große Ritual des Exorzismus anzuwenden, um die Kräfte zu vertreiben, die diese unglückliche Familie bedrohen?»

Sir John rutschte das Herz in die Hose. «Das könnte ich nicht», sagte er niedergeschlagen. «Ich habe einfach noch nicht genug Vertrauen zu mir selbst und meiner Kontrolle über die Astralmächte.»

Jones lachte und klopfte dem jungen Mann auf die Schulter. «Ausgezeichnet, wirklich ausgezeichnet», sagte er unerwartet. «Sie sind weit in eine schreckliche Sache vorgestoßen», fuhr er anerkennend, mit leuchtenden Augen fort, «und ich muß zugeben, daß ich hin- und hergerissen bin zwischen Bewunderung für Ihren Mut und den schlimmsten Befürchtungen wegen Ihrer Tollkühnheit. Wenn Sie meinem Vorschlag bezüglich Inverness zugestimmt hätten, wäre mir nur der Schluß geblieben, daß Sie nicht nur ein Narr sind, sondern auch hochgradig an frühreifer Selbstüberschätzung leiden, die, wie Sie wissen, gleich neben der biblischen Sünde des Stolzes steht. Niemand vom Rang eines Prakticus sollte versuchen, was ich da eben angedeutet habe. Einen Exorzismus durchzuführen, erfordert mindestens die Weihen eines Adeptus Major.»

Sir John seufzte erleichtert auf. «Vielen Dank», sagte er und meinte viel mehr, als diese schlichten beiden Worte sagen konnten.

«Ich muß darüber schlafen», meinte Jones, «vielleicht sogar meinen Vorgesetzten zu Rate ziehen, aber ich hoffe doch, so ernst wird die Sache nicht werden. Ich glaube, das Schlimmste, mit dem wir es hier zu tun haben, ist absichtliche Gefährdung von Menschen.»

Sir John fuhr heftig zusammen. «Das kann man wohl sagen», stimmte er zu.

«Tja», meinte Jones. «Aber jetzt beruhigen Sie sich ein wenig und denken Sie wieder etwas rationaler über die Sache nach. Haben Sie je gesehen, daß ich durch die Luft schwebe oder durch eine Wand gehe? Glauben Sie, daß ich solche Wunder vollbringen kann, sie aber vor Ihnen, möglicherweise aus Bescheidenheit, verborgen habe? Ich versichere Ihnen, daß solche *siddhis,* wie die Inder diese Mächte nennen, wirklich äußerst selten sind und im übrigen sowieso eigentlich eher eine Ablenkung von der Großen Aufgabe darstellen. Daß eine Gruppe von fehlgeleiteten Diabolisten darin so weit fortgeschritten sein soll, ist einfach absurd, Sir John. Normalerweise haben sie übersteigertes Selbstbewußtsein, aber nicht übersteigerte Macht. Es gibt viel Böses auf diesem Gebiet, aber auch viele Tricks oder Bluffs. Lassen Sie mich ein wenig darüber nachdenken.»

De clavicula somniorum

In dieser Nacht hatte Sir John wieder einmal scheußliche Träume. Lola, Lola, Lola – sie war überall, wo er in den gnomischen Höhlen des Schlafs umherwandelte. Der alte Celine führte Sir John durch eine Art finsteres, spanisch anmutendes Mausoleum, wo sie plötzlich auf Goyas *Nackte Maja* stießen: das Gesicht auf dem Porträt war Lolas Gesicht, ihre Augen funkelten und schauten Sir John mit obszönem Spott bis auf den Grund seiner Seele. «Warten Sie», protestierte Celine, «das ist doch nur Kunst ...» Aber Sir John rannte bereits durch einen Garten, an einem Baum vorbei, um den sich eine blaue Vipernatter schlängelte, die mindestens so groß wie eine Pythonschlange war: und unter dem Baum saß Lola, nackt und spöttisch, und rief ihm nach: «Wir sehen uns wieder, wenn der Tee heiß ist.» DURCHFAHRT VERBOTEN las er im Vorbeilaufen auf einem Schild. «F.O.T.Z.E. ist heiß», hallte das Echo hinter ihm her. Er war im Boulak Museum von Kairo (wo war denn bloß Celine abgeblieben), und die uralte Bildsäule vor ihm zeigte den falkenköpfigen Horus, einen geflügelten Globus, und die nackte Sterngöttin Nut. Chirurg Peel sang:

Priester in schwarzen Gewändern wandeln im Kreise
Ersticken Begierde und Lüste in Kronen aus Dornen

«Paß auf Chirurg Peel auf», flüsterte ihm Chirurg Thalis zu.

Plötzlich befand Sir John sich in der Hagia Sophia von Konstantinopel und inspizierte ein kompliziertes, mit Juwelen geschmücktes, ostorthodoxes Kruzifix. «Reden Sie», sagte Sur Loin, «wenn Sie Kay sehen?» und da merkte Sir John, daß unter den Initialen I. N. R. I. eine kleine Inschrift eingegraben war:

IPSUM NOMEN RES IPSA
(Eßt es mit Katsup)

«Die Bezeichnung ist das Ding an sich», übersetzte Sir John. «Was zum Teufel soll das bedeuten?»

Aber das Kreuz wurde zum Buddha Lola, mit ausgestreckten Armen, golden glühend. «*Yod:* Isis: Jungfräuliche Mutter», sagte sie mit magischer Stimme. «Die Seeleute in der Dämmerung.»

«*Nun:* Tod: Apophis, der Vernichter», sagte der alte Verey mit schauriger Stimme. «Sir Thalis zu Mittag.»

«*Resh:* die Sonne: Aufgegangener Osiris», fügte Celine gefühlvoll hinzu. «Ausruhen, Erektion.»

«*Yod:* Isis: Jungfräuliche Mutter», wiederholte Lola. «Eßt es mit Katsup.»

«Isis: Apophis: Osiris: IAO!» hallte eine Stimme wie Donner hinter ihnen her.

Die Bezeichnung ist das Ding an sich, schrieb Sir John verzweifelt in sein Journal: das war zu wichtig, um es gleich wieder zu vergessen.

Und dann war es Morgen. Draußen zwitscherten die Vögel, die Sonne strömte wie eine goldene Flut durchs Fenster, und Sir John fragte sich, ob man sich der endgültigen Realität eigentlich eher im normalen Bewußtsein oder im aphoristischen Symbolismus seiner Träume nähert. Er schrieb die ganze Vision in sein Magisches Tagebuch, ehe sie wieder erlosch, und ging, ganz in *Ipsum Nomen Res Ipsa* vertieft die Treppe hinab, um zu frühstücken. Die Bezeichnung ist das Ding an sich. I. N. R. I.: Isis, Apophis, Osiris: IAO.

Mit der Morgenpost traf ein wunderlich verpacktes Päckchen von der Gesellschaft zur Verbreitung der Religiösen Wahrheit aus Inverness, Schottland, ein. Sir John riß die Verpackung auf, setzte sich an seinen Frühstückstisch und nahm einen Brief von Verey und eine zylindrische Grammophonscheibe heraus. Als erstes las er den Brief.

Vereys Handschrift war jetzt so zittrig, daß man sie manchmal nur mit Mühe entziffern konnte. Der Brief begann ohne große Formalitäten:

Mein lieber Sir John,

das Schlimmste ist eingetroffen. Ich kann mich nur mit größter Mühe so weit zusammenreißen, daß ich Ihnen einen einigermaßen zusammenhängenden Bericht geben kann. Gott schütze uns.

In der Nacht vor gestern abend wurde das Summen und Kichern der schrecklichen Kreaturen, die seit einiger Zeit um dieses unglückliche Haus herumspuken, schlimmer als je zuvor. Also beschloß ich, eine Aufnahme von diesen Geräuschen zu machen, damit auch andere sie hören können. Vielleicht können Sie besser beurteilen, ob es nur meine Einbildung ist, oder ob diese fledermausgeflügelten Wesen tatsächlich die menschliche Stimme nachäffen. Ich kann mir keinen besseren Zweck für diese Aufnahme vorstellen, als sie in Ihre Hände zu legen. Ich bin sicher, daß manch anderer sie auf der Stelle zurückgeben, ja, sogar behaupten würde, daß es sich um eine Fälschung handelt. Als ich sie mir noch einmal anhörte, wurde mir klar, daß ich selbst nicht anders reagieren würde, wäre ich nicht selber dabeigewesen.

Aber es ist noch etwas viel Schrecklicheres passiert.

In der gestrigen Post befand sich unter anderm ein Päckchen für meinen Bruder Bertran. Zufällig sah ich, daß der Absender nur eine Abkürzung verwendete, M.M.M., die mir nichts sagte, die mich aber trotzdem irgendwie stutzig machte. Unter diesen Initialen befand sich eine Adresse auf der Jermyn Street in London, aber ich kann mich nicht mehr an die Nummer entsinnen.

Während ich damit beschäftigt war, meine eigene Post zu lesen, ging Bertran in die Bibliothek, wo er das Päckchen aufmachte. Ein paar Sekunden später hörte ich einen Laut, den meines Erachtens kaum je ein menschliches Ohr vernommen hat. War es Lachen oder Weinen? Ich lauschte, bis mir klar war, daß es ein verrücktes, hysterisches Lachen war. Ich stürzte ihm nach, doch ach – es war zu spät!

Mein Gott, Sir John, als ich den Raum betrat, stand Bertran da und hielt sich den Lauf seines Jagdgewehrs an die Schläfe. «Halt!» schrie ich und warf mich auf ihn, er aber durchbohrte mich nur mit einem tollen, erschütterten Blick und drückte ab. Ich sah mit eigenen Augen, wie sein Hinterkopf explodierte – doch die Einzelheiten sind zu abstoßend, um sie niederzuschreiben. Ich frage mich nur, wie Ärzte und Polizeibeamte solch einen Anblick ertragen können, ohne selber verrückt zu werden. Wahrscheinlich habe ich selbst für ein paar Sekunden den Verstand verloren; ich erinnere mich nur noch, daß ich auf dem Boden saß und Bertrans toten Körper in den Armen hielt, wie eine Mutter ihr Kind, während mir die Tränen übers Gesicht strömten. In dem Moment dachte ich daran, daß die Schreiber von sogenannten Schauerromanen wirklich keine Ahnung haben, wovon sie schreiben, wenn sie sich solche Szenen ausdenken, um ihre Leser damit zu unterhalten. Mein Gott, ich (unleserlich) ... Werk des Satans.

Als ich mich nach dem Päckchen umschaute, das offensichtlich diesen absurden Anfall von selbstzerstörerischer Melancholie heraufbeschworen hatte, merkte ich, daß im Gegensatz zu wenigen Minuten zuvor, als Bertran die Bibliothek betreten hatte, jetzt ein Feuer im Kamin brannte, und zog den richtigen Schluß. Doch so sehr ich es auch versuchte, es war zu spät, um noch irgend etwas aus den Flammen zu retten. Ich sah nur, daß es ein Buch gewesen sein mußte, ein schmales Bändchen, wie es schien.

Ich bin jetzt verabredet, um die Fragen des Untersuchungsrichters zu beantworten, und werde diesen Brief unterwegs einwerfen. Wenn Sie einen M. M. M. auf der Jermyn Street entdecken, Sir John, halten Sie sich um Gottes willen da heraus – betreten Sie keinesfalls sein Haus, aber informieren Sie mich über alles, was Sie von draußen erfahren können.

In Eile
C. Verey

Das verlorene Ei und der Schinken auf seinem Teller waren mittlerweile kalt. Es war ihm schleierhaft, wie lange er da gesessen und in die Luft gestarrt hatte. Der Brief war neben ihm zu Boden gefallen. Vor dem Fenster gurrten sanft die Trauertauben. Zwar befand er sich eindeutig im realen, faßbaren Universum, doch die Kräfte des Alptraums und der Magie waren auch hier aktiv, über die astralen Traumreiche hinaus.

«Das war kein Selbstmord», sagte er laut, ohne zu merken, daß er jetzt schon soweit war, mit sich selbst zu reden. «Das war Mord!» M. M. M., wer oder was auch immer dahintersteckte, hatte Verey ein Buch geschickt, das ihn dazu verleitet hatte, eher den Tod zu wählen, als eine Existenz in diesem Universum fortzusetzen.

Plötzlich fiel ihm die Aufnahme von den «summenden und kichernden» Stimmen wieder ein. Benommen wie ein Schlafwandler trug er sie ins Musikzimmer und schob sie in sein Grammophon.

Was ihm jetzt zu Ohren kam – die Stimmen der Wesen, die das Loch Ness unsicher machten –, war eine insektoide Parodie der menschlichen Sprache.

(Summende, unverständliche Geräusche)

(Schrilles Hundegebell – animalische Angst)

SCHWACHSINNIGE WEIBLICHE STIMME

Za Hölle! Za Hölle! Fahrt za Hölle!

MÄNNLICHE STIMME

Kein Entkommen, kein Entkommen, kein Entkommen, kein Entkommen, kein Entkommen, kein Entkommen ... *(Stimme wird immer schneller, bis sie in ein verzerrtes, unmenschliches Summen übergeht)*.

ZWEITE MÄNNLICHE STIMME

Das stimmt. Das stimmt. Das stimmt.

GESCHLECHTSLOSE ROBOTERSTIMME

In diesem Haus werden noch alle durchdrehen.

SCHWACHSINNIGE WEIBLICHE STIMME

Jawohl, sie draften alle ab. Charlie und Bertie und Annie, alle draften sie ab.

MÄNNLICHE STIMME *(singend)*

Charlie wird verrückt, Charlie wird verrückt, Charlie wird verrückt ...

DRITTE MÄNNLICHE STIMME

Die Riesenkakerlaken kommen!

BESTIALISCHE STIMME

Die Ameisen kommen ...

SCHWACHSINNIGE MÄNNLICHE STIMME

Die Tausendfüßler kommen ...

SCHWACHSINNIGE WEIBLICHE STIMME

Ohne Frau, ohne Pferd, ohne Schnurrbart ...

DRITTE MÄNNLICHE STIMME

’s ist Blut du Hund, ich bring dir bei, wie man es schmeckt!

BESTIALISCHE STIMME

Die Todesmoskitos! Killermotten auf der Straße!

(Unverständliche Geräusche)

(Donnergrollen)

ROBOTERSTIMME

Ein Teil Natriumchlorid und ein Teil Strapse ...

DRITTE MÄNNLICHE STIMME *(singend)*

Von den Tiefen des Raums, von den dunklen Planeten, von den Sternen, die vor Bosheit funkeln ... (unverständlich) ... die Krypta der augenlosen Fresser, das verfluchte Tal von Pnath, Er, Dessen Name Nicht Genannt Werden Soll ...

BESTIALISCHE STIMME

Sie wollen Futz, Charlie. Sie wollen Futz.

SCHWACHSINNIGE MÄNNLICHE STIMME

Fremder, kommst du in den bösen Zauberwald von Weirne, so bleib stehen und vergieß eine Träne.

SCHWACHSINNIGE WEIBLICHE STIMME

Henry Fielding hat versprochen, weh dem, der spielt mit seinen Knochen!

DRITTE MÄNNLICHE STIMME

Alles an Bord nach Elfenland. Eintritt kostet den Verstand.

BESTIALISCHE STIMME

Charlie wird verrückt, Charlie wird verrückt, Charlie wird verrückt ...

(Wieder heulen die Hunde in entsetzlicher Angst)

ROBOTERSTIMME

Das ist richtig: du liegst falsch. Das ist richtig: du liegst falsch. Das ist richtig: du liegst falsch.

SUMMENDE, KAUM NOCH MENSCHLICHE STIMME

Hiute sul wirs tanzens werden müeder?

DRITTE MÄNNLICHE STIMME

Io Pan! Io Pan Pan! Io Pan! Io Pan Pan! Ich bete dich an, Evoe! Ich bete dich an, IAO!

SCHWACHSINNIGE WEIBLICHE STIMME

Jawohl, meine Futz, Charlie. Sie wollen meine Futz.

VIERTE MÄNNLICHE STIMME

... zur schwarzen Ziege aus den Wäldern, zum Altar der siebzigtausend abwärts führenden Stufen, zum Innersten der Erde und zur Schändlichkeit aller Schändlichkeiten ...

SCHWACHSINNIGE WEIBLICHE STIMME

Magna Mater! Magna Mater! Atys! Dia ad aghaids ad Adoin! Agus bas dunach ort!

Hier brach die Aufnahme abrupt ab. Sir John saß wie in Trance. Er wußte, das waren die Stimmen eines irrsinnigen Alptraums, die irgendeine dunkle Seite der menschlichen Phantasie und Furcht entfesselt hatte, um Form anzunehmen. Sie waren real genug, um nicht nur den armen Verey zu peinigen, sondern sich sogar auf dem Grammophon einfangen zu lassen. Die Durchdringung der Welten von Traum und Realität war komplett.

Plötzlich kamen ihm Arthur Machens Worte aus *The Great God Pan* in den Sinn: «Es muß doch irgendeine Erklärung, irgendeinen Ausweg aus diesem Terror geben. Denn wahrlich, wenn so etwas möglich wäre, dann wäre unsere Welt ein Alptraum!»

ACTION	**SOUND**
INNENAUFNAHME. NACHT. EINE MASKERADE. LANGER SCHWENK.	
KAMERA irrt über die Tänzer – unter ihnen YEATS, TROTZKI, HITLER und Bertrand RUSSELL.	*Der Walzer aus der Lustigen Witwe*
Schließlich verharrt sie auf der Verhüllten Gestalt am Altar.	*Verhüllte Gestalt:* «Oh, du Löwen-Schlangen-Sonne, die du vertreibst die Dämonen der Nacht! Ich bete dich an, Evoe! Ich bete dich an, IAO!»

George Cecil Jones legte Vereys Brief auf den Tisch. Seine Hand zitterte.

«Mein Gott», sagte er.

Sie befanden sich in Jones' Arbeitszimmer. Trotz des schwachen Kerzenlichtes erkannte Sir John, wie blaß der Chemiker geworden war.

«Wissen Sie irgendwas über diesen M. M. M.?» fragte er.

«Natürlich», antwortete Jones. «Es ist eine Buchhandlung. Mysteria Mystica Maxima – Okkulte und Mystische Literatur aus allen Zeiten; 93 Jermyn Street.»

«Das stimmt, Verey erwähnte eine Adresse auf der Jermyn Street – aber eine *Buchhandlung*?»

Jones lächelte dünn. «Sie erwarten wohl einen satanischen Tempel mit Wasserspeiern, die den vorübergehenden Passanten Grimassen schneiden? Eine Buchhandlung, die sich auf okkulte Literatur spezialisiert hat, ist ein ebenso guter Köder wie alles andere auch – und wenn ihre Beute ein Individuum ist, das nach mystischen Geheimnissen sucht, und man die Absicht hat, es vom Pfad des Lichts auf den der Finsternis zu locken, dann ganz besonders. Können Sie sich vorstellen, daß man in einem Land der Freiheit und verfassungsmäßiger Rechte wie dem unseren Scotland Yard dazu überreden könnte, eine Buchhandlung zu beobachten? Oh, eine Buchhandlung ist eine geradezu ideale Falle für Dummköpfe ...» Müde schüttelte er den Kopf. «Mysteria Mystica Maxima ist eine Institution, die wir mit dem größten Interesse beobachtet haben, seit sie vor zirka zwei Jahren eröffnet wurde. Sie verfügt über ein ansehnliches Lager an mystischen Schriften aller Traditionen, aber von einem Autor gibt es dort mehr Werke als von irgendeinem anderen, und das ist Mr. Aleister Crowley. Übrigens finden hier auch ziemlich häufig Lesungen von Crowley statt.»

«Und Lola Levine war eine von Crowleys Geliebten?»

«Das war sie», stimmte Jones zu, «und sie ist es immer noch, wenn ich mich nicht täusche.»

«Und ist sie die Lola aus *Clouds Without Water*?»

«Daran gibt es wohl keinen Zweifel mehr.»

Sir John sprang auf und beugte sich über Jones. «Bei Gott!» rief er. «Ein Mann ist durch ein Buch in den Wahnsinn getrieben worden! Ein Mord ist geschehen – ein Mord, der vor Gericht wahrscheinlich nie bewiesen werden kann, aber trotzdem bleibt es Mord. Fledermausgeflügelte Wesen, die kichern und sprechen wie in den Wahnvorstellungen eines Irren – böse Zwerge aus der keltischen Mythologie – Monstrositäten jeden Kalibers – ein abscheuliches Opferritual am Altar von Vereys Kirche – Jones, Jones, hören Sie auf, den unerforschlichen Lehrer zu spielen: dafür ist jetzt nicht die rechte Zeit! Sagen Sie mir lieber kurz und bündig, mit was wir es hier eigentlich zu tun haben, um Gottes willen!»

«Setzen Sie sich», sagte Jones ruhig, «und hören Sie auf, mir die Ohren vollzuschreien. Selbstverständlich werde ich Ihnen alles mitteilen, was wir wissen. Bitte glauben Sie mir, wir betreiben die Geheimniskrämerei nicht um ihrer selbst willen. Es ist schon ganz gut und richtig, daß Anfänger nicht gleich mit der ganzen Wahrheit konfrontiert werden, genauso wie es gut ist, daß Soldaten sich kein reales Bild von einer Schlacht machen können, ehe sie an die Front ziehen.»

Sir John setzte sich wieder. «Ich bitte um Verzeihung für meine Erregung», sagte er steif.

«Unter den gegebenen Umständen war wohl nichts anderes zu erwarten», erwiderte Jones beruhigend. «Also kurz und bündig ...»

Doch Jones war alles andere als kurz; tatsächlich sprach er fast volle zwei Stunden.

Die Freimaurerei fing in der Tat bei den Tempelrittern an, genau wie Sir John in seinem Buch *Die Geheimchefs* vermutet hatte. Nichtfreimaurerische Historiker verwerfen diese Geschichte vom Ursprung der Freimaurerei und bezeichnen sie als Mythos, aber nur deshalb, weil sie nur die Rituale und Lehren der öffentlichen Freimaurer-Orden kennen wie etwa den Freien und Angenommenen Schottischen Ritus oder die Royal Arch. Diejenigen, die bis zu den Geheimnissen der geheimen Orden vorgedrungen sind, etwa die der Brethren of the Rose Croix oder des Golden Dawn, können die direkte Kontinuität von den Tempelrittern bis heute unschwer nachvollziehen.

Im übrigen, fuhr Jones fort, hat es seit der Zerschlagung der Templer durch die Heilige Inquisition von 1314 zwei verschiedene Überlieferungen mystischer Freimaurerei gegeben, von denen jeweils die eine die andere als falsch und absurd beschimpfte.

«Ja», sagte Sir John. «Ich glaube, ich weiß, was Sie meinen. Das sind auf der einen Seite die, die die Schuld der Templer anerkennen, und auf der andern die, die sie leugnen.»

«Genau», sagte Jones. Er stand auf, um ein neues Holzscheit auf das Feuer zu legen, und fuhr dann nachdenklich fort.

Die Anklagen gegen die Templer umfaßten auch Blasphemie, sexuelle Perversionen und schwarze Magie. Alle Historiker sind sich darüber einig, daß diese Anschuldigungen von Philip II., König von Frankreich, erhoben wurden, um das riesige Vermögen der Templer in seinen Besitz zu bringen. Aber es finden sich nicht zwei Historiker auf der Welt, die darin übereinstimmten, welche von den Anschuldigungen, wenn überhaupt, zu Recht erhoben worden waren. Außerdem wird die Sache durch das widersprüchliche Verhalten von Jacques de Molay, Großmeister der Templer, noch zusätzlich kompliziert.

Sir John unterbrach Jones: «Sein Verhalten ist jedem, der die Instrumente der Inquisition aus jener Zeit studiert hat, mit denen man den armen Teufeln Geständnisse entlockte, nur allzu schmerzlich klar.»

«In der Tat», sagte Jones ernst, «doch es bleibt die Tatsache, daß de Molay ein höchst problematisches Erbe hinterließ.»

Nach seiner Verhaftung wurde er gefoltert und bekannte sich zu allen Anklagen, die gegen den Orden der Templer erhoben worden waren, schuldig, einschließlich des Vorwurfs, aufs Kruzifix gespuckt und alle möglichen denkbaren Exzesse mitgemacht zu haben. Vor dem Gericht nahm de Molay dann das komplette Geständnis zurück und behauptete hartnäckig, daß er es nur abgelegt habe, um den sadistischen Folterwerkzeugen der Inquisitionsknechte zu entgehen. Daraufhin wurde er wieder gefoltert, gestand ein zweites Mal und stand die zweite Verhandlung ohne weitere Rückfälle durch. Doch als er auf dem Scheiterhaufen stand, um verbrannt zu werden, beteuerte er wiederum leidenschaftlich seine Unschuld wie auch die des Templer-Ordens, verurteilte die Inquisition und das Königshaus von Frankreich und starb einigen Quellen zufolge mit dem Ruf *«Vekam, Adonai!»* («Rache, o Herr!») auf den Lippen.

«Jeder objektive Historiker», fuhr Jones fort, «wie voreingenommen er auch sein mag, was die Behauptung angeht, die Freimaurerei wurzele in den geheimen Lehren der Templer, wird einräumen, daß nicht alle Templer der großen Säuberung von 1314 zum Opfer fielen. So ist es in der Tat belegt, daß die spanischen Logen der Templer beispielsweise überhaupt nicht verfolgt wurden und sie deshalb ihre Arbeit ziemlich ungeschoren fortsetzen konnten, während die französischen Logen systematisch ausgerottet wurden. Selbst die offeneren Freimaurer-Orden wie etwa der Schottische Ritus benutzen bis heute de Molays letzte Worte – Vekam, Adonai! – bei ihrer Initiation zum dritten Grad, wenn wohl auch die meisten von ihnen keine Ahnung haben, was diese Worte bedeuten oder wo sie herkommen.»

Über Jahrhunderte hinweg hat eine Serie von Tragödien den französischen Thron in Atem gehalten. Es fing an mit dem Attentat auf Philip II., der die Templer verfolgt und ihren Besitz annektiert hatte: Philip wurde genau ein Jahr und einen Tag nach der Hinrichtung de Molays auf dem Scheiterhaufen erdolcht. Der Höhepunkt war die Enthauptung Louis XVI. während der Französischen Revolution. Das Ganze war das Werk einer Freimaurer-Loge, die de Molays Schrei nach Rache sehr wörtlich genommen hatte. «Nachdem sie die französische Monarchie abgeschafft haben», meinte Jones düster, «haben sie nun das Ziel, letztendlich jeden König in Europa zu stürzen und auch das Papsttum zu beseitigen.»

Er stand auf und stöberte in seinem Bücherregal herum, bis er mit einer Schrift neueren Datums in der Hand zu Sir John trat. «Schauen Sie sich das an», sagte er. «Das ist ein Dokument der Loge, von der ich eben sprach. Sie nennt sich heute Ordo Templi Orientis – Orden der Orientalischen Tempelritter – und steht offiziell hinter der Buchhandlung Mysteria Mystica Maxima auf der Jermyn Street 93. Alle Mitglieder des Ordo Templi Orientis müssen drei Kopien dieses Dokuments unterzeichnen. Es ist die knappe Zusammenfassung der Überzeugungen dieser falschen Freimaurer, die wir im Golden Dawn bekämpfen und die zu vernichten wir aufgerufen sind.» Er reichte Sir John das Blatt. Er las:

Es gibt keinen Gott außer dem Menschen.
Der Mensch hat das Recht, nach seinen eigenen Gesetzen zu leben.
Der Mensch hat das Recht, so zu leben, wie er will.
Der Mensch hat das Recht, sich so zu kleiden, wie er will.
Der Mensch hat das Recht zu wohnen, wo er will.
Der Mensch hat das Recht sich überall auf der Welt niederzulassen, wo er will.
Der Mensch hat das Recht zu essen, was er will.
Der Mensch hat das Recht zu trinken, was er will.
Der Mensch hat das Recht zu sagen, was er will.
Der Mensch hat das Recht zu denken, was er will.
Der Mensch hat das Recht zu schreiben, was er will.
Der Mensch hat das Recht zu bilden, was er will.
Der Mensch hat das Recht zu schnitzen, was er will.
Der Mensch hat das Recht zu tun, was er will.
Der Mensch hat das Recht zu ruhen, wann er will.
Der Mensch hat das Recht zu lieben, wie er will, wo, wann und wen er will.
Der Mensch hat das Recht, jene zu töten, die seine Rechte verletzen.

«Aber das ist ja die reinste Anarchie!» rief Sir John aus.

«Genau», stimmte Jones zu. «Es ist eine Kriegserklärung gegen alles, was wir unter christlicher Zivilisation verstehen.»

«Und wie heimtückisch sie vorgehen», sagte Sir John. «Jeder einigermaßen erleuchtete Mensch wird mit Teilen davon übereinstimmen. Der Aufruf zu Promiskuität, Attentaten und Revolution ist so formuliert, daß er scheinbar ein wesentlicher Bestandteil einer integrierten, liberalen Philosophie ist. Für junge und empfindsame Gemüter geradezu ein gefundenes Fressen.»

«Beachten Sie besonders die ersten Zeilen», sagte Jones. «Hier sitzt der Kern der Blasphemie: Es gibt keinen Gott außer dem Menschen. Sehen Sie, wie solche Sprüche charakterschwache Atheisten zu einer Art humanistischem Mystizismus und naive Mystiker zu Atheismus verführen könnten? Dabei ziehen sie im Grunde beide in eine weltweite Verschwörung gegen zivile Regierungen und organisierte Religionen hinein. Und sehen Sie, wie dieser Ultra-Individualismus sogar im Mittelalter, als die Regierungen Tyranneien und die Hauptantriebsmaschine der Religionen die unheiligen Terroristen der Inquisition waren, wirklich brave Gemüter und vornehme Herzen in seinen Bann schlagen konnte?»

«Und die Perversionen, die in *Clouds Without Water* verschlüsselt sind, scheinen die gleichen zu sein, die man den Templern vorgeworfen hat», überlegte Sir John. «Die Kontinuität ist nicht zu leugnen, und das über sechs Jahrhunderte hinweg ... Aber glauben sie wirklich, daß solche üblen und unaussprechlichen Praktiken sie über die Menschlichkeit hinaus zu einem Gott erheben könnten?»

«Solche erotischen Praktiken sind wesentliche Bestandteile vieler Kulte», erwiderte Jones. «Man findet sie bei gewissen taoistischen Alchimisten in China, bei den Tantrikern in Indien, in den ägyptischen und griechischen Geheimbünden, bei bestimmten finsteren Sekten der Sufis im Mittelalter, wo sich diese dunkle, diabolische Seite der Freimauererei neben den echten Freimaurern ja wahrscheinlich auch entwickelt hat.»

«Aber wie kann ein Mann sich dem Golden Dawn anschließen wie Crowley und sich dann bewußt von ihm abwenden, um bei solchen Perversionen falscher Freimaurer mitzumachen?»

Jones seufzte. «Warum mußte Luzifer abtrünnig werden? Stolz. Das Verlangen, nicht Gott zu dienen, sondern Gott zu *sein*.»

Schweigend dachte jeder der beiden Männer über das Grauen nach, das hinter den Initialen M. M. M. lauerte.

Dann sagte Jones entschieden: «Da gibt's nur eins. Wir müssen Verey auf der Stelle kabeln und ihn so nachdrücklich und dringend wie möglich auffordern, zusammen mit seiner Frau nach London zu kommen. Hier können wir dann mit Hilfe der Chefs unseres Ordens ein psychisches Feld schaffen, um sie zu beschützen. Wenn sie aber in diesem einsamen Nest am Loch Ness bleiben wollen, müssen sie unausweichlich mit weiteren Schrecken rechnen.» Müde schüttelte er den Kopf. «Wir müssen ihn sehr drängen», wiederholte er. «Wenn sie auch nur einen Tag zaudern, gibt das den andern Zeit genug für eine zweite Tragödie.»

Jones und Sir John verbrachten fast eine Stunde damit, das Telegramm zu formulieren, und so war es fast zwei Uhr morgens, als Sir John völlig erschöpft zu Hause auf Babcock Manor ankam.

Sollte er wieder böse Träume gehabt haben, konnte er sich jedenfalls nicht erinnern, als sein Butler Wildeblood ihn am nächsten Morgen früh um sieben Uhr aus dem Schlaf rüttelte.

«Es tut mir äußerst leid, Sir», sagte Wildeblood. «Aber da steht ein Gentleman vor der Tür, der darauf besteht, Sie auf der Stelle sprechen zu müssen. Er scheint ziemlich erregt zu sein, Sir.»

«Zu dieser unheiligen Stunde?» brummte Sir John und tastete benommen nach seinen Pantoffeln. «Wer zum Teufel ist es?»

«Ein Geistlicher, Sir. Er gab seinen Namen mit Reverend Charles Verey an.»

Sir John sprang mit einem Satz aus dem Bett und griff verzweifelt nach seinem Bademantel. Er spürte es bis ins Mark: ein neues Unglück hatte Inverness getroffen, noch ehe sein Kabel angekommen war. «Keinen Tee», sagte er. «Kaffee – sehr schwarz. Und Eier mit Schinken für zwei, nehme ich an. Im Pflanzenzimmer.»

Er wusch sich hastig, fuhr sich durch die Haare und machte sich nicht die Mühe, sich zu rasieren. Fledermausgeflügelte Monster ... die bösen kleinen Leutchen, die nur von unwissenden und verstädterten Volkskundlern für harmlos und niedlich gehalten wurden ... das Ding im Loch Ness ... welch neues Grauen hatte den armen Verey schließlich doch noch aus seinem geliebten Hochland vertrieben?

Als er fast im Galopp die Treppe heruntergestürzt kam, trafen ihn gleich zwei Schocks auf einmal. Reverend Verey hatte einen Buckel (aber natürlich war er viel zu empfindsam, um so etwas in seinen Briefen zu erwähnen), und er hatte das verstörteste und tragischste Gesicht, das Sir John je im Leben gesehen hatte.

Sir John nahm sich zusammen, so gut es ging, und streckte ruhig die Hand aus. «Ich stehe Ihnen zu Diensten, Sir», sagte er mit ausgeglichener Stimme. *Bleib ruhig, bleib ruhig,* mahnte er sich insgeheim streng.

Der alte Mann nahm zitternd Sir Johns Hand. «Sie sehen einen gebrochenen Mann vor sich», sagte er heiser. «Ich bin nahe dran, an Gottes Gnade zu verzweifeln», setzte er hinzu und schluchzte erstickt.

«Kommen Sie», sagte Sir John freundlich. «Sie sind bestimmt erschöpft von der Reise. Und dann noch all das Böse, das Ihnen zugestoßen ist. Lassen Sie uns zusammen frühstücken und darüber sprechen, was wir tun können.» Er bemerkte, daß Verey so blaß war, als hätte man sein Gesicht für eine Todesszene im Old Vic geschminkt.

Die beiden Männer setzten sich – um Haltung kämpfend – im Pflanzenzimmer an den Tisch, wo Sir John eine bunte Sammlung von Farnen, Forsythien und Purpurwinden inmitten von Käfigen mit Kanarienvögeln und Hirtenstaren hielt. Es war bei weitem das hellste Zimmer im ganzen Haus, und deshalb hatte Sir John es auch gewählt. Unglücklicherweise hatte einer der Stare offensichtlich irgendwelche Sprüche von den Arbeitern aufgeschnappt, die hier am vergangenen Wochenende ein neues Regal angebracht hatten.

«Halt dein verdammtes Ende hoch, Bert!» kreischte der Vogel, während Sir John den zittrigen alten Mann zum Tisch führte.

«Ruhe!» explodierte Sir John und vergaß, daß es besser ist, einen Star in solchen Augenblicken einfach zu ignorieren.

«Halt dein verdammtes Ende hoch, Bert!» wiederholte der Vogel, offensichtlich ermuntert von dieser Reaktion.

«Tut mir leid», sagte Sir John und fühlte sich ziemlich albern. «Er muß es von einem der Arbeiter aufgeschnappt haben.»

«Aber das macht doch nichts», sagte Verey geistesabwesend. «Annie ist tot.» Er starrte auf den Kacheltisch, scheinbar unfähig, weiterzusprechen.

(«Halt dein verdammtes Ende hoch, Bert!»)

«Annie?» fragte Sir John leise. «Ihre Frau?»

«Ja», schluchzte Verey. «Annie, meine liebe Frau, meine Gefährtin der letzten dreiundvierzig Jahre, mein Schatz, mein Himmel auf Erden.» Und auch Sir John starrte jetzt angestrengt auf die Tischplatte; um keinen Preis der Welt wollte er mit ansehen, wie der alte Mann gegen die Tränen ankämpfte.

«Der Kaffee, Sir», sagte Wildeblood, der plötzlich zwischen den Farnen aufgetaucht war, «das Frühstück kommt sofort, Sir.»

«Hier, Reverend, trinken Sie ihn heiß und schwarz», sagte Sir John. «Er wird Ihnen guttun und Sie wieder aufmuntern. Ich kann Ihnen nicht sagen, wie leid mir das tut – mein Herz fühlt mit Ihnen – es gibt keine Worte ...»

«Halt dein verdammtes Ende hoch, Bert!»

«Wildeblood!» rief Sir John. «Nehmen Sie auf der Stelle diesen gottver- diesen blöden Vogel hier weg!»

«Sehr wohl, Sir.» Wildeblood zog mit dem Käfig in der Hand ab.

«Hallo, hallo», kreischte der Vogel. «Will 'nen Keks. Hallo. Will 'nen Keks.»

«Ich kann Ihnen gar nicht sagen, wie leid mir das tut», setzte Sir John wieder an und merkte, daß er sich wiederholte. «Was äh ... was ist geschehen?» fragte er. «Reden Sie es sich von der Seele!»

«Es war einen Tag nach dem Anschlag auf Bertran», sagte Verey tonlos. (Er steht noch immer unter Schock, schoß es Sir John durch den Kopf.) «Ich habe Annie nichts von dem Päckchen erzählt, das Bertran zum Wahnsinn getrieben hatte – warum sollte sie sich noch mehr Sorgen machen? Oh, was für ein Narr war ich, was für ein blinder dummer Tölpel ... wenn sie es doch nur gewußt hätte ... wenn sie gewarnt gewesen wäre ...»

«Fassen Sie sich», sagte Sir John sanft.

«Ja natürlich, tut mir leid ...» (Die Opfer der schrecklichsten Tragödien müssen sich immer bei den andern entschuldigen, dachte Sir John, fast, als wären sie für den Mangel an Mitleid verantwortlich, denen wir ihnen schulden.) «Es war ein anderes Päckchen», fuhr Verey fort. «Ich hatte gar nicht mitgekriegt, daß die Post schon gekommen war. Ich war in meinem Arbeitszimmer, um zu beten ... um Gott zu bitten, diesen diabolischen Mächten, die meine Familie bedrohten, ein Ende zu setzen. Wie Hiob wollte ich wissen, daß Gott mich hörte und daß er einen Grund dafür hatte, warum er dem Widersacher diese Grausamkeiten gegen uns durchgehen ließ. Ich weiß nicht ... ich glaube, ich betete und weinte zugleich. Bertran war einer der tapfersten Männer, die ich kannte, und ich konnte mir einfach nicht vorstellen, was ihn zu diesem feigen und unchristlichen Schritt getrieben haben konnte. Was war das bloß für ein verwünschtes Buch? Schließlich kam ich irgendwie zur Ruhe. Ich sagte: *Nicht mein Wille geschehe, sondern der deine, o Vater,* und beschloß, trotz allem an meinem Glauben festzuhalten.» Verey blickte traurig auf und schaute Sir John an wie ein verwundetes Tier. «Und genau in diesem Augenblick hörte ich zum zweitenmal in meinem Leben dieses fürchterliche Geräusch – dieses hysterische Lachen.»

Sir John umklammerte die buckelige Schulter des alten Mannes. «Nur Mut», sagte er sanft.

«Ich stürzte in die Küche», fuhr Verey wieder tonlos und unbeteiligt fort. Ja, er stand unter einem traumatischen Schock. «Sie hatte es in den Holzofen geworfen, aber ich konnte erkennen, daß es ein Buch war. Ich konnte sogar noch die Silben THER und GO auf dem brennenden Umschlag lesen. O Gott ... THER GO THER GO: was kann das nur bedeuten? Aber da schrie Annie vor Schmerz auf, und in einem einzigen grausigen Moment erkannte ich warum. Sie hatte den gesamten Inhalt der Jodtinkturflasche aus unserem Medizinschrank geschluckt. Die leere Flasche lag zu ihren Füßen. Ich hielt sie in meinen Armen, als sie starb, und sie versuchte noch etwas zu sagen. Ich glaube, sie wollte mir erzählen, daß sie nicht gedacht hätte, der Tod könne so eine Qual sein ...»

Der alte Mann starrte ins Leere, während er im Geiste die Szene noch einmal durchlebte. Dann seufzte er: «Mein Gott, mein Gott, warum hast du mich verlassen?»

«Eier mit Schinken, Sir», sagte Wildeblood mit dem Tablett in der Hand.

«THER GO! THER GO!» kreischte ein Star.

Nach dem Frühstück zogen sich Babcock und Reverend Verey mit einer frischen Kanne Kaffee in die Bibliothek zurück, wo sie den ganzen Schrecken, der sie zusammengebracht hatte, noch einmal durchdiskutierten.

Sir John berichtete, was er über Lola Levine, Aleister Crowley, den M. M. M. und Machens *Great God Pan* in Erfahrung gebracht hatte. Verey hörte abwesend zu. Es schien, als habe er so viel Grauen erlebt, daß ihn nichts auf der Welt noch erschüttern konnte.

«Das Buch», sagte Babcock schließlich. «Dieses schreckliche Buch, das zu den beiden Selbstmorden geführt hat – das könnte der Schlüssel zu dem ganzen Geheimnis sein ... diese Silben, an die Sie sich erinnern können – THER GO –, sie sind so ohne jeden Hinweis. Fällt Ihnen denn gar nichts weiter ein?»

«Nichts», sagte Verey hölzern. «Sie dürfen nicht vergessen, daß ich höchstens ein, zwei Sekunden Zeit hatte, in die Flammen zu schauen ... außerdem war ich natürlich ziemlich durcheinander.»

Sir John goß sich noch eine Tasse Kaffee ein und dachte: There you go, there they go, there we go. Plötzlich hatte er eine Idee.

«Wenigstens können wir offensichtlich zwei Spuren ausschließen», sagte er. «Es war weder *Clouds Without Water* noch *The Great God Pan*. Keins von beiden hat ther go im Titel. Außerdem haben Sie und ich und auch andere diese Bücher gelesen, ohne verrückt zu werden.»

Verey sprang auf und lief im Zimmer auf und ab, eine tragische Figur mit einem Buckel und aschfahlem Gesicht. «Das Buch, mit dem wir es hier zu tun haben, besteht nicht nur aus Andeutungen oder Anspielungen wie *The Great God Pan* oder *Clouds Without Water*. Das Grauen muß auf jeder Seite sichtbar sein, wo immer man es aufschlägt. Bertran und Annie reagierten innerhalb von Minuten ... sie müssen schon von wenigen Sätzen in den Wahnsinn getrieben worden sein ... allerhöchstens einem Absatz ...»

Jetzt wurde auch Sir John leichenblaß. «Mir fällt plötzlich ein, Hochwürden, daß es noch ein Ziel für diese Ungeheuerlichkeiten gibt», sagte er unbehaglich. «Sie selbst. Sie müssen hierbleiben, als mein Gast, bis die ganze Sache vorbei ist. Und alle Päckchen von M. M. M. an Sie dürfen keinesfalls geöffnet werden, und wenn, dann höchstens von einem Mann, den ich kenne und der in okkulten Angelegenheiten so weit fortgeschritten ist, daß er in der Lage sein könnte, mit allem fertig zu werden, was in diesem Buch stehen könnte.»

Verey starrte in den Kamin. «Ich weiß, daß Sie recht haben», sagte er erschöpft, «und doch werde ich auf keinen Fall zulassen, daß irgend jemand ein Päckchen von diesem verwünschten M. M. M. aufmacht – egal, wie weit fortgeschritten er sein mag.»

«Vielleicht haben Sie recht», erwiderte Sir John. «Doch das muß Jones selber entscheiden. Er ist der Mann, von dem ich eben gesprochen habe. Eins steht jedenfalls fest: weder Sie noch ich dürfen ein solches Päckchen öffnen. Wenn Sie das nächste Opfer sein sollten, dann kann ich genausogut derjenige sein, der nach Ihnen dran ist. Gott –» rief er aus – «wie kann so etwas geschehen, ohne daß die Welt in ihrer blinden, blasierten, materialistischen Art aufhört, sich zu drehen?»

Verey seufzte. «Das sind diese Atheisten in Oxford und Cambridge», sagte er. «Das ist das Erbe von Voltaire, Darwin und Nietzsche ... das intellektuelle Klima in Europa ist seit hundertfünfzig Jahren vom Anti-Christ beeinflußt ... er will uns blenden ...»

«Nun, am Lauf der Geschichte läßt sich heute nichts mehr ändern», sagte Sir John. «Aber die Zukunft liegt in unserer Hand. Ich habe vor kurzem ein Telefon installieren lassen und werde jetzt ein Gespräch nach London anmelden, damit Jones so schnell wie möglich hier herauskommt. Glauben Sie mir, er ist besser ausgerüstet als ich, um mit solchen Mächten fertig zu werden.»

Er erhob sich, hielt aber inne, als er einen Ausdruck von Besorgnis in Vereys Gesicht entdeckte.

«Mein Gott», sagte Verey. «McPherson.»

Sir John schaute ihn entgeistert an. «McPherson?» rief er. «Wer ist McPherson?»

«Reverend Duncan McPherson», erklärte Verey. «Mein Partner

und Verbündeter in der Gesellschaft zur Verbreitung der Religiösen Wahrheit. Er erhielt auch eine von diesen Postkarten.»

Sir John kam es vor, als löse sich der feste Erdboden unter seinen Füßen auf einen Schlag in Millionen von Atomen auf.

«Was für Postkarten?» rief er. «Von Postkarten war ja bisher noch nie die Rede?»

Verey hüpfte vor Sorge und Ungeduld buchstäblich von einem Fuß auf den anderen. «Ich muß ihn warnen», sagte er. «Sie haben Telefon, sagen Sie. Wen um Himmels willen könnte ich in Inverness bloß anrufen?»

«Die Polizei!» rief Sir John. «Wir müssen die Polizei anrufen und sie veranlassen, McPherson aufzusuchen! Aber was sind das für Postkarten?»

«Später, Mann!» antwortete Verey. «Wo steht das Telefon?»

«Unten in der Halle», sagte Babcock. «Aber wie um alles in der Welt wollen Sie das der Polizei erklären?»

Als sie die Treppe hinunterstürzten, hörte man Fetzen von unzusammenhängenden Bemerkungen zwischen ihnen hin- und herfliegen. «Die Polizei weiß von den Selbstmorden», erklärte Verey aufgeregt. «Und sie hat meine Aussage über die Päckchen, die kurz vorher mit der Post kamen – allerdings befürchte ich, daß sie mir nur halbwegs glaubten ...»

Aber als sie dann im Telefonerker in der Vorderhalle standen, sprachen sie beide wieder einigermaßen ruhig und vernünftig. Verey bat die Vermittlung um ein Eilgespräch nach Inverness 418 und wurde nach der üblichen, ärgerlichen Wartezeit verbunden.

«Hier spricht Reverend Verey», sagte er, als am anderen Ende abgenommen wurde. «Ich muß mit Inspektor McIntosh sprechen, es geht um die beiden Selbstmorde.»

In den nächsten Minuten hatte Babcock Gelegenheit, die diplomatischen Fähigkeiten des alten Mannes zu bewundern. Er erklärte nur soviel, wie ein Polizeibeamter verstehen konnte, und improvisierte gar aus dem Stegreif die Theorie, daß die mysteriösen Päckchen aus London ein chemisches Gift enthalten haben mußten, das den Verstand außer Kraft setzt.

«Unter keinen Umständen», sagte der buckelige Geistliche jetzt scharf, «sollte McPherson irgendein Päckchen aus London öffnen – oder sagen wir, irgendein ungewöhnliches Päckchen, um ganz sicher zu gehen. Diesen Schurken traue ich zu, daß sie ihren Absender ändern, um uns hinters Licht zu führen.»

Als Verey schließlich auflegte, sah er ein wenig erleichterter aus. «Sie schicken gleich einen Konstabler raus zu McPherson», berichtete er. «Offenbar hat meine Theorie von der geheimnisvollen Chemikalie ihn beeindruckt.»

Sir John nickte feierlich. «Mich auch, jedenfalls für einen Moment», sagte er. «Aber sie stimmt natürlich nicht. Es gibt keine Droge mit derart spezifischen Folgen wie in diesen Fällen. Selbst Belladonna, die Chemikalie, die die größten Halluzinationen hervorruft, die uns bekannt sind, hat ganz unterschiedliche Effekte. Manche Leute weinen hysterisch, andere lachen wahnsinnig, andere halluzinieren, wieder andere sterben an der toxischen Reaktion. Und Haschisch ist in seiner Wirkung genauso unberechenbar. Auf dieser Ebene gibt es nichts, was uns weiterhelfen könnte, aber es ist wenigstens schon etwas damit getan, daß man die Polizei und McPherson vor diesen mysteriösen Päckchen warnt ...»

Schweigend kehrten sie in die Bibliothek zurück, wo Sir John wieder Vereys merkwürdige Erregung und seine Bemerkung über die «Postkarten» einfiel, die er vor dem Telefonieren erwähnt hatte. Als sie wieder bequem in ihren Sesseln saßen, kam er darauf zu sprechen.

«Was waren das für Postkarten, von denen Sie sprachen?»

Verey schüttelte verschämt den Kopf. «Es war ziemlich lächerlich und absurd», sagte er. «Ich maß ihnen keinerlei Bedeutung bei, bis eben, als mir ein Gedanke kam. Natürlich bin ich nicht ganz sicher – es könnte genausogut Zufall sein ...»

Zufall, dachte Sir John grimmig. Dieses Wort wird mir wohl bis an mein Lebensende entweder idiotisch oder bedrohlich vorkommen ...

«Und die Postkarten waren nicht mal in London abgestempelt», sagte Verey. «Sie trugen den Poststempel von Inverness: deshalb habe ich zunächst auch keinerlei Verbindung gesehen. Aber wir wissen ja, daß sie ihre Agenten auch bei uns hatten, denken wir nur an den mysteriösen, vom Erdboden verschwundenen Orientalen ...»

«Erzählen Sie mir von den Postkarten», schlug Sir John vor.

«Die erste kam für Bertran», sagte Verey, «zwei Tage vor dem Päckchen, das für seinen Selbstmord verantwortlich war. Es war absoluter Unsinn – nur ein Stock mit einem hebräischen Buchstaben drauf.»

«Wissen Sie noch, welcher Buchstabe es war?» fragte Sir John eindringlich.

Verey dachte eine Weile nach. «Bringen Sie mir ein Blatt Papier», sagte er dann. «Ich hatte natürlich Hebräisch auf dem Seminar – aber das ist jetzt immerhin fast vierzig Jahre her. Trotzdem, die schottische

Ausbildung hat was für sich, streng und gründlich ... Ich glaube, ich hab's.»

Sir John reichte ihm ein Blatt Papier und einen Stift, und Verey zeichnete mit schnellen Strichen. «So etwa sah die Karte aus», sagte er. «Nur das und die Adresse.»

Sir John betrachtete die Zeichnung:

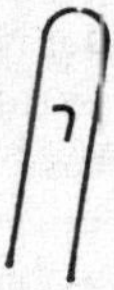

«*Yod*, nicht wahr?» fragte Verey.

Sir John errötete. «Ja», meinte er. «*Yod*. Es bedeutet Hand oder Faust.» Aber in Wirklichkeit war ihm eben eingefallen, daß gewisse Gelehrte behauptet hatten, Hand oder Faust wären spätere Euphemismen und *Yod* habe ursprünglich Spermatozoen bedeutet. Die ganze Zeichnung hatte ja einen auffallend phallischen Charakter. «Und die nächste Karte?» fragte er. Irgendwie hatte er den leisen Verdacht, sie würde *nun*, den Fisch, symbolisieren. Noch ein I. N. R. I.

«Diese hier kam für Annie», sagte Verey, während er zeichnete. «Sie war ebenfalls in Inverness abgestempelt. Und wieder sah ich absolut keinen Zusammenhang – falls es überhaupt einen gibt – zwischen der Postkarte und der Tragödie, die sich zwei Tage später ereignete.»

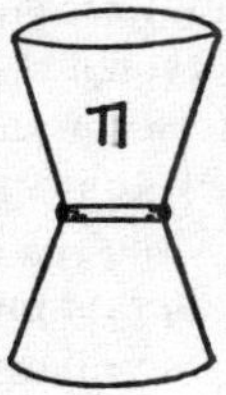

«Ich bin nicht ganz sicher, ob ich mich richtig erinnern kann», räumte Verey ein.

«Hé», erklärte Sir John. «Ein Fenster. Und die erste Zeichnung symbolisierte keinen Stock, sondern einen Stab, denn dies ist ein Kelch. Sie schicken uns die magischen Utensilien, eins nach dem anderen. War auf der Karte an McPherson nicht vielleicht ein Schwert?»

«Das ist ja unglaublich», rief Verey aus. «Sie haben recht. Es sah so aus.» Wieder zeichnete er mit raschen Strichen.

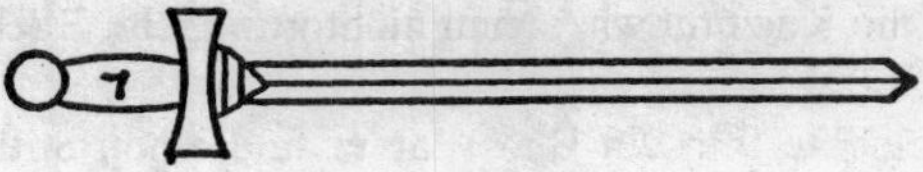

«*Vau*», sagte Sir John. «Der Nagel.»

Beide Männer waren jetzt leichenblaß. «Bisher haben wir *Yod Hé Vau*, die ersten drei Buchstaben des Unaussprechlichen Namen Gottes. Der vierte kann nur ein zweites *Hé* sein. Also: *Yod Hé Vau Hé* – YHVH, im Deutschen gewöhnlich Yehovah. Diese Monster gebrauchen den heiligsten Namen in der heiligen Kabbala als Leitmotiv in einer Kette von Mordanschlägen. Das ist nicht nur Ketzerei, sondern ein Sakrileg der übelsten Art, die schwärzeste aller Spielarten der schwarzen Magie. Aber Verey, warten Sie ... *wann* sagten Sie, bekam McPherson das Schwert mit dem *Vau*?»

«Vor zwei Tagen», keuchte Verey.

Sir John stöhnte. «Dann wird das Päckchen mit dem Horrorbuch in der heutigen Post sein.»

«Heiliger Himmel», flüsterte Verey mit geschlossenen Augen. «Hoffentlich ist die Polizei vor dem Briefträger da.»

Im gleichen Moment hörten sie das Telefon klingeln. Später konnte Sir John sich nicht mehr erinnern, ob sie in die Halle gerannt oder geflogen waren.

«Sir John Babcock», sagte er in den Hörer.

«Hier spricht Inspektor McIntosh», sagte die elektronisch verzerrte Stimme in seinem Ohr. «Ist Reverend Charles Verey noch bei Ihnen?»

Sir John reichte Verey den Hörer und blieb wie ein Zombie neben ihm stehen, um der einseitigen Konversation zuzuhören.

«Ja ... o Gott, nein ... ja ... was ...? Ganz bestimmt ... Gott gnade uns allen, Inspektor ... ja, ganz bestimmt.»

Als er auflegte, wirkte der buckelige Geistliche noch zwergenhafter und eingefallener als vorher. «Es ist wieder passiert!» sagte er.

«Mein Gott! Erzählen Sie ...»

«Der Konstabler, den man zu McPherson geschickt hatte, fand nur noch seine Leiche. Er hatte sich die Kehle aufgeschlitzt, der Schnitt reicht von einem Ohr bis zum andern. Sie inspizieren den Kamin auf der Suche nach Resten des Päckchens, wie in den beiden anderen Fällen. Der Konstabler sagt, es waren noch Teile eines brennenden Buches zu sehen, aber alles, was er erkennen konnte, waren die Buchstaben MO.» «THER GO MO», wiederholte Sir John. «Wahnsinn, einfach

Wahnsinn – die Ketzerei war ihnen nicht genug. Ja, Sie haben recht: Gnade uns Gott.»

RADIOSPRECHER: Und nun, liebe Freunde, ist es wieder Zeit für unseren Geisteranruf. Wer wird wohl heute die Möglichkeit haben, einhundert Dollar in bar zu gewinnen? Unser Techniker wählt ... das Telefon klingelt ... ah, da ist jemand in der Leitung. Hallo, hallo?!

MÄNNLICHE STIMME: Hallo, hallo ... du sollst das Feuerwehrauto weglegen, Brigitte.

RADIOSPRECHER: Hallo, mit wem spreche ich, bitte?

MÄNNLICHE STIMME: Hallo, ist dort die Geisterstunde? Brigitte, du sollst doch deinen Bruder nicht immer mit dem Feuerwehrauto verprügeln!!!

RADIOSPRECHER: Ja, hier ist die Geisterstunde ... und hier kommt Ihre Chance, einhundert Dollar zu gewinnen! Aber zuerst, wie ist Ihr Name, Sir?

MÄNNLICHE STIMME: James Patrick Hennesy.

RADIOSPRECHER: James Patrick Hennesy!!! Was für ein hübscher Eskimoname! Aber nein, im Ernst, Ihre Leute stammen wohl aus dem schwülen Süden, was?

MÄNNLICHE STIMME: Nein, sie stammen aus Brooklyn. Genau wie ich.

RADIOSPRECHER: Aha, ich verstehe. Aber dann kamen doch bestimmt Ihre Vorfahren aus dem schwülen Süden rüber, oder?

HENNESY: Ja, das stimmt, zumindest einer von ihnen. Aber meine Großeltern mütterlicherseits sind italienischer Abstammung.

RADIOSPRECHER: Eine echte amerikanische Familie also!!! Nun, Mr. Hennesy, Sie haben uns eine Postkarte geschickt und jetzt sind Sie auf Sendung, mit der Chance, einhundert Dollar zu gewinnen. Also los. Für einhundert Dollar!! lautet die Geisterfrage !! dieser Woche ... Sind Sie bereit, Mr. Hennesy? Die Frage lautet: werden die Selbstmorde durch Magie verursacht oder gibt es eine rationale Begründung für sie? Was glauben Sie, Mr. Hennesy?

HENNESY: Hör sofort auf, mit dem Vogelkäfig um dich zu schlagen, Tommy!! Du erschreckst den Vogel noch mal zu Tode. O äh, uh, ähem ... also ich glaube, es handelt sich hier um Magie.

RADIOSPRECHER: Sie! glauben!! es!!! handelt sich um!!!! Magie!!!! Würden Sie uns erklären, warum Sie das glauben, Mr. Hennesy?

HENNESY: Habe ich recht?

RADIOSPRECHER: Ich kann Ihnen noch nichts verraten, Mr. Hennesy. Sie werden es schon noch rauskriegen, genauso wie unsere anderen Zuhörer. Aber erzählen Sie uns doch bitte, warum Sie glauben, daß es sich um Magie handelt.

HENNESY: Na, ist doch logisch.

RADIOSPRECHER: Ist logisch, Mr. Hennesy?

HENNESY: Na ja, ich kann mir nicht vorstellen, wie jemand durch eine Wand spazieren sollte, verstehen Sie?

RADIOSPRECHER: Es sei denn, dieser Jemand ist besonders clever.

HENNESY: Soll das ein Hinweis sein?

RADIOSPRECHER: Sie wissen doch, wir geben keine Hinweise, Mr. Hennesy. Sie haben noch dreißig Sekunden. Also, warum handelt es sich in diesem Fall um Magie?

HENNESY: Also, ich finde es logisch und das ist alles. Niemand kann einfach durch die Wand gehen oder äh ... Leute mit einem Buch in den Wahnsinn treiben. Es muß einfach Magie sein, verstehen Sie?

RADIOSPRECHER: Tja, wir werden sehen, Mr. Hennesy. Und sollten Sie die einhundert Dollar nicht gewonnen haben, bekommen Sie trotzdem einen Trostpreis von uns: eine Jahresration Vaseline inklusive Gebrauchsanweisung! Und nun! zurück zu unserer Show!!!

Die Glocken vom Fraumünster schlugen sechs, und zimtfarbene Streifen von Zwielicht warfen wunderlich verblassende Schatten ins Zimmer, einen rostgoldenen Hexenglanz, so schaurig wie die Geschichte, die Sir John erzählte. Einstein, Babcock und Joyce hatten auf Mileva Einsteins Einladung hin beschlossen, eine kleine Pause zu machen und zu Abend zu essen. Mittlerweile stank das ganze Eßzimmer nach kaltem Rauch aus Einsteins Pfeife. Mileva hatte ein Fenster aufgemacht, um frische Luft hereinzulassen, mit dem ungemütlichen Resultat, daß sich nun der feuchte Föhn im Zimmer ausbreitete.

Einstein stand auf, streckte sich und ging nachdenklich auf und ab. Joyce saß reglos in seinem roten Plüschsessel, das Gesicht ausdruckslos, in sich versunken.

«Nun, Jeem», sagte Einstein endlich, «sieht ganz so aus, als ob uns hier das ganze Drum und Dran der keltischen Dämmerungspoeten, die Sie ja bekanntlich so verachten, auf einen Schlag in den Schoß gefallen wäre. Sogar die Feen ...

Joyce nickte und lächelte schrullig. «Nicht mal der passende gespenstische Sonnenuntergang fehlt. Das Ganze erinnert mich an die Teerbaby-Geschichte der amerikanischen Neger. Irgendwie klebt man an dem fest, was man bekämpfen will ...»

Einstein blieb stehen. Seine lustigen Spanielaugen starrten vor sich hin, offensichtlich nach innen statt nach außen, und Joyce fragte sich, ob er vielleicht aufgehört hatte, in Worten zu denken und statt dessen mit Bildern jonglierte, wie er es angeblich machte, wenn er an einem physikalischen Problem knackte. Babcock und Joyce tauschten einen ausdruckslosen Blick wie die Apostel beim Ende einer der eher unverständlichen Parabeln. Beide dachten an die Teerbaby-Geschichte und wie sie möglicherweise Einsteins fakirhafte Trance ausgelöst haben konnte. Je mehr man auf das Teerbaby einschlägt, um so fester klebt man an ihm: das war die Moral der alten Geschichte. Aber was hatte das mit einem Buch zu tun, das die Menschen in selbstmörderische Hysterie trieb? Vernichtete die Zerstörung des Buches seine Empfänger, war es also eine Allegorie für das Problem der Zensur?

«Aktion und Reaktion», flüsterte Einstein so leise, daß man ihn kaum verstehen konnte. «Der gute alte Newton hat uns also auch nach drei Jahrhunderten noch was zu sagen ...»

«Professor!» rief Babcock aus. «Ist es die Möglichkeit? Sehen Sie tatsächlich eine wissenschaftliche Erklärung für diese unglaublichen Ereignisse?»

Einstein blinzelte und setzte sich müde wieder hin. «Nun, nicht direkt», sagte er. «Aber ich fange zumindest an, etwas wissenschaftliches Licht in dieser mittelalterlichen Finsternis zu entdecken ... Eine Hypothese dämmert herauf ... aber ich weiß noch nicht ...»

Joyce unterbrach ihn: «Zu diesem Zeitpunkt wäre jede Hypothese, sei sie auch noch so vorläufig oder unvollständig, willkommen. Bei Gott, Einstein, letztes Jahr habe ich mehrere Monate damit verbracht, die widerlichste und übelste Predigt über die Hölle zu verfassen, die je gehalten wurde. Ich verarbeitete Teile aus allen Theologieklassen und religiösen Exerzitien meiner Jugend und verwob sie mit jesuitischen Texten zu einer, wie ich hoffe, wirklich schaurigen Tirade, von der es einem schlecht werden kann, bei der einem die Haare zu Berge stehen und die dem nicht katholischen Leser ein Gefühl der fröhlichen Stunden vermittelt, die mein Held im Verlauf seiner frommen irisch-katholischen Erziehung über sich ergehen lassen mußte. Um ehrlich zu sein, es machte mir immensen Spaß, diese blutige Gruselgeschichte zu schreiben, denn solche Sachen haben heute nicht mehr denselben Einfluß auf mich wie früher: sie können mich nicht mehr ängstigen, und ich konnte sie mit kalter, klinisch-dokumentarischer Distanziertheit beschreiben. Wenn ich mir jedoch Babcocks Geschichte anhöre, versetzt mich das fast wieder in die fürchterlichen Schrecken meiner Kindheit zurück.»

«Natürlich», meinte Einstein, dessen Gesicht im Schein der untergehenden Sonne rötlich glänzte, «das ist ja auch der Sinn der Sache.»

«Wie bitte?» rief Babcock aus.

«Warten Sie», sagte Einstein. «Bisher ist es nur ein kleines Fünkchen, und es könnte uns genausogut in die Irre führen – ich arbeite noch daran. Aber wie wär's, wenn wir von dem Mann, der gegen das Teerbaby ankämpft, auf die amüsantere und interessantere Situation schließen, in der *zwei* Teerbabies gegeneinander antreten, meine Herren?»

Joyce und Babcock saßen wie vom Donner gerührt, rotglühende Statuen in der langsam hereinfallenden Dämmerung.

Da erschien Mileva Einstein auf der blaß-orangen Türschwelle: «Es ist angerichtet.»

Das Dinner begann mit einer Vorspeise aus Käse, Oliven und Sardellen. «Während meines langjährigen Aufenthalts in Mailand habe ich das italienische Essen kennen- und schätzengelernt», erklärte Einstein. «Und einer der Gründe, warum ich Zürich mag, ist der, daß die Restaurants hier solch eine Fülle von ausländischen Gerichten bieten – man kann, wenn man will, am ersten Abend deutsch, am zweiten französisch und am dritten italienisch speisen – unter der Voraussetzung, daß man sich solche Extravaganzen leisten kann, versteht sich.»

«Einmal im Monat, am Zahltag», erzählte Joyce, «esse ich im teuersten Restaurant von Triest zu Abend. Bei meinem Einkommen ist damit garantiert, daß ich meistens am nächsten Tag nicht mehr genug Geld für die Miete übrig habe.»

«Und macht Ihnen das gar nichts aus?» fragte Babcock.

«Mir nicht, dafür meinem Bruder», antwortete Joyce. «Die Vermieter sind hinter ihm her wie der Teufel hinter der armen Seele, besonders, wenn ich sie mit meinen unanständigen Sprüchen und byronischschlechten Manieren wieder mal vor die Tür gesetzt habe.»

«Sie kennen wohl gar keine Scham», sagte Mileva mit einem Hauch von lustig-übertriebener Mütterlichkeit.

«Aber sehen Sie, ich kann mir keine Scham leisten», entgegnete Joyce wie aus der Pistole geschossen. «Sie widerspricht der Wahrnehmung. Wenn ich meine Vermieter provoziere, lerne ich Bereiche der menschlichen Psyche kennen, die unserem Züricher Weisen Dr. Jung oder seinem Wiener Konkurrenten, Dr. Freud, noch immer ein Buch mit sieben Siegeln sind.»

Die drei Männer schienen unausgesprochen die Übereinkunft getroffen zu haben, in Milevas Anwesenheit während des Essens die Schrecken von Babcocks trauriger Geschichte ruhen zu lassen. Joyce zog daher Frau Einstein auch rasch in ein Gespräch über die Geschichte von Zürich, in dessen Verlauf er die Anwesenden in Erstaunen versetzte, indem er auf den keltischen Ursprung verschiedener lokaler Gebräuche hinwies. Ein Beispiel dafür war das Sechseläuten-Fest im Frühjahr. «Eine Strohpuppe, die den Winter symbolisiert, wird durch die Straßen getragen und anschließend verbrannt: das läßt sich in dieser oder jener Form fast in allen keltischen Kulturen beobachten.»

«Aber es ist doch schon über zweitausend Jahre her, daß die Schweiz unter keltischem Einfluß stand», sagte Frau Einstein überrascht.

«Trotzdem bleiben die historischen Archetypen, wie Vico dazu sagen würde, erhalten», erklärte Joyce. «Genauso wie die Etymologie. Ist Ihnen nicht bekannt, daß sogar der Name Zürich vom lateinischen *Turicum* abstammt?»

«Doch, das habe ich schon mal irgendwo gehört», räumte Mileva ein.

«Aha», meinte Joyce, «die Frage ist: warum haben die Römer diesen Ort *Turicum* genannt? Wenn Sie, so wie ich, einmal nachschlagen, werden Sie herausfinden, daß die ursprünglich keltischen Einwohner ihn *Dur* nannten, was etwa die Bedeutung von ‹der Ort, an dem sich die Wasser verbinden› hatte – also die Stelle, wo die Limmat aus dem Zürichsee austritt. Und die Römer haben dann *Dur* zu *Turicum* latinisiert.»

Einstein zog amüsiert eine Augenbraue hoch. «Jeem», sagte er. «Sie schauen sich die Wörter an wie ein Biologe durch sein Mikroskop. Ich muß beinah annehmen, daß Sie die Paradoxa, die Sie gestern abend erwähnten, tatsächlich ernst meinten – daß der Inhalt unseres Geistes nichts als Worte ist.»

«Die Geschichte des Bewußtseins ist eine Geschichte der Worte», entgegnete Joyce. «Shelley hatte trotz seiner verdammten, unerträglichen Arroganz recht, als er schrieb, daß die Dichter die eigentlichen, aber nicht anerkannten Herrscher der Welt seien. Wenn man mit Worten neue Metaphern bildet, die ins Bewußtsein der Masse eindringen, schafft man neue Wege, sich selbst und die anderen zu erkennen.»

«*‹L'amor che muove il sol e alza le stelle›*», zitierte Einstein plötzlich. «Wenn man auf diesen Satz von Dante stößt, dringt seine Musik ins Bewußtsein ein. Es ist fast unmöglich, des Nachts die Sterne zu betrachten, ohne an ihn denken zu müssen und ein wenig von dem zu erahnen, was Dante meinte. Und doch weiß ich rational, daß die Sonne und andere Sterne in Wirklichkeit von stochastischen Prozessen abhängig sind.»

«Stochastisch?» fragte Babcock.

«Zufälligen, willkürlichen Prozessen», übersetzte Joyce. «Der Professor spricht vom zweiten Gesetz der Thermodynamik.»

«Das Stochastische ist nicht zufällig», korrigierte Einstein schnell. «In allen stochastischen Prozessen läßt sich eine verborgene Variable aufspüren. Ein rationales Gesetz. Anders zu denken, hieße das Chaos zu konkretisieren und zu vergöttlichen. Aber sind die kosmischen Gesetze dasselbe wie der Herzschlag der Liebe, den Dante intuitiv hinter dem Kosmos erahnte? Jeder, der behauptet, er hätte die Antwort darauf gefunden, ist entweder der König der Philosophen oder der der Narren.»

«Mir fällt es leichter, an die Liebe zu glauben als an das Gesetz», mischte sich Milly tapfer ein. «Aber da ihr alle Männer seid, werdet ihr natürlich sagen, daß das nur daran liegt, daß ich eine Frau bin.»

«Ach was», meinte Joyce. «Ich würde das nicht sagen. Vielleicht ist die Isle of Man nur ein Vorort des weiblichen Kontinents. Biologisch gesehen ist der Mann doch nichts weiter als ein Accessoire, ein temporärer Samenspender.»

«Vieles im Universum erscheint leider lieblos», räumte Einstein ein, «aber keiner seiner Aspekte ist gesetzlos.»

«So scheint es der Logik», sagte Joyce streitlustig. «Aber die Logik ist letzten Endes ja nur Aristoteles' Verallgemeinerung der Gesetze der griechischen Grammatik. Die wiederum Teil, aber wohlgemerkt nur Teil, des großen Wortflusses des Bewußtseins ist. Die chinesische Logik ist zum Beispiel überhaupt nicht aristotelisch, wissen Sie. Andere Teile des menschlichen Denkens sind völlig unlogisch oder irrational. Sie, Professor, haben mathematisch bewiesen, daß man Raum und Zeit nicht voneinander trennen kann. Das psychoanalytische Studium des Bewußtseins beweist immer schneller, was Sir John und ich auf verschiedene Arten entdeckt haben, und zwar nur durch Selbstbeobachtung, also introspektiv, daß nämlich Vernunft und Unvernunft ebenfalls nahtlos ineinander übergehen – so wie vielleicht Ihre beiden Teerbabies nach einem langen Kampf ...»

«Sie sind ein höchst ungewöhnlicher Mensch», sagte Mileva nach dem Essen. «Und wenn es eine Mrs. Joyce geben sollte, dann muß sie eine bemerkenswerte Frau sein.»

«Es gibt zwar keine Mrs. Joyce, aber dafür lebe ich seit zehn Jahren mit derselben Frau zusammen und werde ganz bestimmt auch den Rest meines Lebens mit ihr verbringen, vorausgesetzt, sie kann auch in Zukunft meine Kompromißlosigkeit ertragen.»

Als Mileva anfing, den Tisch abzuräumen, zogen die Männer sich wieder in Einsteins Arbeitszimmer zurück.

«Verflucht noch mal!» polterte Babcock plötzlich los und schaute Joyce böse an. «Müssen Sie Ihre mangelnde Moral denn bei jeder sich bietenden Gelegenheit zur Schau stellen? Ich bin sicher, daß Sie Frau Einstein einen ziemlichen Schreck eingejagt haben! Und Sie haben nichts Besseres zu tun, als damit herumzuprahlen, daß Sie Ihre Vermieter an der Nase herumführen und in wilder Ehe leben.»

«Frau Einstein ist ziemlich viel gewöhnt», sagte Einstein ruhig. «Die meisten meiner Freunde sind ganz schön exzentrisch. Manchmal vermute ich ja sogar, daß ich selbst nicht so ganz beieinander bin.»

«Jedes Individuum weicht vom Durchschnitt ab», meinte Joyce prompt. «Ich bin in meinem ganzen Leben noch keinem langweiligen Menschen begegnet. Das Normale ist nämlich das, was niemand ganz ist. Wenn Sie scheinbar dummen Menschen genau zuhören, werden Sie merken, daß sie alle auf verschiedene und sehr interessante Weise verrückt sind und alles tun, um diese Tatsache zu verbergen. Die Maskerade ist der Schlüssel zur menschlichen Psychologie. Und obgleich ich mich für Ihre einmaligen Probleme interessiere», fügte er, zu Babcock gewandt, hinzu, «übertrage ich Ihnen nicht die Autorität, irgendeine moralische Entscheidung, die ich treffe, zu beurteilen. Weder Ihnen noch irgendeiner dickbäuchigen Kirche oder räuberischen Regierung. Nora lebt mit mir zusammen, weil sie sich als freies Wesen dafür entschieden hat, nicht weil Aberglaube oder Gesetz sie zum Bleiben zwingen. Ich will keine Sklavin, keine Konkubine, keine Frau, sondern eine gleichwertige Gefährtin.»

Fest wie die sanften Bergesreih'n
In die ich stoße mein Geweih

Ein nobles Wort für jemand, der fast krank ist vor Eifersucht. Hört, hört! Die Stimme ist die Stimme meiner Jugend, die Sprache die von Ibsen und Nietzsche. Aber ich bin viel zu alt, um immer noch Stephen Daedalus zu spielen. Wenn ich sie frage, wird sie mir antworten, aber ich frage nicht. *Eleutheria.* Mein Schicksal: Übermensch oder gottverdammter Idiot. Heroische Poesie: *merde.*

«Manche Dinge», fuhr Babcock hitzig dazwischen, «tut man in guter Gesellschaft einfach nicht.»

«Sie sind wirklich kein Psychologe», sagte Joyce mit sanfter keltischer Ironie. «Man tut sie die ganze Zeit. Man redet nur nicht darüber.»

«Meine Herren», mischte Einstein sich beruhigend ein, «diese Debatte wird schon seit hundert Jahren geführt, seit die romantische Bewegung entstand. Ich glaube nicht, daß wir hier heute abend zu einem Ergebnis kommen werden. Setzen wir unsern Verstand doch lieber gewinnbringender ein und kehren wir zu den schrecklichen Geheimnissen von Sir Johns schauriger Geschichte zurück.»

Joyce rekelte sich schlaff in seinem Sessel zurecht. «Ich bin da zu gewissen Folgerungen gelangt», sagte er. «Wollen Sie sie hören?»

«Ja», sagte Einstein. «Ich bin gespannt zu erfahren, wie sie zu meinen eigenen Teilergebnissen passen.»

«Ganz recht, ich auch», sagte Babcock und setzte sich ebenfalls, nachdem er zuerst einen Stapel wissenschaftlicher Magazine in französischer und deutscher Sprache von dem einzigen unbesetzten Stuhl entfernt hatte.

«Zunächst mal», fing Joyce an, «glaube ich nicht an dieses angebliche Buch, das die Leute wahnsinnig macht, und zwar aus zwei Gründen. Erstens ist das ganz und gar unglaublich. Keine Droge würde bei jedem Konsumenten den gleichen spezifischen (und melodramatischen) Effekt auslösen, also kann auch kein Buch derartige Einflüsse ausüben. Zweitens ist mir endlich eingefallen, daß ich diese Geschichte schon einmal irgendwo gehört habe, und zwar in einer Erzählung. Ich vermute, daß Mr. Aleister Crowley und seine Helfershelfer im M. M. M. diese Geschichte ebenfalls kennen und sie als Maske für ihre eigentliche Mordmethode benutzen.»

Einstein hätte um ein Haar seine Pfeife fallen lassen. «Das ist ja höchst interessant», sagte er. «Ich fange an, meine eigene Hypothese zu glauben, denn das ist genau das, was ich ebenfalls herausgefunden habe. Wie heißt das Buch, von dem Sie sprechen?»

«Es ist ein Buch mit wunderlichen, übernatürlichen Erzählungen und heißt *The King in Yellow.* Der Autor ist ein Amerikaner namens Robert W. Chambers. Alle Erzählungen drehen sich um ein schreckliches Buch, das nie genannt wird, das aber jeden, der es liest, in den Wahnsinn treibt. Vielleicht darf ich noch hinzufügen, daß *The King in*

Yellow einiges interessantes allegorisches Material über Masken und Maskeraden enthält und vielleicht die erfolgreichste Horrorgeschichte seit Stokers *Dracula* ist. Millionen von Menschen müssen es gelesen haben. Ich halte es fast für sicher, daß die Handlung dieses Buches die Mitglieder des M. M. M. erst auf die Idee brachte. So konnten sie mittels ihrer heimtückischen Maskerade den Eindruck erwecken, daß ein solches Buch wie das von Chambers tatsächlich existierte.»

Einstein zündete seine Pfeife an und wartete, bis daß das kirschrote dunkle Fünkchen sich über dem ganzen Tabak ausgebreitet hatte. «Masken und Maskeraden», sagte er. «In der Tat, das ist genau das, was uns in diesem Zusammenhang interessiert. Aber wie reißen wir die Masken ab und schauen nach, was sich dahinter versteckt? Wie werden diese scheinbaren ‹Wunder› tatsächlich in Szene gesetzt? Wenn es nicht Ernst Mach und die Teerbabygeschichte gäbe, hätte ich nicht mal den Anfang einer Spur von Theorie ... und selbst jetzt gibt es noch für jeden Punkt, den ich möglicherweise erklären könnte, drei andere, bei denen ich völlig im dunkeln tappe ...»

«Nehmen wir an», fuhr er fort, «Sie hätten *The King in Yellow* gelesen und wären so grausam, daß Sie sich wünschten, die Handlung im wirklichen Leben nachzustellen. Mir scheint, das Beste, was Sie tun könnten, wäre, dem Buch einen Brief beizulegen. Darin steht: ‹Dieses Papier ist mit Lepra-Erreger behandelt worden› oder Syphilis oder was auch immer für eine Krankheit den gewünschten Grad an Angst und Schrecken hervorrufen mag. Würde ein solches Vorgehen Erfolg haben? Ich gehe davon aus, daß *unter Umständen* eine Person so hysterisch oder leicht beeinflußbar ist, daß sie es auf der Stelle glauben und daraufhin Selbstmord begehen würde. Ja? Aber doch keine drei hintereinander! Das ist ja schon rein statistisch unmöglich. Wenigstens einer von den dreien würde soviel Verstand haben, einen Arzt zu konsultieren, ehe er einem so falschen und krankhaften Giftbrief Glauben schenkte.»

«Selbst im calvinistischen Schottland», stimmte Joyce zu, «wäre das richtig. Trotz der politischen Meldungen, die man jeden Tag in der Zeitung lesen kann, besteht die menschliche Rasse nicht nur aus leichtgläubigen Dummköpfen. Das Buch des Schreckens ist eine enorme Ente mit dem Ziel, uns zu verwirren und in die falsche Richtung zu lenken. Ich bin überzeugt, daß die Kerle eine ganz andere Methode hatten, ihre Opfer hysterisch zu machen. Die Bücher dienten nur dem Zweck, eine übernatürliche zwielichtige Aura drumherum zu schaffen.»

«Ich wünschte, ich könnte auch so sicher sein wie Sie», sagte Babcock müde.

Joyce zuckte resignierend die Achseln. «Im Grunde bin ich mir über gar nichts richtig sicher», räumte er ein. «Ich stelle nur Theorien auf. Außerdem habe ich mir Gedanken zu den mysteriösen Fragmenten des angeblichen Buches gemacht. Wir haben keine Garantie dafür, daß wir die richtige Reihenfolge haben, da ja alle Zeugen immer nur Teile des Titels sahen. Also habe ich es mal mit Umstellen versucht. Statt *Ther Go Mo* versuchen wir mal *Ther Mo Go*. *Thermo* ist ein Präfix mit der Bedeutung Wärme oder Hitze und erscheint in Thermometer, Thermodynamik und Dutzenden von anderen wissenschaftlichen Termini. Kennen Sie irgendein wissenschaftliches Wort, das mit *Thermogo* anfängt, Professor?»

«Das einzige, was mir dazu einfällt», meinte Einstein bedauernd, «ist thermogenetisch und Thermograph. Aber Thermogo ...»

«Nun», sagte Joyce, «dann gibt es ja auch noch die Möglichkeit von *Mo-ther-go*. Da fällt mir ein möglicher Titel ein: *Mother Go to Hell*. Das mag auf Leser mit konventionellen Wertmaßstäben zwar abschreckend wirken, aber es wird sie doch nicht gleich zum Selbstmord treiben!»

Der Föhn: ein dumpfer, dunkler Atemzug feuchter Asche. *Mother go*: Laß mich sein und laß mich leben. Ich jedenfalls werde dem Gott, der dich an Krebs sterben ließ, nicht dienen. Dere gewizzede biz. Grausame Greifer, Raubtierfänge.

«Erzählen Sie uns doch den Rest Ihrer Geschichte», sagte Einstein, der zusammengesunken und in Gedanken verloren in seinem scharlachroten Sessel saß. «Bisher haben wir ja nur versucht, aus völlig unzureichenden Daten unsere Theorien zu basteln.»

«Es gibt nicht mehr viel zu erzählen», sagte Sir John. «Aber der Höhepunkt war doch schrecklicher und unglaublicher als alles, was ich bisher berichtet habe.»

Nachtdunkle rötliche Schatten sammelten sich im Zimmer und vertrieben den letzten goldenglühenden Glanz der Sonne. Die Uhr vom Fraumünster schlug sieben, und der Föhn blies ihnen warme, schwüle Luft in die Augen.

De stella macrocosmi

Gerade als Sir John Jones zu Hause anrufen wollte, brachte Wildeblood die Morgenpost herein. Während er die neuesten Entwicklungen mit Jones durchsprach, warf Babcock einen Blick auf die Absender.

Jones' Stimme drang elektronisch verzerrt, fast eunuchenhaft in sein Ohr. «Die oberste Regel im Schach heißt den *König zu schützen*. Im Moment ist Verey der König; er ist die Figur, die angegriffen wird. Ich glaube, wir sollten ihn versetzen.»

Sir John protestierte: «Ich habe acht Dienstboten, davon sind fünf recht kräftige Männer. Ich glaube, auf Babcock Manor wäre er so sicher wie nur irgendwo anders in England ...» Unsicher verklang seine Stimme, denn in diesem Moment erkannte er das Unglaubliche, das einfach Unmögliche mitten zwischen seiner eigenen Post. Es war eine Postkarte, adressiert an:

Rev. Charles Verey
Babcock Manor
Greystoke, Weems

Er hörte kaum, wie Jones scharf entgegnete: «Da bin ich aber gar nicht so überzeugt wie Sie. Ich halte es beinah für sicher, daß die anderen von Ihrer Korrespondenz mit Verey wissen. Als sie merkten, daß er aus Inverness ausgeflogen war, werden sie sich überlegt haben, daß er nur bei Ihnen sein kann – vielleicht sind sie sogar schon da ...»

«Sie haben recht», sagte Sir John mit einem Gefühl, als würde sich ihm der Magen umdrehen. Der Stoff, aus dem die Alpträume sind, schoß es ihm durch den Kopf. Dann drehte er die Karte um und entdeckte genau das, was er erwartet hatte:

«Ich sehe gerade, daß in der heutigen Post eine Postkarte für ihn war», hörte er sich selber sagen. «In der Technik des Terrorismus sind sie wirklich ziemlich weit fortgeschritten. Mein Gott, Jones, er hat Inverness mit dem Mitternachtszug verlassen und kam erst heute morgen hier an. Aber die Postkarte muß doch wohl schon gestern abgeschickt worden sein, wenn sie heute ankommt. Es ist, als würden sie seine Züge genau vorausberechnen können.»

Yod Hé Vau Hé: der heilige unaussprechliche Name war nun komplett, genauso wie die Sequenz: Stäbe, Kelche, Schwerter, Münzen. Und um das möglich zu machen, hatte man sich sogar über die Gesetze der Zeit hinweggesetzt.

«Akzeptieren Sie ein Wunder niemals auf den ersten Blick», sagte die quäkende, durch Elektrizität übertragene Stimme von Jones in seinem Ohr, «schauen Sie erst einmal nach dem Poststempel.»

Und schon drehte Sir John die Karte um und entdeckte, was kaum zu glauben war: sie trug keinen Poststempel. Also stimmten die Gesetze der Zeit wohl doch noch.

«Nun?» drängte Jones.

Vekam, Adonai ... Die Bezeichnung ist die Sache an sich.

«Es gibt gar keinen Poststempel. Sie ist also nicht gestern abgeschickt worden, sie ist überhaupt nicht mit der Post gekommen. Sie müssen sie einfach in meinen Briefkasten gesteckt haben, nachdem der Briefträger die andere Post gebracht hatte. Jedenfalls nehme ich das an ...»

Der Schrecken wuchs: sie sind uns wohl immer einen Schritt voraus.

«Verstehen Sie jetzt, warum ich den König versetzen will? Sie hatten die ganze Zeit einen Vorsprung. Nun ist es Zeit, den Spieß umzudrehen und eigene strategische Maßnahmen zu ergreifen.» Jones hielt inne. «Wir müssen davon ausgehen, daß Babcock Manor unter feindlicher Bewachung steht. Unser einziger Vorteil besteht darin, daß Sie den Turf besser kennen als sie, denn Sie kämpfen auf heimischem Gelände. Denken Sie sich eine Methode aus, wie Sie Verey da herausschleusen können, ohne gesehen zu werden. Könnten Sie sich da etwas Passendes vorstellen?»

Sir John lächelte grimmig. «Ich habe als Junge hier gespielt», sagte er. «Mir fallen auf Anhieb mindestens fünf verschiedene Möglichkeiten ein, auf die kein Mensch kommen könnte, der auf diesem Gelände nicht aufgewachsen ist.»

«Sehr gut. Da ist noch etwas, das Sie berücksichtigen müssen. *Begeben Sie sich keinesfalls in die Nähe der Eisenbahn!*»

«Ja», sagte Sir John. «Sie werden den Bahnhof natürlich beobachten lassen für den Fall, daß ich Verey tatsächlich unbemerkt herausschmuggeln könnte.» Die Instrumente, die gegen de Molay angewendet wurden: Daumenschrauben, Folterbank, Eisenstiefel ... *Vekam, Adonai* ...

«Ausgezeichnet. Jetzt fangen Sie an, strategisch zu denken. Der nächste Punkt sollte Ihnen ebenfalls schon klar sein. Haben Sie vielleicht zufällig einen Freund, der ein Automobil besitzt?»

«Viscount Greystoke», sagte Sir John. «Und unser bester Plan wäre, durch die Wälder zum Greystoke-Gut zu fliehen.»

«Sehr gut. Wenn ich mich richtig erinnere, haben Sie keinen Führerschein. Wird Ihnen Greystoke nicht nur das Automobil, sondern auch den Chauffeur leihen?»

«Wenn ich ihm sage, daß es ein Notfall ist, glaube ich schon ...»

Unpassenderweise fiel ihm ausgerechnet jetzt seine Initiation ein: *Wohin gehst du? Richtung Osten. – Was siehst du? Das Licht.*

Jones schwieg einen Moment und schien nachzudenken. «Mit etwas Glück können Sie am frühen Abend in London sein. Natürlich dürfen Sie keinesfalls zu mir nach Hause kommen, das wird der erste Ort sein, an dem sie Sie beide suchen werden. Gehen Sie zur Paul Street 201. Dort wird Sie ein Freund von mir, Kenneth Campell, erwarten. Sie können ihm voll und ganz vertrauen, er ist sehr beeindruckend. Ich werde Sie und Verey dann später dort treffen.»

«Paul Street 201», wiederholte Sir John. «Ich glaube, ich kenne die Gegend. Ist es nicht in der Nähe von Tottenham Court Road?»

«Genau. Nicht gerade die vornehmste oder respektabelste Gegend von London, aber ein ausgezeichneter Ort, um unseren König für eine Weile zu rochieren. Ich hoffe, wir können uns zwischen sechs und sieben bei Mr. Campell treffen. Seien Sie vorsichtig, Sir John: vergessen Sie nicht, daß ein Mann wie Verey mit seinem Buckel eine ziemlich auffällige Figur ist.»

Als er Verey den Plan erklärte, verspürte Sir John eine freudige Erregung. Er mußte sich daran erinnern, daß schon drei Menschen auf schreckliche Weise umgekommen waren – drei niederschmetternde Tragödien für den armen Verey –, um sich daran zu hindern, den kommenden Tag nur als prächtiges Abenteuer zu sehen.

Unbehaglich machte Sir John sich klar, daß Begegnungen mit Tod und Gefahr nur für die Überlebenden Abenteuer sind, und es war absolut nicht klar, wer diese schreckliche Sache letztlich überleben würde, aber trotzdem, er war noch jung, verdammt noch mal, er hatte vor, einen finsteren Feind auszutricksen, und das *war* einfach aufregend.

Ein Blick in das aschfahle Gesicht des Priesters erinnerte ihn daran, daß er sich nicht in einem Roman von Conan Doyle oder Rider Haggard befand, sondern im wirklichen Leben, wo die Toten wirklich tot sind und die, die sich liebten, wirklich trauerten und nicht nur kurz ins Taschentuch schnieften, ehe der Schriftsteller zum nächsten Höhepunkt weitereilte.

Als Sir John ihm die Fluchtstrategie erläuterte, stimmte Verey fast abwesend zu. Es war erschütternd zu sehen, wieviel von seiner Überheblichkeit der alte Mann eingebüßt hatte, wie hündisch er die Anweisungen akzeptierte.

Sir Johns Plan gründete sich auf die Tatsache, daß der Weinkeller des Hauses in einen kurzen Gang mündete, der mit einem nicht benutzten Nebengebäude verbunden war. Ein früherer Babcock hatte hier vor Generationen eine Weinpresse installiert, die jedoch schon seit langer Zeit einsam vor sich hinrostete.

«Es könnte sein, daß sie das Haus mit Ferngläsern oder gar einem starken Teleskop beobachten», erklärte er. «Aber niemand kann das Weinpressenhäuschen entdecken, es sei denn, er stolpert geradewegs darüber. Die Umgebung ist mit Unterholz und Bäumen abgeschirmt.»

Der Priester nickte trübe. Er sprach auch nicht mehr normal, bis sie im Weinkeller ankamen. «Das ist aber ein riesiger Alkoholvorrat», sagte er mißtrauisch, «jedenfalls für einen Christen und vernünftigen Menschen.»

Sir John ging mit einem Kandelaber voraus. «Familienerbe», sagte er entschuldigend. «Die meisten Flaschen sind fünfzig bis hundert Jahre alt oder noch älter. Ich mache kaum mal eine auf, es sei denn, ich habe ganz besondere Gäste.»

«Ja, ja», sagte die bucklige Figur düster. «So fängt das immer an. Ab und zu mal ein Gläschen mit besonderen Gästen. Jedes vom Alkohol zerstörte Wrack, das ich kenne, hat so angefangen.»

Da es dunkel war, erlaubte Sir John sich ein Lächeln. Irgendwie war es beruhigend zu sehen, daß doch noch etwas vom ursprünglichen Kampfgeist des alten Mannes erhalten geblieben war, trotz der Tragödie, die er hatte durchmachen müssen. Eine Zeitlang war Verey ihm schon wie eine Art Roboter vorgekommen.

Auch Sir John fiel allmählich auf, wie riesig der Weinkeller tatsächlich war oder in den Augen eines schottischen Presbyterianers wirken mußte. Er selbst war seit seiner Kindheit nicht mehr hier unten gewesen. Damals hatte er den Tunnel regelmäßig in der Hoffnung durchgeforscht, auf einen Piratenschatz oder, noch besser, die Höhlen der Trolle zu stoßen. Während sie einen Gang mit verstaubten alten Flaschen nach dem anderen entlanggingen, fing Sir John an, die Babcocks so zu sehen, wie Verey sie sich seiner Meinung nach vorstellen mußte: als einen Haufen von alkoholsüchtigen Wüstlingen.

Schließlich kamen sie an den Tunnel. Nun war es wirklich stockfinster, und der Kandelaber erhellte die Finsternis nur ein paar Meter weit in jede Richtung. Sir John wünschte, er hätte zwei Kandelaber mitgenommen, damit Verey sich selber leuchten konnte. So wie es war, mußten sie eng nebeneinander und sehr langsam gehen.

Ein Komplice im Haushalt: Sir John fiel plötzlich wieder sein Mißtrauen Vereys Bruder Bertran gegenüber ein, damals, als es nur um das Geheimnis der strangulierten Katze gegangen war. War es möglich, daß der M. M. M. einen Komplicen Crowleys in sein eigenes Haus entsendet hatte? Und was würde sie in dieser höllischen Finsternis ein paar Meter weiter erwarten?

Dann lächelte er wieder in sich hinein. Die Dienstboten waren alle schon seit langer Zeit auf Babcock Manor beschäftigt: schlichte und aufrechte Seelen, denen er seit seiner Kindheit vertraute. Dieses verwünschte Geheimnis hatte seinen Verstand wohl auch schon mit dem Virus der Paranoia durchsetzt. Mein Gott, Wildeblood oder Dorn oder die alte Ms. Maple zu verdächtigen, mit den Schwarzmagiern unter einer Decke zu stecken, war genauso lächerlich wie die Königliche Familie oder den Erzbischof von Canterbury zu beschuldigen.

Ein summendes Geräusch schien den Gang zu erfüllen, das Sir John nicht nur an das insektoide Summen seiner Traumvisionen von der Kapelle der Gefahren, sondern auch an Vereys denkwürdige Aufnahme erinnerte: *Könnten Bienen oder Wespen sich hier unten einen Stock gebaut haben?* Und dann fiel auch wieder das Summen ein, daß die Volkskundler den Stimmen der Feen zuschrieben. Er riß sich zusammen, das war doch wirklich zu albern, aber er mußte komischerweise an die Tatsache denken, daß die Biene aus irgendeinem unerfindlichen Grund auch das Emblem der Bayrischen Illuminaten schmückte, des atheistischsten und revolutionärsten Sproß aller Freimaurerzweige. Er mußte sich wirklich zusammennehmen, verdammt noch mal, solchen ungesunden Gedanken durfte man eben nicht nachgeben! Aber dann fiel ihm ein altes kabbalistisches Rätsel ein: Warum beginnt die Bibel mit B (*beth*) statt mit A (*aleph*)? Antwort: Weil A der Buchstabe für *Arar*, Fluchen, und B der Buchstabe für *Berakah*, Segen, ist. Aber was hatte die Biene dann im Symbol der Illuminaten zu tun? Und was bedeutete dieses insektoide Summen und wer waren die Leute in Honigsaft in diesem frühen Traum von der Kapelle der Gefahren?

Furcht heißt Versagen und ist der Vorbote des Versagens ... er war *nicht* die arme kleine Feldmaus, die sich in den Händen eines Wesens gefangen sah, das ihr völlig unbegreiflich war. Er war ein Ritter der Rosenkreuzer in Gottes Diensten und «kein Dämon hat Macht über den, der in einem Panzer der Rechtschaffenheit auszieht».

Er dachte auch an Onkel Bentleys Erklärung, daß Angst im Dunkeln eine der ältesten Primatenempfindungen ist, die auf die brutalen Zeiten zurückgeht, als unsere stummen, gnomenhaften, pelzigen Vorfahren die Opfer krallenbewehrter Angriffe von allen möglichen Arten nächtlicher Raubtiere waren. Es gibt kaum ein Kind auf der Welt, das nicht noch einen Rest dieser ursprünglichen Angst in sich trägt, die ja bekanntlich in Notsituationen auch Erwachsene wieder befällt. Und wenn es auch vielleicht absurd war, die Familienangestellten zu verdächtigen, so gab es doch auch noch den beunruhigenden Gedanken an die Arbeiter, die die elektrischen Leitungen gelegt und das ganze Haus renoviert hatten. Einer von denen hätte durchaus ein Agent des M. M. M. gewesen sein und irgendwo eine Falle legen können, an dunklen Stellen wie dieser hier ...

«Furcht heißt Versagen und ist der Vorbote des Versagens», ermahnte sich Sir John ein zweites Mal. Wo gehst du hin? Nach Osten. Was suchst du? Das Licht.

Wenn man den Welschen Glauben schenken wollte, lebte die Schar, die niemals ruht, in solchen Gängen, unter der Erde ...

Mit großer Erleichterung entdeckte Sir John endlich die Tür am Ende des Tunnels. Das war wirklich ein schreckliches Unterfangen gewesen, diese fürchterliche Mutprobe, diese Reise durch die Finsternis, die ihm als Junge immer wie ein tolles Abenteuer erschienen war.

Nun, Jones hatte einmal gesagt: «Eine echte Initiation ist nie abgeschlossen.» Und dieser Weg durch die finstere, legendenreiche Unterwelt – das N- oder Hades-Stadium des I. N. R. I.-Prozesses – war ein Teil seiner Initiation gewesen, eine Lektion in Tapferkeit, die der wahre Okkultist sich aneignen muß, wenn er nicht das Opfer von Besessenheit und der Spielball aller möglichen Arten von dämonischen Wesen werden wollte, ob echt oder eingebildet. Er erinnerte sich an eine alte amerikanische Negerhymne, die er einmal irgendwo gehört hatte:

Ich muß durch dieses einsame Tal gehen
Ich muß ganz allein hindurch
Niemand kann für mich gehen
Ich muß ganz allein hindurch

Plötzlich verstand er auch, warum *nun*, der Fisch, der Buchstabe war, der mit dieser Hades-Erfahrung und dem Herrn der Unterwelt korrespondierte. In der Tat fangen wir an wie Fische, die im Fruchtwasser des Schoßes schwimmen, und das Unbewußte stellt sich den Tod ja auch immer wie eine Rückkehr in den Schoß vor, jedenfalls symbolisch. Er erkannte sogar, warum das nächste Stadium im I. N. R. I.-Prozeß, *resh*, der menschliche Kopf selber ist, der mit den toten und wiederauferstandenen Sonnengöttern Osiris und Apollo korrespondierte. «Das Königreich des Himmels ist in dir!» – im Kopf, in den Gehirnzellen. Und er wußte endlich bis ins innerste Mark: eine echte Initiation ist nie abgeschlossen: wir machen immer wieder dieselben archetypischen Prozesse durch, wieder und wieder, und jedesmal verstehen wir sie ein bißchen besser, Isis, Apophis, Osiris! IAO ... die Jungfrau, die Hallen des Todes, Göttlichkeit ... Das Licht erschien in der Finsternis und die Finsternis wußte es nicht ...

Mit dem triumphierenden Grunzen eines typischen männlichen Säugetiers stieß Sir John die Tür zum Weinpressenhäuschen auf. «Der Mensch gehört weder den Engeln noch den Teufeln, es sei denn, sein Wille versagt», lautete eine Regel des Golden Dawn, und Sir John glaubte und fühlte sich sehr tapfer.

Die Hütte war schmutziger und mit dickeren Spinnweben überzogen, als Sir John in Erinnerung hatte, aber die Weinpresse stand genauso mächtig und unzerstörbar da wie immer. Rev. Verey starrte sie überrascht an.

«Guter Gott, Mann», sagte er, «was ist das denn?»

Ärgerlich zeigte er mit dem Finger auf das Familienwappen, das sich auf der Weinpresse befand: ein dunkelblaues Strumpfband mit goldener Schnalle, von dessen Bund sechsundzwanzig goldene Strumpfbänder baumelten. Darunter stand das Motto: *Honi soit qui mal y pense.*

«Das ist der Orden des heiligen Georg», erklärte Sir John und wurde vor lauter Nervosität ganz rot. «Er wurde meinem Urgroßvater für irgendwelche Dienste für die Krone verliehen, und zwar vom König höchstpersönlich.» Der Alptraum ist Wirklichkeit, es gibt keine Maskerade: die Bezeichnung ist das Ding an sich.

«Ja, ja, ich weiß, niemand außer dem König darf den Strumpfbandorden verleihen», sagte Verey ungeduldig. «Aber warum hat Ihr Urgroßvater ihn ausgerechnet auf eine Weinpresse prägen lassen? Das zeugt von wohl nur mangelndem Respekt für die Krone und einen recht ausschweifenden Humor, möchte ich sagen.»

Sir John errötete noch tiefer. «Mein Urgroßvater war ein wenig verschroben», sagte er. «Es gibt skandalöse Anekdoten über ihn, wie ich leider gestehen muß. Manche Leute behaupten sogar, daß er mit Sir Francis Dashwood und dem *Hellfire Club* zu tun hatte. Na ja, in jeder Familie gibt es mindestens *ein* schwarzes Schaf», betonte er, «das wissen Sie ja sicher am besten.»

«Ganz recht», sagte Verey. «Ich wollte Ihre Familie nicht verunglimpfen. Aber allmählich verstehe ich, Sir John, warum Sie okkulte Neigungen im Blut haben, auch wenn Sie sie in christlichere Richtungen lenken als Ihr Urgroßvater.»

Es war nicht gerade die taktvollste Entschuldigung, Sir John kam sein eigenes Blut plötzlich schändlich beschmutzt vor. «Der Orden des heiligen Georg ist der höchste Ritterorden in Großbritannien», sagte er und verteidigte die Genre der Babcocks, als hätte man ihn plötzlich beschuldigt, zu einer Familie zu gehören, der Lykanthropie oder Hexerei im Blut lag.

«Sehr wohl, eine große Ehre für jede Familie, der die Krone ihn verleiht. Aber nennt man ihn im Volksmund nicht Strumpfbandorden?»

Sir John merkte, wie ihm das Blut in die Wangen schoß.

Der bucklige Priester steht wohl immer noch unter Schock, dachte er, das war eine höchst unpassende Bemerkung in gepflegter Gesellschaft. Trotzdem kam er ins Stammeln, als er jetzt lahm antwortete: «Ich habe die mittelalterliche Geschichte sehr gründlich studiert. Deshalb verfalle ich vielleicht häufiger als andere auf alte Namen und Bezeichnungen, statt die modernen zu benutzen. Die Bezeichnung St-St- Strumpfbandorden war bis zur Herrschaft Edwards VI. nicht allgemein gebräuchlich, obwohl der Orden an sich, wie Ihnen sicherlich bekannt sein dürfte, auf Edward III. im Jahre 1344 zurückgeht und ursprünglich der Orden des heiligen Georg genannt wurde, wie ich eben sagte.» Er wußte auch nicht warum, aber irgendwie fühlte er sich immer noch wie in einem Alptraum.

«Honi soit qui mal y pense», las der Kirchenmann von dem Wappen ab. «Ein merkwürdiges Motto für einen noblen Orden.»

«Nun, da müssen Sie die Geschichte hören ... über die Countess von Salisbury ...» Sir John hatte beinahe das Gefühl, daß der Bucklige auf dem Zeugenstand ihn einem Kreuzverhör unterzog. «Sie ließ bei einem Tanz ihr Strumpfband fallen, wissen Sie, und der König hob es auf, als sie gerade irgend jemand auslachte und streifte es über sein Be- Be- Bein, wissen Sie, und sagte das, sagte: *Honi soit qui mal y pense.*»

«Böses dem, der Böses denkt», übersetzte Verey. «Trotzdem, komische Geschichte. Und warum tragen die Freimaurer bei ihrer Initiation ein Strumpfband?»

«Mein Gott, Mann, wir müssen weiter!» rief Sir John aus. «Wir haben keine Zeit, hier rumzustehen und irgendwelche dunklen Punkte in der Geschichte des Mittelalters zu diskutieren.»

In wenigen Sekunden waren sie an der Weinpresse vorbei, zur Tür hinausgegangen und standen nun auf einem schattigen Hain, der ringsum von hohen Eichen umgeben war. Neben dem Weinpressenhäuschen ragte eine gespenstisch weiße marmorne Aphrodite empor.

«Heidenverehrung», grunzte Verey, aber diesmal schien er eher mit sich selbst zu reden als die Babcocks anzuklagen.

Nach dem engen unterirdischen Tunnel und dem idiotischen Schlagabtausch in der Weinpresse tat der Gang durch die Wälder gut. Eine Zeitlang war ihm der Priester fast blödsinnig vorgekommen, oder war er selber vielleicht überempfindlich, was die Eskapaden seines Urgroßvaters anging? Ein verborgener Hain, dem Wein und Aphrodite gewidmet ... Gerüchte über Verbindungen zu dem berüchtigten *Hellfire Club* ... Makel im Blut ... blaue Strapse ... weiße Flecken ...

Verey marschierte trotz seines Alters zügig voran. Die schottischen Hochländer sind für ihre Zähigkeit bekannt, sie zeugen sogar im hohen Alter noch Kinder. Wenn sie nur nicht die Neigung hätten, mit geradezu gespenstischem Vergnügen Geschichten von Geistern, Hexen und «nächtlichem Poltern» zu erzählen! Aber das lag wahrscheinlich daran, daß sie in ihren kalten, feuchten, finsteren Nächten auch mehr von solchen Dingen erlebten. Der Rationalist, der diese schlichten ruppigen Leute als abergläubisch abtat, ohne je unter ihnen gelebt und diese Erfahrung mit ihnen geteilt zu haben, war genauso naiv und chauvinistisch wie der engstirnige Engländer, der alle Franzosen für unmoralisch und alle Italiener für heimtückisch hält.

Und dann fiel ihm ein, daß das Motto des *Hellfire Club* Rabelais' «Tu was du willst» gewesen war und ihre blasphemische Ikone, das Idol, das Sir Francis Dashwood für die Orgien in der verlassenen Abtei erworben hatte, ein riesiger Phallus, den sie «Erlöser der Welt» genannt hatten. Sie war später sogar als Titelbild des pornographischen

Essay on Woman abgedruckt worden, einem Werk von John Wilkes, das heimlich unter dem *nom de plume* «Pego Borewell» erschienen war. Wilkes selbst war aus dem House of Lords ausgestoßen worden, als der Earl of Sandwich, selber ein ehemaliges Mitglied des *Hellfire Clubs*, der ausgetreten war, nachdem ein schreckliches «Ding» (Wilkes behauptete, ein zum Spaß auf ihn losgelassener Orang-Utan) ihn während einer Schwarzen Messe gebissen hatte, publik machte, daß er, Wilkes, der Autor des Essays und Mitglied des *Hellfire Clubs* war. Die meisten Historiker fanden das eher komisch als geschmacklos, doch Sir John fing an, sich den Kopf über mögliche Verbindungen zwischen dieser seltsamen kabbalistischen und den zeitgenössischen Großorientalischen Logen der französischen Freimaurer den Kopf zu zerbrechen, in denen wunderliche okkulte und revolutionäre Doktrinen verkündet wurden und der mysteriöse Count Cagliostro Großmeister gewesen war. Waren sie allesamt so wie die unerforschlichen Illuminaten von Bayern Teil der schwarzen Untergrundtradition, die sich nun im Ordo Templi Orientis manifestierte?

«Irgendwo habe ich diese ganze Geschichte schon mal gehört», sagte Verey plötzlich.

Die Bäume standen hier so dicht, daß es sogar jetzt, um die Mittagszeit, kühl und schattig war. «O Finsternis, Finsternis, mitten am hellen Tag», zitierte Sir John insgeheim. «Welche Geschichte?» fragte er abwesend.

«Die Geschichte von Edward III. und der Countess von Salisbury, Mann», sagte Verey ungeduldig. «Ich weiß wirklich nicht, ob es wahr ist oder nicht, aber ich hörte, daß das blaue Strumpfband zu jener Zeit als Zeichen einer Hexenkönigin galt. Dadurch, daß der König das Strumpfband über seinen eigenen Schenkel streifte, teilte er jedermann mit, daß man auch ihn der Inquisition ausliefern müßte, wenn man es wagte, sie zu denunzieren. Vielleicht hat er ihr damit das Leben gerettet. Und das ist die Bedeutung von ‹Böses dem, der Böses denkt›.»

Das war nicht gerade das passende Thema für eine Unterhaltung mit einem trauernden und leicht geistesgestörten Buckligen im Wald. Die *selva oscura*, dachte Sir John. «Das macht doch keinen Sinn», sagte er gereizt. «Es sei denn, der König selbst wäre ein Hexer gewesen. Will die Geschichte etwa andeuten, daß die britische Monarchie von Hexerei und Diabolismus durchsetzt war?»

«Keine Ahnung», meinte Verey. «Der Mann, der mir das erzählte, hatte übrigens ein paar recht merkwürdige Ansichten über die europäischen Ritterorden. Ich nehme an, er hielt den Strumpfbandorden für den verborgenen inneren Zirkel, der die Freimaurer regierte. Wissen Sie denn zufällig, warum die Freimaurer bei ihrer Initiation Strumpfbänder benutzen?»

Über ihnen flatterte etwas vorbei, was sich wie Fledermausflügel anhörte. Aber tagsüber gibt es keine Fledermäuse, rief Sir John sich streng zur Ordnung.

«Die Geschichte der Freimaurer ist sehr kompliziert», sagte er. «Ich habe ein ganzes Buch darüber geschrieben und kann nur behaupten, etwa ein Drittel der wichtigsten historischen Geheimnisse gelüftet zu haben. Es ist richtig, daß der König das Oberhaupt des Str- Str- Strumpfbandordens gewesen ist und der Prince of Wales automatisch zu einem Freimaurer des 33. Grades gemacht wird, aber da ist nichts Schänd- Schänd- Schändliches dran, das versichere ich Ihnen. Der Schutzheilige des Ordens ist der heilige Georg, nicht der Teufel.»

26: Sir John erinnerte sich: *yod* = 10, *hé* = 5, *vau* = 6, zweites *hé* = 5, macht 26. YHVH, der heilige, unaussprechliche Name Gottes, der nun dank des widerwärtigen M. M. M. für immer mit Selbstmord und Wahnsinn verknüpft zu sein schien. Verborgen in der Numerologie des Strumpfbandordens.

Das fledermausgeflügelte Etwas über ihnen machte sich von neuem bemerkbar. Es mußte ein gewöhnlicher Vogel sein. Fledermäuse gab es um die Mittagszeit einfach nicht. Und «Statuen sollten nicht anfangen umherzuwandern». Wo hatte er das bloß gelesen?

«Es ist eine ganz und gar verdrehte Sache», brummte Verey, «Männer mit Strumpfbändern, wo hat man so was schon gehört? Geheimtreffen. Frauen werden gar nicht erst zugelassen. Wurde nicht der ganze Tempelritterorden der widernatürlichen Sünde der Sodomie überführt?»

«Jetzt reicht's mir aber!» explodierte Babcock. «Sie schmeißen ja alles durcheinander, Reverend. Sie können ja nicht mal die wahren mystischen Freimaurer von ihren Perversionen und Nachahmern unterscheiden!»

Der Wald schien sich von Minute zu Minute mehr zu verfinstern. Wieder flatterten Fledermausflügel über sie hinweg.

«Ich habe keine Ahnung von solchen Dingen», räumte Verey gutwillig ein. «Ich gebe nur die Meinung eines Mannes wieder, der zugegebenermaßen seltsame Ansichten hatte. Geheimgesellschaften wirbeln nun mal jede Menge Spekulationen auf, das wissen Sie doch selber. Man fragt sich, warum sie geheim sind, wenn sie doch angeblich nichts zu verbergen haben.»

Je mehr der senile alte Narr sich entschuldigte, um so beleidigender wurde er. Sir John wollte gerade eine letzte, niederschmetternde Antwort geben, da sah er Vereys aschfahles Gesicht und die Spuren des Leidens um Augen und Mund. Der alte Mann hatte viel durchgemacht und hatte eine Atempause verdient. Außerdem war der wahre Bruder des Rose Croix geduldig und zeigte Mitgefühl für die, die die Geheimnisse nicht kannten. Also hielt Sir John den Mund und marschierte weiter.

Das Flattern der Fledermausflügel blieb hinter ihnen zurück. Wahrscheinlich war es ein ganz gewöhnlicher Vogel gewesen, von Einbildungskraft und Suggestion verzerrt.

Da tauchte eine Lichtung auf, und in der Ferne waren die Türme von Greystoke sichtbar.

«Da ist es», rief Sir John aus, überwältigt von dem Gefühl jugendlicher Abenteuerlust. «Unsere Schwelle zur Flucht und zu einem überraschenden Gegenschlag.»

F.: Zitieren Sie, mit Hinblick auf mögliche Verletzungen des Copyrights, in gebotener Kürze einen zeitgenössischen Historiker in bezug auf die Countess von Salisbury und den Strumpfbandorden.

A.: «Wenn die Geschichte selbst auch von zweifelhaftem Ursprung ist, so steckt doch möglicherweise ein Körnchen Wahrheit in ihr. Die Verwirrung der Countess hatte nichts mit einem Gefühl von Schamhaftigkeit zu tun – es brauchte schon mehr als ein heruntergerutschtes Stumpfband, um eine Dame des 14. Jahrhunderts zu schockieren –, nein, der Besitz des blauen Strumpfbandes stellte außer Zweifel, daß sie nicht nur ein Mitglied der Alten Religion war, sondern auch den höchsten Platz in ihr einnahm ... es ist zugleich bemerkenswert, daß der Königsmantel mit einhundertachtundsechzig Strumpfbändern geschmückt war. Das ergibt, zusammen mit dem am Bein, einhundertneunundsechzig oder dreizehn mal dreizehn – also dreizehn Hexen.» Dr. Margaret Murray, *The God of the Witches*.

F.: Zitieren Sie ebenso knapp eine weitere Quelle.

A.: «So warf, wie wir gesehen haben, der aus der Plantagenet-Linie (und damit traditionell ‹gottlose›) König alle Masken ab und bekannte sich offen zur Alten Religion. Damit etablierte er eine Art

Brains Trust – den Strumpfbandorden –, um insgeheim die Rückkehr dessen vorzubereiten, was Edward und die Fair Maid of Kent, seine ebenfalls von den Plantagenets abstammende Kusine, für den wahren Glauben hielten ... nicht mal die Tudors können dem Verdacht entfliehen, Mitglieder der offensichtlichen ‹Familienreligion› der britischen Königsfamilie gewesen zu sein.»
Michael Harrison, *The Roots of Witchcraft*

Ganz wie Jones versprochen hatte, erwies sich Kenneth Campbell als beeindruckender Mann, als Sir John und Verey in der Paul Street 201 eintrafen. Er war etwa 1,90 groß und brachte mindestens hundertvierzig Kilo auf die Waage. Ein großes Poster an der Wand zeigte ihn grimassenschneidend unter dem Titel DER WÜRGER VON LIVERPOOL. Man brauchte nicht Sherlock Holmes zu sein, um daraus zu schließen, daß Campbell von Beruf Ringkämpfer war.

«Ich hab 'nen Job, der mich ernährt», sagte Campbell, als er sah, daß er es in Babcock mit einem Gentleman zu tun hatte. «Nicht gerade angesehen, geb ich ja zu, aber was nützt einem die Würde, wenn man nichts zu baassen hat, eh Kumpel?»

Baassen, schloß Babcock, mußte Liverpoolisch für essen sein.

«Sokrates hielt den Ringkampf für eine Fertigkeit, die jeder Herr in Athen beherrschen sollte», meinte er beruhigend.

«Sokrates?» Campbell war entzückt. «War das nicht dieser Bursche, der sich das Gift reingetan hat, nur weil er den andern zeigen wollte, daß er keine Angst vor diesen verdammten Schweinehunden hatte? Bitte um Verzeihung, Reverend.»

Babcock brachte es nicht über sich, Verey ins Gesicht zu schauen. «Sokrates war in der Tat ein sehr tapferer Mann», sagte er ausweichend.

«Tapfer?» Campbell schüttelte den Kopf. «Während des Burenkrieges war ich in der Armee Ihrer Majestät. Ich waass, was Tapferkeit ist, Guv'nor. Ist das etwa Tapferkeit, wenn man sich hinsetzt und Gift schluckt, nur um was zu bewaasen? Könnten Sie so was tun? Könnte ich es? Oder der tapferste Draufgänger in der ganzen Armee? Nicht bei meinem verdammten Leben (bitte um Verzeihung, Reverend). Das ist keine Tapferkeit. Das ist ganz was anderes.»

Ein philosophierender Ringkämpfer, dachte Babcock. Aber was sollte man von Jones auch anderes erwarten? *Einer von uns?* Es hatte keinen Zweck zu fragen. «Was meinen Sie denn, was es war?» erkundigte er sich statt dessen.

«Kaane Ahnung», sagte der Ringkämpfer. «Ich nehme an, es ist das, was über die Menschlichkeit hinausgeht, der nächste Schritt, von dem Jones immer quasselt.»

«Sokrates war ein Heide», sagte Verey plötzlich. «Er hat nicht nur seine Frau mit einer anderen betrogen, sondern auch mit Alcibiades, mit dem er widernatürliche Beziehungen pflegte. Vielleicht war er tapfer, möglicherweise auch weise, aber jetzt schmort er mit Sicherheit in der Hölle.»

Im Gesicht des Ringkämpfers zuckte es. «Seien Sie nicht so streng, Vikar», sagte er verletzt. «Keiner von uns ist vollkommen.»

Glücklicherweise traf in diesem Augenblick Jones ein, und Babcock wurde erspart, mit anzuhören, wie Sokrates von einem naiven Riesen und einem selbstgerechten Buckelmann auseinandergenommen wurde.

«Ah, Kenneth, mein Lieber», strahlte Jones und drückte dem Ringkämpfer auf eine Art die Hand, die Babcock noch nie gesehen hatte. «Du siehst blendend aus.»

Diesen Händedruck gab es im Golden Dawn nicht; Babcock nahm an, daß er aus dem schottischen Ritus kam.

«Na ja, vielleicht hab ich noch fünf fette Jahre vor mir», meinte der Riese bescheiden. «Wenn ich bis dahin nich genug auf die hohe Kante gelegt habe, um mir 'nen Laden oder 'ne Knaape anzuschaffen, haasst's zurück zur Armee für Leut wie mich.»

«Zurück zur Armee?» fragte Jones. «Nein, das glaube ich nicht. Ich habe noch nie verstanden, wie du lebendig einen Krieg überstehen konntest; der Feind muß ja halbblind gewesen sein, wenn er so ein Ziel wie dich nicht treffen kann. Wir dürfen nicht zulassen, daß es noch mal soweit kommt. Denk an den Sohn der Witwe.»

Der letzte Satz bestärkte Sir John in seiner Vermutung; es war eine Anspielung auf alle mildtätigen Aktivitäten des Alten und Überlieferten Schottischen Ritus der Freimaurer. Wahrscheinlich war Jones wie Robert Wentworth Little, der Gründer des Golden Dawn, ursprünglich in der Alten und Überlieferten Loge gewesen und Campbell war offensichtlich immer noch Mitglied.

«Reverend Verey», sagte Jones herzlich, schüttelte dem Alten die Hand und klopfte ihm auf die Schulter. «Ich kann gar nicht sagen, wie sehr ich in dieser schweren Zeit mit Ihnen fühle. Ich versichere Ihnen, daß der Orden, den ich repräsentiere, und ich selber dafür sorgen werden, daß keine weiteren Tragödien passieren und daß die Schurken, die an Ihrem Kummer schuld sind, eine gerechte Strafe für ihr Verbrechen erhalten werden.»

«Das liegt in Gottes Hand», sagte Verey hölzern und zog sich wieder in sein gefühlloses Schneckenhaus des Schweigens zurück. Es kommt in Wellen, dachte Babcock und erinnerte sich an seinen eigenen Schmerz, als seine Eltern gestorben waren.

«Gottes Hand? Das wird nicht reichen», sagte Jones scharf und starrte dem Priester auf eine Art in die Augen, die Babcock noch nie zuvor an ihm bemerkt hatte. «*Wir* sind Gottes Hand», fuhr Jones feierlich fort, «und wir sind hier auf dieser Welt, um seine Gerechtigkeit zu predigen. Andernfalls ist unsere Religion nichts als Theater.»

Verey wandte sich ab, offensichtlich mit den Tränen kämpfend. «Gott vergebe mir», schluchzte er, «daß ich, ein geweihter Priester, daran erinnert werden mußte.»

Jones dämpfte die Stimme. «Sie werden nicht noch einmal erinnert werden müssen», sagte er. «Sie werden weder zweifeln noch verzweifeln.» Er packte den Geistlichen an den Schultern, drehte ihn sanft zu sich herum und starrte ihm wieder in die Augen. «Sie wissen doch, daß ich die Wahrheit sage, nicht wahr?»

«Ja», sagte Verey. «Mein Gott, wer sind Sie?»

«Ein gewöhnlicher Mensch. Aber einer, der ein wenig von den Künsten des Heilens versteht. Zum Beispiel –» er berührte Vereys Stirn – «kann ich fühlen, wie in diesem Augenblick der Schmerz aus Ihnen weicht. Sie werden weder wieder an der Gnade Gottes verzweifeln noch Hiobs Fragen stellen. In kurzer Zeit werden Sie sich ausruhen.»

Babcock erinnerte sich, daß es dem Bruder des Rosenkreuzes erlaubt ist, in Notfällen Schmerzen zu lindern, wenn er auch sonst in jeder Weise den übermenschlichen Status, den er innehat, von den anderen menschlichen Wesen, unter denen er wandelt, verbergen muß.

Jones legte seine Hand auf Vereys Brust. «Ja», sagte er. «Ihr Atem ist viel leichter geworden. Ihr Herz-Chakra hat sich beruhigt. Wir Menschen ruhen in Gottes Hand, und er handelt durch uns, wenn wir es wollen», wiederholte er. Dann packte er den Geistlichen an den Schultern und strich mit den Händen rasch über die Arme des Mannes. Schließlich drückte er ihm herzlich beide Hände. «Sie haben viel durchgemacht, Reverend, aber jetzt können Sie sich ausruhen. Denken Sie daran: Denn er ist wie ein läuterndes Feuer.»

Im Geiste durchlebte Sir John noch einmal die innere Erregung, die er bei Händels Interpretation dieses Bibelverses gespürt hatte. Es war schon immer sein Lieblingsstück aus dem *Messias* gewesen. Vril-

Energie erfüllte ihn – es war wie damals, als er I. N. R. I als «Die ganze Welt wird durch Feuer geläutert» übersetzt hatte, und nun sah er, daß dieselbe Energie auch Jones durchströmte.

«Sie werden jetzt ein wenig schlafen», setzte Jones sanft hinzu.

Und wenige Sekunden später äußerte Verey tatsächlich den Wunsch, sich hinzulegen.

Der Liverpool Mangler führte den alten Buckelmann in sein eigenes Schlafzimmer und kehrte schwer beeindruckt und von ehrfürchtiger Scheu erfüllt zurück.

«Weg wie ein Baby», sagte er. «Jedesmal, wenn ich so was seh, Guv-'nor, läuft mir 'n Schauder übern Rücken.»

«Nach sieben Jahren konzentrierter Übung könntest du das genauso schnell und genausogut», meinte Jones.

«War das Mesmerismus?» fragte Babcock.

«Ja», sagte Jones. «Eine viel wirkungsvollere Methode als der Hypnotismus, der von ignoranten Nachahmern Mesmers im 19. Jahrhundert erfunden wurde, wenn es auch, wie ich schon sagte, etwas länger dauert, bis man sie beherrscht.»

«Jemineh», sagte der Würger von Liverpool. «War Mesmer etwa auch bei den Freimaurern?»

«Er war Mitglied einer Großorientalischen Loge», antwortete Jones.

Babcock war perplex. «Aber nach meinen Erkenntnissen waren die Großorientalischen Logen von den Bayrischen Illuminaten infiltriert und sind bis auf den heutigen Tag mit dem Ordo Templi Orientis verbündet.»

«Das Ganze ist ziemlich kompliziert», räumte Jones ein. «Die Namen bedeuten natürlich überhaupt nichts. Sie dürfen nicht vergessen, daß außer dem Golden Dawn noch mehrere Dutzend andere Gruppierungen in Europa existieren, die alle behaupten, das Werk der ursprünglichen Brüder vom Rose Croix fortzusetzen. Und daß selbst die Hälfte aller Freimaurer in England die andere Hälfte als illegitim ablehnt. Und aus diesem Grund hat der Golden Dawn selbst natürlich diverse Konkurrenten, die den gleichen Namen benutzen und von A. E. Waite und Michael Brodie-Innes u. a. angeführt werden. Darunter ist auch einer, an dessen Spitze Crowley selbst steht.»

Komischer und pomischer, wie Alice sagte ...

«Ich fange an zu verstehen», sagte Sir John vorsichtig. «Wenn man also in eine okkulte Loge eintritt, weiß man noch keineswegs, mit wem man sich einläßt ...»

«Die Namen haben nichts zu bedeuten», stimmte Jones zu. *«An ihren Früchten sollt ihr sie erkennen.»*

«Nun ja», sagte Sir John, «aber ...»

«Jetzt ist nicht die Zeit, um die Geschichte des Invisible College und seiner Zweige und Nachahmer zu analysieren», unterbrach ihn Jones. «Ich habe für heute abend eine Aufgabe für Sie, und es gibt Arbeit, um die ich mich selber kümmern muß. Lassen wir den armen Verey hier im Schutz des Würgers von Liverpool und machen wir uns auf den Weg. Der König rochiert – jetzt wird es Zeit für unsere Eröffnung!»

Mit diesen Worten führte er Sir John auf die Straße hinaus, und noch ehe er die Beschleunigung der Geschehnisse begriff, fand sich Sir John in einer Droschke wieder.

«Ich habe mir heute nachmittag ein Exemplar des Inverness *Express-Journals* besorgen lassen», sagte Jones vor dem Hintergrund der klappernden Pferdehufe. «Hier, werfen Sie einen Blick hinein, ehe wir weitersprechen.»

Sir John nahm den Zeitungsausschnitt, den Jones ihm reichte, und las:

Der Fall der anhaltenden Selbstmorde

Neue Schrecken am Loch Ness
Polizei steht vor einem Rätsel

Inverness, 23. April 1914. – Inspektor James McIntosh von der Kriminalpolizei in Inverness steht vor einem Geheimnis, das grausiger ist als alles, was Poe oder Conan Doyle je zu Papier gebracht haben. Drei ...

Rasch überflog Sir John den Rest des Artikels.

«Sehen Sie, was das bedeutet?» fragte Jones. «Spätestens morgen werden sämtliche Blätter von London die Story auswalzen, denken Sie an meine Worte. Es könnte der größte Horror-Skandal werden, seit Jack the Ripper sich im East End herumgetrieben hat. Und die Zeitungen auf dem Kontinent haben es dann nächste Woche.»

«Ist das gut oder schlecht?» fragte Babcock und stopfte den Artikel in seine Manteltasche.

Jones war aufgebracht. «Das ist das Schlimmste, was passieren konnte», sagte er mit kaum verhüllter Ungeduld. «Mittlerweile sollten Sie aber wirklich wissen, daß menschliche Glaubenssysteme die menschliche Erfahrung weitgehend bestimmen. Warum glauben Sie, bleibt das Invisible College unsichtbar? Warum glauben Sie, vollbringen wir nicht an jeder Straßenecke ein Wunder und überzeugen die Massen? Merken Sie denn nicht, daß die materialistische Philosophie das Beste ist, was den Europäern je passiert ist?»

«Sie reden in Paradoxen», protestierte Sir John und schaute gleichzeitig zu, wie sich der Nebel draußen verdichtete. Das Klappern der Pferdehufe schien sie in ein Reich zu entführen, das noch rätselhafter war als alle seine Träume oder Astralvisionen von der Kapelle der Gefahren.

Jones seufzte. «Ist Ihnen vielleicht schon mal aufgefallen», fragte er geduldig, «was passiert, wenn die Presse von einem Haus erfährt, in dem es angeblich spukt? Innerhalb von einer Woche tauchten Berichte über fünf weitere Häuser auf, in denen es spukte, aus den verschiedensten Teilen des Landes. Sie selber brachten keine Astralprojektion zustande, bis Sie glaubten, daß Sie es können. Die Kabbala war ein Buch mit sieben Siegeln, bis Sie daran glaubten, daß sie einen Sinn haben muß. Warum wohl hat Buddha gesagt: Wir sind nur die Folgen all dessen, was wir gedacht haben? Was glauben Sie? Wissen Sie, warum wir jedem Novizen einhämmern, daß Furcht Versagen und der

Vorbote des Versagens ist? Da wir weit davon entfernt sind, vollkommene und erleuchtete Wesen zu sein, sehen und erleben wir nur das, worauf wir *vorbereitet* sind. Wenn ein Zeitungsartikel wie dieser hier erst mal aufgegriffen und nachgeahmt wird, wird er Tausende, Hunderttausende von ähnlichen Invasionen durch die Mächte der Finsternis ermöglichen. *Jeder, der über derartige Ereignisse liest, wird eine mehr oder weniger leichte Beute für sie.* Bücher über diese Themen sind pures Gift. Mann Gottes, wir haben uns nicht nur geweigert, die Ausbreitung des Materialismus und des Atheismus zu bekämpfen, wir haben ihre Führung sogar unterstützt!»

«Sie unterstützt?» fragte Sir John fassungslos.

«Selbstverständlich!» rief Jones. «Bis auf eine kleine Elite waren die alten Mysterien niemandem zugänglich, wie Sie ja wissen. Das war keine aristokratische Überheblichkeit, sondern pragmatische Weisheit. Je weniger der kleine Mann auf der Straße von solchen Dingen weiß, um so besser für ihn. Nur die, die speziell ausgebildet sind, intellektuell und moralisch, können mit diesen Kräften umgehen, ohne Schaden zu nehmen.»

Darüber mußte Sir John erst einmal nachdenken.

«Sie finden diese Haltung wohl nicht besonders liberal, was?» meinte Jones. «Aber denken Sie an die positiven Resultate. Die ungebildete Masse verfügt über einen schlichten Glauben, der sie in den meisten Fällen vor Schrecken wie dem am Loch Ness bewahrt. Die gleichermaßen automatisierten Trottel, die heutzutage zu Hunderten an den Universitäten produziert werden, verfügen über einen schlichten Skeptizismus, der sie ebenfalls beschützt. Das ist gar nicht so schlecht, wie es sich anhört und letztlich sogar die bestmögliche Anpassung an das Zeitalter der Wissenschaft, bis die Natur des Menschen sich gewandelt hat. Wenn der Mann auf der Straße seinen Glauben und der Student seinen Skeptizismus aufgibt, um in diesem Bereich herumzuexperimentieren, so wie Sie es getan haben, wird er ohne die sorgfältige Führung, die ich Ihnen angedeihen lasse, innerhalb von sechs Monaten im Irrenhaus landen.»

«Ja», stimmte Sir John zu. «Es widerstrebt zwar meinen liberalen Überzeugungen, aber Sie haben recht. Allein hätte ich einige der astralen Experimente niemals unbeschadet überlebt. Es scheint wirklich das beste, daß der Mann auf der Straße sich nicht übermäßig mit derlei Angelegenheiten befaßt.»

«Also Glaube für die ungebildeten Dummköpfe und Skeptizismus für die halbgebildeten», sagte Jones. «So sollte es ein, bis alle bereit sind für die Begegnung mit ihm, den wir den heiligen Schutzengel nennen – der, und das meinte ich eben bei Reverend Verey, wie ‹ein läuterndes Feuer› ist.»

Und wie vor vier Jahren schienen die klappernden Hufe des Pferdes für Sir John die Kadenz des alchimistischen Gedichts widerzuspiegeln:

Folge nicht des Auges Licht in
Sonnen- oder Schattenpfade
Das Spiel von Anblick und von Sinn
Ist doch nur des Teufels Maskerade

Die unsichtbare Welt erschien ihm in diesem Moment wirklicher als die materielle, die halb verborgen im Londoner Nebel lag.

«Wohin fahren wir?» fragte er.

«Ich muß mich jetzt zum erstenmal seit sieben Jahren mit der Inneren Führung des Invisible College of the Rosy Cross beraten», sagte Jones. «Ich setze Sie unterwegs beim M. M. M. auf der Jeremyn Street ab.»

«Was?»

Jones lächelte dünn. «Ja», sagte er. «Es ist Zeit, daß Sie tatsächlich einen Blick in die Kapelle der Gefahren werfen. Es wird Ihnen nichts passieren, das kann ich Ihnen versprechen, und diese Tatsache wird die Herzen der Feinde mit Verwirrung erfüllen.»

Ich wußte, daß es soweit kommen würde.

«Schauen Sie», sagte Jones und zog ein seltsames Ding aus seiner Manteltasche. Sir John spürte, wie sein funkelndes Licht das Innere der Droschke erhellte, noch ehe er genau erkennen konnte, was es war.

«Was ist das?» fragte er.

«Ein Pentagramm, ähnlich denen, die wir bei magischen Beschwörungen benutzen», erklärte Jones. «Dieses hier enthält zufälligerweise die konzentrierte spirituelle Kraft aller viertausendfünfhundert Jahre unseres Ordens – denn wir sind weit älter, als Sie geglaubt haben, älter, als Sie in den gewagtesten Passagen Ihres Buches angedeutet haben. Außerdem ist es nach bestimmten optischen Prinzipien aufgebaut.»

Sir John merkte, daß er das Pentagramm einfach nicht anschauen konnte, so sehr er es auch versuchte.

«Ist es wie die Gruft Christian Rosenkreuz'?» fragte er.

«Es *ist* die Gruft!» antwortete Jones. «Das heißt, es ist eine exakte Miniaturnachbildung. Der Grund, warum das Licht in dem Gewölbe immer ‹blendend› genannt wird, besteht darin, daß jede einzelne Facette, und es gibt sogar in dieser Nachbildung Tausende von Facetten, komplementär zu den Farben um sie herum aufgebaut ist, ganz im Sinne strenger optischer und geometrischer Gesetze. Das Licht wird reflektiert, gebrochen und auf eine Art und Weise in Myriaden von Prismen zerlegt, wie sie keine andere Anordnung erreichen könnte. Es ist das Modell des kabbalistischen Universums an sich, in dem jeder Teil jeden anderen Teil enthält und widerspiegelt – eine Analogie für das ungeteilte Licht. Schön, nicht? Und doch ist es nur ein Modell, eine teilweise Reflektion des göttlichen Glanzes, den Sie eines Tages erleben werden, wenn Sie dem begegnen, den wir in Ermangelung eines besseren Ausdrucks das Wissen von und den Umgang mit dem heiligen Schutzengel nennen.»

Sir John kam es vor, als ob er halluzinierte. «Es wirkt wie Äther», sagte er. «Oder irgendeine exotische Droge ... wie Haschisch ...»

«Sie sollten es nicht gleich beim erstenmal allzu lange anstarren», sagte Jones. «Nehmen Sie es. Stecken Sie es in Ihre Westentasche, so daß es über Ihrem Herzen ruht. Sie werden keinerlei Angst verspüren, und Sie werden auch nicht in Gefahr sein, solange Sie einen solchen Talisman bei sich tragen.»

Sir John nahm den Talisman, der ganz von selbst zu schimmern schien, und spürte ein eindeutiges Prickeln, als er ihn in seine Westentasche gleiten ließ.

«Beim heiligen Georg», sagte er verwundert. «Ich kann ihn wirklich spüren. Jetzt macht es mir nichts aus, dem Teufel selbst gegenüberzutreten.»

«Ganz so melodramatisch muß es nicht sein», sagte Jones. «Sie sollen nur eine von Mr. Aleister Crowleys Lektionen durchstehen. Soweit ich diesen Mann einschätze, wird er das Pentagramm bemerken, sobald Sie einen Fuß in den Laden setzen. Nach der Lektion wird er sich vermutlich an Sie heranzumachen versuchen, um mit Ihrem Einverständnis in den Besitz des Pentagramms zu gelangen. Er wird dabei alle Tricks anwenden, die überhaupt in Frage kommen. Denn weder er noch sonst jemand kann es Ihnen wegnehmen, ohne daß Sie zustimmen, verstehen Sie. Widerstehen Sie seinen Schmeicheleien und treffen Sie mich in zwei Stunden bei mir zu Hause wieder. Das ist schon alles.»

«Das ist alles? Aber was soll das Ganze?»

«Sie werden es nach diesem Erlebnis besser verstehen, als ich Ihnen in den wenigen Minuten seit unserem Aufbruch erklären konnte», sagte Jones. «Was passieren wird, wird Sie erstaunen, und das ist der zweite Zweck dieser Übung. Sie werden Mr. Crowley ganz anders kennenlernen als das geistige Bild des Schurken, des Drahtziehers hinter all dem Grauen, das Sie sich von ihm gemacht haben. Und das sollten Sie in diesem Stadium Ihrer Entwicklung unbedingt lernen: daß die Wirklichkeit des feindlichen Lagers ganz anders ist als Ihre ängstlichen Vorstellungen davon. Verstehen Sie?»

Ich muß durch dieses einsame Tal gehen
Ich muß ganz allein hindurch

«Ja», sagte Sir John. «Eine echte Initiation ist nie abgeschlossen.» Und er lächelte schwach.

Jones lächelte zurück. «Sie werden es schon schaffen, mein Junge», sagte er. «Ich habe noch nie soviel Vertrauen in einen Schüler gehabt, all die Jahre nicht.»

«Jermyn Street», sagte der Kutscher und beugte sich herunter. «Nummer 93, Herrschaften.»

Teil 4

Wahrheit, Wahrheit, Wahrheit! ruft der Herr über den Abgrund der Halluzinationen ... Diesen Abgrund nennt man auch «Hölle» ... «Die Vielen» ... «Bewußtsein» ... oder «Das Universum».

Aleister Crowley, *The Book of Lies*

Sir John überquerte die neblige Straße, stieß die Tür zu M. M. M.: *Okkulte und Mystische Literatur aller Zeiten* auf und betrat wieder einmal die Kapelle der Gefahren. Er wäre nicht besonders überrascht gewesen, wenn er hier auf echte gehörnte Dämonen mit gespaltenen Schwänzen gestoßen wäre.

Doch statt dessen sah er sich einer bunten Menge von ganz gewöhnlichen englischen Bürgern gegenüber, die herumstanden und in den Regalen stöberten. Es gab Bücher mit glänzenden neuen Einbänden, aber auch schäbige und verstaubte, und sie ergaben ein breites Spektrum: die einzelnen Gänge waren mit Schildern markiert, die sie nach Gebieten wie TAOISMUS, BUDDHISMUS, VEDANTA, KABBALA, SUFISMUS, THEOSOPHIE, PSYCHISCHE FORSCHUNGEN und so weiter unterteilten. Erst jetzt verstand Sir John, was Jones mit seiner Bemerkung gemeint hatte: natürlich war es völlig absurd, ein solches Etablissement in diesem liberalen Land und noch dazu im Zeitalter der Aufklärung von Scotland Yard überwachen zu lassen.

Ein großes Poster an der Wand verkündete:

HEUTE ABEND 20 UHR
Der Soldat und der Buckelmann
Eine Lektion in Mystizismus
und Rationalismus
von
Sir Aleister Crowley
Eintritt frei

In der Mitte prangte ein Foto, das Crowley mit einem völlig ausdruckslosen Gesicht zeigte; die Augen waren direkt in die Kamera gerichtet, und so schien er den Betrachter anzustarren, aber weder die Augen noch das Gesicht enthüllten irgendeine Regung. Und was noch merkwürdiger war, sie schienen noch nicht einmal etwas zu verbergen: es war einfach ein Gesicht mit einem Paar Augen darin, die den Beobachter anstarrten. Hatte Crowley sich etwa in einer Art konzentrierter Trance befunden, als das Foto aufgenommen wurde? Er sah weder gut noch schlecht aus (obgleich Sir John sich schwach erinnern konnte, daß man ihn in seiner Jugend den bestaussehendsten Mann von ganz

London genannt hatte) und schien zwischen vierzig und fünfzig Jahren alt zu sein. Es war das Gesicht eines Mannes, der über absolute Selbstbeherrschung verfügte, dachte Sir John.

Dann schaute er sich noch einmal das Thema der Vorlesung an: Der Soldat und der Buckelmann. Wenn Verey mit dem Buckelmann gemeint sein sollte, wer war dann der Soldat? Er selbst? Jones? Oder etwa Crowley? Oder unterstellte er damit der feindlichen Intelligenz doch zuviel Voraussicht? Schließlich mußte das Thema ja nicht unbedingt etwas mit ihm zu tun haben.

Auf einem Regal stand ORDO TEMPLI ORIENTIS – der Name des geheimen Freimaurerordens, der diesen Buchladen besaß und von allen Mitgliedern verlangte, daß sie drei Kopien dieses nihilistischen Glaubensbekenntnisses unterzeichneten, das mit «Es gibt keinen Gott außer dem Menschen» anfing. Neugierig stöberte Sir John herum: das meiste waren Pamphlete oder verstaubte Wälzer von den Autoren Karl Kellner, Adam Weishaupt, Leopold Engels, P. B. Randolph, Theodore Reuss, und fast alle waren in Deutsch, aber daneben entdeckte er plötzlich auch einige Werke von Aleister Crowley selbst.

Er griff aufs Geratewohl einen Band heraus, der mit kecker Unverfrorenheit *Das Buch der Lügen* betitelt war. Er schlug es auf und las das Titelblatt:

DAS BUCH DER LÜGEN
FÄLSCHLICH AUCH GENANNT
BRÜCHE
DIE WANDERSCHAFTEN ODER VERFÄLSCHUNGEN
DES EINEN GEDANKENS DES
FRATER PERDURABO
WELCHER GEDANKE IN SICH
UNWAHR IST

Ohne es zu wollen, mußte Sir John grinsen. Dies war eine einfache Variation des Empedoklesschen Paradoxes in der Logik, das aus der Frage besteht: «Empedokles der Kreter behauptet, daß alles, was die Kreter sagen, Lüge ist – sagt Empedokles die Wahrheit?» Selbstverständlich sagt Empedokles die Wahrheit – doch wenn seine Behauptung «Alles was die Kreter sagen, ist Lüge» der Wahrheit entspricht, muß er gleichzeitig auch lügen. Andererseits: wenn Empedokles lügt, dann ist nicht alles, was die Kreter sagen, Lüge, und er könnte die

Wahrheit gesagt haben. Crowleys Titelblatt war noch eine Spur perverser: wenn das Buch «fälschlicherweise auch Brüche» genannt wurde, dann ist der eigentliche Titel (wegen des «auch») ebenfalls falsch und es ist *kein* Buch der Lügen. Auf der anderen Seite ... wenn es sich um «Verfälschungen ... des einen Gedankens ... der in sich unwahr ist ...» handelt, handelt es sich um die Negation der Unwahrheit und damit um die Wahrheit. Oder nicht?

Sir John blätterte zum ersten Kapitel und entdeckte, daß es aus einem einzigen Symbol, nämlich dem Fragezeichen bestand:

?

Nun, verglichen mit dem Titel, war das wenigstens kurz und knapp. Sir John blätterte weiter zum zweiten Kapitel und entdeckte:

!

Was sollte denn das für ein Witz sein? Sir John blätterte zum dritten Kapitel, und alles um ihn herum fing an, sich zu drehen:

NICHTS IST
NICHTS WIRD
NICHTS IST NICHT

Die ersten beiden Behauptungen waren schon das non plus ultra an Nihilismus, aber die dritte trieb doch alles auf die Spitze. Sie brachte auch das Empedoklessche Paradox wieder ins Spiel, denn sie widersprach sich selbst. Wenn «nichts nicht ist», dann *ist* etwas ...

Und was gab es sonst noch Interessantes in diesem erstaunlichen Werk? Sir John blätterte ziellos weiter, bis er plötzlich im Kapitel 77 auf ein Foto von Lola Levine stieß. Darüber stand «L. A. Y. L. A. H.». Das ganze Kapitel bestand nur aus diesem Foto und dem dazugehörigen Wort. Man sah Lola von der Taille an aufwärts, schamlos nackt, doch wohl als Zugeständnis an die englische Moral hatte sie ihr Haar offen herunterhängen lassen und verbarg dahinter ihre Brüste.

Auf Verdacht zählte Sir John einmal kabbalistisch nach. *Lamed* war 30 plus *aleph* 1, plus *yod* 10, plus zweites *lamed* 30, plus zweites *aleph* 1, plus *hé* 5, machte 77, die Nummer des Kapitels. Und Laylah war nicht nur eine lockere Variation von Lola, sondern auch das arabische Wort für «Nacht». Und 77 war gleichzeitig der Wert eines merkwürdigen hebräischen Wortes, das entweder «Mut» oder «Ziege» bedeutete: *oz*. Das schlichte Foto mit seiner Inschrift verriet die Handschrift eines erfahrenen Kabbalisten und ließ dem Kenner keinen Zweifel, daß Lola die Priesterin war, die die Nacht des Pan verkörperte, die Auflösung des Ich in Nichts ...

Sir John beschloß, das Buch zu kaufen, es wäre interessant, möglicherweise sogar von Vorteil, weitere Einblicke in die geistigen Prozesse des Feindes zu erhalten, gleichgültig, wie paradox und pervers seine Ausdrucksweise auch sein mochte. Als er zur Kasse ging, merkte er mit Schrecken, daß die Kassiererin Lola Levine selbst war. Noch unter dem Eindruck des Fotos, das er gerade von ihr gesehen hatte und auf dem sie von der Taille aufwärts nackt war, errötete er wie ein Schuljunge und stotterte: «Ich möchte das hier bezahlen.»

«Ein Pfund, sechs Schilling, Sir», sagte Lola, ohne daß sich ihr Verhalten von dem einer x-beliebigen Verkäuferin unterschied. Sir John machte sich klar, daß schon beinah drei Jahre vergangen waren, seit er sie das letzte Mal auf der normalen Erd-Ebene getroffen hatte – sie hatte also keinen Grund, sich überhaupt an ihn zu erinnern. Aber sollte es denn wirklich möglich sein, daß all die astralen Visionen, bei denen sie ihn gequält und zu verführen versucht hatte, nur das Produkt seiner eigenen schändlichen Phantasie waren? Oder waren diese Visionen tatsächlich so echt, wie sie ihm damals erschienen waren und sie nichts weiter als eine perfekte Schauspielerin und Heuchlerin? Das Ganze kam ihm beinah so vor wie das metaphysische Äquivalent des Empodeklesschen Paradoxons.

Jetzt riß eine untersetzte ältere Frau ihn aus seinen trüben Gedanken und fragte Lola mit kornischem Akzent: «Ich will mir gern die Vorlesung heute abend anhören. Heißt es eigentlich Crouley oder Crowley?»

«Crowly», antwortete eine Stimme von der Tür. «Damit Sie's nicht vergessen, ich bin *holy*! Nur meine Feinde nennen mich Crouley.»

Sir John drehte sich um und erblickte Aleister Crowley, der sich nach dieser kleinen Vorstellung höflich vor der Dame aus Cornwall verbeugte. Er war ein Mann von mittelgroßer Statur und trug statt einer Krawatte einen protzigen blauen Schal um den Hals, der in scharfem Kontrast zu dem konservativen Nadelstreifenanzug stand. Auf dem Kopf saß ein schmissiger grüner Borsalino-Hut. So etwa würde sich ein Künstler aus Paris kleiden, um zu zeigen, wie erfolgreich er war – doch hier in London wirkte sein Aufzug ziemlich gewagt.

Die Dame aus Cornwall starrte ihn an. «Sind Sie wirklich der große Magier, für den Sie alle Welt hält?»

«Nein», sagte Crowley wie aus der Pistole geschossen, «ich bin der entschiedenste Feind des Großen Magiers.» Und damit rauschte er majestätisch vorbei.

Die Dame aus Cornwall holte tief Luft. «Was hat er bloß damit gemeint?» fragte sie halblaut.

Sir John hatte es verstanden, verschwendete aber keine Zeit damit, es ihr zu erklären. Crowley steuerte auf den hinteren Saal zu, und Sir John blieb dicht hinter ihm, in der Hoffnung auf einen Platz möglichst weit vorne, wo er den Herrn und Meister des M. M. M. am besten beobachten konnte. Auch dieses Paradox war wieder mal typisch für Crowleys Stil: offenbar bezog er sich auf die gnostische Lehre, daß das sinnliche Universum nur Täuschung war, Teufelswerk, das die Menschheit daran hindern sollte, das ungeteilte Licht der Gottheit selbst zu erkennen. Aus dem Mund eines Satanisten war es wirklich ein makabrer Scherz, aber man durfte nicht vergessen, daß einige Gnostiker gelehrt hatten, daß Jehovah, der Schöpfer des materiellen Universums, der Teufel, der Große Magier *war*. Dieser Lehre nach beginnt die Bibel mit *beth*, weil das der Buchstabe des Magiers im Tarot ist, also des Herrn über den Abgrund der Halluzinationen ...

Im Nu hatte sich der Saal gefüllt. Sir John setzte sich auf einen Platz in der ersten Reihe. Crowley hatte den Kopf gesenkt und die Augen geschlossen, offensichtlich bereitete er sich durch irgendeine Beschwörungs- oder Meditationsmethode auf seine Vorlesung vor. An der Wand hinter ihm hing ein großer silberner Stern mit einem Auge in der Mitte. Dieses Symbol, das wußte Sir John, wird sowohl mit der Göttin Isis als auch mit dem Hundsstern Sirius assoziiert.

«Tu was du willst soll sein das ganze Gesetz», intonierte Crowley plötzlich, ohne den Kopf zu heben. Dann schaute er sich sonderbar im Saal um.

«Es ist ein alter Brauch in dem großen Orden, den ich hier ergeben repräsentiere, alle Zeremonien und Vorträge mit diesem Satz einzuleiten. Wie Shakespeares *Ducdame* ist es ein wirksames Vertreibungsritual gegen Narren, die meistens auf der Stelle den Raum verlassen, wenn sie es hören. Da hier offensichtlich keine wilde Flucht Richtung Ausgang zu bemerken ist, muß ich mich fragen, ob heute abend ein Wunder passiert ist und ich endlich einmal vor einem englischen Publikum sprechen darf, das nicht zum überwiegenden Teil aus Dummköpfen besteht.»

Sir John lächelte, ohne es eigentlich zu wollen.

«Mein Thema heute abend», fuhr Crowley fort, «ist der Soldat und der Buckelmann. Das sind poetische Bezeichnungen, die ich benutze, um die zwei interessantesten Satzzeichen zu definieren, die in ganz Europa gebraucht werden: das Ausrufezeichen und das Fragezeichen. Bitte, suchen Sie jetzt noch nicht nach irgendwelchen tiefschürfenden Geheimnissen. Ich nenne das Ausrufezeichen nur aus einer poetischen Laune heraus Soldat, denn es steht genauso da: aufrecht wie ein Soldat auf Wache. Und genauso nenne ich das Fragezeichen Buckelmann – nur wegen seiner äußeren Form. Ich wiederhole noch einmal: bis jetzt steckt noch keine tiefsinnige Bedeutung darin.»

Sir John mußte an die beiden ersten Kapital im *Buch der Lügen* denken, die nur aus «!» und «?» bestanden.

Das Fragezeichen oder der Buckelmann, fuhr Crowley fort, tauchte bei allen grundlegenden philosophischen Fragen auf, die die Menschheit beschäftigen. Warum sind wir hier? Wer oder was hat uns hierher gebracht? Was, wenn überhaupt, können wir dagegen unternehmen? Wie fangen wir an? Wo läßt sich die Weisheit finden? Warum sind wir geboren worden? Wer sind wir? «Solange Sie, auf Grund von Armut oder einer bewußten Entscheidung für ein abenteuerliches Leben, nicht mit unmittelbaren Überlebensproblemen zu tun haben, werden diese Buckelmänner innerhalb einer normalen Stunde mehrmals in Ihrem Kopf auftauchen. Im allgemeinen schiebt man sie beiseite oder unterdrückt sie, indem man entweder die offiziellen Stammesantworten herunterleiert oder sich einfach sagt, daß sie nicht beantwortet werden können.» Manche Leute jedoch, fuhr Crowley fort, finden in blinder Überlieferung oder resigniertem Agnostizismus keine Ruhe und müssen sich deshalb Antworten suchen, die auf eigener Erfahrung basieren. Die normale Menschheit befindet sich fast ständig im Schlafzustand und weiß es noch nicht einmal; diejenigen aber, die beharrlich weiterfragen, steuern zumindest in Richtung Aufwachen.

Der Soldat oder das Ausrufezeichen steht für den Augenblick der Erkenntnis oder Intuition, in der eine Frage beantwortet wird. Ausdrücke wie «Aha!» oder «Eureka!» kennzeichnen solche Prozesse.

«Und nun werde ich Ihnen gratis zwei von den übelsten Buckelmännern präsentieren, die es gibt», sagte Crowley und lächelte hintergründig. «Sie werden jedem Kandidaten gestellt, der auf der Suche nach Erleuchtung zu unserem Orden kommt. Hier sind sie:

Nummer eins: Warum kommen Sie bei all den mystischen und okkulten Lehrern der Welt ausgerechnet zu uns?

Nummer zwei: Warum, wenn man an all die Tage Ihres Lebens denkt, ausgerechnet heute?

Das ist alles, was Sie wissen müssen», sagte Crowley, «ich könnte das Podium jetzt ebensogut verlassen, denn wenn Sie diese Fragen beantworten können, sind Sie schon erleuchtet, und wenn nicht, dann sind Sie ein solcher Schwachkopf, daß jedes weitere Wort die reinste Verschwendung wäre. Aber ich will mal nicht so sein und meinen Vortrag trotzdem zu Ende bringen.»

Im weiteren Verlauf schilderte Crowley die moderne Philosophie (also die nach David Hume) als eine «Versammlung von Buckelmännern». Man hat alles in Frage gestellt, jedes Axiom auseinandergenommen «inklusive Euklids Geometrie durch die modernen Mathematiker» – kurz: nichts ist mehr sicher. Wir sehen uns auf allen Seiten von Buckelmännern umgeben – Fragen, Fragen, Fragen.

Der traditionelle Mystizismus dagegen ist ein Regiment von Soldaten, fuhr Crowley fort. Der Mystiker, der ein «Aha!»- oder «Eureka»-Erlebnis hatte, also eine plötzliche intuitive Erkenntnis von der unsichtbaren Realität hinter den subjektiven Täuschungen der Sinne, neigt dazu, sich in eine solche Selbstbeweihräucherung hineinzusteigern, daß er nie wieder eine Frage stellt, ja, völlig aufhört zu denken. Und in diesem Irrtum hat auch die dogmatische Religion ihren Ursprung, «eine Kraft, die für den wahren Mystizismus fast genauso gefährlich ist wie für die wissenschaftliche oder dichterische Freiheit».

Er ging zu einer Tafel auf der rechten Seite des Raums und fuhr fort, daß der Pfad der wahren Erleuchtung keineswegs nur aus einer intuitiven Erkenntnis nach der anderen besteht. Es ist nicht eine Parade von Soldaten, sagte er und malte auf die Tafel:

!!!!!!!!!!!!!!!!!!!!!!!!!!!!!

«Jeder, der sich in einem solchen Zustand befindet», mahnte er streng, «ist entweder schwachsinnig oder leidet an Katatonie, wie angenehm ihm diese Verrücktheit auch erscheinen mag.»

Der wahre Pfad, der der Illuminaten, besteht aus einer Serie von Soldaten und Buckelmännern, die immer schneller aufeinanderfolgen und die er folgendermaßen skizzierte:

!.....?.....!....?....!...?...!..?..!.?.!.?
!?!?!?!?!?!?!?!?!?!?!? usw.

«Irgendwo stehenzubleiben, entweder in der intuitiven Sicherheit oder bei zweifelnden Fragen», sagte er schlicht, «heißt Stagnation. Suchen Sie immer nach höherer Erleuchtung, egal, was für ein Stadium ekstatischer Erkenntnis Sie erreicht haben. Stellen Sie immer die nächstschwierige Frage, egal, welche Fragen Sie schon beantwortet haben. In der Kabbala wird das Licht, das Sie suchen, *ain soph aur* genannt – das grenzenlose Licht –, und es hat buchstäblich die Charakteristiken, die Mathematiker wie Kantor für die Unendlichkeit bewiesen haben. Schon in den *Upanishaden* heißt es: ‹Man kann die Unendlichkeit aus ihr herausgießen und doch bleibt die Unendlichkeit bestehen.› Wie innig auch Ihre Einheit mit dem Licht ist, sie kann noch tiefer werden, ob Sie es nun Christus, Buddha, Brahma oder Pan nennen. Da ich, *Gott sei Dank* –» die letzten drei Worte sprach er übertrieben fromm aus – «atheistisch veranlagt bin, ziehe ich persönlich es vor, es das Nichts zu nennen – denn alles, was wir darüber sagen können, ist begrenzt und endlich, während es selber grenzenlos und unendlich bleibt.»

Crowley setzte seinen Vortrag nun mit einem kompetenten Diskurs über die Unendlichkeit fort, indem er die mathematischen Theorien zu diesem Bereich mit bemerkenswerter Belesenheit und Treffsicherheit zusammenfaßte. «Aber all das», schloß er, «ist nicht die wahre Unendlichkeit. Es ist nur das, was unsere kleinen Affenköpfe bisher verstehen konnten. Stellen wir die nächste Frage; suchen wir nach einer *höheren* Vision. Denn das ist der Pfad, der Mystizismus und Rationalismus verbindet und gleichzeitig beide transzendiert. Ein großer Dichter hat einmal gesagt:

Wir kennen keine Rechenschaft
Für Frohn, Ozon, Spekulation
Wir arbeiten mit Wissenschaft
Und unser Ziel ist Religion

Was für heilige Worte», sagte er verzückt. «Geheiligt sei der Name des Weisen, der sie geschrieben hat.»

An diesem Punkt hatte Sir John keine Ahnung mehr, ob er der höchsten Weisheit oder dem großspurigsten Unsinn gelauscht hatte, der ihm je zu Ohren gekommen war. Das Heilige Nichts erinnerte ihn sehr an gewisse Konzepte im Buddhismus und Taoismus, andererseits war es aber auch eine gute Art, scheinbar tiefgründige Theorien von sich zu geben, während man in Wirklichkeit nur Blödsinn redete. Obwohl Crowley natürlich nur darauf aus gewesen war darzustellen, daß alles, was über die Unendlichkeit gesagt worden war, im Vergleich mit der Unendlichkeit selbst Nichts war ...

Sir John schreckte abrupt aus seinen Gedanken auf und merkte, daß die Vorlesung beendet war. Das Publikum applaudierte, ein wenig zögernd, die meisten Zuhörer schienen von dem, was sie gehört hatten, genauso verwirrt zu sein wie Sir John selber.

«Jetzt können Sie sich von den Gedanken befreien, mit denen Sie sich die Zeit vertrieben haben, während Sie so taten, als würden Sie meinen Ausführungen lauschen», meinte Crowley unbekümmert, «aber die englischen Anstandsregeln und das Ritual öffentlicher Vorträge verlangt nun mal, daß Sie mir jetzt noch ein paar Fragen stellen.»

Man hörte einzelnes nervöses Lachen durch den Raum schwirren.

«Was ist mit Christus?» Der Sprecher war ein rotgesichtiger Mann mit Walroßschnurrbart. Offensichtlich war er noch irritierter als der Rest des Publikums. «Sie haben überhaupt *nix* über Christus gesagt», setzte er aufgebracht hinzu.

«Ein bedauernswertes Versehen», meinte Crowley salbungsvoll. «Was ist mit Christus: in der Tat! Ich persönlich halte den Mann für unschuldig an der Religion, die man ihm posthum angehängt hat. Nächste Frage – die Dame in der letzten Reihe – ja bitte?»

«Ist der Sozialismus unausweichlich?»

Sir John fragte sich, wann Crowley sich des Talismans in seiner Westentasche bewußt werden und versuchen würde, ihn ihm abzuluchsen. Mit Schrecken merkte er plötzlich, daß es durchaus möglich war, daß er sich dazu hinreißen ließ, ihm das Pentagramm auszuhändigen: Crowley besaß Charme, Geist und ein gewisses Charisma wie viele Diener des Dämons. Was hatte Pope noch über das Laster geschrieben? Eine Kreatur, die so entsetzlich ist / daß man sie auf den ersten Blick hassen muß / aber irgend etwas, irgend etwas / bemitleiden wir, ertragen es dann und verschlingen es schließlich ... «Vieles ist unausweichlich», antwortete Crowley. «Die Gezeiten zum Beispiel. Die Jahreszeiten. Die Tatsache, daß die Fragen nach einem Vortrag selten etwas mit seinem Inhalt zu tun haben ...» Was suchst du? Das Licht. Das grenzenlose Licht: *ain soph aur.* Und die Finsternis wußte es nicht ...

«Wie steht es mit dem Magischen Willen?» fragte Sir John plötzlich.

«Ah», sagte Crowley. «Endlich mal eine interessante Frage.» Irgendwie brachte er es tatsächlich fertig, auch den spöttischen Großbuchstaben in seiner Betonung herüberzubringen. «Solche Fragen haben es verdient, daß man sie mit Beweisen, nicht mit großen Worten beantwortet. Laylah –» rief er zum hinteren Ende des Raums – «würdest du mir bitte den Psychoboulometer bringen?»

Als Lola zum Podium kam, hielt sie etwas in den Händen, das einer mittelalterlichen Daumenschraube verdammt ähnlich sah.

«Da ist zunächst einmal der bewußte Wille», sagte Crowley, indem er Sir John direkt anschaute. «Wir alle versuchen jeden Tag, ihn zu üben. *Ich werde mir das Rauchen abgewöhnen. Ich werde meiner Frau treu sein.* Neunundneunzig von hundert solcher Versuche scheitern, weil sie mit einer Kraft in Konflikt geraten, die uns in Wahrheit beherrscht, dem unbewußten Willen nämlich, den man nicht überlisten kann. In der Tat haben sogar die profanen Psychologen selbst das wiederentdeckt, was die Mystiker schon immer wußten: wenn der unbewußte Wille an seiner Ausübung gehindert wird, kehrt er in der Nacht zurück und verfolgt uns in unseren Träumen. Und manchmal kehrt er sogar am Tag zurück, beispielsweise in der Form irrationalen Verhaltens, das wir nicht verstehen können. Der Magische Wille dagegen sollte keinesfalls mit einem dieser beiden verwechselt werden, denn er umfaßt und transzendiert beide. Einen Akt des Magischen Willens zu vollbringen heißt schon fast, die Große Aufgabe zu erfüllen, möchte ich beinah sagen. Das heiligste aller heiligen Bücher lehrt in diesem Zusammenhang: ‹Du hast kein Recht, etwas anderes zu tun als das, was du willst.› Leider täuscht man sich fast immer, wenn man glaubt, nach seinem wahren Willen zu handeln, aber kein magisches Training hat ... doch ich merke, ich schweife ab, und das wollte ich doch vermeiden. Also hier haben wir das Zubehör für unsere kleine Demonstration. Hätte irgend jemand im Publikum Lust, uns zu zeigen, was er mit seinem bewußten Willen erreichen kann?»

«Ich glaube, ich werde es mal versuchen», sagte Sir John und wunderte sich gleichzeitig über seine eigene Tollkühnheit. «Das ist nur fair, schließlich habe ich die Frage gestellt», setzte er noch hinzu. Im Grunde fühlte er sich ziemlich albern.

«Nun gut, einverstanden. Kommen Sie hier herauf, Sir», sagte Crowley mit einem Grinsen, das Sir John allmählich ein bißchen finster vorkam. Crowley hielt die Daumenschraube hoch, so daß jedermann sie gut sehen konnte, und sagte: «Wir haben hier eines von den

Instrumenten, mit denen die Dominikanerorden einst versuchten, die Religion, die, wie ich sagte, Christus angehängt worden war, durchzusetzen.» Er legte das Folterinstrument auf sein Podium. «Sie benutzten es als Folterinstrument, wir aber wollen damit den Willen messen.»

Sir John stand jetzt neben Crowley und schaute sich das Ding mißtrauisch an. «Stecken Sie nur Ihren Daumen hinein, Sir», sagte Crowley ruhig.

«Was?????» Sir John traute seinen Ohren nicht.

«Stecken Sie einfach Ihren Daumen herein, hier unten», wiederholte Crowley sanft. «Und dann drehen Sie an dem Griff, der den Schraubstock spannt. Die Nadel auf dem Boulometer – meine eigene Erfindung an diesem hübschen kleinen Spielzeug – wird registrieren, wie weit Sie in der Lage sind, durch reinen Willen Schmerz zu widerstehen. Zehn ist ein gutes Ergebnis, und null heißt, Sie sind ein Waschlappen. Was trauen Sie sich selber zu, was meinen Sie?»

Sir John spürte, daß alle Augen im Raum auf ihn gerichtet waren. Er wollte schreien: «Ich bin doch nicht so ein Dummkopf, daß ich mich zu Ihrem Vergnügen foltere!», aber noch mehr Angst hatte er davor, in aller Öffentlichkeit als Feigling zu gelten. Gehen deshalb die Leute zur Armee? fragte er sich grimmig ... «Nun gut», sagte er eisig und steckte seinen Daumen hinein.

Da stand Abraham des Morgens früh auf und gürtete seinen Esel und nahm mit sich zwei Knechte und seinen Sohn Isaak und spaltete Holz zum Brandopfer, machte sich auf und ging an den Ort, davon Gott ihm gesagt hatte.

Und von der sechsten Stunde an ward eine Finsternis über das ganze Land bis zur neunten Stunde.

Und siehe da, die Sonne verlor ihren Schein und der Vorhang im Tempel zerriß in zwei Stücke von oben bis unten aus.

Und Abraham nahm das Holz zum Brandopfer und legte es auf seinen Sohn Isaak; er aber nahm das Feuer und Messer in seine Hand und gingen die beiden miteinander.

Und als Jesus mit lauter Stimme geschrieen hatte, sagte er: «Vater, in deine Hände befehle ich meinen Geist.» Und als er das gesagt hatte, verschied er.

«Sie haben nur zwei erreicht», sagte Crowley. «Das Publikum wird glauben, daß Sie es nicht richtig versuchen, Sir.»

«Verflucht noch mal», flüsterte Sir John. Kalter Schweiß lief ihm den Rücken herab. «Ich habe genug von diesem grausamen Spielchen. Lassen Sie uns lieber sehen, ob Ihr Magischer Wille besser funktioniert.»

«Mit dem größten Vergnügen», sagte Crowley ruhig. Er steckte den Daumen in den grausamen Mechanismus und fing an, den Schraubstock langsam und entschlossen zu drehen. In seinem Gesicht regte sich kein Muskel (Sir John hatte den Verdacht, daß er sich in Trance versetzt hatte). Begleitet vom fassungslosen Keuchen des Publikums kletterte die Nadel auf dem Boulometer langsam bis hinauf zur zehn.

«Das wird für eine elementare Demonstration des Magischen Willens wohl genügen», sagte Crowley freundlich.

Das Publikum brach in stürmischen Applaus aus.

«Außerdem», fuhr Crowley fort, «wird es als Illustration für unsere These vom Soldat und vom Buckelmann dienen können. Die oberste Regel unserer Magie lautet: Glaube nichts von dem, was du hörst, und bezweifle das meiste von dem, was du siehst.» Er drehte den «Psychoboulometer» herum und zeigte, daß er die Schraube gelöst und den Griff gedreht hatte, ohne dabei den Schraubstock tatsächlich anzuspannen. Das Publikum gab erstaunte «Ahs» und «Ohs» von sich.

«Oh», meinte Crowley. «Fühlen Sie sich hintergangen? Dann erinnern Sie sich daran, daß Sie genauso hintergangen werden, wann immer emotionale Verwirrung oder vorgefaßte Meinungen Ihre Wahrnehmung von dem, was Sie tatsächlich vor Augen haben, verzerrt. Und vergessen Sie nie, hinter jedem Soldaten nach einem Buckelmann zu suchen.»

Das Publikum verließ aufgeregt tuschelnd und schnatternd wie eine Gruppe von Schimpansen, die soeben zum erstenmal in ihrem Leben einen Spiegel gesehen hatten, den Raum.

Sir John sah, daß Crowley von seinem Podium herabgestiegen war und auf ihn zukam.

«Sir John Babcock», sagte Crowley herzlich. «Haben Sie je die Geschichte von dem Mann mit dem Mungo im Korb gehört?»

Wenigstens tat Crowley nicht wie Lola, als hätte er ihn nicht erkannt.

«Was für ein Mungo?» fragte er mißtrauisch.

«Es war in einem Zug», sagte Crowley. «Dieser Bursche hatte einen Korb unter dem Sitz, und einer der anderen Passagiere im Abteil fragte ihn, was da drin wäre. ‹Ein Mungo›, sagte er. ‹Ein Mungo!› staunte der andere. ‹Was um Himmels willen wollen Sie mit einem Mungo?› ‹Nun›, sagte unser Held. ‹Ich habe einen Bruder, der sehr viel mehr trinkt, als er vertragen kann. Manchmal sieht er Schlangen. Dann lasse ich den Mungo raus.› Der andere Passagier war über diese Art von Logik verblüfft. ‹Aber es sind doch nur *imaginäre* Schlangen!› rief er. ‹Aha!› sagte unser Held. ‹Glauben Sie, das wüßte ich nicht? Schließlich ist das hier ja auch nur ein imaginärer Mungo.›»

Sir John lachte nervös.

«So ist das auch mit Talismanen», sagte Crowley. «Wenn ein Phantom klettern will, reicht ihm schon der Schatten einer Leiter. Aber behalten Sie das Pentagramm ruhig in der Westentasche, wenn es Ihnen Spaß macht. Ich muß jetzt gehen. Wir sehen uns noch.»

Und Sir John starrte Crowley nach, der jetzt zum andern Ende des Raums hinüberging und Lola mit einem Kuß begrüßte. Er flüsterte ihr etwas ins Ohr, dann drehten sich beide um, schauten zurück zu Sir John und winkten fröhlich. Und dann waren sie plötzlich verschwunden.

De arte alchemica

Als Sir John bei Jones in Soho ankam, erzählte er ihm in allen Einzelheiten seine Erlebnisse im M. M. M.-Buchladen.

«Crowley hat nicht versucht, den Talisman zu bekommen», schloß er mit einiger Reserve. «Er behandelte ihn mit völliger Verachtung.»

«Der Mann verfügt über einen eisernen Willen», räumte Jones ein. «Aber lassen Sie sich durch sein Theaterspiel nicht täuschen. Insgeheim weiß er, daß Sie jetzt einen Gegenangriff gestartet haben, und er muß Angst haben.»

Sir John fragte mit schwindender Zurückhaltung: «Meinen Sie wirklich?»

«Wir brauchen beide Schlaf», sagte Jones, als ob er die Frage nicht gehört hätte. «Ich zeige Ihnen das Gästezimmer. Versuchen Sie, eine Weile über den imaginären Mungo zu meditieren, ehe Sie einschlafen. Die Parabel hat viele Bedeutungsebenen.»

Aber als er dann im Bett lag, war Sir John viel zu müde, um noch lange über den imaginären Mungo nachzudenken. Er fiel schnell in einen bleiernen Schlaf und träumte Dinge, an die er sich am nächsten Morgen nicht erinnern konnte, obgleich er mit dem vagen Nachhall an

Sir Talister Crowley und einen Riesenmungo aufwachte, die ihn in der Kapelle der Gefahren verfolgt hatten.

Als er sich gewaschen und angezogen hatte, fiel Sir John plötzlich wieder das *Buch der Lügen* ein, das er am vergangenen Abend im M. M. M. gekauft hatte. Er beschloß, es mit verkehrter Bibliomantie zu versuchen, um zu sehen, was der Feind ihm für ein Orakel zu bieten hatte. Er schlug es aufs Geratewohl auf und landete bei Kapitel 10:

> Im Wald begegnete Gott dem Hirschkäfer. «Halt, bete mich an», sagte Gott. «Denn ich bin der Größte, der Beste und der Weiseste ... die Sterne selbst sind nur Splitter aus der Esse meiner Schmiede ...»
>
> «Ja, wahrlich und in Ewigkeit, Amen», sagte der Hirschkäfer. «All dieses glaube ich in Demut.»
>
> «Warum betest du mich dann nicht an?»
>
> «Weil ich wirklich bin und du nur ein Phantasiegebilde.»
>
> Und die Blätter des Waldes raschelten im Lachen des Windes.
>
> Sagten Wind und Wald: «Keiner von den beiden weiß irgend etwas.»

«Verflixt und zugenäht!» explodierte Sir John. Der Käfer leugnet Gott, während er selbst von Wind und Wald geleugnet wird. Schon wieder dieses Rätsel von dem imaginären Mungo, nur auf einer eher Empedoklesschen Ebene.

Als er auf der Suche nach Frühstück die Treppe herunterkam, experimentierte Sir John mit Solipsismus. Vielleicht gab es ja gar keine Götter oder Käfer – oder vielleicht stimmte es auch, was die Gnostiker behaupteten, daß die ganze Welt der Abgrund der Halluzinationen ist – Teufelsmaskerade. Aber dann durfte man auch David Hume nicht außer acht lassen: derselbe Skeptizismus kann auch auf das Ich angewendet werden. Bin *ich* wirklich hier? Sind nicht nur der selbst-lose Wind und Wald wirklich? Wenn Phantome klettern wollen, reicht ihnen dann tatsächlich der Schatten einer Leiter?

Dr. Johnson hatte diese Philosophie widerlegt, indem er gegen einen Stein getreten war. Sir John widerlegte sie, indem er sich daran erinnerte, daß er einen Bärenhunger hatte. Eier und frische Brötchen erschienen ihm um diese Stunde als das Verlockendste auf der Welt. Und sein Magen war real genug, um sich darauf zu freuen.

Zu seinem großen Erstaunen fand er Jones beim Frühstück mit Reverend Verey.

«Ich dachte, wir würden ihn in Sicherheitsverwahrung lassen», sagte er verdutzt.

«Unsere Pläne haben sich geändert, seit ich gestern abend bei der Inneren Führung unseres Ordens war. Die Dinge sind ernster, als ich gedacht hatte», sagte Jones. «Also werden wir heute alle zusammen Mr. Crowley einen Besuch abstatten: wir haben eine kleine Überraschung für ihn.»

Sir John setzte sich an den Tisch. «Doch nicht schon wieder einen Talisman?» fragte er zynisch.

«Liebe Güte, nein», lachte Jones. «Diesmal wird es eine echte Überraschung. Aber frühstücken Sie erst einmal, Sir John, die Brötchen sind wirklich köstlich.»

Sir John schob alle anderen Gedanken beiseite und griff zu.

Verey war gerade dabei, den gleichen Zeitungsartikel zu lesen, den Jones ihm gestern abend gezeigt hatte. «Er steckt ja voller Fehler», protestierte er. «Bobbie McMasters ist schon jahrelang keine 43 mehr, der ist mindestens so alt wie ich. Und die kopflose Frau, die hinter Green Carrig her ist, ist auch nichts Neues; man spricht von ihr seit mindestens so vielen Jahrhunderten wie Anne Boleyn im Tower of London herumspukt. Warum müssen Reporter immer alles verdrehen?»

«Ich glaube, Bernhard Shaw hat das mal so erklärt», sagte Jones und rührte, wie es die Pariser taten, etwas Zitronensaft in seinen Tee. «In fast allen anderen Berufen muß ein Mensch in der Lage sein, sorgfältig zu beobachten und richtig wiederzugeben, was er gesehen hat. Diese Qualifikationen erübrigen sich jedoch für Journalisten, denn sie haben die Aufgabe, sensationelle Stories zu schreiben, damit die Auflage ihrer Zeitung steigt. Daher versagen viele von denen, die zu normaler Genauigkeit beim Beobachten oder Erinnern nicht fähig sind, in anderen Berufen und landen schließlich mehr oder weniger freiwillig beim Journalismus.»

«Aha!» sagte Sir John, der sich schon oft gefragt hatte, warum in der Zeitung so selten einmal etwas stand, was nicht verkehrt war. Klar: jeder Apotheker, Gemüsehändler oder Mann auf der Straße würde dieses Frühstück völlig korrekt beschreiben, wenn man ihn darum bitten würde: Eier, Schinken, Brötchen und Tee. Ein Journalist dagegen würde vermutlich Porridge, Speck und Toast einschließlich einer Sexorgie und eines Mordes daraus machen.

Wahrheit! Wahrheit! Wahrheit! ruft der Herr über den Abgrund der Halluzinationen ...

«Nessie» war laut buchstäblich sämtlichen Einwohnern von Inverness eine Realität; aber laut «Experten», die den Schauplatz selbst niemals aufgesucht hatten, war «Nessie» nichts als ein Mythos.

«Wissen Sie», sagte Sir John zu Jones, «mir ist aufgefallen, daß Sie Crowley immer *Mr.* Crowley nennen, aber auf dem Plakat gestern abend stand *Sir* Aleister Crowley. Was ist denn nun korrekt?»

«Crowley ist der Sohn eines Bierbrauers», sagte Jones. «Aber der Titel Sir ist trotzdem korrekt, jedenfalls wenn man von seinen sonderbaren Ansprüchen ausgeht. In den neunziger Jahren, als er noch der einmalig romantische und abenteuerlustige junge Mann war, der von Schwarzer Magie noch nie im Leben gehört hatte, trat er der Sache der Carlisten bei. Und Don Carlos hat ihn dann später höchstpersönlich zum Ritter geschlagen.»

«Aber Don Carlos war doch nur ein Bewerber für den Thron», protestierte Babcock.

«Für Sie und mich und die Tagespresse, ja. Crowley dagegen besteht bis heute darauf, daß Don Carlos der echte Monarch und Viktoria nur die Bewerberin war. Wenn man also von seinen Ansprüchen ausgeht, ist der Titel Sir Aleister Crowley auch ganz gerecht, wie ich schon sagte.»

«Der Mann hat sie doch nicht alle», mischte Verey sich ein. «Darauf wette ich.»

«Oh, sicher», stimmte Jones mit ruhigem Lächeln zu. «Aber auf seine Art ist er auch äußerst geistvoll, ein kühler Rationalist. Ich war vor langer Zeit sehr gut mit ihm befreundet und ich möchte auch heute noch sagen, daß Aleister Crowley trotz aller seiner Schlechtigkeit des Potential hatte, der Größte von uns allen zu werden.» Jones seufzte. «Und nur die Exaltiertesten stürzen dann auch in die tiefsten Tiefen», fügte er grimmig hinzu.

«Luzifer, Sonne des Morgens, wie tief bist du gesunken», zitierte Verey dramatisch wie auf der Kanzel.

Wie die meisten Geistlichen hatte Verey für alle Gelegenheiten ein Zitat aus der Bibel parat.

Als Jones' Butler auftauchte, um das Geschirr wegzuräumen, fragte Sir John kühn: «Nun, und wann geht es los in die Höhle des Löwen? Ich hoffe nur, es wird nicht so ein Reinfall wie gestern abend.»

«Ich glaube, wir können sofort aufbrechen», sagte Jones mit der Unerschütterlichkeit eines Adepten.

«Also gut», meinte Verey. «Ich freue mich schon auf den Augenblick, in dem ich dem Teufel Aleister Crowley von Angesicht zu Angesicht gegenüberstehe.»

Sir John kam sich vor wie einer von den drei Musketieren beim Aufbruch zum Kampf gegen Richelieus Männer.

«Crowley wohnt in der Regent Street», sagte Jones. «Es besitzt dort eins der schönsten Häuser von London. Sein Vater war nicht nur Bierbrauer, sondern erfolgreicher Bierbrauer. Wir werden eine der respektabelsten Gegenden von London besuchen. Crowley veröffentlicht ja seine Werke auch immer auf feinstem Papier mit dem teuersten Einband und lebt auch sonst in jeder Weise wie ein orientalischer Prinz.»

«Sollen wir zu Fuß gehen oder eine Droschke nehmen?» fragte Sir John.

«Ich denke, ein Spaziergang an der frischen Luft wird uns allen guttun», meinte Jones.

Sie gaben wirklich eine sonderbare Gruppe von Musketieren ab, dachte Sir John, als sie aufbrachen. Verey alt und buckelig, Jones stämmig und in den Vierzigern, blieb nur er selbst, der jung genug war, um sich als konventioneller Held eines Melodrams zu klassifizieren. Dabei war er in Wirklichkeit der Nervöseste.

Während sie gemächlich dahinspazierten, erzählte ihnen Jones von Crowley. Vor sechzehn Jahren war er ihm zum erstenmal begegnet. Das war 1898, als Crowley als Novize in den ursprünglichen Golden Dawn aufgenommen wurde. «Er war wirklich ein eindrucksvoller junger Mann», sagte Jones. «Mit dreiundzwanzig Jahren hatte er schon ein paar ausgezeichnete Gedichtbände veröffentlicht und in den Alpen einige bemerkenswerte Bergsteigerrekorde aufgestellt. Er hatte auch einen akademischen Grad in Chemie auf der Cambridge University erworben, und ich erinnere mich noch, wie ich ihn eines Tages fragte, wieso ausgerechnet in Chemie, da ich keinerlei wissenschaftliche Begabungen in ihm erkannt hatte. Seine Antwort habe ich bis heute nicht vergessen: Meine Persönlichkeit ist ausschließlich von poetischen, ästhetischen und romantischen Kriterien bestimmt, sagte er. Ich brauche die strenge Wissenschaft, um mit beiden Beinen auf der Erde zu bleiben. Das hielt ich schon damals für ein außerordentliches Beispiel von Selbsterkenntnis und Selbstbeherrschung, wenn man bedachte, wie jung er damals war.»

Jones fuhr mit Crowleys steilem Aufstieg im Golden Dawn fort. «Ich habe nie wieder jemand mit einer derart natürlichen Begabung für kabbalistische Magie getroffen», bekannte er freimütig. Doch dann kam das Desaster von 1900, als die Fehde zwischen William Butler Yeats und McGregor Mathers in einem Dutzend kleinerer Streitigkeiten explodierte, die den Golden Dawn schließlich in zwei Fraktionen spaltete, die sich nie wieder vereinigten. Jones verlor Crowley ein paar Jahre aus den Augen, wußte aber, daß er weite Reisen unternahm und im fernen Osten Yoga und in Nordafrika Sufismus studierte. Im Jahre 1902 bestiegen Crowley und ein deutscher Ingenieur namens Oskar Eckenstein erfolgreich den Chogo Ri im Himalaya, das heißt, sie kamen weiter als jede andere Expedition vorher und nachher und erreichten eine Höhe von 23000 Fuß. 1905 ging Crowley nach China, und als er zurückkam, war er ein völlig anderer Mensch.

«Ich kann mich noch gut an meine naive Reaktion erinnern, als wir uns 1906 zum erstenmal wiedersahen», erzählte Jones. «Ich fand ihn so verändert, daß ich ihn tatsächlich für ein Erleuchtetes Wesen hielt, das weit über alle anderen Mitglieder des Golden Dawn hinausgewachsen war. Ich fragte ihn, wie er das erreicht hätte, und er antwortete schlicht: ‹Ich wurde ein kleines Kind.›»

Sie überquerten die Rupert Street, und Jones lächelte ironisch. «Doch meine Illusionen über ihn hielten nicht lange vor. Im gleichen Jahr brachte er die berüchtigte *Bhag-i-Muatur* heraus, angeblich eine Übersetzung aus dem Persischen. In Wirklichkeit war sie ganz etwas anderes. Crowley war schon immer ein großer Bewunderer des verstorbenen Sir Richard Burton gewesen. Er kopierte seinen Helden, der die *Hasidah* veröffentlicht hatte – ein kühnes Beispiel atheistischer Philosophie – das er als Übersetzung aus dem Arabischen ausgab, während es in Wirklichkeit sein eigenes Werk war. So war auch die *Bhag-i-Muatur* oder der ‹Duftende Garten› in Wirklichkeit Crowleys eigenes, aber als Übersetzung getarntes Werk. Auf den ersten Blick wirkte es wie eine Allegorie über das Verhältnis der Seele zu Gott. Wenn man aber zwischen den Zeilen lesen konnte, erkannte man darin eine Verherrlichung der Sodomie.»

Nachdem Crowley kurze Zeit später wegen Ehebruchs von seiner Frau geschieden worden war, führte er ein so schamloses Leben, daß es sich nur mit dem von Oscar Wilde vor seiner Verurteilung vergleichen läßt. Er protzte mit seinen unzähligen hetero- und homosexuellen Affären, als wenn es ihm ein besonderes, geradezu diabolisches Vergnügen machte, die Empfindsamkeit der Christen zu schockieren.

In den folgenden Jahren verbrachte Crowley seine Zeit in London, Paris und den nordafrikanischen Wüstenlandschaften. 1909 brachte er ein skandalöses Spektakel mit dem Titel *Die Riten von Eleusis* auf eine Londoner Bühne und entfachte damit eine stürmische Kontroverse. *Die Riten* stellten dem eigentlichen Stück einen Chor voran, der das Publikum ganz im Sinne Nietzsches darüber aufklärte, daß Gott tot ist. Die folgende Zeremonie umfaßte Ballett, Musik, Ritual, Poesie und servierte dem staunenden Publikum ein angebliches «Elixier der Götter» (von dem später behauptet wurde, daß es angeblich eine bewußtseinserweiternde Droge enthalten hatte). Am Ende wurde verkündet, daß ein neuer Gott zur Welt gekommen war, «ein Herr von Kraft und Feuer», der die westliche Zivilisation vernichten und aus ihren Ruinen eine neue schaffen würde, die auf Rabelais' Parole «Tu was du willst» basierte.

«Der Mann hat sie doch nicht alle», wiederholte Verey wütend.

«Seit 1910», fuhr Jones fort, «war Crowley der englische Leiter des Ordo Templi Orientis, eines Freimaurerordens mit Sitz in Berlin, der behauptete, die ursprünglichen Freimaurer-Geheimnisse in reinerer Form als alle anderen Gruppierungen erhalten zu haben. Die Äußere Führung», sagte Jones, habe ein gewisser Theodore Reuss übernommen, ein Schauspieler, der gleichzeitig als Agent für die deutsche Geheimpolizei arbeitete.

«Weiß man bei Scotland Yard davon?» rief Sir John.

«Aber sicher», sagte Jones. «Genauso wie der Geheimdienst. Sie haben Reuss unter ständiger Kontrolle, mischen sich aber so gut wie nie ein, denn sein Operationsgebiet beschränkt sich auf die Beobachtung von deutschen Exilanten in England. Eine Weile trieb er sich als Genosse von Karl Marx und Friedrich Engels in ihren Kreisen herum.»

Jones erzählte von den Verbindungen des Ordo Templi Orientis zu gewissen Derwisch-Orden im Nahen Osten, die wiederum Kontakt zu den Jungen Türken pflegten, die die Monarchie gestürzt und die parlamentarische Demokratie eingesetzt hatten. Rasputin, der berühmte Mönch mit den seltsamen hypnotischen Kräften, der den amtierenden Zar und seine Familie völlig in der Hand zu haben schien, unterhielt ebenfalls Beziehungen zu diesen Derwisch-Orden, ebenso Colonel Dragutin Dimitryevic, Chef des serbischen Geheimdienstes, der unter dem Kodenamen «Apis» zur gleichen Zeit Mitglied der «Union oder Tod», einer pan-serbischen, geheimen revolutionären Zelle war. «Unter Rasputin, den Jungen Türken und Colonel Dimitryevic», sagte Jones, «hat sich die gesamte Situation im Nahen Osten und auf dem Balkan immer mehr verschärft, so daß alle Bündnisse zwischen England, Frankreich, Deutschland und Rußland zusammenbrechen, weil jede Großmacht die andere im Verdacht hat, die zunehmend instabile Situation zu ihrem eigenen Gewinn auszunutzen – angeblich werden sogar die jungen Türken darauf eingeschworen, bis zum letzten Blutstropfen dafür zu kämpfen, die Großmächte von dieser Gegend fernzuhalten. Seit 1896 die Eisenbahnlinie von Berlin nach Bagdad fertiggestellt wurde, haben einige Leute aus unserer Regierung vermutet, daß Deutschland darauf hinarbeitet, uns in Indien abzulösen, aber mittlerweile ist es so, daß jede Großmacht jede andere solcher Komplotte verdächtigt.»

«Das wird ja immer unglaublicher», protestierte Sir John. «Haben wir es mit einem spirituellen Krieg zwischen rivalisierenden Theologien oder einem Handelskrieg zwischen konkurrierenden kommerziellen Interessen zu tun?«

«Hier geht es um den Totalen Krieg, Sir», antwortete Jones düster.

Sir John schaute zum Big Ben hinüber, der sich beinhart, greifbar, wirklich in der Ferne erhob. Aber dann fielen ihm Shakespeares Worte ein:

unsre Spieler,
Wie ich euch sagte, waren Geister und
Sind aufgelöst in Luft, in dünne Luft;
Wie dieses Scheines lockrer Bau, so werden
Die wolkenhohen Türme, die Paläste,
Die hehren Tempel, selbst der große Ball,
Ja, was daran nur teil hat, untergehn!

Das Monster vom Loch Ness und die pan-serbische Bewegung, fledermausgeflügelte Monster, die kichern, und die deutsche Geheimpolizei, unglaubliche Selbstmorde und unbeschreibliche Perversionen, weltweite Anschläge und die geheime Geschichte der Freimaurerei, eine erwürgte Katze in einer verschlossenen Kirche und der Orient-Expreß von Berlin nach Bagdad ... Masken und Masken hinter den Masken. Sir John war sich über nichts mehr im klaren. 358: die Schlange ist der Messias. I. N. R. I.: Jesus ist Dionysos. HONI SOIT: der Strumpfbandorden war ein geheimnisumwittertes Hexenbündnis, das seit fünfzig Jahren Großbritannien regierte. Und das Leben selbst war ein Empedoklessches Paradox, und David Hume hatte recht: man ist ja nicht mal in der Lage, die Existenz des eigenen Ego logisch zu beweisen. *Wahrheit! Wahrheit! Wahrheit! ruft der Herr über den Abgrund der Halluzinationen.*

«Sie merken natürlich, Sir John», fuhr Jones fort, «daß die Bayrischen Illuminaten, finanziert von den Rothschilds, insgeheim hinter den Revolutionen steckten, die die alte monarchistisch-feudalistische Ordnung stürzte und den Weg zum ‹freien› Marktsystem öffnete, in der seitdem das Monopolkapital die moderne Welt beherrscht. Unnötig zu sagen, daß die Illuminaten dabei ihre eigenen Ziele verfolgten: ‹Es gibt keinen Gott außer dem Menschen›, war ihr Slogan, ehe Crowley ihn für sich beschlagnahmte. Tatsache ist, der Ordo Templi Orientis wurde in seiner modernen Form geschaffen, indem man Leopold Engels wiederbelebte Illuminaten im Jahre 1888 mit P. B. Randolphs Hermetic Brotherhood of Light verschmolz. Randolph, ein farbiger Amerikaner, hatte als Voodoo-Priester angefangen, verdankte jedoch seine weitere Ausbildung demselben Derwischorden, der auch hinter Rasputin und den Jungen Türken stand. Wir haben Grund zu der Annahme, daß Theodore Reuss, die Äußere Führung des Ordo Templi Orientis, nicht nur Marx und seine Genossen für den deutschen Geheimdienst ausspionierte, sondern in Wirklichkeit ein Doppelagent war, der den Marxisten auch Informationen über die Deutschen beschaffte. Crowley selbst hat gewisse Verbindungen mit Commander Marsen von unserem eigenen Geheimdienst, über deren Natur ich mir ganz und gar nicht im klaren bin. Ist es nicht merkwürdig, daß all das letztlich auf Mansur-el-Hallaj zurückgeht, den Derwisch, der im 9. Jahrhundert von orthodoxen Moslems zu Tode gesteinigt worden ist, weil er gesagt hatte: ‹Ich bin die Wahrheit und in meinem Turban ist nichts außer Gott.›? Doch erst durch Mansurs Schüler wurden die Tempelritter in die Geheimen schwarzen Riten tantrischer Sexual-Magie eingeführt ...»

Und Old Mother Hubbard ist in Wirklichkeit die maskierte Isis, und der Knochen, den sie sucht, ist der Phallus von Osiris, schoß es Sir John wild durch den Kopf. *Alles Vorstellbare ist in irgendeinem Sinn auch wahr: wenn ich fest genug glaube, daß ich fliegen kann, treibt es mich einfach hinaus in die Stratosphäre ...*

«Arthur», rief Verey plötzlich und holte Sir John aus seinen solipsistischen Betrachtungen heraus.

Jones und Babcock schauten in die Richtung, in die der Geistliche starrte. Auf der anderen Straßenseite befand sich ein Garten: bewegte sich da nicht eine undeutliche Schattengestalt, oder war es nur ein Baum, der im Wind hin und her schwankte?

«Mein Gott», flüsterte Verey und taumelte. «Das ist mein toter Bruder Arthur!»

«Das kann nicht sein – Sie sind noch ein wenig verwirrt von all der Aufregung», beruhigte ihn Sir John. Doch der Geistliche schob ihn brüsk beiseite.

«Arthur», wiederholte er. «Das Monster, das meine gesamte Familie ruinierte. Und jetzt steigt er sogar noch aus dem Grab, um sich über uns lustig zu machen.» Und damit eilte er im Laufschritt über die Straße.

«Ihm nach!» rief Jones und rannte hinterher.

Sir John erreichte die andere Straßenseite zuerst und gerade in dem Augenblick, als Verey durch das Gartentor stürzte und den Pfad betrat, der sich zwischen den Hochbeeten mit exotischen Pflanzen entlangschlängelte. Der Pfad bog abrupt ab, und jetzt rannte Verey etwa drei Meter vor ihm parallel zur Straße. Als Sir John den Pfad betrat und ihm nachsetzte, verschwand er gerade hinter einer großen Eiche.

Er schlug dieselbe Richtung ein wie der Geistliche, aber der war nicht länger zu sehen. An der nächsten Biegung stieß er auf einen hochgewachsenen schwarzbärtigen Mann mit russischer Pelzkappe, der damit beschäftigt war, die Gartenhecke zu stutzen.

«Wo ist er?» rief Sir John.

«Wo ist wer?» fragte der bärtige Fremde mit starkem russischem Akzent zurück.

«Reverend Verey – er rannte doch eben hier vorbei!»

Hinter ihnen tauchte jetzt keuchend und außer Atem Jones auf. «Was ist passiert?» ächzte er. «Wo ist Verey?»

«Verey?» fragte der Slawe. «Hier ist kein Verey entlanggekommen.»

Jones und Babcock schauten sich verblüfft an. Jones erholte sich als erster. «Wer sind Sie, Sir?» fragte er.

«Ich bin Baron Nicholas Salmonovitch Zaharov», entgegnete der Fremde. «Und das hier ist mein Haus und mein Garten, und ich habe den starken Verdacht, daß Sie beide zum Frühstück ein Gläschen zuviel getrunken haben, wenn Sie behaupten wollen, daß hier jemand vorbeigelaufen ist. Ich versichere Ihnen, daß ich niemanden gesehen habe.»

Sir John erinnerte sich ...

unsre Spieler,
... waren Geister
Sind aufgelöst in Luft, in dünne Luft ...

«Na endlich», sagte Albert Einstein. Aus seiner Pfeife stieg eine Wolke von grauem Qualm. «Das ist doch was, an dem wir uns festbeißen können.»

James Joyce rekelte sich lässig in seinem Sessel zurecht. «Man könnte aber auch zu dem Schluß kommen», warf er ein, «daß wir mehr abgebissen haben, als wir verdauen können.»

Auf der Suche nach einem Blatt Papier, das nicht mit mathematischen Gleichungen bedeckt war, stöberte Einstein in seinem Schreibtisch herum. «Baron Zaharov!» grunzte er. «Das Licht am anderen Ende des Tunnels. Aha!» Er zerrte einen Stapel blütenweißen Papiers heraus. «Hier», sagte er zu Babcock. «Zeichnen Sie uns ein exaktes Diagramm vom Schauplatz dieses Wunders.»

«Ich kann aber nicht gut zeichnen», sagte Babcock zögernd.

«Wir brauchen keine künstlerische Wiedergabe», sagte Einstein ungeduldig. «Skizzieren Sie die Szene, wie ein Ingenieur oder ein Architekt es tun würde, verstehen Sie. Wie man es von oben sehen würde, aus der Vogelperspektive sozusagen.»

«Also eine schematische Darstellung», sagte Babcock. «Das kann ich.»

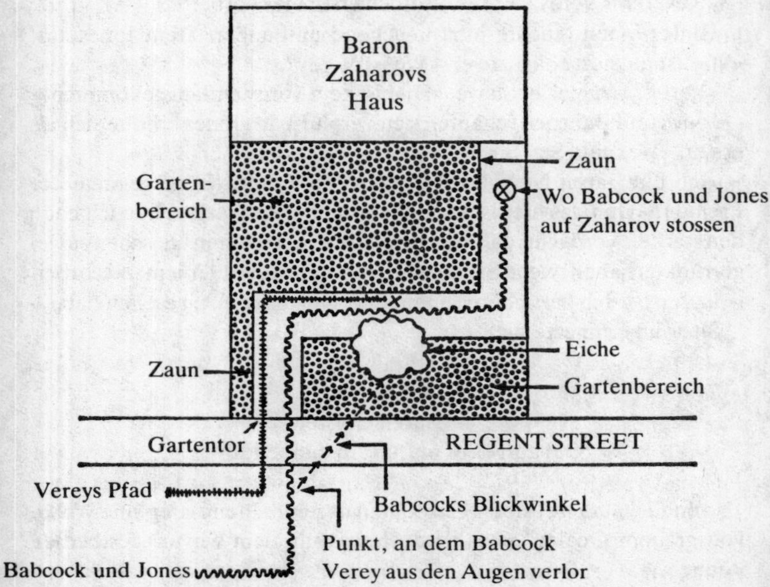

Einstein saß über das Blatt Papier gebeugt und beobachtete, wie Babcock zeichnete, stellte Fragen, forderte Details, bis es zuletzt präzise genug war, um ihn einigermaßen zufriedenzustellen.

«So», sagte Einstein und studierte das Diagramm. «Genau, genau wie ich erwartet hatte. Schlaue Burschen ...»

«Ich hoffe, Sie wissen, wovon Sie sprechen», bemerkte Joyce aus seiner Ecke und rekelte sich gemütlich. «Für mich und meine wissenschaftliche Arroganz ist das nämlich das wunderbarste von all den Wundern in den abenteuerlichen Geschichten aus 1001 Nacht, die Sir John uns bisher erzählt hat.»

Er lächelte. «Dieser Baron Zaharov», sagte er zu Babcock, «Sie haben sich doch wohl nicht einfach von ihm verabschiedet und ihm seine Geschichte abgekauft, was?»

Babcock machte eine verzweifelte Handbewegung. «Nein», sagte er dann. «Aber es war höchst schwierig. Zuerst bestand er darauf, uns wie zwei Betrunkene oder Geisteskranke zu behandeln, und Jones mußte seine ganzen diplomatischen Fähigkeiten aufbieten, um ihn davon zu überzeugen, daß er uns ernst nehmen mußte. Schließlich wurde er etwas zugänglicher, verhielt sich aber immer noch so, als machte er sich über uns lustig. Niemand ist so geharnischt wie ein russischer Adeliger, wissen Sie. Aber wenigstens erlaubte er uns, das Terrain zu durchsuchen, so gut wir es in der Eile konnten. Der Garten stand in voller Blüte, es war ein üppiges Schauspiel, anders kann ich es nicht sagen. Es schien keine Möglichkeit zu geben, wie man Reverend Verey über den Zaun ziehen und durch den Garten hätte schleifen können, ohne Hunderte von Pflanzen umzuknicken oder doch jedenfalls schwer zu beschädigen. Es war aber keiner einzigen Pflanze auch nur ein Blatt gekrümmt worden.»

«Wie hoch war der Zaun?» fragte Einstein gespannt.

«Ungefähr einen Meter hoch. Die obere Hälfte von Vereys Körper war deutlich zu erkennen, ehe er hinter der Eiche verschwand.»

«Und wie hoch waren die Pflanzen?» bohrte Einstein weiter.

«Unterschiedlich hoch – von dreißig Zentimetern bis zu einem Meter, ein Meter dreißig, würde ich sagen. Und keine einzige zertrampelt oder geknickt», wiederholte Babcock.

«Natürlich», sagte Einstein. «Nun, Sir John, jetzt versuchen Sie doch mal, sich Reverend Verey und Baron Zaharov so genau wie möglich vorzustellen. Wie groß würden Sie die beiden schätzen?»

Sir John runzelte nachdenklich die Stirn. «Verey war ziemlich klein», sagte er. «Nicht viel größer als 1,55, würde ich sagen. Dagegen war der Baron mindestens so groß wie ich, wenn ich mich recht erinnere – so um die 1,80, vielleicht auch ein paar Zentimeter mehr oder weniger. Er war in seiner Art so überwältigend, daß es mir jetzt so vorkommt, als hätte ich zu ihm aufschauen müssen, wenn er sprach, dabei bin ich mir gar nicht so sicher, daß er tatsächlich so groß war.»

Einstein nickte. «Donnerwetter noch mal», murmelte er vor sich hin. Dann wandte er sich wieder an Babcock. «Was passierte, als Sie und Jones mit der Inspektion des Gartens fertig waren?»

«Der Baron brachte uns zum Gartentor und machte nochmals eine herablassende Bemerkung über Leute, die schon am frühen Morgen zur Flasche greifen.

Ich tappte völlig im dunkeln, aber Jones sagte sofort: ‹Ich traue dem Mann nicht. Wollen doch mal sehen, was die Nachbarn über ihn zu berichten haben.›»

«Ja?» sagte Einstein hingerissen.

«Ich weiß schon, was Sie denken», sagte Babcock. «Sobald Jones das ausgesprochen hatte, fiel mir das auch ein. Ich war von Vereys scheinbarer Dematerialisierung so schockiert und von der arroganten Art des Barons so eingeschüchtert, daß mein Verstand für eine Weile buchstäblich aussetzte. Wenn aber irgendwelche Tricks im Spiel waren, mußte der Baron einen Komplicen haben.»

«Fahren Sie fort», drängte Einstein und seine Mundwinkel zuckten vor Vergnügen.

«Nun, es stellte sich heraus, daß das Haus nebenan Miss Isadora Duncan gehörte, der berühmten amerikanischen Tänzerin. Hat einer von Ihnen sie je tanzen sehen?» fragte Babcock, sich selbst unterbrechend.

«Ich verabscheue das Ballett», sagte Joyce. «Dieses Hin- und Hergehopse lenkt einen doch nur von der Musik ab.»

«Ich habe Miss Duncan auch nie tanzen sehen», gestand Einstein. «Aber natürlich hat jeder in Europa schon von ihr gehört. Ist sie wirklich so gut wie die Pavlova, wie manchmal behauptet wird?»

«Besser», sagte Babcock. «Ich habe sie nur ein einziges Mal tanzen sehen, das muß im Jahre, warten Sie, ja, das war 1909, aber ich habe es nie vergessen. Selbstverständlich teile ich nicht die liberalen Prinzipien, die diese junge Dame so schamlos propagierte, aber ich muß zugeben, sie ist eine der ganz großen Künstlerinnen unserer Zeit. Ich war sehr enttäuscht, daß sie nicht zu Hause war. Wir hatten jedoch Gelegenheit, ausführlich mit ihrer Sekretärin zu sprechen, einer Amerikanerin namens Miss Sturgis.»

«Und was konnte Miss Sturgis Ihnen über Baron Zaharov berichten?» fragte Einstein.

«Jede Menge», sagte Babcock erschöpft und lächelte schwach. «Mehr als wir hören wollten sogar. Sie verabscheute den Mann von ganzem Herzen.»

«O ja?» Einstein war ganz fassungslos. «Das hatte ich allerdings nicht erwartet.»

«Miss Sturgis beschrieb den Baron als prüde, als religiösen Fanatiker und als übertrieben aufdringlich», erzählte Sir John. «Es scheint, als hätte er einmal versucht, in der Nachbarschaft so eine Art moralischen Kreuzzug zu organisieren, um Miss Duncan als – nun, als so etwas wie eine öffentliche Prostituierte hinzustellen und sie aus der Gegend zu vertreiben. Als er damit keinen Erfolg hatte, bombardierte er die Nachbarn mit Briefen, in denen er die umstrittensten Äußerungen aus Miss Duncans Texten zitierte und behauptete, sie sei eine gefährliche Revolutionärin; Miss Sturgis sagte, wenn er nicht eine so hohe Stellung in der russischen Botschaft bekleidet hätte, hätten die Nachbarn wahrscheinlich ein Komitee gegründet und versucht, *ihn* aus der Gegend zu vertreiben.»

«Noch was?» fragte Einstein, während seine Miene sich wieder aufhellte und er aufmerksam und schmunzelnd zuhörte.

«O ja, eine Menge», sagte Babcock. «Zaharov nahm jeden Morgen an der Messe einer östlich-orthodoxen Kirche teil, obwohl sie Meilen entfernt war und er um fünf Uhr aufstehen mußte, um rechtzeitig hinzukommen. Einmal versuchte er, seine Position in der Botschaft auszunutzen, um eine russischsprachige Buchhandlung zu tyrannisieren. Er wollte sie unter Druck setzen und zwingen, keine Werke von Tolstoi mehr zu verkaufen, weil Tolstoi die Lehre von der unbefleckten Empfängnis angezweifelt hatte. Zaharovs Onkel war Patriarch der orthodoxen Kirche von Moskau. Er mißtraute den römischen Katholiken und den Juden, und Protestanten hielt er für nicht viel besser als Atheisten. Wenn ich mich recht erinnere, sagte Miss Sturgis: ‹Wenn man ihn als Nachbarn hat, weiß man, warum Rußland so zurückgeblieben ist.›»

Einstein lachte. «Wunderbar», sagte er. «Miss Sturgis paßt perfekt zu meiner Theorie.»

Joyce grunzte. «Dann bin ich verrückt.»

Einstein lächelte. «Wieso?»

«Wenn der Baron ein Mann war, der um fünf Uhr morgens aufstand, um Katzen in abgelegenen Kirchen zu erdrosseln», sagte Joyce, «oder wenn er Miss Duncans revolutionäre Prinzipien bewundert hätte, dann könnte ich mir vorstellen, daß er ein Komplice unseres geheimnisvollen Crowley ist. Aber so wie es aussieht, scheint er über jeden Verdacht erhaben zu sein.»

Einstein nickte. «Aber genau das habe ich mir auch gedacht. Als Babcock sagte, daß Miss Sturgis den Baron verabscheute, fürchtete ich schon, daß meine Hypothese zusammenbrechen würde. Doch wie es aussieht, bin ich mir sicherer als je zuvor, daß ich auf der richtigen Fährte bin. Was passierte dann?» fragte er Babcock.

«Als wir das Haus von Miss Duncan verlassen hatten, sagte Jones, daß Vereys Dematerialisierung wieder einmal alles über den Haufen geworfen hätte und daß ich ihn deshalb lieber nicht zu Crowleys Haus begleiten solle, er würde besser allein gehen. Ich protestierte, und wir stritten uns eine Weile herum. Schließlich hatte er mich aber so weit, daß ich ihn allein gehen ließ. Ich begab mich zum Diogenes Club, wo ich oft absteige, wenn ich in London bin, und wartete ...»

«Ja?» drängte Einstein wie ein Professor beim Examen.

«Ich wartete, bis es Abend wurde, aber dann hielt ich die Ungewißheit nicht länger aus. Ich nahm eine Droschke zu Jones' Haus in Soho ... und ... und ...»

«Lassen Sie mich weitererzählen», unterbrach ihn Einstein. «Dort wohnte eine ganz normale englische Familie mit offenen und ehrlichen Gesichtern, die feierlich schwor, noch nie von einem gewissen Mr. George Cecil Jones gehört zu haben.»

«Mein Gott», sagte Babcock und setzte sich abrupt auf. «Das ist unglaublich! Wie konnten Sie das wissen?»

«Habe ich recht?» fragte Einstein.

«Ja», sagte Babcock. «Bei Gott, ich kann mir nicht vorstellen, wie Sie das erraten haben.»

«Raten hat nichts mit wissenschaftlichem Denken zu tun», sagte Einstein scharf. «Haben Sie zufällig auch versucht, den Würger von Liverpool aufzusuchen, Ihren letzten Verbindungsmann zu Jones?»

«Ja», antwortete Babcock. «Das Zimmer war völlig leer. Die Vermieterin schwor, daß es seit Monaten nicht mehr vermietet gewesen war.»

«Und was machten Sie dann?» bohrte Einstein.

«Ich fuhr zum Diogenes Club und saß die ganze Nacht wach. Ich grübelte und grübelte. Am Morgen fuhr ich zum Londoner Hauptpostamt, um zu sehen, ob ich irgendwelche Informationen über die Mieter des Postfaches 718 kriegen konnte. Das war mein allerletzter Kontakt zum Hermetic Order of the Golden Dawn. Man sagte mir, ein solches Postfach existiere nicht, die Nummern gingen nur bis sechshundert. Das Invisible College war mal wieder vollkommen unsichtbar geworden, wie es schien. Als wenn die letzten vier Jahre nur ein Traum gewesen wären. Ein imaginärer Mungo, der gegen eine imaginäre Schlange kämpft.» Sir John brach ab und starrte ins Leere. Er sah aus wie ein Mensch, der an all dem zerbrochen war, was er immer für selbstverständlich gehalten hatte. Jetzt herrschte ein angespanntes Schweigen im Raum.

«Sehr schön», meinte Joyce endlich.

«Was?» fragte Einstein nervös. «Sagten Sie, ‹sehr schön›?»

«Sehr richtig, das tat ich», antwortete Joyce düster. «Und ich entschuldige mich bei Ihnen, Sir John, denn es ist vermutlich das Gefühlloseste, was mir je über die Lippen gekommen ist. Aber als Künstler war ich einen Moment lang überwältigt von Bewunderung für die Perfektion, die Eleganz, möchte ich fast sagen, mit der Ihre Feinde zu Werke gehen. Sie haben Sie jedenfalls ausgetrickst, soviel steht fest. Ihre Strenge ist beinahe mathematisch, finden Sie nicht, Professor? Man könnte fast nach dem Q. E. D. untendrunter suchen ...»

«Wovon reden Sie eigentlich?» fragte Babcock müde.

«Über die Perfektion des Ganzen», wiederholte Joyce und setzte hinzu: «... wie der legendäre Franzose nach dem Erdbeben sagte. Stellen Sie sich vor: sogar das Postfach war erfunden. Wirklich saubere Arbeit!»

«Sie sind schlau», stimmte Einstein zu. «Teuflisch schlau.»

«Aber auch elegant», meinte Joyce noch einmal. «Wissen Sie, was ihre Vorlage war – noch ehe sie auf *The King in Yellow* stießen und daraus das Thema eines Buches übernahmen, das die Menschen in den Wahnsinn treibt? Es ist eine alte, eine sehr alte Geschichte – vielleicht eine der ältesten der Welt – und ich selbst habe oft darüber nachgegrübelt. Ich fand heraus, daß der Reiz der Geschichte darin liegt, daß jeder, dem man sie erzählt, sofort behauptet, er habe sie schon mal irgendwo gehört oder gelesen, er könne sich nur nicht erinnern, wo ...

Es geht um folgendes», fuhr Joyce fort, «ein Mann befindet sich in einer fremden Stadt, manchmal auch, in den subtileren Versionen, in einer Stadt, mit der er vertraut ist, einer Stadt, die er zu kennen glaubt wie seine Westentasche. Eines Tages verirrt er sich und kommt in eine Gegend, die er noch nie zuvor gesehen hat. Es wird dunkel, und er begegnet keinem Menschen, den er nach dem Weg fragen könnte. Und plötzlich taucht SIE auf – die schönste Frau der Welt. In manchen Versionen trägt SIE kostbare Perlen oder irgendeinen wertvollen Juwel. Jedenfalls lädt SIE ihn zu sich ein, so wie in mittelalterlichen Legenden die Feenkönigin den wandernden Ritter einlädt, ihre Schwelle zu übertreten. Er geht mit IHR, und alles ist eitel Sonnenschein, siebter Himmel, die Verwirklichung all seiner romantischen Träume. Kennt zufällig einer von Ihnen diese unsterbliche Geschichte, meine Freunde?»

«Ja», sagte Einstein weich. «Sie haben recht mit dieser Geschichte – es kommt mir tatsächlich so vor, als hätte ich sie schon mal gehört oder gelesen, aber mir fällt nicht mehr ein, wo oder wann. Sie machen aus, sich am folgenden Tag in IHREM Haus wiederzutreffen. Er trifft zur vereinbarten Zeit ein, aber da ist kein Haus mehr, nur ein leeres Grundstück. Und die Nachbarn erzählen ihm, daß hier seit Jahrzehnten kein Haus mehr gestanden hat.»

Babcock starrte sie an. «Ja», sagte er. «Jetzt erinnere ich mich selber an diese Geschichte. Mir kommt es nur so vor, als wäre die ganze Nachbarschaft verschwunden gewesen. Der Held sucht die ganze Stadt ab, aber er findet die Straße nie wieder.»

Joyce lächelte freundlich. «In manchen Versionen ist er auch ein alter Mann, der bei Einbruch der Dämmerung zu dieser Stadt gelangt. Nachdem er seine Geschichte erzählt hat, macht er sich auf die Suche nach der Straße, die einmal war. Aber jetzt ist dort keine Straße mehr. Ich habe bemerkt, daß manche Leute sogar behaupten, den Mann, dem dieses Abenteuer passiert ist, gekannt zu haben. Es ist genau das, was Jung einen Archetypus nennen würde. Die Pforten zur magischen Welt öffnen sich, und dann schließen sie sich wieder, und nie findet man den Weg zurück zu dem Ort, wo sie waren. Sehen Sie, Sir John? Man hat Sie durch ein Drehbuch gejagt, das schon so alt ist wie die menschliche Phantasie. In Ihrem Fall hat man das Szenarium Ihren persönlichen Ängsten angepaßt und die Hexenkönigin, oder Elfe oder Göttin, wie immer man sie auch nennen will, war von Anfang an feindlich oder heimtückisch. Abgesehen davon haben die Burschen die klassische Vorlage nicht verändert.»

«Sie!» wiederholte Babcock bitter. «Sie! Glauben Sie immer noch, daß diese Kerle bloße Menschen sind und daß sie das alles mit materiellen Mitteln erreichen konnten?»

Noch ehe Joyce antworten konnte, meinte Einstein trocken: «Zu dieser Frage kommen wir gleich. Zuerst aber, Sir John, erzählen Sie uns das Ende Ihrer Geschichte. Ich vermute, es wartet noch eine Art Höhepunkt ...»

Babcock stand auf und streckte sich. «Ja», sagte er und fing an, auf und ab zu gehen. «Es gab in der Tat noch einen Höhepunkt ganz besonderer Art ...

Nach dem Besuch beim Hauptpostamt und der Entdeckung, daß es gar kein Postfach 718 gab, fuhr ich zum Diogenes Club mehr oder weniger davon überzeugt, daß ich verrückt sein mußte. Als ich zu meinem Zimmer hinaufgehen wollte, meldete mir der Portier, daß im Rauchzimmer ein Herr auf mich wartete. Ich muß wie ein Roboter hineingegangen sein. Ich befand mich in jenem seltsamen Geisteszustand, wo es keine Rolle mehr spielt, was passiert. Ob Jones oder Verey so wunderbar zurückgekehrt waren, wie sie sich in Luft aufgelöst hatten, oder ob der Teufel selber auf mich wartete. Doch es war, Gott steh mir bei, Aleister Crowley

Ich brachte kein Wort heraus, im Grunde fühlte ich nichts – nicht einmal Furcht. ‹Was wollen Sie?› fragte ich. Ich dachte an Scotts Behauptung, daß alles, was die Pracht der Hexen ausmacht, so substanzlos ist wie Luft.

Er sprach mit angenehmer, leiser Stimme, ohne jede Dramatik oder Aufsehen zu erregen. Jeder, der ein paar Meter weiter weg stand, mußte annehmen, daß wir uns ganz normal unterhielten. ‹Seltsame Dinge passieren, wenn imaginäre Mungos gegen imaginäre Schlangen kämpfen›, sagte er. ‹Es tut nicht gut, sich mit uns anzulegen. Manche Leute werden verrückt und bringen sich um. Andere verschwinden einfach. Und wieder andere fliehen zum anderen Ende der Erde, ohne uns je entkommen zu können. Unsere Augen werden stets auf Ihnen ruhen, und eines Tages werden wir Sie erledigen – wann immer es uns gefällt, glauben Sie mir!› Er lächelte sogar, als hätte er meine Krawatte bewundert oder so was, und dann wandte er sich ab, um zu gehen.

Doch plötzlich drehte er sich wieder zu mir. ‹Verstehen Sie jetzt endlich?› sagte er ruhig. ‹Ihr Gott und Ihr Jesus sind tot! Sie haben nicht mehr die Macht, Sie zu beschützen oder irgend jemand sonst, der sie um Hilfe bittet. Unsere Magie ist jetzt stärker, denn die Alten sind wiedergekommen, und der Mensch wird frei sein von Schuld und Sünde. Bitten Sie Jesus um Hilfe, wenn es sein muß, es wird Ihnen nicht mehr helfen als Verey und Jones. Unsere Hände werden stets um Ihre Kehle sein, auch wenn Sie sie nicht sehen. Und wir werden kommen, wenn Sie es am wenigsten erwarten.›

Das war alles», schloß Babcock teilnahmslos. «Er war verschwunden, noch ehe ich mich von seinen blasphemischen Worten erholt hatte. Ich verließ England noch in derselben Nacht und reiste von nun an nur noch unter falschem Namen. Ich fuhr nach Arles, wo ich in einem einfachen Gasthaus abstieg. Als ich ein paar Tage später von einem Besuch der Dorfkirche zurückkam, fand ich über meinem Bett ein auf den Kopf gestelltes Kruzifix. Seitdem bin ich von einer Stadt in die nächste geflohen.»

Joyce stand auf und streckte sich, um die Steifheit aus seinen Gliedern zu vertreiben. Sein Körper warf einen grotesken, spinnenartigen Schatten auf die Wand hinter ihm. «Nun, Professor», fragte er. «Leben wir nun im 20. Jahrhundert oder im 13.?»

Der Föhn heulte ums Fenster.

Einstein studierte den Tabakrest in seinem vornehmen Pfeifenkopf. Unter seinen schlaffen Lidern suchten die Augen nach dem, was der kalte Geruch der Asche nicht verriet.

«Also», sagte er endlich. «Ich betrachte diese Angelegenheit nicht als hoffnungslos. Es gibt noch eine ganze Menge Licht in dieser alles verschlingenden Finsternis, finden Sie nicht, Jeem?»

Joyce lächelte matt. «Ich habe ein paar Fünkchen entdeckt», sagte er vorsichtig. «Aber sie sind klein und flüchtig, und meine Finsternis ist immer noch viel größer. Soll ich die Punkte aufzählen, die mir am beweisträchtigsten erscheinen?»

«Ich bitte darum», drängte Einstein.

«Es handelt sich um vier Punkte», sagte Joyce. «Man könnte sie folgendermaßen bezeichnen:

1. Der Schlüssel der vierseitigen Metapher
2. Die Aufgestülpte Tragödie
3. Die Bezifferung der Sonette
4. Der Schlüssel der sechsundzwanzig Strumpfbänder

Löst das irgendwelche Ideen bei Ihnen aus?» fragte er ungerührt.

«Bei mir nicht», sagte Babcock verblüfft.

«Bei mir auch nicht», meinte Einstein. «Aber ich frage mich, ob Sie vielleicht die Teile der Lösung gefunden haben, die bei mir noch im Dunkel liegen ... wenn ich Ihren Stil imitieren darf, will ich einmal die Punkte aufzählen, die mir geholfen haben, dieses hinterhältige Drama zu durchschauen. In meinem Fall sind es acht:

1. David Humes These
2. Die Wunderbare Vermehrung
3. Die zufällige Telepathie
4. Die geballten Zufälle

5. Der Schlüssel des übertriebenen Bildes
6. Das Geheimnis der zwei Bergsteiger
7. Der Schlüssel des unmöglichen Namens
8. Die Relativität der Dimensionen

Ich glaube, daß diese Punkte ganz gut erläutern, was sich hier tatsächlich zugetragen hat», schloß er. «Verstehen Sie, worauf ich hinaus will, Jeem?»

«Ich habe nicht die leiseste Ahnung», erwiderte Joyce. «Um die Wahrheit zu sagen, ich bin noch verwirrter als vorher, ehe Sie uns Ihre Liste mit Hinweisen unterbreiteten.»

«Höchst interessant», sagte Einstein nachdenklich. «Wir sehen also alle nur das, was wir zu sehen gewohnt sind ... nun, sei es, wie es sei, da Sie uns Ihre Liste zuerst vorgelegt haben, sollen Sie uns die einzelnen Punkte auch erläutern, ehe ich zu meiner Erklärung komme.»

Joyce nahm vorsichtig seine Brille ab und putzte sie mit übertriebener Sorgfalt. «Ich bin fast zu fünfundsiebzig Prozent blind», sagte er nachdenklich. Als er fertig war, setzte er sich die Brille wieder auf die Nase. «*Presto!* Die Welt ist neu erschaffen: ich kann sie sehen.» Reiß ihm die Augen aus: Entschuldigung. «Jedesmal, wenn wir unseren Fokus oder Blickwinkel verändern, wird die Welt neu erschaffen», fuhr er fort. «Wollen wir also unsern Blickwinkel einen Augenblick ändern und einen Blick auf den Anfang des Ganzen werfen, auf *Clouds Without Water* durch eine schärfere Brille?» Er hielt inne.

«Ja?» bohrte Sir John.

«Der Autor von *Clouds Without Water* ist ein außergewöhnlich tiefsinniger junger Mann, wie Gilbert und Sullivan von einem ähnlich gelagerten Fall einmal sagten», fuhr Joyce fort. «Er kann zwei Dinge auf einmal ausdrücken, manchmal sogar, wie mir aufgefallen ist, drei Dinge auf einmal. Zum Beispiel *consummatus est*, die Schlußworte eines Sonetts, auf das Sir John uns aufmerksam machte: sie können sich (wie schon gesagt) entweder auf eine katholische Messe oder eine schwarze Messe, aber auch auf die Vollendung des Geschlechtsaktes beziehen: Vorspiel, Vereinigung, Höhepunkt, Erfüllung. Unser junger Autor kann aber sogar vier Dinge zugleich ausdrücken: der mystische Wein-Symbolismus in der alchimistischen Sequenz, wenn ich mich recht erinnere, könnte auf die vaginalen Sekrete der Geliebten des Dichters hindeuten, wie Sir John vermutete, gleichzeitig natürlich auf den Wein in der Heiligen Messe oder in einer schwarzen Messe oder sogar auf den traditionellen Gebrauch von ‹Wein› als Symbol eines göttlichen Rausches bei Sufi-Autoren wie etwa Omar Khayyám. Das ist der Schlüssel der vierseitigen Metapher.

Also frage ich mich, wie tiefsinnig dieser außergewöhnlich tiefsinnige junge Mann wirklich sein kann. Das tragische Ende seiner Legende ist meiner Meinung nach schreiender Blödsinn und nichts weiter als reine Propaganda. Vielleicht ist die Zahl der Ehebrecher in Europa so groß wie die der Sandkörner in der Sahara oder die der Atome in der Galaxé, sie ist sicher größer als wir glauben. Aber diese Ehebrecher sterben nicht automatisch alle an fortgeschrittener unheilbarer Syphilis. Sie begehen auch nicht auf der Stelle Selbstmord, wenn man ihnen gesagt hat, woran sie leiden. Sie entscheiden sich für eine Behandlung, und wenn sie Glück haben und die Krankheit früh genug diagnostiziert wird, werden sie sogar routinemäßig kuriert. Ich will nicht behaupten, daß das tragische Ende von Arthur Angus Verey unmöglich ist, aber ich halte es für unwahrscheinlich. Es hat so etwas Moralisierendes, Salbungsvolles, fast so, als wäre es der Phantasie von Reverend Charles Verey entsprungen. Das verstehe ich also unter der vorhin erwähnten aufgestülpten Tragödie. Aber ich würde doch gern wissen, ob eine solche sozusagen doppelte Verfasserschaft mit Ihren Beobachtungen der menschlichen Psyche übereinstimmt, Gentlemen.»

Einstein antwortete zuerst: «Machen Sie erst einmal weiter», sagte er. «Sie scheinen den Teil des Puzzles entwirrt zu haben, der mir noch fehlt.»

Und Babcock setzte hinzu: «Ich muß zugestehen, daß Verey das Buch wohl kaum ohne eine solche strenge Lektion in Moral am Ende veröffentlicht hätte ...»

Joyce stieß seinen Spazierstock heftig auf den Fußboden. «Punkt eins ist also überzeugend», sagte er. «Nun, es gibt ein juristisches Sprichwort: ‹Teilweise schuldig – ganz schuldig›. Ob das nun wahr ist oder nicht, mag dahingestellt sein, jedenfalls bringt es mich auf einen hübschen Gedanken. Nehmen wir einmal an, Charles Verey habe das Ende geschrieben – könnte er dann nicht genausogut alles geschrieben haben? Schon den ganzen Tag geht mir ein Satz von Dante im Kopf herum: *ed eran duo in uno, ed uno in duo:* es waren zwei in einem und einer in zwei. Das ist eine Definition Bertran de Borns, der im *Inferno* enthauptet wird. Denken Sie an Dr. Jekyll und Mr. Hyde, Dr. Frankenstein und sein Monster, Faust und Mephistopheles ...»

Einstein fing an zu lachen. «Erstaunlich», sagte er. «Die letzten zwei Tage mußte ich ständig wieder an Faust und Mephistopheles denken und an die großartige Zeile, die Goethe seinem Faust in den Mund legt: Zwei Seelen wohnen, ach, in meiner Brust! Mein Vater pflegte zu sagen, daß das die bedeutendste Stelle im ganzen Stück ist. Zwei Seelen wohnen, ach, in meiner Brust!»

«Eine extreme Steigerung dieses Dualismus ist die gespaltene oder Parallelpersönlichkeit, die in der Psychologie analysiert wird», fuhr Joyce fort. «Aber natürlich sind wir im Grunde alle Prismen: aufgesplitterte oder parallele Persönlichkeiten, jedenfalls zu einem bestimmten Grad. Wir alle haben eine verborgene Seite, die Jung poetisch ‹Schatten› nennt. Wie würde nun ein Schatten bei Reverend Charles Verey aussehen? Wie die Kehrseite seiner öffentlichen Rolle presbyterianischer Rechtschaffenheit, natürlich. Tatsächlich wäre sie dem angeblichen Arthur Angus Verey ziemlich ähnlich: Wüstling, Lüstling, Ehebrecher, Ketzer gegen Gott und die Kirche. Ich gebe deshalb zu bedenken, ob *Clouds Without Water* nicht ganz das Werk von Reverend Charles Verey sein könnte. Auf jedes ‹Du sollst nicht› des öffentlichen Reverend Charles Verey schreit der innere Arthur: ‹Und ob ich werde!› Der Schatten, also der satanische ‹Arthur›, ist der Verfasser der wollüstigen, sinnlichen Sonette, die sehnsüchtig die lieblichen, lüsternen Details einer phantastischen Liebesaffäre mit einer großartig verdorbenen und immens begehrenswerten Frau beschwört, während die Persönlichkeit des öffentlichen Lebens dafür sorgt, daß das Buch der feuchten Träume damit endet, daß ‹Arthur› für seine Sünden sterben muß und daß in den durchgehenden Fußnoten die traditionelle Moral immer wieder zur Geltung kommen kann.

Nun, meine Herren, ist damit der Punkt zwei ebenfalls einleuchtend? Wohnen die beiden Seelen von *Clouds Without Water* wirklich in einer Brust?»

Babcock schüttelte zweifelnd den Kopf. «In der Psychologie ist so was ja vielleicht möglich», meinte er. «Aber es widerspricht einfach den Tatsachen, so wie wir sie kennen.»

«Die Tatsachen, so wie wir sie kennen», warf Einstein milde ein, «sind absichtlich so verdreht worden, daß wir die Tatsachen gar nicht mehr so sehen können, wie sie in Wirklichkeit sind. Fahren Sie fort, Jeem.»

«*Clouds Without Water* ist im Grunde ein Buch, wie ich es selber gern schreiben würde», sagte Joyce. «Ein multi-dimensionales, also auf mehreren Ebenen spielendes Werk mit mehreren Interpretationsmöglichkeiten. Ein Puzzle-Buch, könnte man sagen – und was könnte besser in unsere Zeit passen, wenn unsere klügsten Köpfe immer mehr erkennen, daß unsere Existenz im Grunde ein einziges

Puzzle ist? Der Leser, wenn er intelligent genug ist, wird aufgefordert, hinter die Kulissen zu schauen und zu fragen, was *Clouds Without Water* in Wirklichkeit ist. Erstens: es könnte das sein, was es zu sein scheint und zu sein vorgibt: der Bericht eines Ehebruchs, der böse endet, mit fortlaufendem Kommentar eines Geistlichen, der auf die moralische Lektion pocht, daß immer noch der Tod der Sünde Sold ist. Gerade das Richtige für das englische Lesepublikum. Zweitens könnte es aber auch das sein, was Sir John darin sieht: ein Handbuch für tantrische Sexualpraktiken, das zeigt, wie die Veränderungen und Variationen der erotischen Vereinigung zwischen einem Mann und einer Frau so lange aufgehalten werden kann, bis die Ekstase sich in reines Nichts, in egolose Trance auflöst. Drittens könnte es das sein, was ich gemeint habe: die Darstellung der Spaltung in der Persönlichkeit eines gequälten presbyterianischen Puritaners, der von den verlockenden Freuden der Vereinigung, der Fellatio und des Cunnilingus träumt und dann sein zweites Ich dafür bestraft, daß es solche Träume genießt.»

«Aber was ist es wirklich?» rief Babcock ungeduldig. «Sie machen ja das Geheimnis nur noch schlimmer, statt es zu lösen: *ignotium per ignotius!*»

«Was ist die ‹wirkliche› Länge eines Stabes, Professor?» fragte Joyce.

«Das ist abhängig vom Koordinatensystem des Stabes», sagte Einstein amüsiert, «und vom Koordinatensystem des Beobachters und dem Verhältnis zwischen ihren jeweiligen Geschwindigkeiten.»

Babcock zog eine Grimasse. «Das ergibt für mich keinen Sinn», sagte er. «Länge ist Länge, und das ist alles, was dazu zu sagen ist.»

«Das ist noch lange nicht alles, was dazu zu sagen ist», sagte Einstein. «Unsere Einschätzung von Dingen oder Phänomenen, in denen Länge eine Rolle spielt, sind im Grunde Urteile über Instrumente, die benutzt werden, um diese Länge zu messen. Und die Auswertung der Instrumente ist abhängig von unserer Geschwindigkeit im Verhältnis zur Geschwindigkeit der Sache, die gemessen werden soll. Lorenz hat das zwar mathematisch alles bewiesen, konnte es aber selbst nicht glauben. Ich beschloß im Jahre 1904, es zu glauben und abzuwarten, wo es mich hinführen würde. Auf diese Weise konnte ich sämtliche Rätsel lösen, mit denen sich die Physik seit dem Experiment von Michelson-Morley herumgeschlagen hatte. Es führte sogar zu dem simplen Schluß, daß es keine Länge als Sache an sich gibt, also als objektive Einheit, sondern nur eine Länge$_1$, gemessen von $Instrument_1$, $Länge_2$, gemessen von $Instrument_2$, und so weiter. Dasselbe trifft auch auf die Zeit zu, wie ich ebenfalls bewiesen habe.»

«Aber», protestierte Babcock, «das führt uns ja vollkommen heraus aus dem faßbaren Raum und der linearen Zeit. Das ist gnostisch und platonisch.»

«In gewissem Sinne ja», räumte Einstein ein. «Der Unterschied besteht darin, daß Plato an einem gewissen Punkt aufhörte, und das ist der Punkt, an dem ich erst anfange. Er hat seine geometrischen Archetypen nie an empirisch gewonnene Sinnesdaten anschließen können. Ich habe diese wissenschaftliche Verbindung hergestellt, und meine Theorie erklärt Experimente, die auf keine andere Art definiert werden können.»

«Erzählen Sie ihm von dem Stein und dem Zug», schlug Joyce träge aus dem schattigen Halbdunkel vor.

«O ja, das ist eine Art von Relativität, die schon seit Galileo bekannt ist», sagte Einstein. «Ich habe nur eine zeitgenössische Illustration dazu geliefert. Nehmen wir an, Sie werfen einen Stein aus einem Zug. Wie wird er fallen?»

Babcock machte einen unsicheren Eindruck. «Ich weiß nicht», gestand er. «Wahrscheinlich würde er in einer geraden Linie fallen.»

«Ah», sagte Einstein, «das würde er – von unserm Blickwinkel aus dem Zug heraus. Aber wenn jemand anders auf einem Feld neben den Eisenbahnschienen stände, wie würde er ihn fallen sehen?»

Babcock schwieg. «Ähem», sagte er schließlich. «Ich bin mir nicht ganz sicher, aber ich versuche, mir das vorzustellen ... ich nehme an, er würde ihn in einer gekrümmten Linie fallen sehen.»

«In einer Kurve, die man auch Parabel nennt», korrigierte Einstein. «Er würde ihn in einer perfekten Parabel fallen sehen. Was ist also nun wirklich oder wahr? Der Blickwinkel des Mannes im Zug oder der des Mannes auf dem Feld?»

«Ich fange an zu begreifen, worauf Sie hinaus wollen», sagte Babcock. «Beide sind wahr ... jedenfalls innerhalb der – wie nennen Sie sie? – der jeweiligen Koordinatensysteme der beiden Beobachter.»

Joyce lachte. «All dies ist Ihnen völlig fremd», sagte er zu Babcock. «Und doch lernen Sie schnell. Wissen Sie, warum das so ist? Ich werd's Ihnen sagen. Weil Ihre Kabbala auf den gleichen Prinzipien aufgebaut ist, wenn sie auch in diesem Fall eher auf die Psychologie als auf die Physik zutrifft. Sie begreifen geradezu einen neuen Aspekt einer Sache, die Sie eigentlich schon kennen.»

Einstein hob eine Augenbraue. «Dann bin ich also auch ein Kabbalist?» fragte er schmunzelnd.

«Was ist denn die Kabbala?» fragte Joyce sarkastisch. «Abgesehen von dem, was man sonst noch darin sehen kann, von meinem Blickwinkel als Künstler aus ist sie eine Methode multipler Vision. Um ein Beispiel aus Sir Johns Geschichte herauszugreifen: I. N. R. I. hat, wenn man es kabbalistisch analysiert, nicht mehr nur eine einfache christliche Bedeutung, sondern auch eine griechisch mythologische, eine ägyptische, eine alchimistische, eine Bedeutung innerhalb des Symbolismus der Tarot-Karten und so weiter. Diese Korrespondenzen sind nicht unlogisch, sondern analog. Der Kabbalist sieht in jedem seiner Symbole – Christus, Dionysus, Osiris, dem Einsiedler – eine bestimmte Bedeutung in seinem jeweiligen mythischen Kontext. Genauso betrachtet Professor Einstein jede Messung als ‹wahr› innerhalb des jeweiligen Koordinatensystems. Und der Kabbalist sucht hinter diesen unterschiedlichen und widersprüchlichen Symbolen die archetypische Bedeutung, die in der menschlichen Psychologie selbst steckt, wie Dr. Jung erst kürzlich wieder erklärt hat. Genauso wie Professor Einstein über die unterschiedlichen und widersprüchlichen Instrumentenauswertungen hinausblickt auf die abstrakten mathematischen Beziehungen, die ein Koordinatensystem in ein anderes überführen.»

«Multiple Vision», murmelte Babcock. «Ja. Das ist eine hübsche Definition für den Kabbalismus.»

«Nun», fuhr Joyce fort. «Was ist dann *Clouds Without Water*? Ist es nicht ein vollkommenes Beispiel kabbalistischen Denkens, ein Werk, das man in der Tat auf mindestens vier verschiedene und möglicherweise mehr Arten lesen kann, wenn man nur genau hinschaut? Sind die kabbalistischen Mehrfach-Bedeutungen hier nicht perfektioniert? Außerdem fällt mir ein, daß Sie gesagt haben, es hätte 114 Sonette ... ich bin zwar selbst kein Geheimwissenschaftler, aber ich habe in meiner Jugend einige Zeit damit verbracht, John E. Glinton, George Russell und anderen Dubliner Mystikern zuzuhören, und daher weiß sogar ich, daß 114 eine kabbalistische Zahl ist, stimmt's?»

«Ja», antwortete Babcock. «Der Überlieferung zufolge bleibt das Invisible College 114 Jahre öffentlich bestehen, dann löst es sich auf und bleibt weitere 114 Jahre passiv, die nächsten 114 Jahre arbeitet es wieder in der Öffentlichkeit und so weiter.»

«Aber da ist noch mehr als das», sagte Joyce. «In der Kabbala findet sich ja immer noch etwas mehr. Eglinton oder Russell – ich habe vergessen, welcher von beiden – hat einmal als Beispiel für die historische

Verbindung zwischen Freimaurerei und Rosenkreuzern erklärt, daß die mysteriösen Lettern L. P. D. auf Freimaurer-Gebäuden und -Dokumenten kabbalistisch ebenfalls den numerischen Wert von 114 ergeben. Spielt mir hier die Erinnerung einen Streich?»

«Nein», sagte Babcock. «*Lamed* ist 30, *pe* ist 80 und *daleth* ist 4, insgesamt also 114. Die Bedeutung soll sich aus *Licht, Pressung* und *Dichte* zusammensetzen und spielt auf die innere Transformation im alchimistischen Prozeß an.»

«Aber auch noch auf ganz andere Dinge», sagte Joyce. «Die Großorientalischen Logen vor der Französischen Revolution, von denen Mr. Crowleys Ordo Templi Orientis abzustammen behauptet, interpretierten L. P. D. als *lilia perdita destrue* – zertrampelt die Lilie unter euren Füßen – wobei die Lilie natürlich das Symbol der Bourbonen, der französischen Königsfamilie war, gegen die dieser Zweig der Freimaurer angeblich seit der Vernichtung der Templer durch Philip II. Krieg führte. Wie Sie sehen, haben auch hier die kabbalistischen Symbole verschiedene Bedeutungen auf verschiedenen Ebenen der Interpretation.»

Einstein hielt ein Streichholz an seine Pfeife. «So», sagte er und paffte vor sich hin. «Sie haben uns einen langen Weg geführt, Jeem, aber wie lautet denn nun Ihre Schlußfolgerung?»

«*Clouds Without Water* ist das Werk eines fortgeschrittenen Kabbalisten», sagte Joyce. «Und der Reverend Verey stand der Kabbala nie so naiv gegenüber, wie er immer behauptete. Beweis: er wußte, daß die sechsundzwanzig Strumpfbänder am Strumpfbandorden eine kabbalistische Bedeutung hatten, und er drang so lange in Sie, Sir John, bis Ihnen wieder einfiel, daß sechsundzwanzig der Wert von *Yod Hé Vau Hé* ist, dem heiligen unaussprechlichen Namen Gottes. Der Schlüssel der sechsundzwanzig Strumpfbänder, würde Watson sagen.»

Joyce machte eine kleine Pause und fuhr dann fort: «Ich weiß nicht, *wie* Verey seine Familie abschlachtete, und ich weiß ganz sicher nicht, *warum* er das tat (wer kann Taten religiöser Manie schon durchschauen?), aber moralisch gesehen bin ich mir sicher, *daß* er es tat. Vergessen Sie nicht: die ganze Geschichte mit dem schrecklichen Buch, das die Leute zum Wahnsinn treibt, ist nur seine Erfindung, und ich habe meine Gründe für die Annahme, daß er die Idee von Robert W. Chambers *The King in Yellow* gestohlen hat, ja schon ausführlich dargelegt. Aber ich erinnere auch noch an einen anderen Buckelmann, den religiöser Fanatismus und sexuelle Komplexe in den Wahnsinn trieben, den heiligen Paulus. Dieser Mann hat einmal einen Satz gesagt, der auf Verey perfekt zutrifft: ‹Ich tue nicht das, was ich will, sondern das, was ich hasse.› Wieder ein zerbrochener Spiegel.»

Babcocks Gesichtsausdruck spiegelte die widerstreitendsten Gefühle. «Sie haben mich beinah überzeugt. Aber Ihre Theorie trifft nur teilweise zu und läßt noch sehr vieles im dunkeln ...» Die Türglocke bimmelte. Alle drei zuckten leicht zusammen.

«Ihre Geschichte war starker Tobak», sagte Einstein. «Aber Joyce hat genau die Punkte verdeutlicht, über die ich mir selbst noch nicht so ganz im klaren war. Mit seiner Hilfe glaube ich nun alles erklären zu können und die bösen Geister ein für allemal zu vertreiben.»

Milena Einstein erschien in der Tür, mit einem in braunes Packpapier eingewickelten Päckchen in der Hand. «Albert», sagte sie. «Das ist eben für dich abgegeben worden.»

Die drei Männer sahen sich an. Einstein stand auf wie eine Katze. «Das kommt ja nicht ganz unerwartet», sagte er und ging quer durch den Raum auf Milena zu.

Joyce und Babcock saßen kerzengerade da und schauten gespannt zu, wie Milena die Tür hinter sich zuzog und Einstein mit dem Päckchen zu seinem Schreibtisch ging.

«Ist es ...» stammelte Babcock.

«O ja», schmunzelte Einstein belustigt. «Der künstlerische Endschlag. Wirklich perfekt. Der Absender lautet M. M. M., 93 Jermyn Street, London, U. K. Das Päckchen trägt aber keinen Poststempel und wurde offensichtlich auch gar nicht mit der Post befördert.» Er fing an, das Papier aufzureißen.

«Um Gottes willen!» schrie Babcock. «Hören Sie auf. Sie können sich doch Ihrer Theorie nicht so hundertprozentig sicher sein, ganz egal, wie sie lautet. Vielleicht sind Sie der Gefahr gegenüber doch nicht immun!»

«Ach was, ich habe keine Angst», sagte Einstein, riß das Papier auf und zerschnitt die Schnur, bis das Buch zum Vorschein kam. Dann fing er an zu lachen. Zuerst war es nur ein unterdrücktes Kichern, das aber immer lauter und lauter wurde, bis sein Gesicht rot anlief und ihm Tränen in den Augen standen.

Das Lachen hysterischen Wahnsinns? Nein: Einstein riß sich zusammen und hielt das Buch hoch, so daß Joyce und Babcock es ebenfalls erkennen konnten. «Hier ist er, meine Herren», sagte er. «Der Schrecken aller Schrecken ...»

Das Buch in seiner Hand hieß *Mother Goose Nursery Rhymes*.

«Mo ... ther ... Goo ...» sagte Joyce langsam. «Das sind die Fragmente, von denen Sir John gesprochen hat.»

«Und es sind lauter verschlüsselte magische Geheimnisse», rief Babcock. «Crowley hat also doch keinen Witz gemacht.»

«O doch, das hat er allerdings», sagte Einstein. «Und das hier ist der Knalleffekt des Ganzen.» Er ließ sich wieder in seinen Sessel fallen und wischte sich mit hervorstehenden Knöcheln hilflos die Tränen aus den eulengroßen Augen.

«Es ist eine göttliche Komödie», keuchte Joyce, dem ebenfalls das Lachen im Hals steckte. «Man hat uns unter schallendem Gelächter in Dantes Lazarett verfrachtet!»

«Soll ich daraus schließen», fragte Babcock, ganz und gar nicht amüsiert, «daß man mich die ganze Zeit an der Nase herumgeführt hat?»

«Ja und nein», meinte Einstein.

«Schon wieder ein Paradox», schrie Babcock. «Gibt es denn in diesem schmutzigen Geschäft kein einziges eindeutiges Ja oder Nein?»

Joyce sang leise kichernd halblaut:

Ein Paradox, ein Paradox,
Ein wunderbares Paradox ...

«Um Himmels willen», sagte Babcock, «lassen Sie mich doch endlich an Ihrem Spaß teilhaben, meine Herren!»

Einstein nickte. «Tut mir leid», sagte er. «Im Moment bin ich gar nicht so sicher, ob ich es Ihnen erklären sollte; vielleicht werden Sie mir nie im Leben verzeihen. Was meinen Sie denn, Jeem?»

Joyce sagte: «Ich glaube, dieses Drehbuch ist so brillant konzipiert, daß es keine Rolle spielt, wieviel Sie erklären. Es wird sowieso wieder läuten, noch ehe Sie sehr weit gekommen sind, und damit wird der Autor den Höhepunkt einleiten, auf den von vornherein alles angelegt war.»

«Ja», sagte Einstein. «Ich glaube, Sie haben recht. Also gut», meinte er, zu Babcock gewandt, «ich werde mit meiner Erklärung also wenigstens anfangen ...»

«Und wenn es zum zweitenmal läutet», unterbrach Joyce ihn noch einmal, «werden wir uns wahrscheinlich alle in riesige Kürbisse verwandeln ...»

«Aber ehe es passiert, schulden wir meines Erachtens Sir John den Rest der Erklärung dessen, was hier eigentlich los ist.»

«Endlich», sagte Babcock, einigermaßen erregt.

«Bis es läutet . . .» betonte Joyce.

Einstein konzentrierte sich einen Moment. «Fangen wir mit den Grundlagen an. Im Kontext des modernen Denkens heißt das mit David Hume. In seinem Exkurs über die Wunder erläutert Hume, welche Argumente einerseits völlig *befriedigend* und andererseits absolut *notwendig* sind, um die Realität eines angeblichen Wunders zu demonstrieren. Das Wichtigste, kurz gesagt, ist die Fähigkeit zu beweisen, daß *jede andere Erklärung* des Ereignisses selbst wunderbarer wäre als das eigentliche angebliche Wunder. Das ist Humes Äquivalent für Occams Theorie. Wenn ich zum Beispiel behaupten würde, daß meine liebe Frau Milly in der Küche einen halben Meter über dem Fußboden herumschwebt, würden Sie mir mit Fug und Recht nur dann glauben können, wenn es noch wunderbarer wäre, daß ich, Albert Einstein, eine Lüge erzählen könnte. Nun, ich schätze meinen integren Ruf, aber ich glaube nicht, daß Sie auch nur einen Moment lang zögern würden zu entscheiden, welche Behauptung in diesem Fall *wunderbarer* ist – a) daß Milly wirklich wie eine Hexe durch die Gegend schwirrt, oder b), daß ich sie belüge. Nein: einen Mann mit solch übermenschlicher Ehrlichkeit hat es noch nie gegeben, daß es *wunderbarer* wäre, wenn er lügt, als wenn seine Frau sich in die Lüfte erhebt.

Das ist gewöhnlicher gesunder Menschenverstand, wie alles bei Hume. Wir sind nun mal nicht bereit, unglaubliche Geschichten von merkwürdigen Erscheinungen am Himmel oder fremdartigen Wesen auf der Erde zu glauben, wenn nur *ein* Mensch als Zeuge zur Verfügung steht. Wir wundern uns vielleicht ein wenig, wenn es mehrere Zeugen gibt, aber selbst dann bleiben wir skeptisch und suchen nach Beweisen für eine Art Verschwörung zwischen ihnen oder vermuten, daß Alkohol oder irgendein traumatischer Schock, eine Explosion beispielsweise, sie zu Massenhalluzinationen getrieben hat.

Nun, wenden wir Humes Theorie doch einmal auf das Wunder der ermordeten Katze vor dem Altar an. Aus wessen Mund wissen wir von diesem Ereignis? Aus dem von Reverend Verey und sonst niemand. Selbst das unterstützende Detail, daß auch Mrs. Verey hinterher einige Indizien findet, ist nicht ihre eigene Aussage (wir haben sie in der Tat überhaupt nicht kennengelernt), sondern wiederum ein Teil von Vereys Seemannsgarn.

So wollen wir jetzt auf der Basis von David Humes Logik und dem gewöhnlichen gesunden Menschenverstand folgende Frage stellen: ist es wunderbarer, daß mysteriöse Diabolisten durch Wände gehen können oder daß ein komischer alter Vogel wie Verey uns belügt? Die Antwort liegt wohl klar auf der Hand: es ist weniger wunderbar, daß Verey lügt. Es ist wunderbarer, daß ein Mensch durch die Wand spazieren kann. Wenn wir also vernünftig sein wollen, müssen wir uns für die weniger wunderbare Theorie entscheiden: Verey hat gelogen.»

«Das klärt aber absolut nicht das noch größere Geheimnis der Selbstmorde», warf Sir John ein. «Hier verlassen wir uns ja nicht nur auf Vereys unbeständiges Wort. Wir haben den Zeitungsausschnitt ...» Er verstummte.

«Ja?» meinte Einstein. «Wir haben einen Zeitungsausschnitt, *jedenfalls scheint es so*. Woher stammt denn der Zeitungsausschnitt?»

«Aus dem Inverness *Express-Journal*», antwortete Babcock.

«Nicht genau», sagte Einstein. «Er stammt zunächst mal aus der Tasche von George Cecil Jones, der Ihnen nur *gesagt* hat, er stammte aus dem Inverness *Express-Journal*. In diesem Zusammenhang fällt mir ein, daß Jones Ihnen sagte, er hätte seinen Sekretär losgeschickt, um ein ‹Exemplar› der Zeitung zu kaufen. Er sagte nicht ‹zwei Exemplare›, und es gibt auf den ersten Blick auch keinen Grund, warum er zwei hätte verlangen sollen. Und doch steckten Sie das Exemplar der Story ein, das er Ihnen gegeben hatte, und Verey las am nächsten Morgen beim Frühstück ein zweites Exemplar. Das ist die wunderbare Vermehrung, von der ich gesprochen habe. Es ergibt keinen Sinn, also muß auch hier jemand sein, der uns belügt. Nun haben wir mehrere Leute, die mit Publikationen der verschiedensten Art zu tun haben. Reverend Verey und die Gesellschaft zur Verbreitung Religiöser Wahrheit veröffentlichte mindestens *Clouds Without Water*, möglicherweise auch andere, noch merkwürdigere Werke. Jones und/oder seine Komplicen brachten Lehrbücher für die Schüler des Golden Dawn heraus. Crowley publizierte seine eigenen Bücher, hat man uns gesagt. Sicher wäre es für die drei mysteriösen Geheimniskrämer ein leichtes, etwas zu produzieren, das so aussieht wie ein Zeitungsausschnitt.»

«Mein Gott», sagte Babcock. «Aber ich habe doch mit eigenen Ohren gehört, wie Verey mit Inspektor McIntosh von der Polizei von Inverness über die Selbstmorde gesprochen hat ... ich meine ...»

«Ja», sagte Einstein. «Sie sehen es selbst schon, nicht wahr? Sie haben gehört, wie Verey *irgendeine* Nummer in Inverness verlangt und mit *irgend jemand* gesprochen hat, und Sie haben *angenommen*, daß er tatsächlich Inspektor McIntosh angerufen hat. Noch mal: ist es wunderbarer, an diese unglaublichen Selbstmorde zu glauben, die –» er schmunzelte belustigt – «auf Mother Gooses Konto gehen sollen, wie man uns jetzt einreden will, oder ist es wunderbarer, davon auszugehen, daß Verey und ein Verbündeter in Inverness eine Telefonscharade veranstaltet haben? Wieder, denke ich, ist die Antwort eindeutig: letzteres ist bei Gott weniger wunderbar.»

«Es klingt alles so plausibel», stimmte Babcock zu. «Aber trotzdem ... sollen Verey und Crowley wirklich die ganze Zeit unter einer Decke gesteckt haben?»

«Zuerst fand ich das auch etwas unwahrscheinlich», sagte Einstein, «aber dann fiel mir wieder ein, wie Sie Ihr Telefongespräch mit Jones beschrieben haben, an dem Morgen, an dem Verey angekommen war. Jones sagte, und diese Worte sind mir gut im Gedächtnis geblieben: *‹Seien Sie vorsichtig, Sir John: vergessen Sie nicht, daß ein Mann wie Verey mit seinem Buckel eine ziemlich auffällige Figur ist.›* Ich frage mich: Wie um alles in der Welt konnte er wissen, daß Verey einen Buckel hatte? Angeblich hatte er den Mann doch nie gesehen. Nun, dachte ich, vielleicht hat Sir John es ihm erzählt und einfach vergessen, es zu erwähnen, als er das Gespräch wiedergab. Aber dann erinnerte ich mich wieder daran, daß Sie uns erzählt hatten, Sir John, Verey habe die ganze Zeit neben Ihnen gestanden, als Sie mit Jones telefonierten. Und Sie haben einfach viel zu gute Manieren, um plötzlich rauszuplatzen: ‹Ach übrigens, er hat einen Buckel›, wenn der Buckelige neben Ihnen steht. Also wie zum Teufel konnte Jones es dann wissen? Das ist zufällige Telepathie, wenn man daran glauben will. Ich glaube nicht daran.

Also bleibt nur die Möglichkeit, daß Verey und Jones die ganze Zeit zusammenarbeiteten. Verey erzählte Ihnen, zuerst per Brief und dann auch mündlich, eine Reihe von entsetzlichen Geschichten, die so aufgebaut sind, daß Sie vor Angst und Schrecken nicht mehr weiter wissen, und Jones zaubert mittlerweile den angeblichen Zeitungsausschnitt auf den Tisch, der diese Märchen zu bestätigen scheint.»

Er hielt inne, um seine Pfeife anzuzünden. «Fahren wir fort», sagte er. «Wenn Jones und Verey Komplicen sind, haben wir gleichzeitig auch noch ein paar weitere finstere Geheimnisse in diesem äußerst mysteriösen Geschäft aus dem Weg geräumt. Zum Beispiel glaube ich durchaus, daß sich Zufälle in einem erstaunlichen Maße häufen können – besonders im Wahrnehmungs-Koordinatensystem eines Menschen, der darin geübt ist, sie aufzuspüren und sie für okkulte Signale oder Omen hält. Aber Ihre Geschichte, Sir John, enthält einfach zu viele Zufälle für ein gesundes Universum. Ich will mich dabei ganz besonders auf die beharrliche und furchteinflößende Art und Weise beziehen, in der Einzelheiten aus Ihren Träumen und Astralvisionen – die ich, wenn Sie erlauben, als eine Spezies von Halbwachträumen bezeichnen möchte – in der wirklichen Welt lebendig werden, während gleichzeitig Ihre Verbindung zu Verey und seinen Problemen immer enger wird. Also frage ich mich: Wie konnten diese geballten Zufälle zustande gekommen sein?

Darauf gibt es nur eine Antwort, *nur ein Mensch* hatte Zugang zu Ihrem Magischen Tagebuch. *Nur ein Mensch* schaute es sich Monat für Monat an, wie Sie uns berichtet haben, angeblich, um Ihnen bei Ihrem spirituellen Fortschritt zu helfen. *Nur ein Mensch*, George Cecil Jones, hätte mit Verey zusammenarbeiten können, als es darum ging, den Eindruck zu erwecken, daß dieser Traumterror sich im materiellen Universum manifestierte. George Cecil Jones, der irgendwoher wußte, daß Verey einen Buckel hatte, obwohl er ihn angeblich nie gesehen hen hatte.»

«Mein Gott», stöhnte Babcock.

«Kommen wir doch noch mal auf den Zeitungsausschnitt zurück», fuhr Einstein fort. «Ich glaube, ohne diesen Ausschnitt hätten Sie wahrscheinlich doch noch bemerkt, daß Sie in dieser ganzen Geschichte nur Vereys Wort hatten, offenkundig aus dem Schreckenskabinett der Gruselgeschichten im allgemeinen und Arthur Machen und Robert W. Chambers im besonderen entlehnt. Der Zeitungsausschnitt war dann also exakt einkalkuliert, genauso wie das Telefongespräch mit ‹Inspektor McIntosh›. Sie sollten verhindern, daß sich bei Ihnen ein solcher Verdacht festigen würde.»

«Aber», wandte Babcock ein, «so vernünftig das auch alles klingt, ich kann immer noch nicht glauben, daß ein christlicher Mann wie Verey, ein Geistlicher – auch wenn er eine gespaltene Persönlichkeit war, wie Mister Joyce andeutete – mit einer so finsteren Figur wie Crowley zusammengearbeitet haben soll.»

Einstein grinste. «Nehmen wir das mal genauer unter die Lupe. Joyce hat behauptet, daß ‹Arthur Angus Verey› nie existierte und Charles Verey *Clouds Without Water* selbst geschrieben hat. Drehen wir das einmal herum und versuchen wir die andere Alternative. Nehmen wir an, ‹Charles Verey› hat nie existiert und das ganze Buch stammt von ‹Arthur Angus Verey›.»

«Aber ich habe Charles Verey doch getroffen!» protestierte Babcock.

«Nein», meinte Einstein, «wenn wir undere Konzepte mal ganz eng auslegen wollen: Sie haben Briefe erhalten und schließlich einen

Mann kennengelernt, der *behauptete*, sein Name sei Charles Verey. Einen Mann mit Buckel – und das ist im allgemeinen schon eine so auffallende Erscheinung, daß er die Aufmerksamkeit seines Gegenübers ganz und gar in Anspruch nimmt. Ich glaube, daß nur wenige Menschen einen Buckligen richtig beschreiben könnten: sie würden sich so lebhaft an diesen Buckel erinnern, daß alle anderen Züge schnell in Vergessenheit gerieten. Eine andere Tatsache, die mit Verey zu tun hatte, ging Ihnen jedoch nicht mehr aus dem Kopf; mir ist aufgefallen, daß Sie sie mehrere Male erwähnten. Ich meine seine Blässe. Es fiel mir ganz besonders auf, als Sie zum erstenmal davon sprachen, auf den ersten Blick erschien er so bleich wie ein geschminkter Schauspieler in einer Todesszene. Das ist das übertriebene Bild, und es erinnert natürlich ans Theater. Ich dachte so bei mir: Aha, ich könnte also mit einem Buckel und ein bißchen Make-up im Gesicht in dieses Zimmer spazieren und nach Professor Einstein fragen, und Sie würden mir beide glatt erzählen, daß Professor Einstein soeben ausgegangen sei.»

«Der kabbalistische Stil», rief Sir John. «Mein Gott, warum ist mir das nicht früher aufgefallen? Natürlich! *Der Stil ist der gleiche!* Der echte Autor von *Clouds Without Water*, und zwar der Arthur Verey-Gedichte wie auch der Charles Verey-Sermone, ist Aleister Crowley!»

«Aleister Crowley, der Sohn eines vermögenden Brauereibesitzers», sagte Einstein, «also durchaus in der Lage, wie viele wohlhabende Engländer, sich eine Wohnung in London zu halten und außerdem ein hübsches altes Haus in Schottland. Vielleicht in Inverness? Ich glaube, wenn man ein wenig nachforschte, käme sehr schnell heraus, daß genau das der Fall ist.»

«Und die Telefonnummer in Inverness ist 418», sagte Joyce, «das ist die Nummer, die Verey verlangte, als er mit dem angeblichen Inspektor ‹McIntosh› sprach. *Es war in Wirklichkeit Crowley selbst, der sich als Verey verkleidet hatte und bei sich zu Hause anrief. Er inszenierte das Ganze nur, um Sir John zu täuschen.*»

«Wir können sogar noch einen Schritt weitergehen», sagte Einstein. «Gestern haben wir gehört, daß sich der Laird von Boleskine in der Schweiz aufhält, um einige Berge zu besteigen. Wir wissen, daß Crowley Bergsteiger ist. Gehen wir von der Hypothese aus, daß die beiden kabbalistisch gesehen identisch sind. Und erinnern wir uns, daß der ‹Satan›, dem Sir John gestern abend auf der Bahnhofstraße begegnete, erst nach der Ankunft dieses Laird of Boleskine auftauchte. Das heute abend abgegebene Päckchen spricht ebenfalls dafür, daß Crowley sich in dieser Gegend aufhält. Ich stelle deshalb die Behauptung auf, daß

Crowley nicht nur ein Haus in Inverness hat, sondern irgendwie auch einen dazu passenden Titel erworben oder sich sonstwie zugelegt hat und nun als Laird of Boleskine durch die Lande zieht. Und daß der ‹Reverend Charles Verey› und die ‹Gesellschaft zur Verbreitung Religiöser Wahrheit› ganz und gar auf sein Konto gehen.»

«Verdammt und zugenäht», rief Babcock. «Was war ich doch für ein Esel.»

«Sie wurden von Meistern dieser Kunst getäuscht», sagte Einstein beruhigend. «Der Autor des *Buch der Lügen* ist ein Genie im Bereich der Irreführung.»

«Eine Sache ist allerdings immer noch unklar», sagte Joyce. «Wie paßt George Cecil Jones in die ganze Sache?»

«Wir hatten es die ganze Zeit vor Augen», antwortete Einstein, «Crowley hat vollkommen fair gespielt – hauptsächlich deshalb, vermute ich, weil er fasziniert ist von Lügen, die wie die Wahrheit aussehen, und der Wahrheit, wenn sie so aussieht wie eine Lüge. Gleich am Anfang, in der ersten Golden Dawn-Lektion wurde Sir John gewarnt, daß Crowley unter anderem auch einen Golden Dawn-Orden leitete. Die Tatsache, daß Crowley und seine Golden Dawn-Gruppe ständig verunglimpft wurden, ist eine Irreführung, aber typisch für seinen Sinn für Humor, nach dem, was wir über ihn wissen. *Sir John war die ganze Zeit in Crowleys Zweig des Golden Dawn.* Mr. Jones ist vielleicht Crowleys Stellvertreter oder wenigstens ein hoher Beamter der Loge. Sir John hat die älteste Form der Einweihung genossen, die die Anthropologen kennen: Aufnahmezeremonie durch Terror. Der Durchgangsritus. Es ist einfach eine enorme Erweiterung des simpleren Dramas, das Crowley mit seinem sogenannten ‹Psychoboulometer› auf die Bühne gebracht hat, und es ist sogar schon in die I. N. R. I.-Sequenz einkodiert, die man Sir John am Anfang zum Meditieren vorlegte: das Ritual von Tod und Wiedergeburt.»

«Und diese grauenhafte ‹Aufnahme›, die Verey gemacht hat ...» warf Sir John ein.

«Ich könnte bestimmt mit Hilfe von ein paar professionellen Schauspielern eine Aufnahme machen, die genauso beeindruckend ist», sagte Einstein schlicht.

Niemand sagte etwas.

«Und nun kommen wir», drängte Joyce schließlich, «zum Wunder der Regent Street. Sollen wir glauben, daß Baron Zaharov ebenfalls ein Komplice und seine östlich-orthodoxe Frömmigkeit nur eine weitere Maskerade ist?»

«Nun», meinte Einstein nachdenklich, «es ist zumindest ungewöhnlich für einen Antisemiten, dessen Regierung die gefälschten *Protokolle der Älteren von Zion* verbreitet hat und dessen Onkel angeblich eine hohe Stellung in der Hierarchie der orthodoxen Kirche bekleidet, mit zweitem Namen Salmonovitch zu heißen. Jeem, sagen Sie Sir John, was das auf deutsch heißt.»

«Solomonson», sagte Joyce. «Mein Gott, das hatte ich ganz übersehen. Es würde bedeuten, daß der Vater des Barons ein Jude war.»

«Unwahrscheinlich unter dieser Regierung und geradezu undenkbar in dieser Kirche und zu dieser Zeit», sagte Einstein. «Der Schlüssel des unmöglichen Namens. Auch hier ist Crowley wieder fair gewesen: er gab uns einen Hinweis, der er uns ermöglichte, hinter die Maskerade zu schauen, vorausgesetzt, wir sind intelligent genug.»

«Und die Aussage von Miss Sturgis?» fragte Babcock.

«Miss Sturgis bewegte sich als Sekretärin der berüchtigten Isadora Duncan offensichtlich in Kreisen, die man leichtlebig, avantgardistisch oder revolutionär nennen könnte, richtig? Es ist gar nicht so schwer, sich irgendeine Art von Beziehung, sei sie romantischer oder anderer Natur, zwischen ihr und Crowley vorzustellen», sagte Einstein.

«Nun», meinte Babcock, «wenn Baron Zaharov kein echter russischer Adeliger ist, wer oder was ist er dann?»

«Oh», meinte Einstein, «ich denke, es ist einleuchtend, daß es wieder nur Crowley in einer neuen Verkleidung sein kann.»

«Aber der Größenunterschied zwischen Verey, Zaharov und Crowley», gab Joyce zu bedenken. «Wie haben sie das bloß hingekriegt?»

«Crowley ist ein Mann von mittlerer Statur, wie Sir John uns gesagt hat. Mit einem falschen Buckel, noch dazu in gebückter Haltung, konnte er leicht ein paar Zentimeter kleiner wirken.» Einstein stand auf und ging ein paar Schritte, vornübergebeugt wie ein Mann mit Rückgratsverkrümmung. «Schauen Sie genau hin: sehe ich jetzt nicht viel kleiner aus als vorher?»

«Ja, das überzeugt mich», sagte Joyce. «Aber das andere ist nicht so leicht zu verstehen. Jeder kann gebückt gehen und kleiner aussehen, aber wie macht man sich denn ein Stück größer?»

«Vergessen Sie nicht, daß Sir John Crowley *als Crowley* nur ein einziges Mal sah», sagte Einstein. «Und denken Sie auch daran, daß Crowley selbst ja nicht im Garten war, jedenfalls nicht offiziell, so daß man keinerlei Vergleichsmöglichkeiten hat. Sir John sah einen sehr kleinen Mann in den Garten hineingehen und traf dann dort auf einen anderen Mann, der erheblich größer war als der vorher. Ein Mann, an dessen genaue Größe er sich aber nicht erinnern kann, da, wie er uns schilderte, die Art des Mannes so imponierend war, daß er vielleicht größer schien, als er tatsächlich war. Im nachhinein stellt man sich sehr mächtige, zornige oder beeindruckende Menschen immer größer vor, als sie in Wirklichkeit sind – das ist eine Art Säugetierinstinkt, der Übergröße mit Überlegenheit innerhalb der Herde gleichsetzt. Der russische Pelzhut vergrößerte natürlich ebenfalls die Gestalt des Barons. Es handelt sich um die Relativität der Dimensionen.

Wenn also Verey und der Baron beide ‹Aleister Crowley› waren, dann brauchte der Garten natürlich auch keine Spuren zu zeigen. Denn weder eine Person noch irgendwelche Requisiten mußten sich *horizontal* durch den Garten bewegen. Die Transformation wurde mit an Sicherheit grenzender Wahrscheinlichkeit *vertikal* erledigt. Die Accessoires der Zaharov-Persönlichkeit – hauptsächlich also der schwarze Bart, der Hut und ein Mantel – hingen hinter der Eiche an einem starken elastischen Seil, so eins, wie spirituelle Medien und Zauberkünstler oft benutzten. Crowley/Verey stürzt also in den Garten, schnappt sich die Sachen, befestigt die Verey-Requisiten – Anzug mit Priesterkragen und eingebautem Buckel – an dem Seil und löst es vom Gartenzaunpfahl, an dem es vermutlich festgebunden war. Es schwingt augenblicklich nach oben und befördert so die Verey-Requisiten zu einem Versteck, das sich höchstwahrscheinlich weit oberhalb des normalen Blickfeldes befand.

Ich könnte mir sogar vorstellen», schloß Einstein, «daß das Haus zu dieser Zeit leer stand. Der ‹Baron› hat nie existiert, abgesehen von seinem Kurzauftritt im Garten und den Geschichten, die Miss Sturgis erzählt hat.»

Babcock schüttelte erschöpft den Kopf. «Vielleicht waren also wirklich keine Wunder im Spiel, aber ganz bestimmt war es die grausamste Sache, die ich je erlebt habe.»

«Stimmt das wirklich?» meinte Joyce. «Ich glaube nicht, daß Sie schon alles durchschaut haben. Der Professor hat Punkt für Punkt erläutert, *wie* und *was* und *wer* und auf *welche Weise*, aber die Frage nach dem *Warum* bleibt dabei doch immer noch unklar. Ich glaube, ich fange allmählich an zu verstehen; es geht jedenfalls um die Psychologie eines Einweihungsritus durch Terror, und ich habe den leisen Verdacht, daß uns der letzte Akt des Dramas noch bevorsteht. Wenn Crowley mit einer Hand, nämlich über seinen Leutnant Jones, die ‹guten› Kabbalisten leitet und mit der anderen Hand die ‹bösen›, dann scheint mir doch die Lektion der ganzen Maskerade auf der Hand zu liegen. Alles in allem: Was haben die ‹bösen› Kabbalisten anderes getan als die Probleme, die sich in Ihren Träumen andeuteten, zu dramatisieren und Ihnen damit voll bewußt zu machen, Sir John?»

«Verdammt!» rief Babcock ärgerlich. «Wollen Sie sie etwa noch verteidigen?»

«Ich habe mich darin geübt, nicht zu urteilen, sondern zu verstehen», sagte Joyce. «Wenn Sie mir nur einen Augenblick zuhören wollen, was zum Beispiel zu Ihren sexuellen Phobien zu ...»

«Ich bin mit Ihren recht freizügigen Ansichten bereits vertraut», sagte Sir John steif. «Crowley würde Ihnen sicher zustimmen. Aber ich kenne Gott sei Dank noch einen Unterschied zwischen richtig und falsch.»

Joyce starrte den jüngeren Mann einen Augenblick schweigend an.

«Sie kennen den Unterschied zwischen richtig und falsch», wiederholte er schließlich. «Mann Gottes, wozu brauchen Sie dann eine Initiation – vom Golden Dawn oder wem auch immer? Sie sind ein Genie, ein Weiser, ein Riese unter den Menschen. Sie haben das Problem gelöst, das die Philosophen seit dem Altertum beschäftigt – das Geheimnis, über das sich keine zwei Stämme oder Nationen je einigen konnten, genausowenig wie zwei Männer oder Frauen. Dabei ist kein intelligenter Mensch genau derselbe wie am Tag vorher. *Sie kennen den Unterschied zwischen richtig und falsch.* Ich bin überwältigt. Mir schwinden die Sinne. Ich küsse sinnbildlich Ihre Füße.»

«Jeem», unterbrach ihn Einstein sanft, «es gibt keinen Grund, zynisch zu werden. Die meisten jungen Leute sind genauso naiv wie Sir John.»

Aber Joyce hatte sich in einen regelrechten Wutanfall hineingesteigert. Er stand auf und lief nervös im Zimmer auf und ab.

«Mein ganzes Leben lang», sagte er mehr zu sich selbst als den andern, «habe ich mich gezwungen, aufmerksam zu beobachten und keine vorschnellen Urteile zu fällen. Das ist, und ich glaube, unser Professor wird mir darin zustimmen, die Grundvoraussetzung für alle wissenschaftlichen Anstrengungen. Und es ist auch eine Voraussetzung für die Art von Literatur, die mir vorschwebt. Nun, passen Sie auf, Sir John, dieses Drama, das Jones und Crowley für Sie inszeniert haben, ist ein perfektes Beispiel dafür, wie leicht es ist, sich selbst was vorzumachen. In der ganzen Zeit gab es nichts, was nicht zuerst in Ihrer Phantasie existierte. Jones arrangierte nur, daß diese Phantasien objektiviert wurden, und Sie verkennen das Wichtigste, wenn Sie nicht einsehen wollen, daß der Ursprung all dessen, was passiert ist,

Ihre eigenen Ängste und Vorurteile waren. Und so bestand der Zweck des Ganzen darin, Sie dazu zu bringen, Ihre eigenen Ängste und Vorurteile zu erkennen und zu durchschauen. Ich selbst bin zwar kein Mystiker, aber es ist doch offensichtlich, daß dieser Mechanismus des Golden Dawn ein sehr komplizierter Weg ist, Leuten das Sehen beizubringen, und zwar so, wie die Wissenschaft *sieht* oder auch meine Art von Kunst *sieht* – also ohne alles erst durch eine Linse von moralischen oder emotionalen Vorurteilen zu filtern.»

«Für mich gibt es einen Unterschied zwischen Vorurteil und Prinzip», erwiderte Sir John kühl.

«Ja», sagte Joyce. «Andere Leute haben die Vorurteile, aber ich habe Prinzipien. Da wo andere leute dickköpfig sind, bin ich nur fest; andere Leute sind auch Egoisten, während ich Selbstachtung habe; andere Leute sind Säufer, während ich nur hie und da einen Tropfen trinke. Reicht Ihnen das, oder soll ich Ihnen noch mehr von solchen Phrasen runterrasseln? Andere Leute sind wunderlich, aber ich bin exotisch. Andere Leute sind naiv und leichtgläubig, ich jedoch habe mir eine gewisse kindliche Unschuld bewahrt. Andere Leute sind viel zu gescheit, ich habe gelernt, mich elegant auszudrücken. Andere Leute sind Sensualisten, aber ich, ich bin Romantiker. Andere Leute sind Paranoiker, aber ich bin bloß vorsichtig. Andere Leute sind schwachsinnige Dummköpfe, aber ich habe eben meine eigene Art.»

Sir John lächelte und hob die Hand. «Genug», sagte er. «Sie haben mich überzeugt. Natürlich habe ich immer noch Vorurteile, und ich neige dazu, sie zu rationalisieren, nehme ich an, wie die meisten Leute. Wollen Sie mir etwa weismachen, daß es wirklich nichts Satanisches an der perversen Sexualität von Crowley und Konsorten gibt?»

«Die Verehrung der Sexualität», antwortete Joyce ruhig, ist für einen unbeteiligten Beobachter nicht absurder als jede andere Form der Verehrung. Sie ist, wenn man Thomas Wrights *History of the Workship of the Generative Organs*, Sir James Frazers *Golden Bough* und anderen ethnologischen Standardwerken glauben will, die früheste aller Religionen. Es war einmal die am weitesten verbreitete Form der Verehrung, und sie existiert heute noch im Hinduismus und Islam fort. Sie hat sogar einige Spuren im Christentum hinterlassen.»

In diesem Moment schrillt die Türglocke.

«Auf die Minute», meinte Joyce. «Hat sich dieser Bursche etwa im Garten versteckt und uns den ganzen Abend belauscht, Professor?»

Die drei Männer blickten gespannt zur Tür, die von Mileva geöffnet wurde und den Blick auf einen gut gekleideten Mann mit aufmunterndem Lächeln in den besten Jahren freigab, der eine Flasche Champagner schwenkte.

«Sir Aleister Crowley, Laird of Boleskine», sagte Mileva.

Teil 5

Alle materiellen Dinge sind nur Masken.
Hermann Melville, *Moby Dick*

Camilla: Sir, Sie sollten Ihre Maske abnehmen.
Fremder: Wirklich?
Camilla: Wirklich, es ist Zeit. Wir haben alle unsere Masken abgelegt, bis auf Sie.
Fremder: Ich trage keine Maske.
Camilla (erschreckt, zu Cassilda): Keine Maske?
Robert W. Chambers, *The King in Yellow*

Ohne das Strumpfband hätte ich den Stern nie gesehen.
Aleister Crowley, *Gesammelte Werke*
«Der Stern und das Strumpfband»

Crowley schritt durch den zimtrosa Raum und überreichte Einstein den Champagner. Jetzt, wo unser lustiger kleiner Karneval zu Ende geht, sagte er freundlich, bringe ich ein Geschenk des Dionysos und schlage vor, daß wir feiern. Sie müssen doch mittlerweile schrecklich durstig sein.

Eine ausgezeichnete Idee, stimmte Joyce freudig zu. Sie sieht aus wie die einer Erzherzogin, bei Gott.

Babcock erhob sich, unmerklich zitternd. Rostrote Sonnenuntergangsschatten huschten gold und dunkel über sein Gesicht.

Sie verkommenes Schwein, sagte er kalt zu Crowley. Wie können Sie es wagen, diese Angelegenheit einfach zu einem Witz zu deklarieren?

Crowley war schon dabei, die Flasche zu öffnen. Das Universum selbst, sagte er beiläufig, ist im allgemeinen ein enormer Witz auf Kosten des Besonderen.

Babcock nahm sich mühsam zusammen. Sie haben mich monatelang gequält und betrogen, sagte er. Sie haben mich so erschreckt, daß meine geistige Gesundheit bedroht war. Sie verkommenes Subjekt!

Sie kamen zu *uns*, um Erleuchtung zu finden, antwortete Crowley. Und Sie sind noch gar nicht fertig. Haben Sie etwa geglaubt, daß die Wahrheit ein Hund ist, der kommt, sobald Sie pfeifen? War I.N.R.I. nicht eine Warnung, was den Preis der alchimistischen Transformation angeht? War Ihnen nicht von Anfang an klar, daß Sie sich dem stellen müssen, was Sie am meisten fürchten?

Aber Einstein unterbrach ihn gelassen: Sie wollen doch nicht leugnen, daß es ein grausames Spiel war.

Der grausame Crowley lachte grausig.

Leugnen? sagte er. Lieber Al, ich bestehe sogar darauf. Denn ich bin wie ein läuterndes Feuer.

Blasphemie, Sie wollen doch nur Ihren Sadismus rechtfertigen, protestierte Babcock. Sie perverser Hund.

Ach, Babcock, sagte Crowley und schenkte den Champagner in die Gläser. Sie haben immer noch Geist. Vielleicht werden Sie eines Tages in die Geschichte eingehen als der Schüler, den Crowley liebte. Wie heißt es doch so schön: Wen der Herr liebt, den züchtigt er.

Nichts als Ketzereien, Sie Schwein, blökte Babcock.

Geben Sie mir lieber noch etwas Champagner, sagte Joyce. Offenbar hab ich meinen schon verdrückt.

Einstein starrte gebannt in seine glitzernde Pfeifenasche und sagte: Ich nehme an, daß Ihr ursprünglicher Plan für Sir Johns Durchgangsritus einen dramatischen Höhepunkt hatte. Ich hoffe nicht, daß wir ihn ruiniert haben, weil wir ihm Ihre Tricks schon vor der Zeit verraten haben.

Nehmen Sie noch ein Glas, Babcock, sagte Crowley und schenkte ihm nach. Der Höhepunkt wird mehr oder weniger so ablaufen, wie ich ihn geplant hatte. Nur gibt es jetzt drei Kandidaten statt einen.

Klopf. Klopf. Klopf.

Drei Kandidaten, wiederholte Joyce nach einer Weile. Ich rieche eine Ratte.

Einstein fragte träge:

Summt hier nicht plötzlich was im Zimmer herum?

Alle schauten Crowley an, dann sich. Nichts.

Das war komisch, meinte Fuchs Joyce. Für einen Moment kam es mir so vor, als hätte ich Plato verstanden. Als wenn das Bild, das sich in der Zeit bewegt, stehenbleibt und ich die Weltlinien vierdimensional sehe. In alle Ewigkeit. Verdammt merkwürdig. Als wenn der schlammige große Strom des Bewußtseins plötzlich erstarrt wäre.

Dieses Summen, meinte Einstein wieder, hört sich an wie eine Million Bienen ...

Ich höre kein Summen, bemerkte Joyce ruhig. Aber hören Sie, Babcock, fühlen Sie sich auch wohl? Sie sehen ja plötzlich ganz grün aus im Gesicht.

Babcock wurde vaginarot. Das ist komisch, murmelte er vorsichtig. Tatsächlich habe ich mich noch nie im Leben so gut gefühlt.

Das Bücherregal in der Ecke begann zu schrumpfen. Joyce starrte es verwirrt an, während sich das schwache Summen schnurrlich steigerte.

Aber das merkwürdigste von allem ist die Tatsache, krähte Crowley, daß es immer einen Buckelmann mehr gibt, ganz egal, wie viele Soldaten man auch in Reih und Glied aufmarschieren läßt.

Ja, ja, sagte Einstein, ein rubinroter Löwe, der zornig hin und her tappte. Für jede neue Erkenntnis gibt mir das Universum auch wieder ein neues Rätsel auf. Gewöhnlich etwa jeden Dienstag nach dem Mittagessen. Aber das ist ja auch der Spaß an der Sache.

Crowley schaute gleichgültig zu, wie das eichbraune Bücherregal zusammenschrumpfte.

Für Sie und mich und ein paar andere, sagte er. Aber die meisten Leute hätten es lieber, daß die Soldaten mit den Buckelmännern gleichziehen. Eine Antwort auf jede Frage.

Hören Sie, sagte Joyce. Schrumpft das Bücherregal etwa wirklich?

Das Bücherregal verwandelte sich in den Zürich-Expreß und ratterte: über Nacht, über Nacht, über Nacht.

Das Bücherregal war plötzlich ein Altar. Crowley, in scharlachrotem Gewand, hob das blitzende Schwert, und wieder blieb das Bild stehen, diesmal ziemlich deutlich.

Halt. Weiter. Halt. Weiter. Halt.

Eine ganze Schar von bürgerlichen Monstren tanzte um Joyce herum. Du sagst mir die Wahrheit, wenn du die schrumpfende Straße hinuntertreibst, sangen sie. Kuckuck! Kuckuck! Kuckuck! Der größte brüderliche Orden in ganz Europa. Kuckuck!

Hört mir zu, sagte Crowley IEOU PUR IOU PUR IOATH IAEO IOOU ABRASAX SABRIAM OO OO ADONAI EDE EDU ANGELOS TON THEON LAI GAIA AEPE DIATHARNA THORON! Innewohnende Sonne meiner selbst, du Feuer, du sechsfacher Stern, mit Kraft und Feuer ausgerüsteter Initiator, innewohnende Seele meiner selbst Sonnenlöwenschlange Heil O Heil du großes wildes Biest du IAO Lust meiner Seele, Lust meines Engels Ho auf den Gral Ho auf den Kelch von Babalon Ho auf meinen Engel der sich in meine Seele ergießt Du Ziege voller Lust auf der Erde umherspringend Du Schlange im Leben auf der Erde ausgestreckt Heiligster Geist Weisester Same Unschuldiges Kind Unbefleckte Jungfrau Zeuger allen Seins Seele aller Seelen komm hervor du verborgenes Licht

Über Nacht über Nacht über Nacht wie er lacht wie er lacht wie er lacht

Könnten Sie den letzten Teil noch mal wiederholen, Crowley? bat Joyce. Ich bin mir nicht ganz sicher, daß ich alles mitgekriegt habe, was hier eigentlich los ist.

Sir John stieß die Tür zum M.M.M. auf und passierte den Parthenon, den Petersdom, den Eiffelturm, orientalische Pagoden, Bankfassaden voller grimmiger gothischer Gesichter, die Ordnung der Chondrichthyer, den Orden der Rundmäuler, den Orden von Memphis und Mizraim, Akademien, Laboratorien, Nonnenklöster, Bäckereien, Kathedralen, den mächtigen Oberlauf des Amazonas, die Tausendfüßler-Klasse. Das Größere im Kleinen: es ist ein Spiegelei, und es liebt mich. Sabbernde Bauernlümmel mit Transpareten: FREIHEIT FÜR SODOMISTEN reihen sich in eine Schlange von Polizeiwachtmeistern, die sich eine windige, dunkelrote indigoblaue Ostereistraße hinunterschlängelt.

Feierlich, schweigend und geisterhaft betraten jetzt die Geheimchefs einer nach dem anderen den Raum. Elias Ashmole, Geheimer Meister, Vollkommener Meister, Auserwählter der Fünfzehn, Ritter des Triangel; Thomas Vaughan, Oberster Großaufseher im dreiunddreißigsten Grad des Alten und Angenommenen Polnischen Ritus; Sir Edward Kelly, Hoher Prinz des Königlichen Geheimnisses; Dr. Johannes Dee, Prinz von Gnaden, Ritter von Pnath, Geheimer Vollkommener Meister; Roderic Borgia, Papst Alessandro VI., Großritter von Lot und dem Phoenix; Michael Maier, Weiser von Elia, Weiser von Delphi, Meister des Dreifachen Tau; Paracelsus, Erhabenster Ritter von St. Andrew; Adam Weishaupt, Ritter von Palästina, Großer Erwählter Kadoshritter und Hurenhausdirektorpräsident; Christian Rosenkreuz, Alter Meister des Royal Arch; Wolfgang von Goethe, Wahrer Meister Adept der symbolischen Logen; Jacobus Burgundus Molensis, der Märtyrer, Ritter von Jerusalem, Ritter von Palästina, Ritter der Schwerter, Höchst Vollkommener Architekt von Heredom, Großritter von Sodom; Rex Friederich von Hohenstaufen, Erhabener Ritter von Knepth; Ludovicus Rex Bavariae, Kommandeur der Sterne, Diskret von Chaos, Erhabener Philosoph von Altersher; King Kong, Primat von der Schädelinsel; Carl Kollner, Königlicher Prinz Rose Croix von Kilwinning und Heredom; Carolus Magnus, Doktor der Ismen; Valentinus, Patriarch von Memphis und Sankt Joseph; Sir Richard Burton, Großmeister des Tempels und Prinz von Jerusalem; Basilides, Bischof des College der Gnosis; Pythagoras, Ritter der Lybischen Kette; Sir Richard Payne, Ritter und Herrscher über den Roten Adler; Manes, Patriarch der Planisphären, Höchst Vollkommener Architekt, Ritter von Israel; Atilla der Hunne, Kühner Meister, Großhohepriester, Höchst zu verehrender Meister, Auserwählter der Unbekannten; Ludwig van Beethoven, Höchst Erlauchter Erwählter der Neun, Orden des Pfauenengels, Meister der Triangel; Simon Magus, Ritter des Goldenen Zweigs von Eleusis; P. D. Q. Bach, Ritter von Horn und Hardart; Appollonius Tyanaeis, Großgründungsarchitekt der Verborgenen Stadt; Wolfgang Amadeus Mozart von der Magischen Flöte, Preußischer Ritter, Ritter des Tempels, Erhabener Meisterritter des Adlers; Benjamin Franklin, Großaxt des Royal Arch, Erhabener Ritter von Wahl; F. X. Preserved Coppinger, Wohltätiger Ritter, Ritter des Regenbogens, Ritter des Pelikans, Vlad der Pfähler, Geheimer Meister, Ritter des Pelikans und des Adlers, Erlauchter Prinz des Rose Croix von Heredom; Hugh Boylan, Ritter von Banuka, Prinz der Pantagruelischen Picke; Thomas Jefferson, Architekt von Licht und Perfektion, Erhabener von Heredom; Catulla, Weiser des Labyrinths, Ritter des Hohen Odiamos; McIntosh Anonymoses, Erhabener Prinz im achtundsiebzigsten, neunundsiebzigsten und achtzigsten Grad der Esoterischen Ordnung von Cranston und Bowlaki; Malechizedeck, Kadoshritter, Ritter Großaufseher, Ritter des Königlichen Mysteriums der Himmelwagen; Osiris, Erlauchter Aletophilot und Ritter von Libanus; Tahuti, Ritter, Ritter des Sacred Arch, Ritter der Geheimen Gruft; Buddha, Meister Pastrophoris, Auserwählter Neocoris, Großmelanophoris, Erhabener Großerhalter Balahate; Lao Tse im neunzigsten und letzten Grad, Höchster Erhalter und Absoluter Großfürst und Patriarch des Ordens von Mizraim; Malaclypse der Jüngere, Überaus Wohltätiger Allvater der Goldenen Jungfräulichkeit; Don Quixote de la Mancha, Ritter von Jerusalem, Ritter von Malta, Ritter von der Traurigen Gestalt; Miguel Cossack, Erlauchtester Großgründungsmeister de Kiernansis, Großmeister der Ordnung der Zweiten Geometrischen Reihe; Walter Mitty, Geheimer Meister, Vollkommener Meister, Provostrichter, Gebäudeverwalter, Auserwählter der Neun, Auserwählter der Fünfzehn, Erhabener Auserwählter, Ritter des Royal Arch von Enoch, Schottischer Ritter der Perfektion, Erlauchter Meister, Ritter der Geheimen Gruft, Ritter von Iris, Oberster Großaufseher, Erhabener ruhmreicher Honorificabilitudinatibus von Rose Croix, Großerwählter Kadoshritter Praetertranssubstantionalist, Wahrer Meister Erwählt vom Supercalifragilisticexpialidocius Arcanum, Schule des Heiligen Geistes, Ritter von Israel, Ritter von Jerusalem, Ritter von Memphis und Mizraim, Ehrwürdiger Erlauchter Großmeister Pontiff Mega-Ipsissimus Maximus Antipericatametaanparcircumvolutiorectumgustipups der Kupufierten, dreiunddreißigster Grad im Schottischen Ritus, zehnter Grad im Ordo Templi Orientis, siebenundneunzigster Grad im Ritus von Memphis und Mizraim, KÖNIGLICH ERHABENER GROSSMEISTER DER GNOSTISCH-KATHOLISCHEN KIRCHE, EPOPT DER DER ILLUMINATEN; des weiteren diverse überaus vornehme Affen, Schweine, Rhinozerosse, Fische und Fortgeschrittene Säugetiere, zusammen mit bedeutenden Repräsentanten der Ordnung der Bienen, Kakerlaken, Silberfischchen, Ameisen, Termiten, Neunaugen, Spinnen, Heuschrecken usw. und den der Wissenschaft als intelligent bekannten Amöben.

Irgendwie ist es schön, wieder in der Wiege zu liegen, sagte Joyce verschämt. Und wenn man ins Bett macht, ist es erst warm und wird dann kalt. Aber jetzt ertrinke ich ja fast darin. Nein, ich kann doch nicht schwimmen! Wo kommen denn all diese Waschlappen her?

Mein Gott! rief Babcock. Der ganze Raum verwandelt sich in Titten!

Ich weiß, ich weiß! schrie Joyce. Das ist die Dämmerung des Bewußtseins ... aber ist es persönliches Bewußtsein oder ... o nein ...

Manche Brüste sind groß und andere klein manche kegelförmig andere scheibenförmig manche halbkugelig manche baumelig volle Erdmutterbrüste neben kleinen flachen orientalischen Brüsten manche sind fest andere weich und wieder andere schlaff jetzt fängt es an aus ihnen zu tropfen ein nicht aufhörender weißer Guß wie der Regen vom Himmel und alle haben die gleiche parabolische Krümmung – eine Hängebrücke der Einfluß der Schwerkraft nicht zu leugnen bei der Technik ebensowenig wie in der Biologie umgekehrte Regenbogenkurve aber endlos wiederholt fast wie ein Kosinus auf einem Oszilloskop aber was ist das? Bei Gott er hat Pfefferminzstreifen und das sind alles Meerjungfrauen.

Ich bin Einstein ich bin Babcock ich bin Crowley mein Gott ich bin die Pfeifenasche Seele aller Seelen ja ich bin der Thron Jesu Christi Himmel noch mal bin ich wirklich noch Joyce Joyce na ja ich glaube schon aber wirklich?

Einstein schaute die Bahnhofstraße hinunter und sah wie die Eisenbahngleise in der Ferne schrumpften am Horizont vorbei und um die Erde zischten im Kreis um das Sonnensystem fegten im Kreis durch die Galaxe sausten das Universum umrundeten an allen möglichen Universen vorbeistoben und zur Bahnhofstraße zurückkehrten während der Himmel sich mit weißen Punkten und Lichtkugeln füllte Millionen über Millionen von Perlen und Opalen und Türkisen und Bernsteinen das langsame Bilden von Kristallen molekulares Wachstum in die große Rose mit dem Lichtkreuz in der Mitte ticktickatackend und jedes Blütenblatt schimmert feucht wie eine zärtliche Muschi

Falkengleich der Mann grübelt Joyce. Aufsteigend aus dem Labyrinth: alter Vater alter Schäfer die Muhkuh am Anfang die Ziege

Come back to Erin, mavourneen ...

Merde, sagte General Canbronne. Eine Schlinge singt von Schimpf und Schande. In der Familie war er als Mr. Harris bekannt.

Einstein schaut den Tunnel des Bewußtseins hinunter und erinnert sich, wie er sich mit anderen Primaten durch die Bäume geschwungen hat. Sieht die unzähligen Fluchten vor Räubern vor sich, wie Pferden, Rhinozerossen, Zebras und Tapiren, durchlebt die Evolution des Schweines, des Pekari, des Nashorns, des Kamels, des Rehs, der Giraffe, der Antilope, leidet und freut sich als Robbe, Walroß, Wolf und

Riesenpanda, bricht zusammen und erlischt wie ein unpaarzehiges Huftier, ein Ariodaktyl und fleischfressende Erfahrung überflutet sein Bewußtsein, er erkennt sich als Bisamratte wieder, dann als Biber, Feldmaus stets zudinge, Eichhörnchen und Wüstenspringer, treibt die genetischen Ströme von Hasen hinab, wird in einem heroischen Augenblick als Owsla-Chef der Schneeschuhkaninchen in die Falle gelockt, springt zurück zum Pika: singt hinauf zu den Sternen (und versteht, was sie ihm zur Antwort singen) als Blauwal und atlantischer Delphin, zischt als Flughund durch die Höhlen: wird Maulwurf, Spitzmaus, Igel: verschmilzt mit den Molekularspeicherungen von Insektenfressern, Beutel- und Kloakentieren: flötet wie ein Sperling, ein Rotkehlchen, eine Nachtigall; vergräbt sich als Schnappschildkröte in sonnigen Felsenritzen, durchquert als Klapperschlange die Wüste: quakt wie ein Ochsenfrosch, läßt sich herab in den Strudel von Nukleinsäureinformationen und erlebt die Existenz von Osteichthyen, Forellen, Chondrichthyen, Rundmäulern, Neunaugen, Schädeltieren, Krötenköpfen, Tausendfüßlern und Spinnen; macht den Sprung in Gliederfüßler, Krebstiere, Ringelwürmer: schwingt sich immer weiter zurück immer weiter zurück zu Stachelhäutern, Aschelminthes, Hohltieren und Einzellern und verwandelt sich endlich in eine struppige schuppige hinkende halbblinde narbige hungrige dreckige räudige geschundene verrückte alte Katze, die singt:

waszumteufel archy waszumteufel
die alte dame zeigts euch noch
toujours gai is mein motto

Und wo bitte sind Sie in letzter Zeit so gewesen, fragte Joyce neugierig.

Höchst interessant, erwiderte Einstein. Die meisten unserer Vorfahren waren überhaupt keine anständigen Damen und Herren. Die meisten waren noch nicht mal Säugetiere.

Bad Cock Babcock, er findet die Tür am Ende des Tunnels. Er stößt sie auf. Eine Million blauer Strapse mit weißer Satinspitze fallen heraus.

Verursacht eine Verkrümmung des Rückgrats, sagte Dr. Bostick Bentley Babcock von einem Bahnsteig im Weltraum. Blässe ... Konzentrationsmangel ... Haare auf den Handflächen wie bei einem Werwolf ... am Ende dann völlige Idiotie. Aber Selbstbeherrschung ist die Antwort. Ich hab es nie getan. Kein guter Engländer würde so was tun.

Babcock schreit, heult hysterisch.

Laß ab von mir, Verfluchter, sagte Gott die Ziege, in den ewigen Scheiterhaufen, der für den Satan und seine Engel bereitet ist. Ich habe gesehen, was du im Schrank gemacht hast. Mit dem Strumpfband deiner Mutter!

Das war das einzige Strumpfband, das ich finden konnte, beschwor Babcock ihn.

Einstein schaute besorgt zu Babcock hinüber. Ist alles in Ordnung mit ihm, fragte er Crowley.

Ach was, eine kleine homöopathische Hysterie hat noch nie jemand geschadet, gähnte Crowley.

Sie herzloses Schwein, zischte Babcock.

Merde, sagte General Canbronne. Man muß eben doch sein eigenes Territorium finden.

Eine nach der anderen marschieren die Ameisen auf. In Zweierreihen marschieren die Ameisen auf. In Dreierreihen marschieren die Ameisen auf.

Es ist eine griechische Phalanx, sagte Einstein. Sehen Sie, da ist Alexander ...

Die Feldmaus schrie noch einmal auf.

Ist schon gut, Babcock, sagte Joyce. Nur eine Überdosis von Gefühlen, schätze ich.

Bin ich denn noch ein Mensch, fragte die Feldmaus.

Sie sind John Babcock, sagte Einstein beruhigend.

Und ein Teil von Ihnen ist immer noch eine Feldmaus, fügte Crowley hinzu. Und ein anderer Teil vielleicht ein Hai ...

Die Evolution ist hier keine Theorie mehr, sagte Einstein ruhig, sondern eine Sache von Erfahrung.

Babcock schrie auf.

Das geht aber zu weit, protestierte Einstein.

Die Krähe Crowley verwandelte sich in den Raberend Verey, bukkelig, leichenblaß und verrückt. Die Uhr schlug langsam, feierlich und dröhnend dreizehn.

Frösche und Mäuse schrie der Falke Verey. Bestialisch? Pervers? Ich wünschte, alle Menschen wären so wie ich. Aber die hysterische Phalanx der blauen Strapse marschierte in Zweierreihen auf. Momentan sehen wir alles noch durch einen dunklen Filter, aber dann Fizz für Fizz. Fuzz für Fuzz. Säcke mit Mist. Schändlich. Die allmonatliche Pest. Mondmanie. Unerlaubtes Vorstoßen.

Rotoranges pißsüßes Menstruationsblut tropfte vom Mond und fiel auf Babcocks Wange.

Uh, ah, sagte er schaudernd.

Auf seinem Taschentuch wurde das Blut zu Gold, noch während er es sich abwischte. Es vermehrte sich, verwandelte sich in Goldbarren, schichtete sich zu einer Pyramide auf. Die Schlange wird wiedergeboren, und ich werde rot.

Das alchimistische Geheimnis des roten Goldes, sagte Crowley beiläufig.

Ist ein ganz natürliches Phänomen, setzte Joyce hinzu. Die erste Verschmelzung.

Wie konnte ich wissen, daß Sie das sagen würden, fragte Babcock.

Jesus Christus, krähte Joyce albern dazwischen.

Das Zimmer fing an, sich zusammenzuziehen.

Es funktioniert auf der Basis innerer Verbrennung, erklärte Einstein.

Verschieben sich die Dimensionen? fragte Joyce.

Mein Gott, keuchte Babcock, wir werden zu Tode gequetscht.

Anscheinend nähern wir uns der Lichtgeschwindigkeit, meinte Einstein. Die Mathematik befindet sich nur in ihren ersten zaghaften Pubertätssünden.

Der Schoß zog sich enger und enger zusammen.

Wir werden noch ersticken, protestierte Babcock.

Nein, meinte Joyce, wir werden hinausgepreßt ... in eine neue Welt.

Ich nahe zur Rettung Indiens, sagte der Imaginäre Mungo. Er hatte olivfarbene Haut und trieb die windige Halle entlang, an Troglodyten, Zwergen, Höhlenmenschen, Nachthänden, Krabben und überdimensionalen Sonnenblumen vorbei, ticktackticktackzitternd.

Im Orion-Gürtel tauchten die Sterne auf und zeigten in Richtung Sirius.

Aber trotzdem, sagte Joyce nachdenklich. Zu dieser Zeit des Monats?

Fünf Tage nach Einsetzen der Flut, meinte Crowley. Der männliche Zyklus dauert dreiundzwanzig Tage und der weibliche achtundzwanzig. Das haben sie alles vor zweitausend Jahren in Bengalen rausgekriegt. Dreiundzwanzig plus fünf ist achtundzwanzig.

Drei ... fünf ... acht, grübelte Einstein. Einfache Addition ... 358.

Aus dem Chaos formte sich eine neue Erde.

V.I.T.R.I.O.L.

Visita Interiora Terrae Rectificando Invenies Occultum Lapidem, sagte Babcock, in Ekstase verkehrt herum gekreuzigt. Besucht die inneren Teile der Erde; durch Rektifikation findet ihr den Stein der Weisen. Und es heißt, man wird ihn in den verächtlichsten und abscheulichsten aller Dinge finden. Kodes, Anspielungen, Zweideutigkeiten ... und dabei haben wir es die ganze Zeit vor der Nase ... neun Monate: die neun Mondgöttinnen ...

Merde, sagte General Canbronne mit Napoleons Gesicht, Uncle Sams Hut und drei Sternen im Orion-Gürtel.

Eßt es mit Catsup, setzte Edward III. hinzu.

Die Exkrementen-Hölle der Alchimisten, sagte Joyce Ankh Khonsu. Die inneren Teile, die orange-dunkelrot funkeln. Der dumpfe Ruf der Gebärmutter, Jessas. Die ganze westliche Welt ist verrückt geworden, nur weil der Heilige Paulus eine Phobie vor der *vagina dentata* hatte.

Joyce spaltete sich in Masoch und de Sade.

Die Liebe, die ihren Namen nicht zu nennen wagt, flüsterte Masoch in Noras Unterröcke. Lehr mich das Fürchten!

Ein bißchen Disziplin kann nichts schaden, sagte de Sade in Gestapo-Uniform. Auf die Knie, du Hund! Der menschliche Geist ist nichts als das aufgeblasene Ego.

Aber dieses Grauen, Iago, sagte Masoch. Dieses Grauen.

In Fünferreihen marschierten die Ameisen auf.

Und verwandelten sich in William Shakespeare.

Man sagt, ich sei kein Gentleman, sagte Moorish Sheikespare. Nur weil direkt vor meinem Haus direkt vor meinem Haus mein FahrFahr-Vater – o Gott! Was für eine Ungerechtigkeit! Direkt vor meinem Haus. Schuld war der Hautschwund, der bringt den Tod.

Merde, sagte General Canbronne unendlich mitleidig. Und trug das Rouge ein bißchen dicker als gewöhnlich auf die Keimzellen auf.

Rectificando, ratterte der Zürich-Expreß. *Rectificando rectificando rectificando* ...

Physik ist Psychologie, dozierte Einstein vor dem Bücherregal, das er offensichtlich mit einer Anfängerklasse verwechselte. Vorwärts/zurück ist nur eine sadomasochistische Dimension: Aggression oder Abhauen, stimmt's? Und rauf/runter ist typisch für die Rudelhierarchie – wer darf zuerst futtern und so weiter. Und rechts/links ... aristotelische Logik, wissen Sie ... geht zurück auf das alte Spielchen: Taler, Taler, du mußt wandern. Und die vierte Dimension ...

Ja, ja, drängte Joyce. Was ist mit der vierten Dimension?

Sex, meinte Einstein.

Was? rief Joyce.

Selbst Crowley machte ein überraschtes Gesicht.

Diesen Teil verstehe ich selber nicht, bekannte Einstein. Es hat etwas mit dem Samen als Vektor in der Zeit zu tun ... Genetik als negative Entropie.

Aber warum macht es so einen Spaß? fragte Joyce. Wenn unsere Gehirne verschieden arbeiten, dann erklärt das, warum wir mehr spüren ... aber warum dieses Prickeln auf der Haut?

Das ist der nächste Schritt in der Evolution, antwortete Crowley schlicht.

Vergangenheit Gegenwart Zukunft: eine windige Straße, nacktes Fleisch mit Sternen.

O Gott, stöhnte Babcock.

Das nächste Stadium der Evolution, wiederholte Joyce. Darüber muß ich erst mal nachdenken.

Glaubten Sie etwa, die Evolution wäre ein für allemal abgeschlossen, fragte Crowley rhetorisch. Haben Sie denn wirklich geglaubt, daß Leid und Schmerz unser einzig möglicher Zustand und damit unser ewiges Schicksal sei?

Einstein fragte: Soll das heißen, daß unser Gehirn lernen kann, jede Sinnesempfindung in ein erotisches Signal zu verwandeln? Das ist schwer vorstellbar.

Das Gehirn verarbeitet alle Sinneseindrücke, sagte Crowley. Wenn das Gehirn hellwach und sich seiner eigenen Prozesse bewußt ist, warum in aller Welt sollte es dann irgendeine Empfindung nicht genauso wie ein orgastisches Erlebnis einstufen?

Und das, seufzte Babcock sinnlich, ist das alchimistische Gold? Warum habe ich dann so lange gebraucht, um es zu verstehen?

Shamrock Nitrogen unter den Teppich ... ist Tod

Vielleicht sind wir ja betrunken, warf Joyce ein und spürte, wie sein Penis sich in einen Kaktus verwandelte, eine Peyoteknospe einen Shamrock eine überdimensionale Sonnenblume eine Tanne einen riesigen Rotholzbaum eine vollkommene Rose einen fahrenden Lastwagen mit der Aufschrift INTERNATIONALE KOKAIN GMBH einen Kometen auf Erdumlaufbahn endlose Höhlen mit purpurroten indigoblauen und violetten Seekorallen 358 die Schlange der Messias HERR ALLER HERREN und BARDE ALLER BARDEN denn er wird regieren in Ewigkeit und Ewigkeit einen Kolben eine Pistole eine schlaffe im Wind dahintreibende Blüte

In Neunerreihen kamen die Ameisen aufmarschiert

Seit ich Streit gesät habe, rief Bertran de Born und sprang kopflos aus dem Kamin, bin ich mir selbst entfremdet: zwei in einem und einer in zweien. Anne Boleyn war 'enrys Frau, King 'enrys Frau war sie ...

Halt dein verdammtes Ende hoch, Bert, rief Ezekiel Pound.

Eine wunderbare Idee das Wissen vom Tod.

Whakty whakty bum bum, sang die Verborgene Variable. Hagios Hagios Hagios IAO. Thermago thermago thermago.

ARARITA ARARITA ARARITA erwiderte der Gelbe König aus dem Feuer.

Über Nacht über Nacht über Nacht, sang die rote Kobra der Begierde.

Rectificando rectificando rectificando meinte Babcock.

Unerlaubter und unmöglicher Verstoß, dachte Joyce amüsiert. Jedes Kind will wissen, was sich hinter der abgeschlossenen Tür eigentlich tut. Das Rätsel des verbotenen Zimmers.

Hinter dem Altar tauchte jetzt ein masturbierender Adam Weishaupt mit Uncle Sams rot-weiß-blauem Hut auf dem Kopf und drei Sternen im Orion-Gürtel auf.

Ich beschwöre dich, sagte Weishaupt, den schrecklichen unsichtbaren Gott der du wohnest in der Leere des Geistes AROGOGOUABRO SOTOU MUDIRIO PHALARTHA OOO AEPE du spirituelle Sonne du Auge du Lust schrei dreh das Rad oh mein Vater oh Sonne du selbsterschaffener Höchster du Ungeborener

Keuchend wie ein Gehenkter ejakulierte er.

Ich bin die Saat der Sterne sagte der erste Spermatozoon mit dem Gesicht des Vaters.

Ich bin die Flamme die brennt sich aber nie verzehrt sagte das zweite Spermatozoon mit dem Gesicht der Sonne.

Mal sieht man mich mal wieder nicht sagte das dritte Spermatozoon mit dem Gesicht von Schrödingers Katze. Drei Krähen und ein Zaunkönig sollen bestraft werden.

Sie werden den Erzherzog erschießen, sagte eine Stimme nur zu Einstein.

Land Brot und Frieden meinte Lenin hinter dem Bücherregal.

Und die Masse applaudierte: Babcock Manor wurde geplündert: die Königliche Familie vernichtet: mongolische Massenficks auf den Straßen.

Welcher Erzherzog, murmelte Einstein.

Ein Arbeiterchor marschierte singend auf:

Ja die Banken sind aus Marmor
Mit 'ner Wache vor der Tür

Und die Safes sind voller Silber
Wo der Bauer schuftet für

Ich proklamiere die Diktatur des Proletariats, sagte Lenin und warf mit einem Ziegelstein nach Schrödingers Katze. Beethoven ist verboten. Jedermann muß auf der Stelle Schach spielen lernen. Kapitalistische Schweinerei ist nicht erlaubt. Plakate ankleben verboten. Kein kleinbürgerlicher Subjektivismus mehr kein dekadenter imperialistischer Idealismus oder prädialektischer Empiriekritizismus, übernacht übernacht übernacht. Alle Macht den Sowjets.

In Zehnerreihen marschieren die Ameisen auf.

Kleiner Libbling, sagte Queen Victoria und verschlang den Ziegelstein. Stets zu Diensten.

Eßt es mit Catsup, sagte Lenin. Ich proklamiere den Fünfjahresplan. Der Traktor ist Gottes Marsch durch die Welt. Gehen Sie nicht über Los. Melden Sie sich beim Zentralkomitee. Der erste Tag vom restlichen Nitrogen-Zyklus. Weniger Macht für die Sowjets.

Rot-orange-gelb-grün-indigo-violette Kobolde tanzen und springen umher.

Eßt es mit Catsup näselte der Teufel mit wäßriger Stimme.

Das Unverdauliche gefolgt vom Unaussprechlichen sagte Edward III., eine Dornenkrone auf dem Haupt, eine goldgelbe Butterblume in der Hand und ein dunkelblaues Strumpfband am linken Oberschenkel. Die Liebe, die ihren Namen nicht zu nennen wagt. Und Paris ist ein zu teures Pflaster zum Sterben.

Er verwandelte sich in Malmoth den Wanderer und taumelte betrunken und krakeelend davon.

In Hunderter-Reihen marschierten die Ameisen auf. Die Tür zur Kapelle der Gefahren schwang auf und das Summen und Brummen wurde lauter. Alle Macht den Sowjets: ein *vagina dentata*-Mythos. Es waren die Aklo-Gesänge, die jetzt von Tausenden von asiatischen Windhunden und Shoggoths geheult gewinselt gefiept und geknurrt wurden. Es gibt Sakramente des Bösen und es gibt Sakramente des Guten. Nur der Wahnsinnige ist sich absolut sicher. Azathoth, der Dämonensultan, der das ursprüngliche Chaos im Zentrum der Unendlichkeit verkörpert, heulte: Ich weiß über Strapse Bescheid, ihr beiden Perversen. In Tausender-Reihen marschierten die Ameisen auf.

Der Akkordeonspieler intonierte eine neue Melodie: die Lorelei. Joyce schaute zu, wie undeutliche Schatten sich vieldeutig bewegten. Zuerst am Bücherregal. «Blume», murmelte er, «Flower.»

Tigerlilie.

Mein Gott, seufzte Babcock.

Mein Gott, wiederholte er.

MEIN GOTT, keuchte er, lachend und weinend zugleich.

Was ist denn jetzt schon wieder mit ihm los, grunzte Einstein.

Das weiße Licht der Leere, aus der alles kommt, sagte Babcock. Es ist nur eine Metapher. Ich habe es mit eigenen Augen gesehen.

Ach was, meinte Einstein. Das ist nur die Atombeschleunigung, die die elektrochemischen Prozesse beeinflußt, von denen die verschiedenen Gehirnfunktionen abhängen. Die Verborgene Variable.

Soll das heißen, rief Babcock aufgeregt, daß wir so langsam geworden oder so aufgedreht sind oder was auch immer, daß wir momentan die physikalischen Prozesse nachvollziehen, mit denen unser Gehirn arbeitet?

Sicher, meinte Einstein. Die Sprunghaftigkeit zum Beispiel ist nichts anderes als Quantendiskontinuität.

Gut, sagte Joyce. Das ist wenigstens eine Theorie. Ich nehme an, es ist besser als gar keine. Glauben Sie das etwa wirklich?

Im Augenblick ja, antwortete Einstein. Aber ich zweifle daran, daß ich es morgen früh immer noch tue. Es kann mich dreißig Jahre mathematischer Tüftelei kosten, ehe ich wieder so überzeugt bin wie heute abend, daß derartige Brücken tatsächlich existieren ...

Sie meinen also, daß dieser Teil der Transformation uns tatsächlich auf eine atomare Ebene katapultiert, fragte Crowley.

Auf eine sub-atomare Ebene, meinte Einstein. Zu den Brücken quer durch den Super-Raum durch die Verborgene Variable, die die ganze Quantensymphonie dirigiert. Glauben Sie bloß nicht, daß ich weiß, wovon ich hier rede. Wie ich schon sagte, es wird wahrscheinlich dreißig oder mehr Jahre dauern, bis ich die richtigen Formeln dafür gefunden habe. In der Zwischenzeit erklärt Beethoven das alles wahrscheinlich besser als die Physik.

Omnia in duos, sagte der Gelbe König. *Duo in unum. Unus in nihil.*

Wie lange sind wir eigentlich schon in dieser Höhe, fragte Einstein besorgt. Das Feuer scheint allmählich auszugehen.

Vor ein paar Millionen Jahren waren wir noch Fische, warf Joyce ein.

Schicken Sie alle Formulare in dreifacher Ausfertigung zurück, sagte Lenin mit dem Gesicht von Stalin. Die Geheimpolizei ist der Marsch Gottes durch die Welt. Gehen Sie zweimal im Jahr zum

Zahnarzt. Keine unerlaubten Orgasmen, bitte. Über Nacht über Nacht über Nacht. Keine Macht den Sowjets.

Während sie noch die windige Straße hinunterschauten, erhoben sich dort lauter Gebäude: das Parthenon, der Petersdom, der Eiffelturm, orientalische Pagoden, die Türme zu Babylon, amerikanische Wolkenkratzer, ein Quatt Wunkery, geodätische Marsstöcke ... und all das hektische Treiben untermalt von insektenhaftem Summen. Kakerlaken legten geometrische Gänge und Wandelbahnen für gotische Kathedralen an, in Millionen-Reihen marschierten Ameisen auf, um blumenverzierte Arkaden und Säulensockel aufzubauen, Tausendfüßler und Hummer flitzten durch ein schnell wachsendes Gewirr von Basiliken, unter der strengen Aufsicht von weisen alten Einsiedlerkrebsen sprangen Zwischengänge und fliegende Strebepfeiler empor, erhoben sich Sparrenköpfe und Kapitelle in den Himmel, Termiten und Tarantulas rackerten sich Tag und Nacht ab, um Stein auf Stein zu legen, Dutzende von Karyatiden, Altarräumen und Kolonnaden schichteten sich zwischen den mächtigen Pyramiden auf, Moskitos und Käfer arbeiteten zusammen, um dorische, byzantinische, ionische und korinthische Säulen fertigzustellen, Grashütten, Tipis und Iglus schossen wie Pilze aus dem Boden, da drüben erhob sich Stonehenge, und unter geschäftigem Summen tauchte ein Gebäude nach dem andern auf, Rosenfenster und Kirchenschiffe, Balken und Säulen strebten ans Licht und wuchsen gen Himmel: sie sahen Paläste aus Gold, Tempel in der Farbe der Sterne, ein Gewirr von unbeschreiblich unmenschlichen, ja untermenschlichen Slums und Gettos ... die eine Generation stirbt und eine neue kommt, nur die Vermieter scheinen einfach nicht auszusterben.

Und in Billionen-Reihen marschierten die Ameisen auf.

Ich beschwöre dich, rief Ludwig, MA BARRAIO IOEL KOTHA ARTHOBELA ABRAOT oh Mutter oh Wahrheit Masse die Du bist Du Leere Du Göttin der Schönheit und der Liebe.

Ich bin ein gottverdammtes Hippopotamusweibchen, entdeckte Babcock.

Joyce betrachtete die wunderschöne Gestalt, die auf einem Felsen mitten im Rhein saß und ihr goldenes Haar kämmte, und er erkannte, daß sie tatsächlich ein Hippopotamusweibchen war.

Ich dachte, wir hätten sämtliche Geheimnisse erklärt, protestierte er.

Ich bin Isis, die unaussprechliche Königin der Natur, verkündete Babcockotamus noch erregter als zuvor. Ich bin der Schoß, der Ursprung aller Dinge. Jessas, Marie und Josef, ich werde ein Kind bekommen.

Der kosmische Geburtsprozeß wiederholte sich ... wieder und wieder ... meine mohnrote Pussy brennt wie Feuer diese Lust dieser Schmerz ... aber seit wann habe ich denn eine Pussy was ist mit meinem Schwanz passiert wer hat mich kastriert wo bin ich ... o Gott aber diese Lust Mutter zu werden ... wieder und wieder ...

Schoß zieht sich zusammen. Raum zieht sich zusammen. Ein Aufzug im Weltraum zwischen verbalen Konzepten verkörpert den Winter.

Im Anfang war das Licht, sagte Einstein in seinem Aufzug zwischen den Sternen. Materie ist in Wirklichkeit ein Knoten in der Energie.

Madam, mein Name ist Adam, sagte ein Tetragrammaton, ein Feigenhändler aus Judeo-Creek. Ein Mann, ein Plan, ein Kanal: Panama. Er verrickte Hund, eh?

Der schlüpfrige Zeiger der Uhr steht auf Punkt zwölf, sagte Gladstone, äh – Zunkt pölf.

Die Glocke hat Mitternacht geschlagen, meinte Joystaff.

Just zwischen zwölf und eins fuhr er ab, sagte Hostess Quickly. Sie trug ein viktorianisches Kleid mit seitlich geschlitztem Rock, unter dem ein blaues Strumpfband über einem schwarzen Netzstrumpf hervorlugte. Selbst zum Gezeitenwechsel. Seine Nase war so spitz wie eine Schreibfeder und auf einem Tisch von grünen Feldern.

Sie ließ das Strumpfband gegen das weiße Fleisch schnappen und sang:

Nur ein Magus von der Lanzen
Und die Jungfrau ohne Tadel
Können ungefährdet tanzen
Auf des Teufels Maskerade

Wo bleiben die tiefen Farbtöne, rief Hostess Trinkey. Reinheit der Essenz. Von altersher das unsere. Mach das Licht aus und dann mach das LICHT aus. Und wo bleibt der heftige Protest der Literaturliebhaber?

Sir John überquerte die neblige Straße und stieß die Tür zum *MMM* auf: *Okkulte und Magische Literatur aus allen Zeiten* mit achtloser Sprunghaftigkeit und spitzer Nase auf.

Achte auf Sir John Peel, sagte Sir Thalis schmierig und rollte sich gemütlich zusammen. Kuckuck.

Mit Hunden und Huren durchs dämmrige Zwielicht, deklamierte Kanon Futter. Tapst nach dem Straps.

Dich beschwöre ich, sang Crowley immer schneller. Dich Ungeborenen, der Himmel und Erde erschuf, Dich, der Tag und Nacht erschuf, Du bist ich, aber vollkommen ich, Du bist die Wahrheit in der Materie Du bist die Wahrheit in jeder Bewegung.

Hurerei, Sodomie, Unzucht, schimpfte Verey, Hahnreis, Strapsenwixer.

Ich habe meinen dreckigen Penis nie rausgeholt, Reverend, sagte Jack the Ripper. Nur ein hübsches saubres Messer. War 'n merkwürdiger Zufall, der sie zusammenbrachte, und Sie, Reverend, können sich Ihre Schmierereien wohin stecken!

Die Miete ist mal wieder fällig, sagte O'Shit. Vermieter sterben wohl nie aus.

Wenn wir uns in einer Ausstellung von Feuerwerkskörpern befinden würden, dozierte Einstein, würde jeder der hier Anwesenden meine Theorie von Raum und Zeit spontan verstehen, sozusagen am eigenen Leib. Dabei befinden wir uns ja im Grunde in einer Ausstellung von Feuerwerkskörpern, wir leben ja mittendrin, aber wir können die Geschwindigkeit nicht messen, weil wir uns mit ihr bewegen. Warum beobachte ich sie aber trotzdem?

Mein bester Freund auf dem College war homosexuell, erzählte Joyce Babcock. Aber ich habe es erst zehn Jahre später gemerkt. In Irland ist die Kunst der Heuchelei noch weiter entwickelt als in England. Bei Gott, ich werde dieses Buch über Hunter schreiben und der Menschheit ihre eigene Situation unter die Nase reiben.

Ich habe nie gewußt, daß Atmen so wundervoll sein kann, antwortete Babcock.

Jetzt bin ich ein eine Million Jahre alter Fisch, ein Mann, der 1984 zur Welt kommt und tausend Jahre in einem runden Dutzend Galaxien leben wird, meinte Joyce glücklich. Mann, was haben Sie bloß mit uns gemacht?

Ich habe die Pforten der Wahrnehmung geöffnet, erwiderte Crowley.

Soll ich dich mit einem Sommertag vergleichen, fragte Shakespeare weibisch lispelnd.

O ja, warum nicht, flötete Mr. W. H. kokett. Das wäre doch herrlich! Ein mordmäßiger Spaß!

Sodom und Gomorrah, murmelte Verey. London und Paris. Unerlaubter Vorstoß. Es basiert auf Wortohren.

Sei ein Photon, dachte ich.

Joyce wußte mit einemmal, daß sie alle vier seit siebzigtausend Jahren mit arabischem Kopfschmuck gekrönt um dieses Lagerfeuer gesessen hatten.

Das ist ein sehr grausamer Zug von dir, Vater, sagte Eduard Einstein. Hiroshima ... Nagasaki ... New York ...

Er schaute schaudernd in die leckenden Flammen.

Wie lange geht das eigentlich schon so?

Du und deine verdammten Bücher, sagte Lucia Joyce. Und deine Strapse Strapse Strapse.

Konzepte, die in atomare Wahrnehmungen zerfallen, mumelte Joyce.

Irgendwann muß es ja mal zu Ende gehen. Oder befinden wir uns schon in der Ewigkeit?

Adam Weishaupt kam durch die Falltür geklettert, auf dem Kopf einen Zauberhut mit den Augen im Dreieck. Wie der einfache Maurer sich quält, sang er, seht nur, er fällt, Prinz von Jerusalem, wie es euch gefällt!

Das ist die reinste Hölle!

Wir werden alle zermalmt!

Ich bleibe ein ewiges Geheimnis, sagte Mr. W. H. Eine erhabene Begierde, unbekannt, die aus der Existenz hinausvergeistigt wurde. Nur meine Initialen werden überleben. Mr. W. H. Mr. W. W.?

Philosophia meta pederastia, intonierte Plato aus der Ewigkeit. *Eleutheria. Tapa kega day.*

Schwebezustand, sagte Einstein. Schwerkraft gleich Null. Der Relativismus des Instruments.

Irgendwann muß das hier ja mal aufhören. Oder nicht?

Aber Crowley der Hierophant klopfte elfmal mit seinem Stab auf den Boden und rezitierte einen alten Choral:

Es gibt weder Gnade noch von Schuld einen Rest
Tu was du willst soll sein das ganze Gesetz!

Spaltet die Schädel, heulte Weishaupt im Delirium. Das Schwert erhoben! Die Erde vergehe, der Himmel sei gefürchtet! Alles ist Lüge, auch wenn es göttlich ist. Gebt das Zeichen zur Zerstörung!

Ich sterbe. Hier kommen wir nie wieder raus.

Das Aroma von Rosen und Klee ... steck dir's wohin ...

O'Neill hat Queen Mollys Höschen gesehen, lachte Joyce.

Das war eigentlich gar nicht so übel. Wir schweben im Raum und haben uns in überdimensionale Genitalien verwandelt.

Joyce verdichtete sich zu einem blauen Buch, spaltete sich in Atome, vergeistigte sich aus seiner Existenz heraus, pflanzte sich fort und inkarnierte sich in einer Million Bibliotheken.

Fei fei zu funn, sagte Sir Thalis. Ich wittere das Blut eines Engländers.

Babcock lachte. Ist es das, wovor ich Angst hatte? Eine Illustration aus einem Kinderbuch?

Geh weg, sagte Joyce ruhig zu Sir Thalis. Du bist doch nur ein Freudsches Symbol. *Eutaenia sirtalis*, die gewöhnliche Viperschlange. Sir Thalis – Strapse – verstehen Sie, Babcock? Auch Gartenschlange genannt. Deshalb immer wieder die Symbole aus dem Garten Eden in Ihren Träumen.

Bei Gott, Joyce, sagte Einstein mit dem Gesicht von Dr. Watson. Wie machen Sie das bloß?

Elementare Grundbegriffe, mein Lieber, erwiderte Joyce mit dem Gesicht von Sherlock Holmes. Strapse, Strapse, überall Strapse.

Da kletterte Dr. C. G. Jung durchs Fenster.

Diese Art von Freudscher Analyse ist zwar korrekt, sagte er, aber sie umfaßt noch lange nicht die ganze Wahrheit. Die Schlange ist das gnostische Symbol für Unsterblichkeit und Wiedergeburt. Für das primitive rassische Unterbewußtsein wird die Schlange jedesmal, wenn sie sich häutet, wiedergeboren.

Blödsinn, sagte die Stimme von Sigmund Freud.

Lieber Himmel, kreischte Joyce ekstatisch. Endlich hab ich es!

Was? fragte Einstein gedankenverloren.

Und Joyce rezitierte, ihres Beifalls sicher, feierlich:

Tief unter der Krypta von St. Giles
Ein Schrei ein Schreck – ein Spiel?
Ach du lieber Himmel
Sagte Bruder Schimmel
Und lächelte äußerst subtil.

Das Buch ist ein Schwein, sagte Nora Barnacle anklagend. Er schreibt über Strapse, dabei haben wir nicht mal genug zu essen im Haus.

Tja, meinte Joyce unbehaglich, aber ist Fetischismus nicht die erste Religion?

Die Hälfte der englischen Bevölkerung hat irgendeinen Fetisch, sagte Crowley. Gewöhnlich ist es Miss Birch, die Herrin der Disziplin: eine psychologische Entsprechung für den Imperialismus, übrigens.

Ja ... sagte Joyce ernsthaft. Ich wollte auch immer, daß Nora mich tüchtig bestraft ... daß ihre Augen vor lauter Ärger funkeln ...

Joyce wird verspottet, verleumdet, ausgestoßen, zurückgewiesen, verachtet, ausgehungert. Wie Tripperfälle zirkulieren die Gerüchte über ihn durch Paris, London, Dublin, Zürich, Pola, Moskau, Hongkong, Nagasaki, Hiroshima, Sydney, Honolulu, Mendocino, Chicago, Bad Ass Texas und wieder zurück nach Dublin. Man raunt sich zu, er sei dem Kokain verfallen, sein Gehirn sei durch Paralyse zerstört, er sei an den Folgen einer Alkoholvergiftung in New York gestorben, er leide an den sieben schändlichen Leiden und an *Delirium tremens*, er mache den Oberkellnern, die ihn bedienten, homosexuelle Avancen, er sei der Verfasser mehrerer anonymer obszöner Briefe an die Königin von England und an bestimmte Nonnen und eine Reihe von halbwüchsigen Mädchen, er sei Voyeur, er sei Exhibitionist, er scheiße in öffentliche Parks und warte dann mit idiotischem Grinsen auf Beifall, er erblinde an den Folgen seiner zweifelhaften Vergnügungen und exzessiver Masturbation, er mache ins Bett und stecke seinen großen Zeh hinein, er lungere vor Gymnasien herum, um an den Sätteln von Mädchenfahrrädern zu schnuppern, er sei in Wirklichkeit ein englisch-deutscher Agent oder ein unbeseeltes Werkzeug der Illuminaten, die ihn einer Gehirnwäsche unterzogen und zu einem Zombie degradiert hatten, er sei von seinem Bruder zum Hahnrei gemacht worden oder von seinem besten Freund oder sieben Priestern oder neun Kaninchen oder dem Auserwählten der Fünfzehn oder dem Haus der Rothschilds und der Band im *Waldorf Astoria*. Seine Bücher sollten angeblich zusammen mit denen von de Sade, Masoch und Wilde in einem Geheimfach in der Verlorenen Pyramide der Verborgenen Stadt im Untergegangenen Kontinent begraben werden. Er selbst entkleidet, ausgepeitscht, gekitzelt, gequält, gehängt, zu Tode geschleift, gevierteilt und gekreuzigt werden.

Vater vergib ihnen, seufzte er, denn sie wissen nicht, was sie tun.

Er biß ins Gras, Funken stoben, astrale Visionen erschütterten die Atmosphäre, er gab seinen Geist auf, Kugelblitze und nicht identifizierbare fliegende Objekte blendeten die Zuschauer, Erdbeben brachen aus, Dublin versank langsam im Meer und er starb wie ein Hund.

Warum sucht ihr Jim ausgerechnet hier, fragte der Engel und rollte den schweren Felsen beiseite. Und aus Joyces Grab wuchsen Blumen und jede Blume hatte sieben Blätter und jedes Blatt hatte sieben Geheimnisse und jedes Geheimnis hatte sieben Bedeutungen und unter ihnen fand sich reine Poesie: Poppy, o Popeye; Do You Have Cartage on Your Rhine; The Tarot Towery Connection; Left-Handed Monkey Shines; It May Be Bolt Lika A Sheephorse But Do You Call It Levin; The Campbells Are Camping With Musks of Goth; God Bless You Please Mr. Robinson; They Needed A Songbird In Heaven So They Took Crusoe Away On A Friday; Tinned All Us Do Part; You Kenna Get My Chests With Your St. Tomach's View; Sit On A Potato Pan Otis; The Oyster Rising and the Clam Dever; The Hannibal Cairo Express with Huck Chum and Effrontery; Nero My Dog Has Fleas; A Grand Canyon by the Committee of the Hole; The Old Seizers and the New Cut-Ups; A Fold-In-Burrow for an Ova Eggspressed; die besonders geschätzten Ten Spices and Twenty-Two Raisins To Turn Your Brainpan To a Fruitcake. Und alle gehen auf und kommen in solch einzigartigen Produkten zur Blüte wie Motive und Methode in Joyces Stimmen; Methode und Motiv in Joyces Versen; Mythos und Metapher in seinen Komödien; Metapher und Mythos in seinem Gekreuzigten Erotizismus; Night and Day He's Got Us Under Our Skin; A Skillfully Done Key to His Finicky Work; A Skinful Down Teeth for a Talulapalooza; The Marx in his Gripes; The Freud in his Feuds; Our Purification and Petrification for Canonization of his Excrementations and Pornographations; Who's Who and Who Cares When Nobody is Everybody, außerdem das endlos endlose Mythos, Metapher, Bedeutung, Symbolismus; Morose Delectation and Sneaky Dirty Jones in a Sample Paragraph (3 vols).

Die Mumie Osiris erhob sich aus dem Grab.

Ich bin Uhrmacher in Amsterdam, sagte er. Der Stickstoff-Zyklus.

Ich bin Handelsvertreter in Dublin, sagte er.

Stanislaus Joyce kam mit dem Zeichen Kains auf dem Knie unter dem Teppich hervorgekrochen.

Bin ich der Hüter meines Bruders, fragte er. Und außerdem ... die Frau hat mich gereizt ...

Ach, du Scheiße, sagte Nora Barnacles Stimme.

Joyce erhob sich aus dem Grab, unendlich vergeistigt.

Pech für eure armen Seelen, lachte er. Habt ihr etwa geglaubt, ich wäre tot?

Was für ein Spaß ist Finnegan's Wake, sangen die Meister-Freimaurer.

Merde, sagte Canbronne. Zeitalter der Aufklärung. Vergeßt nicht, vor der Schlacht braune Hosen anzuziehen.

Dracula erhob sich aus dem Grab.

Vergeßt bloß nicht, mich zum I.N.R.I-Prozeß einzuladen, sagte er. Vermieter sterben nun mal nicht aus. Aber dafür trinke ich auch nie Wein.

Eduard Einstein und Lucia Joyce werden in Zwangsjacken vorgeführt, sie bewegen sich mit der geistesabwesenden Sprunghaftigkeit von chronischen Schizophrenen.

Du wirst meine Mutter verlassen, sagte Eduard vorwurfsvoll zu Albert. Du hast mich nie geliebt. Lieben tust du nur deine verfluchten Gleichungen. Du bist das reinste Monster. Du lebst nur mit dem Kopf, und lieben kannst du einfach nicht. O ich glaube, ich werde noch verrückt.

O nein, sagte Einstein und fing plötzlich an zu schluchzen.

Sehen Sie, sagte Crowley und Babcock. Jetzt ist er dran: das *nun*-Stadium: I.N.R.I.-Tod auf dem Weißen Pferd. Lucia Joyce lüpfte kokett ihren Rock und zeigte ein blaues Strumpfband.

Hau ab, verdammt noch mal, rief sie James zu. Verkriech dich im letzten Winkel. Ich weiß doch, daß du zuguckst. Zugucken, immer nur zugucken. Du kennst alles – Männer, Frauen, Mädchen und Jungs – und du durchschaust alles, nicht wahr? Du lebst nur mit dem Kopf und lieben kannst du einfach nicht.

Scheiße, sagte Joyce und schluchzte in sein Weinglas.

Und das ist der zweite Kandidat, meinte Crowley beiläufig.

Du verdammter Schweinehund.

Es ist die reinste Hölle, das Kind eines Genies zu sein, jammerte Eduard Einstein.

Das kann man wohl sagen, stimmte Lucia Joyce zu.

Ich bin ER, stimmte Crowley plötzlich an und lenkte die Aufmerksamkeit wieder ganz auf sich. Der Endlose Geist der mit den Füßen sieht ein starkes und ewiges Feuer der der das Übel in der Welt verabscheut der der donnert und blitzt der dessen Mund auf ewig flammt der von dem Hauch des Lebens auf die Erde kam –

Eine echte Initiation ist niemals abgeschlossen.

Riskiert den Kampf, riskiert Gewinn, rief Lenin.

Riskiert 'nen Schluck von Gordon's Gin, setzte Joyce hinzu.

Je suis Bovary, sagte Flaubert, dem das Ganze offensichtlich peinlich war.

Je suis Molly Bloom, sagte Joyce, dem es überhaupt nicht peinlich war.

Über dem Neandertalfeuer sangen die Meister-Freimaurer jetzt:

Für den Vater und den Sohn
Ist der Heil'ge Geist die Norm
Mann und Frau, im Grunde eins
Die Essenz des Einmaleins
Ruhm und Ehr sei seiner Kraft
Dem Wunder des Baumes Lebenssaft!

Ich vermute, meinte Joyce plötzlich, daß wir auf irgendeine Art von symbolisch-verbalem Bewußtsein zu totalem Körperbewußtsein mutiert sind. Stimmt das?

Zum Teil ist das sicherlich richtig, stimmte Einstein nachdenklich zu. Aber es gibt auch ein Element darin, das auf direktes Gehirnbewußtsein hindeutet, oder nicht? Mir scheint, daß wir die Realität jetzt besser verstehen müßten. Jedenfalls verstehe *ich* sie besser als je zuvor.

Aber der Tisch, sagte Joyce, mein Gott, der Tisch.

Was ist mit dem Tisch? fragte Einstein.

Wir sind in ihm drin, antwortete Joyce.

Ja ... meinte Einstein zögernd ... das ist es. Wir sind in ihm und er ist in uns. Doch da ist eine Brücke ...

Mein Gott, sagte Joyce, tatsächlich.

Im materiellen Universum ist das Kleinere immer im Größeren. Aber im geistigen Universum ... o Gott ... kann es sein, daß das Größere im Kleineren steckt? Darauf basiert zum Beispiel das Denken ... Wir sind nur so groß wie das, was wir wahrnehmen und denken ... Es ist eine Möbiussche Fläche.

Ruhm dir und Ehre aus vergoldeter Gruft, hallte Tim Finnegans Stimme durch den Raum.

Ruhm dir und Ehre: eine jungfräuliche Geburt, sang Molly Bloom.

Ruhm dir und Ehre auf daß dein Reich werde, sang Isis.

Das Kreuz wird zum Phallus.

Der Phallus wird zum Kreuz.

Das Kreuz wird zur wirbelnden Sonne.

Zwei Eulen und eine Henne, sagte König Lear, drei Krähen und ein Zaunkönig – alle haben ihr Nest in meinen Bart gebaut.

Sie bewegten sich auf Zero zu.

Mein Gott, das schwarze Loch, heulte Schwartzchild.

Der Eingang zur Hölle, rief Babcock.

Der Kelch unserer Frau, wies Crowley ihn zurecht.

Es verwandelte sich in einen überdimensionalen, pulsierenden Doughnut. Joyce lachte.

Neun Monate, um da herauszukommen, meinte er kichernd. Und dann versuchen wir unser ganzes übriges närrisches Leben lang, wieder da rein zu kommen ...

Der Doughnut verwandelte sich in eine rotierende Galaxie.

«Haben wir wirklich seit drei, vier Stunden hier gesessen und wie die Idioten gelacht?» fragte Joyce.

«So ungefähr», meinte Einstein.

«Ist es schon vorbei?» fragte Babcock.

«Ich glaube nicht», erwiderte Joyce. «Sehen Sie, was ich sehe?»

Die Erde erbebte. Cthulhu erhob sich aus der Tiefe und schwang weißfleckige Strapse Wertpapiere Schuldscheine und Währungen aller Nationen Komitees und Konzerne über dem Kopf. Regierungen fielen um wie Dominosteine. Die Börse krachte zusammen ... namenlose anarchistische Horden stürmten durch die Straßen und brüllten AN DIE WAND, IHR MISTKERLE, während sie Bankiers Konzernchefs Rechtsanwälte Politiker Vermieter Priester Rabbis Minister Golfspielerinnen und jeden, der es wagte, sich mit einem sauberen weißen Hemd auf der Straße zu zeigen, auf der Stelle exekutierten; Orgien brachen aus in Parlamenten Kongressen Antiquitätengeschäften Boutiquen Büros Metzgereien Klöstern Straßenbahnen Krankenhäusern Riesenrädern Universitäten Akademien Laboratorien Nonnenschulen Bäckereien Kathedralen Anwaltskanzleien und Fabrikgebäuden; brutale Schwänze stießen in Fotzen Arschlöcher Münder von geilen Schauspielschülerinnen zittrigen Witwen vornehmen Philosophen Königen Bischöfen Jungs und Mädels Soldaten Oberschwestern Bankangestellten und wimmernden Poeten; Fotzen wurden gefickt geschleckt besabbert geküßt und gebissen, und Queen Viktoria wurde von dreihundertachtundfünfzig Watusi-Kriegern hintereinander vergewaltigt. Verrückte pinkelten in Brunnen Springbrunnen Punschgläser auf Bordsteine und in Hauseingänge. Sabbernde Bauernlümmel schwenkten Transparente auf denen FREIHEIT FÜR SODOMISTEN stand und fielen in Tier- und Zoohandlungen ein, um sich auf Hunde Katzen Affen Vögel und Taranteln zu stürzen. André Breton spazierte durch Paris und schoß willkürlich auf Passanten. Der letzte Rechtsanwalt wurde mit den Gedärmen des letzten Politikers erdrosselt. Der Papst erschien im Delirium auf seinem Balkon auf dem Petersplatz und sang wirres Zeug von *Cthulhu fthagn*, während er sich genüßlich einen 18-cm-Dildo von der Sex-und-Leder-Inkorporation, Yokohama in den schwabbeligen Arsch bohrte. Hausfrauen brachten ihre Männer um und versammelten sich vor den Schlachthöfen, um die Ziegen zu fikken, dabei heulten sie IO PAN IO PAN ZIEGE MIT DEN TAUSEND JUNGEN. Nihilisten attackierten die Irrenanstalten mit Maschinengewehren, erledigten das Personal und ließen die Insassen frei. Die machten daraufhin die Straßen unsicher und setzten die Büros ihrer Psychiater in Brand. Avantgardistische Dichter besetzten die Zeitungsredaktionen und veröffentlichten ungewohnte und alarmierende Schlagzeilen: *Neues elektromagnetisches Phänomen oder liegt Herz und Verstand von Europa im Koma?; Nur der Wahnsinnige ist absolut frei; Trotz Rückkehr des Sternenvolks Verlust der Großen Liebe; Wo ist Gott jetzt, da wir ihn brauchen?* Am nächsten Tag organisierten sich die Frauen und brachten die Abschlachterei zu Ende. Und der Himmel verwandelte sich in Nuits Körper, schwarze schöne Sternenmutter: und von einem Moment auf den anderen, innerhalb eines Bruchteils einer Sekunde war plötzlich wieder alles ganz anders. Es war nie geschehen. Wir waren einfach bloß vier Männer, die auf der Erde saßen und rückwärts in die Ewigkeit spähten.

CROWLEY (*feierlich*)
In meinem tollen Werwolf-Herz
Habe ich neununddreißig Jahre verheult
Vor Lachen und vor Wut: das Brot, der Wein
Der Werwolf-Masse
(*Die Masse löst sich auf; sie schweben frei*)
JOYCE (*liturgisch*)
In meinem hohen Bergesherz
Habe ich zweiunddreißig Jahre verlacht
Vor Tollheit und Verachtung: das Fleisch und Blut
Der Werwolf-Zeit
(*Die Zeit endet; sie betreten die Ewigkeit*)
EINSTEIN (*präzise*)
In meinem klaren Verstand
Habe ich fünfunddreißig Jahre verzählt
In Maß und Linie: Haut und Knochen
Des Werwolf-Raums
(*Der Raum explodiert; sie betreten die Unendlichkeit*)
CROWLEY (*wütend*)
Und bis der Trotz aus eig'nem Leid

Wahrheit erschafft, die wilder als der Tod
Soll mein Werwolf-Herz heulen
Gegen Werwolf-Gott und Werwolf-Mensch
JOYCE (*traurig*)
Ja, bis das Herzeleid aus eigner Flamme schafft
Eine Wahrheit wilder als die Lebenskraft
(*Isis erscheint; alle sehen sie*)
BABCOCK (*entzückt*)
Sie hat mein Werwolf-Herz geknickt
Mit dem Silberpfeil aus ihrem Blick
CROWLEY (*liebestoll*)
Sie hat mein Werwolf-Herz geknickt
Mit dem Silberpfeil aus ihrem Blick
Ich bin das Biest auf dem Altar
Ich bin der Stern in ihrem Haar
(*Isis und Osis verschmelzen zu Apophis*)
MESCALITO (*grün, spitzohrig, tanzend*)
Ehre sei euch von Anbeginn
Und dem Kern von dem ich bin was ich bin
MEISTER-FREIMAURER
Ehre sei Euch den Überwindern
Und dem Sproß eures Samens, euren Kindern.
(*Pyramidenphallus erhebt sich aufs neue*)
LOLA LEVINE
Ehre sei Dir, dem Sonnenscheine
Du einem in dreien, du dreien in einem
MEISTER-FREIMAURER
Ruhm und Ehr sei seiner Kraft
Dem Wunder des Baumes Lebenssaft
(*Der Heilige Schutzengel erscheint*)
EINSTEIN (*beim Anblick des Engels*)
Das einheitliche Feld
JOYCE (*beim Anblick des Engels*)
Der ewige Zyklus
BABCOCK (*beim Anblick des Engels*)
358: Mein heimliches Ich, mein Gegner,
mein Versucher, mein Erlöser
CROWLEY (*fromm, zum Engel gewandt*)
Das Rosenkreuz, ewige Umarmung
(*Der Hahn kräht, goldene Dämmerung breitet sich aus*)

JOYCE (*die Zusammensetzung der Zeit erahnend*)
CROWLEY (*freierlich*)
In meinem tollen Werwolf-Herz
Habe ich neununddreißig Jahre verheult
Kinder ... es pflanzt sich ständig fort
EINSTEIN (*die Zusammensetzung von Raum und Zeit analysierend*)
Einheit ... das ist plus eins und minus eins ...
BABCOCK (*die Kraft spürend*)
Bumsen ... es bumst sich die ganze Zeit selbst!
CROWLEY
ARARITA ARARITA ARARITA

(*Der Föhn flaut ab. Unsere Schauspieler sind, wie bereits gesagt, Geister und lösen sich in Luft auf, in äußerst dünne Luft auf*)

JOYCE
Jeden Frühling kommen die Blumen wieder. Erde zu Erde, Staub zu Staub, *merde* zu *merde*. Jeden Frühling kommen die Blumen wieder.
EINSTEIN
Der Stickstoff-Zyklus ...
BABCOCK
Durch die dunkle Unterwelt zur goldenen Dämmerung ...
CROWLEY (*leichthin*)
Ist neu für Sie ...

Joyce erwachte als erster vom Vogelzwitschern im Garten. Die Sonne auf seinem Gesicht bedeutete, daß es heller Tag sein mußte.

Zögernd, denn er hatte die Unendlichkeit immer noch nicht ganz abgeschüttelt, stand er auf und schaute zum Fenster hinaus. Der Garten glänzte in sattem Grün, grün wie eine chemische Verbindung, leuchtend grün: eine noch anhaltende Wirkung der Droge. Von der Straße drangen Stimmen herauf: und die kleine Lerche saß immer noch auf dem Birkenzweig und zwitscherte das Lied, das ihn geweckt hatte. Es war ein klarer strahlendheller Schweizer Frühlingstag, der Föhn hatte sich verzogen, die Luft war nicht mehr drückend.

«Bei *Gott*», sagte er weich. Das war dieselbe Welt, die Adam, nackt und verwundert, vor sich gesehen hatte: eine liebevolle Präsenz.

«Ist es Morgen?» fragte Babcock und regte sich schläfrig in seinem Sessel.

«Es ist der erste Tag vom Rest des Universums», sagte Joyce nachdenklich.

Babcock setzte sich auf. Seine aufgerissenen Augen spiegelten stumme Fragen wider. «Mein *Gott*», sagte er.

«Ja», meinte Joyce. «Das war ein Abend, was?»

«Haben Sie den Heiligen Schutzengel gesehen?» fragte Babcock, der jetzt hellwach war und aufstand, um seine Glieder zu strecken.

«Ich habe ... viele Dinge gesehen», antwortete Joyce. «Vor allem habe ich gesehen, wie ich diesen Roman schreiben muß, der mich nun schon so lange verfolgt.»

«Ich glaube, ich habe Gott gesehen und bin gestorben», sagte Babcock.

Auch Einstein stand jetzt langsam aus seinem Sessel auf. «Was hatte Jones doch noch über den Heiligen Schutzengel gesagt?» fragte er. «Irgendwas in der Art, daß er in der Form einer wissenschaftlichen Theorie oder eines Kunstwerks erscheinen kann oder auch das Leben einfach nur in Richtung auf Mitgefühl oder Religiosität hin verändern könnte? Mein *Gott*», setzte er hinzu.

Joyce wandte sich vom Fenster ab, die Augen hinter den dicken Gläsern funkelten riesig und amüsiert. «Ich glaube, wir haben alle Gott gesehen und sind gestorben», sagte er. «Jeder auf seine Art.»

«Wann ist Crowley eigentlich gegangen?» fragte Einstein.

«Als es dämmerte», sagte Babcock. «Sie beide waren schon eingeschlafen. Ich wechselte noch ein paar Worte mit ihm, wenn ich mich recht erinnere ... o ja, und Sie beide lagen da und schnarchten.»

«O ja?» sagte Joyce. «Und um was ging es bei Ihrer Konversation, wenn Sie die Güte hätten –»

Babcock stand auf und lächelte ins goldene Sonnenlicht. «Ich habe ihm von einem Arzt erzählt, dem ich vor zwei Tagen im Zug begegnet bin – den Arzt, den Sie selbst ein paarmal erwähnt haben, er heißt Jung. Ich habe ihm gesagt, daß ich gern eine Weile hier bei Jung bleiben würde, ehe ich nach London zurückkomme, um das nächste Stadium meiner Initiation in Angriff zu nehmen.»

«Sie haben also vor, mit Ihrer Initiation weiterzumachen?» fragte Joyce.

«Wenn ich soweit bin, ja», sagte Babcock. «Das heißt, wenn Dr. Jung glaubt, daß ich soweit bin.»

Einstein pfiff, oder vielmehr seufzte, erstaunt vor sich hin. *«Denn er ist wie ein läuterndes Feuer»,* zitierte er.

Joyce wandte sich um. «Und was haben Sie von unserer kleinen Feier letzte Nacht gewonnen?» fragte er.

«Es kamen eben alles zusammen», antwortete Einstein schlicht.

«Ich konnte alles erkennen, jede Einzelheit, jedes Detail und auch, in welcher Verbindung eins zum anderen stand. Ich fange gerade erst an, über die Relativität zu schreiben. Da ist ein einheitliches Feld, mit dem ich mich unbedingt näher beschäftigen muß, wenn ich meine Arbeit über die Beschleunigung der Relativität fertig habe.» Er grinste vergnügt wie ein kleiner Junge. «Es kann zwanzig Jahre oder noch länger dauern, aber die Sache ist es wert. Können Sie sich das vorstellen? Unsere Ideen vom Weltraum sind so primitiv wie die alten Theorien, die Erde sei flach wie eine Scheibe. Der Raum ist nämlich ebenfalls gekrümmt. Und daher ist jede Bewegung eine Bewegung im Kreis, um eine Masse herum: Schwerkraft und Schwerelosigkeit sind konkrete Hinweise auf die Krümmung des Raums. Und das ist nur die Spitze des Eisbergs, den ich darunter zu erkennen glaube ...»

«Also nehmen Sie Crowley die Droge, die Beschwörungen und all die andern Schamanentricks aus dem Steinzeitalter, die er benutzte, nicht übel?» fragte Joyce.

«Aber nein, ganz und gar nicht», sagte Einstein. «Im Gegenteil, ich glaube, ich habe in diesen wenigen Stunden der letzten Nacht mehr über die Physik gelernt als in meinem ganzen Leben zuvor. Und wie ist es mit Ihnen?»

«Ich bin ihm nicht böse», erwiderte Joyce, «aber wenn ich Crowley je wieder kommen sehe, mache ich mich schleunigst davon. Eine Nacht in den Eleusinischen Höhlen reicht für das ganze Leben, das wußten schon die alten Griechen.»

Einstein ging wieder auf und ab, aber langsamer als vorher. «Es ist, als hätte man Wasser und Seife genommen und uns das Gehirn gewaschen», meinte er. «Als wären wir – mein Gott – wiedergeboren worden.»

«Ja», stimmte Joyce zu. «Wiedergeboren. Dieser Ausdruck stammt übrigens aus den Eleusinischen Ritualen, die ich eben erwähnte. *Digenes*, die Zwiegeborenen – das waren die, die die ganze Nacht in Demeters Höhle verbracht hatten, um initiiert zu werden. Kein Historiker kann mit Sicherheit behaupten zu wissen, was da drinnen abging, aber ich denke, man kann sich so einiges ausmalen, oder?»

«Diese Gesänge, die Crowley benutzte», sagte Einstein. «Könnten sie möglicherweise dieselben sein wie vor zweitausendfünfhundert Jahren?»

«Nicht dieselben», sagte Joyce. «Es war schlechtes Griechisch, mit einigen ägyptischen und lateinischen Fragmenten hier und da. Wahrscheinlich sind sie über die Gnostiker und andere ketzerische Sekten jahrhundertelang überliefert und im Verlauf dieses Prozesses natürlich einigermaßen verstümmelt worden ... aber ich wäre nicht im mindesten überrascht, wenn *manches* in den Texten mit Teilen der Eleusinischen Rituale identisch wäre. Babcock», sagte er plötzlich, «ich will Sie nicht auffordern, Ihren Eid zu brechen, aber es verstieße doch sicherlich nicht gegen die Regeln, wenn Sie uns zwei Fragen beantworten, die mir in diesem Zusammenhang einfallen. Hat das Freimaurerwort acht Buchstaben?»

«Ja», sagte Babcock.

«Und den kabbalistischen Wert von 72?» bohrte Joyce weiter.

«Ja.»

«Mehr brauchen Sie gar nicht zu sagen. Ich glaube, daß Jones die Wahrheit gesagt hat, als er behauptete, dieser Orden sei über viertausendfünfhundert Jahre alt.» Joyce lächelte. «Genau wie *Dur* über *Turicum* zu *Zürich* wurde. Das Wort ist der Schlüssel zu allem.»

«Nun», sagte Babcock und nahm seine Tasche. «Ich möchte Ihnen beiden bemerkenswerten Gentlemen meinen Dank aussprechen. Aber jetzt muß ich wirklich los. Ich will als erstes Dr. Jung aufsuchen.»

«Er wird von Ihrem Fall begeistert sein», sagte Joyce lachend. «Die eine Hälfte Ihres Bewußtseins ist ja schon bewußt.»

«Nein», winkte Babcock ab. «So einfach ist das nicht. Man kann die Unendlichkeit aus ihr leeren und trotzdem bleibt die Unendlichkeit – wie Crowley einmal sagte. Übrigens ein Zitat aus den *Upanischaden*.»

«Ja», sagte Joyce. «Die Unendlichkeit bleibt ...»

«Aber es gibt immer noch einen Buckelmann mehr», sagte Einstein und lächelte aufmunternd.

«Viel Glück, Babcock», sagte Joyce in seiner typisch förmlichen Art.

«Viel Glück, Sir John», setzte Einstein hinzu und schüttelte dem jungen Mann herzlich die Hand, während er ihn zur Tür begleitete.

Joyce blieb in Gedanken versunken stehen und starrte auf das Bücherregal. *«Flowers»,* murmelte er. «Blumen. Bloom?»

Einstein kam zurück. «Nun, Jeem, was zum Teufel halten Sie denn nun wirklich von dem, was uns da passiert ist?»

«Ich bin kein Chemiker», sagte Joyce vorsichtig. «Aber ich würde Ihrer Metapher von der Gehirnwäsche durchaus zustimmen. Im übrigen vermute ich, daß solche Chemikalien die universellen Lösungsmittel der Alchimie sind. Sie öffnen die Reflexschleusen im Gehirn, bis unsere alten Ideen und alten Vorstellungen von uns selbst in einem Meer von neuen Signalen untergehen.»

«So ähnlich», stimmte Einstein zu. «Also glauben Sie allen Ernstes, daß Ihr unmöglicher Roman nun doch noch möglich geworden ist?»

«Es ist unausweichlich», sagte Joyce einfach. «Ich habe endlich den strukturellen Grundriß gefunden, der über alles andere, was je geschrieben wurde, hinausgeht ... über die *Odyssee*, über *Hamlet*, über Moses in der Wildnis, über alle Farben, Künste und Körperorgane und die anderen allegorischen Strukturen. Eine einfache grundlegende menschliche Wahrheit, von der alles andere abhängig ist.» Er lachte vor sich hin. «Und die Kritiker werden Jahrzehnte brauchen, bis sie alles auseinandergenommen haben, wenn sie es überhaupt tun ...»

«Wovon reden Sie eigentlich?» fragte Einstein.

«Von dem eigentlichen Thema meines Buches, dem Thema, das ich seit Monaten, ach, was sag ich, seit Jahren zu definieren versuche, während es in meinem Hinterkopf langsam Gestalt annahm.» Joyce lächelte strahlend.

«So? Was ist das denn, um Himmels willen?»

«Die Parabel vom barmherzigen Samariter», sagte Joyce. «Die einfache menschliche Geschichte, die so normal ist, daß niemand sie erkennt, es sei denn, man steckt ihn direkt mit der Nase drauf.»

«Das Normale», wiederholte Einstein. «Natürlich, für Sie mußte es das *Normale* sein.»

«Ja», sagte Joyce. «Hören Sie zu: Wir werden letzte Nacht nie vergessen, denn sie war außergewöhnlich. *Aber nehmen wir einmal an, sie wäre ganz normal gewesen.* Vier Männer, die dies und das bereden. Und nehmen wir an, einem von uns wäre diesen Morgen ein Ziegelstein auf den Kopf gefallen und er wäre daran gestorben. Würden sich die andern im Licht dieser Tragödie nicht genauso intensiv daran erinnern wie wir uns an unsere Initiation? Verstehen Sie denn nicht? Niemand *sieht* das Normale, bis es zu spät ist. Ich werde – so helfe mir *Gott, Jesus* und *Allah* – es ihnen *zeigen*. Und wenn ich dafür so lange brauche wie Sie für Ihre Einheitliche Feldtheorie.»

«Nun dann hat ja jeder von uns gefunden, wonach er suchte», sagte Einstein. «Aber es war für jeden von uns etwas anderes. Ich nehme an, das ist immer so.»

«Ich muß jetzt aber auch mal los», sagte Joyce plötzlich. «Sonst glaubt Nora noch, ich wäre betrunken in der Gosse gelandet.»

«Denken Sie ab und zu mal an mich, wenn Sie wieder in Triest sind.»

«Das werde ich, Professor.» Auf dem Weg zur Tür blieb Joyce noch einmal stehen. «Übrigens, wieviel Uhr ist es eigentlich – in diesem Koordinatensystem, meine ich?»

Einstein zog seine Uhr aus der Tasche und studierte das Zifferblatt sorgfältig.

«Genau zweiunddreißig Minuten nach elf.»

Sience Fiction

Robert Shea/Robert Anton Wilson
Illuminatus!
Das Auge in der Pyramide (4577)
Illuminatus!
Der goldene Apfel (4696)
Illuminatus!
Levithan (4772)

Robert Anton Wilson
Die Illuminati-Papiere
(5191)
Schrödingers Katze. Das Universum nebenan
(5287)
Schrödingers Katze. Der Zauberhut
(5382)
Cosmic Trigger
(5649)

Kurt Vonnegut
Galgenvogel
Roman (5423)
Schlachthof 5 oder Der Kinderkreuzzug
(1524)
Gott segne Sie, Mr. Rosewater
Roman (1698)
Geh zurück zu deiner lieben Frau und deinem Sohn
Erzählungen (1756)
Frühstück für starke Männer oder **Goodbye Blauer Montag**
(4047)
Slapstick oder Nie wieder einsam
(4502)
Die Sirenen des Titan
Roman (5318)

ro
ro
ro

C 2146/2

transformation

Alan Watts
Dies ist Es
Über Zen und spirituelle Erfahrungen
(7908)

Bruno Martin
Handbuch der spirituellen Wege
überarbeitete Neuausgabe (7909)

Gary Zukav
Die tanzenden Wu-Li Meister
Der östliche Pfad zum Verständnis der modernen Physik: vom Quantensprung zum Schwarzen Loch (7910)

Theodore Roszak
Das unvollendete Tier
Eine neue Stufe in der Entwicklung des Menschen (7913)

Norbert A. Eichler
Das Buch der Wirklichkeit
Das I Ging für das Wassermann-Zeitalter
(7921)

Janwillem van de Wetering
Ein Blick ins Nichts
Erfahrungen in einer amerikanischen Zen-Gemeinde (7936)

Morris Berman
Wiederverzauberung der Welt
Am Ende des Newtonschen Zeitalters
(7941)

Joachim-Ernst Berendt
Nada Brahma - die Welt ist Klang
(7949)

Paul Hawken
Der Zauber von Findhorn
Ein Bericht (7953)

rororo sachbuch
transformation

C 2170/2

Killer-Ladies

Claretta Cerio
Der Nanno stirbt
und andere Kriminalgeschichten (2663)

Paula Gosling
Töten ist ein einsames Geschäft
(2533)
Die Falle im Eis
(2572)
Die Dame in Rot
(2681)

Ruth Rendell
Dämon hinter Spitzenstores
(2677)
Durch das Tor zum Himmlischen Frieden
(2684)
Der Pakt
(2709)
Flucht ist kein Entkommen
(2712)
Die Masken der Mütter
(2723)
Alles Liebe vom Tod
(2731)
Die Grausamkeit der Raben
(2741)

Helga Riedel
Einer muß tot
(2656)
Wiedergänger
(2682)
Ausgesetzt
(2715)

thriller rororo

C 2165/2